中国当代文学选本

Collection of Modern Chinese Literature

（第 1 辑）

王昕朋　主编

中国言实出版社

图书在版编目（CIP）数据

中国当代文学选本．第一辑 / 王昕朋主编．-- 北京：中国言实出版社，2020.3

ISBN 978-7-5171-3427-5

Ⅰ．①中… Ⅱ．①王… Ⅲ．①中国文学—当代文学—作品综合集 Ⅳ．① I217.1

中国版本图书馆 CIP 数据核字（2020）第 018864 号

责任编辑 张国旗
李昌鹏
责任校对 代青霞
封面设计 刘 云

出版发行 中国言实出版社
地 址：北京市朝阳区北苑路 180 号加利大厦 5 号楼 105 室
邮 编：100101
编辑部：北京市海淀区北太平庄路甲 1 号
邮 编：100088
电 话：64924853（总编室） 64924716（发行部）
网 址：www.zgyscbs.cn
E-mail：zgyscbs@263.net

经 销 新华书店
印 刷 北京温林源印刷有限公司
版 次 2020 年 4 月第 1 版 2020 年 5 月第 2 次印刷
规 格 710 毫米 ×1000 毫米 1/16 25 印张
字 数 342 千字
定 价 58.00 元 ISBN 978-7-5171-3427-5

《中国当代文学选本》
编委会

目录

Contents

主持人：王干

王干，文学批评家，鲁迅文学奖得主，“新写实小说”倡导者。

中篇

推荐语

王蒙作品《笑的风》以婚恋、责任为切入点，在悖论中写作家傅大成诗一般的初衷如何在现实中因陋就简成就一桩婚姻，如何又离婚，晚境中如何被边缘于两个家庭。傅大成和白甜美的婚姻不能说成无爱，而傅大成与小娟的生活却是有憾。王蒙对时代生活的摄取精审而具有代表性，他能直取时代发展节点和值得玩味的细节，同时书写又具有直抵人心的特点，既敏感又微妙。他的汪洋恣肆，源于他见天地、见自己、见众生的宏阔视野，成于在社会、时代，人生、人性中游刃有余的老到笔墨。王蒙是人民艺术家，共和国的建设者、观察者，他对共和国对人民亦雄浑亦细切的、不可消弭的精神之恋，富有雕塑的立体、厚重及建筑美。

“我”所在的公司陷入困境，工薪待遇降低，但“我”在为公司形势的逆转努力，并且依旧对欠房租的房客保持着容忍。笛安塑造了一个前所未有女房东的形象，描绘了一个有房有车而处在困顿状态的人，如何一步步走出生活的低潮期。“我”觉得遇见的每一个人都很善良，只是不知道他们中谁更善良：10个月交不出房租的编剧章志童，“我”从未因他拖欠房租而感到危机，而他也在为“我”考虑；因举报父亲而被舆论恶评的女孩洪澄，我们在为她担心，而她怕连累身边的人。笛安作品《我认识过一个比我善良的人》以最大的善意，描述了人性之善这一本质的不可动摇。

赌博的牌友是不靠谱的朋友吗？凡一平作品《两个世纪的牌友》告诉我们，他们或许不是我们心中的那种好人，但也讲义气。20世纪，“我”赌博时把亲妹妹输给大老板陈国富，陈国富给了妹妹幸福；21世纪，陈国富生意亏损、罹患绝症，牌友们纷纷出手拯救牌友陈国富，这其中竟包括情敌韦春龙。陈国富由盛而衰的同时，作品还书写了另一位牌友韦春龙的否极泰来。20世纪，拿手术刀的韦春龙因吃回扣，帮同事们扛事而入狱；21世纪，拿杀猪刀的韦春龙以屠宰厂发家，一跃而成为富豪。凡一平以幽默而戏剧化的故事，书写了中国人的义气，中国人讲义气如同西方人遵守契约精神，无论人群无分善恶。

尹学芸作品《贤人庄》截取了书写当前中国社会转型时无可回避的题材，人们俗称之为“上楼”。中国的城镇化正在加速，乡村和城市的界限将越来越模糊，无数农民将离开村庄，住进公寓楼。时代的发展和人的心理发展一样，有其起承转合，农村人曾盼着像城里人那样生活，如今开始上楼了，农民却发现并不那么适应市民的生活。小说《贤人庄》通过书写古村贤人庄的村民“上楼”，有意识地将村民和市民的距离拉开，更是放大了“上楼”过程中农民生活与市民生活之间的差异，借典型形象以夸张的手法，增强了作品的艺术表现力。

笑的风

王　蒙

一

一九五八年春天，滨海县中学迁移到新址三层楼房，傅大成得到资助贫农子弟的扩大招生助学金，十七岁零七个月的他，辍学三年之后，破格补招，合格录取，成了意气生猛的“大跃进”年代高中在校学生。其根由还在于省团委机关报五四青年节征文中，傅大成获奖，成了全村、全乡、全县一直到省上引人注目的“秀才”。

县中学新宿舍楼，依据当地习惯，没有建卫生间，住校生们沉睡中起夜，也要下楼出楼，到二百多米外体育场附近上厕所。这晚，大成跑步出发，上完厕所缓缓回宿舍，路上，听到了一缕春风送来的女孩子的笑声。那时是一九五八年，这个县尚保留着旧中国的做法，高小——小学五六年级——男女分班，初高中男女分校，上大学后才能男女同班。大成没有姐妹，邻居没有女生，女孩儿的笑声对于大成，是稀奇与生分的。这个夜间的笑声清脆活泼，天真烂漫，如流星如浪花如夜鸟啼鸣，随风渐起，擦响耳膜，掠过脸孔，弹拨抚摸身躯，挑动了思绪。风因笑而迷人，笑因风而起伏。然后随风而逝，渐行渐远，恋恋不舍。于是笑声、风声不再，剩下车声、虫声，有犬夜吠，鸡笼里偶尔传出鸡仔们相互挤踏引起的怨叹。再之后，鸟散犬止，车停人归，星光昏暗，小雨淅淅，雨声代替了笑声风声，滴滴答答饮泣般地令人战栗。

他回想着这奇异的风的笑声，笑的风声，忽然，他两眼发黑，大汗淋漓，天旋地转，好害怕呀，这是什么病痛吗？是晚饭吃少了？第一次青春与春夜晕眩，奇妙，恐慌，甜美。慢慢好了一点。他呻吟一声，同舍的学生有一个醒了，问他：“傅大成，你怎么啦？”

然后连续多天，大成写一首关于春风将女孩儿的笑声吹来的诗：“笑声乘风前来”，“春风随笑扬波”，“叮叮叮，咯咯咯，风将我吹醒，风将我拂醉。笑将风引来，笑与风就此别去。春天就这样到来，春天就这样走过”，“笑在风中，笑出十里内外，笑在雨里，笑得花落花开；笑在心里，笑得冬去春来，笑动大地长空，笑亮春花春月春海。的格儿的格尔楞，依呼儿呀乎呼儿咳……”

大成的未完成诗篇在全校传抄，开始流传到外校本县外县本专区外区本省外省外市。诗歌掌握了青年，也可能接受青年人的掌握与拾掇，于是出现了一些烂词儿：“听到了笑声如看见了你，看见了你如搂在怀里……”这其实是传播者自己的词，流传以后无人认领，被说成傅大成的词儿了。一首这样的歌儿被男生们唱起来了，套用二十世纪初流行歌曲作曲家黎锦晖的“葡萄仙子”曲调。而本地梆子剧团的一位编剧趁势为诗《戏作》：“微风巧倩梦，细雨缠绵天。小子岂无梦，多情或未眠。几声欢笑脆，双乳妙峰酣。喜谑随风散，玲珑滚玉盘。”

编剧加注说，巧倩是指“巧笑倩兮，美目盼兮”，而双乳峰位于贵州贞丰县。

党支部宣传委员与校团总支部书记找大成谈了一次话，一个是希望他慎独、谨言，注意群众影响。一个是学校与县委团县委都高度评价他的阶级出身、思想表现、功课成绩，特别是他的艰苦朴素的生活作风与刻苦学习态度，准备在他年满十八岁时发展他入党，近期就要提名他担任校团委副书记……他一定要好自为之。说得傅大成面红耳赤，如坐针毡。

十八岁生日后几个月过去了，大成没能入党，也没有担任团委副书记，透露出来的说法是他的“笑的风”格调不高，影响不好。暑假一到，大成几乎是蔫呆呆地回到了乡下……本来诸事如意，天下太平，应了他们家从小就教育他的“警世通言”：“少想好事儿！”

一九五九年春节前，寒假一到，更是平地一声雷，天翻地覆：父母做主，要他与本村一位上中农女儿，比他大五岁的俊女白甜美结婚。他坚决拒绝，说自己还小。父母说不小，乡与村两级都有头面老人证明傅大成达到了结婚法定年龄二十岁，现在的十八岁之说是由于原来户口本上写错了，最早上户口时候耽误了两年，把已经满地跑爱说话的大成写成了刚刚出生。有关方面对此完全承认，并已经改正了他的年龄，从十八岁变成二十；乡政府民政干事也已经准备好为他扯出结婚证书。

真善美真善美，对于大成的婚配来说，善美重于真不真。媳妇过门，将使大成妈妈腰腿病引起的家政危机全部解除，使大成爸爸也要享上清福，将使毕生劳苦的双亲咽气之前看到孙子，延续香火，对得起祖宗。尤其是，村民乡民认识他们的人都认为，能与俊煞人灵煞人的甜美相匹配的家乡儿郎，只有本村唯一高中学生，省征文获奖者傅大成。

还有，白家由于成分偏高，女儿心气又高，想娶她的她不嫁，她想嫁的人又找不到，她的自以为是，本村人的说法是“酸不溜丢”。拖到二十三不嫁人这种状态，有可能招引起广大妇女同仇敌忾的公愤，要不就是幸灾乐祸看笑话，看祸害。据说白家上一辈人为水利与宅基地争端，得罪过邻村黄姓一族。仇家黄某某，一直想把白家成分改变成富农，将白家人从人民的队伍推搡到黄世仁南霸天附近。是白甜美自己提出来嫁高中学生傅大成的愿望，傅大成听说后全身发烧，耳朵根红里变紫，如仙如死如光天化日偷窃被抓住了，如大庭广众的场合，意外地掉下了裤子。

白家说，他们的婚事不需要傅家拿出任何聘礼，而白家会付出相当优厚的陪嫁用品，光大城市百货店里卖的鹅绒枕头就六个，花面被子两床。爹娘都提醒大成不要忘记他们因为贫穷，初中毕业后让儿子辍学三年，母亲多病，家务潦倒，困难重重，还有白甜美的聪明美丽健壮勤快手巧麻利那是全村有名的。然后三大伯六大叔、妇女主任、书记、村长、会计、出纳，这爷爷那奶奶，都来了，连新婚不久的姐姐嫂嫂们也都来找他谈心拉呱打趣，吃他的豆腐，暗示明示他的新婚必将出现火星四溅、山花怒放、人生奇趣的盛况。全村四十五岁以下的已婚育龄妇女，见到大成，个个笑得前仰后合，喜而贺，馋而妒，给他加油打气，分享他的“小小子，坐门墩，哭哭啼啼要媳妇”的乐趣，然后分析着、嘲笑着、垂涎着白甜美吃“嫩草”的幸运。至于娶不起媳妇的光棍儿们，歌颂他的福气，露骨地表达着羡慕忌妒恨，同时为他的新婚第一夜献计献策，启蒙传授，口沫四射，大成只觉得上天无路，入地无门，跃进中积极进取的青年学生傅大成，不知怎样摆脱粗鄙刺心的精神污染。

大成的颠覆性认知还在于，除了他一人蒙在鼓里，全村人民，全乡高中学生，更有各方面各部门有关领导与民政工作人员，还有各种理发员售货员妇产科医护人员，都知道他要娶媳妇了，都为傅白二家的喜事做好了准备。他已经铁定是白甜美的丈夫了，尴尬狼狈也罢，幸福美满也罢，早早过门也罢，再绷上几年也罢，大势所趋大局已定，媳妇在怀，婚姻凿实，全村全民共识，不留质疑空间，更不要想有什么变动。更离奇的是，对白家的一切，尤其是对二十三岁没出阁的白甜美坚持劣评的邻村黄氏家族，居然因了傅家的公众形象与人缘，因了全邻村第一个高中生的大局而不持异议，对傅大成兄弟，表达了坚守阶级立场与敬斯文文化传统的善意。

手也没有拉过，话也没有说过，更没有听到过甜美的笑声，如铜铃？如破鼓？如撕帛？如锯木？他什么也不知道，什么也没有接触，他已经大汗淋漓，他已经不无虚脱，他已经面色苍白……村上的少数所谓“二流子”，已经联系他说要帮助他“整点药补一补”了。

这时，他想起了课堂上老师讲的一句话，宋朝曾慥指出：“一念之差，乃至于此。”一念之美，何尝不如是乎？一九五九年春节前夕的傅大成，在环境与舆论都空前成熟的条件下，忽然找到了精神出路：头一年春天的风声，送来的非是别个，那正是白甜美大媳妇的笑声。春风月老，笑声美意，春夜甜美，春雨滋润。既已如此，何不甜其甜而美其美？又岂敢岂能苦其甘而秽其美欤？

二

初中毕业那年，大成母亲难产，婴儿妹死了，母亲躺了半年，落下了难以痊愈的腰腿病。大成当然不可能再继续学业。那个年代高中办得很少，穷乡僻壤村落，有个小学可上，又上了初中，已经很了不起。必须感谢的是，一九五八年所有干部都学习毛主席《关于农业合作化问题》，受到生动鼓舞，自省是不是自己成了“需要击一猛掌”的“小脚女人”。傅大成乘着疾风以劲草姿态续上高中，后人得知他的上学故事，也许觉得新奇。

上高中不久，就在起夜如厕归来的毛毛雨路上，听到了令他闻声起舞、恨不得满地打旋的女孩的笑声。根据他家乡务农的经验，这笑声远的话，说不定来自三至五公里以外。关键时刻，忽然顿悟：这就是白甜美在家的远距离之笑，不是，也可以认定信定确定，甜美而笑，当然。风为了甜美而送来了这笑声，这是诗的想象，是比现实更伟大的实现。他还相信，他应该、他可以到老了，混沌此生，他将一直留恋这笑声，痛心于自己十七八岁时硬被做成二十岁的勉强娶妻的心境，又纾解于将笑的风声视为自己生命自觉、审美自觉、爱情自觉的天启天意。

而“大跃进”年代，写作“笑的风”后不久，他的县与他的学校，宿舍楼内盖起了卫生间，次年寒假后，实现了男女合校，夜半风吹小女子的笑声的奇妙感觉，很难再出现了。他也渐渐察觉到，他那次听到了的当然不一定就是甜美的笑声。事出有因，查无实据，笑声风声是他听到了也感动了的，大媳妇是他抱在屋里怀里的。“墙里秋千墙外道……笑渐不闻声渐悄，多情却被无情恼。”隔着不知凡几的夜空与细雨，笑声美丽荒唐得人心悸痛。

更奇怪的是，“笑的风”的命运影响了他的仕途与一生：后来代替他担任团委副书记的是在功课上始终与他有一拼的赵光彩，赵光彩比他实际上小四岁，而后来从干部登记表上看是比他小六岁，因为为结婚他被长了两岁。一九六一年，他与赵光彩并肩上了外语学院，他学俄语，赵光彩学日语。赵光彩后来官至副省级。而他，一直热心于文学创作，也算是功成名就，成为不需要强调“著名”就当真被知晓为“著名”的“著名作家”。而绝对称得上是渔村美女的白甜美，搞得他醉得他累得他犯了两次晕眩症。甜美真好，甜美带着自己的大个子小丈夫，去县城找了白氏宗亲老中医白神仙，开了三服中药，吃好了吃棒了傅大成同志。经过妥为打扮，傅大成英俊更英俊，高大更高大，精神更精神。村里乡里，都认为白甜美与傅家互择婿妻这一注子，押对了。

一九六一年，大成二十一岁，高中毕业，他考上省城外语学院，甜美生下了儿子小龙，到六三年春节，又生下闺女小凤。他们已经有了一儿一女，甜美也有了工作。而同时，他又可能缺少了点什么。应该恋过爱，可是没有；没有接到过或打给过甜美电话，没有给甜美写过更没有收到过甜美的情书情诗；她没有对他说过一句甜言蜜语，她没有向他要求过照应与温存。看到听到同学同事给爱人、与对象通电话时那副亲密或者高度随意自得的样子，他羡慕。奇怪的是甜美很少笑，即使笑，也尽量不出声，她笑的时候常常弯下腰来，她笑的时候甚至把嘴捂住。

再两年后，一九六五年，他高校毕业分配到了一个遥远的边市Z城，做边事译员。赵光彩则到了沿海大都市，而且，据说光彩光彩地与一个高级干部的女儿结了婚。大学一毕业他就就任了那个大城市的团委书记。

而大成想着的是诗歌与小说，他左写右写，写了很多。他知道他已经小有声名，走过某一个角落，会吸引一点眼珠。似乎有女生背后戳他的脊梁骨，依稀听见有人说起他的获奖作文，也说起他的“笑的风”，偶尔听到有人说他在上高中的时候受到了“劝诫”。他最最不想听的却是人们言说他的“结婚”“老婆”“孩子”，还有“文盲”二字。其实白甜美不是文盲，学历是完小毕业，实际上，他感觉她应该具有初中毕业水准。不明白，为什么不论是在中学、大学，还是在Z城，所有与他接触过的育龄女性，都在揭他的底呢？不可能都对他有兴趣，都关心他的婚恋。他并没有那么大的魅力，他的早婚不至于引起那么多关注。他有点不安，有点惭愧，他感觉到的是生理上的不舒服。想起了他被虚报年龄，爬到了一个白花花的女子身上，从而受到某些对他有兴趣的女子的怜悯与嘲笑——他质问自己到底算什么。尽孝？包办？性欲？自欺？命运？生活？算了吧，又有谁是真正主宰了自己的命运呢？

他仍然不断地咀嚼着自己婚事的记忆与感觉。有过愤怒、反感、绝望，有过好奇、开眼、适宜，有过兔子的惊惧与活泼、小鹿的奔跑与童真、下沉百丈的羞耻与勇敢，没有自主自由自信的自责与谢天地谢父母谢男身的嘚瑟，有令人窒息的负罪感与过关斩将的快意岂不快哉！他有过被侮辱却又被引诱的折磨，挑逗却又揉搓一个俨然陌生的更可怜也更可怕的女人的折磨与享受感。结婚绝对是男儿的一大享受一大忽悠，与上了天一样，与打秋千一样，与骑牛骑驴挖沟扶犁还有大面积漫灌一样。他终于承认自己迷上了甜美，陷入了甜美，塌陷了自身，融化了自身，满意了自身，完整了也缺陷了自己。

尤其是当他读到巴金的《激流三部曲》——《家》《春》《秋》，读徐志摩，读李商隐，哪怕是读张恨水、秦瘦鸥与周瘦鹃，雪莱与拜伦，梅里美与屠格涅夫，他也会自惭形秽地感觉锐痛。最后，他只能要出一种以歪就歪的姿态，接受乃至于欣赏自己的全然另类风景。

但他又不太想说自己有什么不好。他也不相信爹妈不管了、媒人失业了、恋爱所谓自由了，男男女女就一准得到幸福。他读过王蒙的小说，知道生活在五四运动氛围中的知识人有的伟大，有的渺小，有的高调，有的乱七八糟，有的追求新生活新文化，有的更加无奈、无赖地万分痛苦，叫作“武大郎盘杠子——上下够不着”。他悟到，与包办相比，自由恋爱说起来是绝对的美妙，但是，以自由度为分母、以爱情热度为分子的幸福指数，到底比以包办度为分母、以家齐度为分子的幸福指数高出多少，则是另一道算数题，只能答：“天知道。”新文化与自由恋爱主义者必须有如下的决心：幸福不幸福都要自由的爱情，即使你为自由的爱情陷入泥淖，也不向封建包办丧失人的主体性的瞎猫碰死耗子婚姻低头。

甜美有一双大眼睛，北方农村，这样大这样亮的眼睛一百个人当中也没有一个。她有高耸的鼻梁，白家人与其他人似乎有点不一样。白甜美确实显得洁白，躺在床上甜美是白花花一片，白莲花，白藕，白天鹅，白奶酪，白海浪与海滩，是白沙滩，不是黄金海岸。他为之晕眩，为之哭号。她学什么会什么，干什么像什么。她做饭、裁衣、绣花、针织、理家……她学会了并且创造了十一种织毛衣的花色模式品类，她学会了创造了超过十种的盐渍、酱腌、熏制、糖渍、发酵、沤制的食品，更不必提炉火上的煎、炒、烹、炸、烤、爆、涮、炖、熬、煲。她为儿女还做成过多种玩具，有泥捏的双头小猴，有点上蜡可以旋转的走马灯，有将口哨安装在屁股上的小老虎，有可以在天上飞翔一分钟的竹蜻蜓。她是手工之神啊，她是女红之王，她来到这个世界上，来到白上中农家，终于又来到傅贫农家，就是为了劳动。她实际上是“君临于”傅家——她获得了县城服装厂的工作，很快，挣计件工资的她，有了傲人的收入。

只有一点始终使大成不解，甚至使大成感受压抑与畏惧，甜美的话太少太少。做家务活儿的时候她不说话，一起吃饭甚至共饮两杯小酒的时候她不说话，虽然她能喝一点。两口子上炕如此这般，她不说话，她基本上不出声，或者只出一点点压着挤着捂得严严实实的喘气声音，使大成想起深秋时分从窗户缝里挤进来的一股凉气。

有时候他看到甜美脸上的愁容，她怎么会那么喜欢皱眉？双眉的死结破坏了她的美貌，像是鲜美的才出炉的热包子上落上一只苍蝇。他怎么问甜美也不承认自己有什么愁烦，没有哇，没事儿啊，不知道哇。少言的她，给大成机会，让大成说了又说，终于感到了话语的无能与无趣。甜美的“耐话性”，你说一百句话她不言声，令大成急躁、不解、惊惧，最后心服口服。大成开始分析琢磨，想象猜测。他想起了一件怪事，他家有一只老猫，在他与甜美成婚后的第三天晚上，他们与父母一起吃饭的时候，大成清清楚楚看到老猫追捕一只小老鼠，小老鼠居然从猫爪近旁跑掉了，从理论上说猫的出现会使鼠儿如中电般全身麻痹，绝对不可能逃脱于猫爪的势力范围。他没有注意甜美是不是看到了老猫英雄气短、难耐天磨的悲催，那个时候他不好意思当着父母的面看甜美。但是后来他可能不止一次地听到过甜美的呓语：猫，猫，猫儿哪……

还有一次是一九六五年他大学毕业那年回家过年，大年初一，一只老鸹飞到大成家的大槐树上，老鸹的叫声令甜美一天面色阴沉，而且，最严重也最不靠谱的是，大成夜间听到老婆口腔里发出模仿老鸹的叫声，“啊哇，啊哇，哇啊，哇啊”，他吓坏了，他醒了。晨曦微光中，他似乎看到了妻子的愁容，应该说是病痛之容。但是，到底她是不是刚刚发出了仿生于老鸹的叫声呢？为什么睡得死死的她脸上呈现的不是宁馨，不是懒散松弛，却是某种紧张与痛苦呢？他没有能力辨别了，或者更加可能的是，甜美没有发愁更没有发声，是他这个即将参加工作的小丈夫被大而且白皙皙的媳妇挤对得做起了噩梦。

他与甜又美，有恶兆吗？

白甜美的眼睛与鼻子，是不是有中华北方少数民族的特点？想当初大成从来没有思忖过。那时他又是躲避又是好奇终于沉迷于这陌生的大眼睛与高鼻子，他感觉到一种莫名的粉碎性的改制改戏改身。他突然就结束了男孩子、小伙子、学生童子身的身份、独立与自由，而武侠小说上对童子身的严防死守，是极其重视的。

又过了差不多九个月以后，与女子怀胎的时间接近，他忽然为这眼与鼻所震撼，所刺激，所击倒，后来才知道，这边的教授学者作家记者们有一个匈奴遗民的说法，匈奴后裔，甚至一度变成了此区此地的一个品牌与一个骄傲。有个男人肩宽而且腰板倍儿直，有个老者头发弯曲而且褐黄，有个画家胡须蓬勃兴旺，有个女子大波与后臀浑圆，有个青年眼珠灰蓝，有个运动员个子两米一，都被群众辨析为匈奴后人，也许是单于嫡系，也许还是其后北方阿尔泰语系游牧为生的鲜卑、羯、氐、羌、回纥、高车、契丹、女真、蒙古、满等赫赫有名的族群的祖先。从学者那里，从村民那里，从小说诗歌的乡愁里面，流露出了一些对于“固一世之雄也，而今安在哉”的族群名称的思古之幽情。遐想连篇，旧梦如歌，大成甚至起意要写几百行长诗，痛写山河壮丽、男女强壮、虎豹勇猛、草木遮天、历史悠悠、文化灿灿、日月光华、旦复旦兮、日月阴晦、复昭昭兮。不怕与诗人公刘的名诗重名：《在北方》。我的“在北方”啊！

三

大成在上百公里外的边地Z城工作，而把妻儿撂在了家乡。二十世纪六十年代，许多城市控制人口，谢绝家眷，尤其是女眷属农业人口户籍的家庭，孩子一律跟着娘，不可以去闹城市户口吃公粮。倒是Z城这种边远地区，比较好说话，如果男子出息一点，有个一技之长，有个一官半职，有个领导关照，有个人缘好评，可乎，未闻可也，不可乎，或仍可也。有本事的职工，他们将过上比翼双飞、夜不独宿的小日子。他们接来妻子儿女，享受天伦之乐。大成来到从内地接来了家眷的同事家中，看到人家床底下的一双娇小女鞋，看到地上孩子玩的玩具汽车，看到衣架上挂着的一件纱巾，他会忽然产生出甜蜜与艳羡之情。

但是大成从一开头，就想让甜美断了到Z城与他团聚之念。他一上大学，就发现学外语的女生数量比例略略超过了男生。一组组、一群群如花似玉、莺声燕语、欢笑芳菲、灵秀天机的女生，甚至使他想让甜美断了此生与他团聚一地的妄念。“休”了白氏，再娶个女大学生，他没想过，与文化精神水准大体持平的女生女同事们在一起的时候，不让她们看到自己的乡村大媳妇，他确实这样想过。就是说他在理论上、司法上、户口本上承认自己已婚、有配偶的事实，但生活中不想剧透自己的感情与家庭生活痕迹。

工作以后，他写信给甜美说，来Z城报不上户口，即使报上户口也没有房子住。他有一种说不出的心情，他不愿意更没有勇气承认这种心情。到一个新的地方，以一个大学毕业生的身份报到，身后带着大媳妇外加儿子女儿，须知与他一起高喊着“到边疆去、到艰苦的地方去、到祖国最需要的地方去”的高校毕业生，还都是未婚男女。

而且是在一九六五年，是一九一九年五四运动后四十六年，是巴金血泪控诉封建包办婚姻的长篇小说《家》发表后的三十四年，是中华人民共和国成立后的第十七年，他却是一个背着封建包办婚姻包袱的可怜虫。一个妇人给他生了两个孩子，他却根本不想与他们共同过日子，大成想到这一点就觉得自己对不起妻子更对不起孩子，自己如同森林里一头迷了路的傻骆驼熊。但同时，只要不从近现代史与新文化运动的角度去反思自己的婚姻，只要想到孩子，做了父亲的傅大成又同时是泪如雨下。婴儿啼哭的声音使乳臭未干的爸爸肝肠寸断。幼小的孩子都那么俊美，那么聪明，那么如天使一般，而自身想起从六一年上大学就安的与妻子儿女异地分居的冷酷阴森之心，他自己先认定自己是有罪的。

大成到了Z城四年多，用各种借口过大年也不回家，他甚至从而被提名为假期坚守岗位的先进工作者。一九六九年，父母让孙子小龙代笔，警告大成，如果他过年再不回来，全家五口打算到Z城找亲人，没地方住就冻死街头。

大成这才首次从Z城回乡探亲。终于亲耳听到了八岁儿子满口别字，把探照灯读成深照灯，把别墅读作别野，把邀请读作激请，把冤家一会儿读作兔家、一会儿读成免家，把路见不平、拔刀相助读作拔力相助，把万夫不当之勇读成万夫不当之男。儿子小龙，堪称别字集了大成，上了高峰。但是大成立即从儿子的别字累累中发现了孩子的书缘天分。

儿子叫小龙，女儿叫小凤，上学后学名叫阿龙与阿凤。小龙的错字连篇更说明了他的读书癖好，不问文字，但求读书。他给爸爸结结巴巴地讲《烈火金刚》与《野火春风斗古城》，背诵《唐诗三百首》与《卖火柴的小女孩》，后者本来是人民教育出版社六年级语文教科书中的一篇，小龙却在刚上三年级时就背诵下了这个感人泪下的童话，尤其是它的最后一段。大成想到，自己的对于文学的迷恋、自己的作家诗人梦，说不定要与他的下一代联手实现，如苏洵与苏轼、晏殊与晏几道，还有大仲马与小仲马。

更奇特的是在大成回家探亲三天以后，小龙突然出口成章，欢迎老子。他在晚饭后早早躺到床上，给全家人念道：

爸爸回家了，
爸爸给我穿棉袄，
爸爸叫我小宝宝。
爸爸夸我功课好。
妈妈妈妈真是好，
妈妈给我煮小枣，
妈妈叫我大宝宝，
妹妹才是小宝宝，
妹妹一点也不闹，
妹妹功课真叫好。

大成大惊，天衣无缝，无懈可击，小龙是太惊人了。尤其是“穿棉袄”三字，其实是妈妈给穿的，并非实有事件，那么就是说，小龙在八岁时已经具有了文学虚构、诗歌虚构、情节虚构与挪用的能力。冲这一点可以判定儿子比张爱玲的文学素质强一些。这样的孩子只能说是天才，他认定，但是他不能说，他认为这样说是不吉利的，可能是对于天地人三才的一个冒犯。他还是悄悄地对甜美说了。甜美眉头紧蹙，说“原来是这样的”，说“不能让他小小年纪就累坏了自己”，说“农家出这样的孩子我受不起”。大成为甜美的开言而庆幸，又为她的其实是从大成这儿才刚趸入的陈腐观念，感到些许不安。

小凤只比哥哥小一岁半。她听了小龙背诵《卖火柴的小女孩》的一段话：“小女孩只好赤着脚走，一双小脚冻得红一块青一块的。她的旧围裙里兜着许多火柴，手里还拿着一把。这一整天，谁也没买过她一根火柴，谁也没给过她一个钱。”小凤突然喊了一声 “暖和一下”，“暖和一下”，“暖和暖和”，在家乡，人们说暖和时候的发音是“攮活”，最后一个“活”字读轻声的话，更像是说成“攮嚯”或者“攮花”。小凤在首次分别以后见到爸爸，又多次听到哥哥朗诵“攮花”，她颇感兴趣地重复了几次“攮花”的发音，爸爸呼喊一样地哈哈大笑，六岁的女儿知道同情卖火柴的小女孩，希望让她过活得“攮花”一些。然后小凤忽然银铃般地跟随着笑了起来，像是一阵清风，像是一串铃铛，像是枝头小鸟，像是一缕山泉。大成一下子定在了那里。

大成想，原来，“十年一觉春风梦，留得童儿雏凤声”。一切美好都不会仅仅是记忆，一切记忆都会永远与他同在，与“逝者如斯夫，不舍昼夜”同步的，是新的生命正在萌发，生命永远鲜活纯美，笑声随风淡淡飘出，而后，新的笑声多半会无待而自来。笑不待风而自御，笑不待诗人而自然成诗。道法自然，诗发自然，笑当然最自然。

这一次大成看到了甜美的似笑非笑，又过了两个多钟头，甜美忽然说：“知道你疼孩子。我放心啦。今年夏天，一入伏，我带着孩子去Z城与你团圆。你太苦了，为什么……”

甜美的话掷地有声，她把大成吓住了，大成似乎无处可逃。大成说：“爹娘……还有爹娘啊。再说，到了Z城咱们住……在哪里？”

回应大成的是甜美的坚强的扬头，还有一声冷轻笑，还有她看着夫君的审视的眼光。大成心虚，不敢抬头，不敢与媳妇对视。

大成完全找不到对媳妇的感觉了。在Z城，他居然躲避了媳妇四年，视媳妇为耻为心病，同时又不是没有做过与甜美同房的春梦。四年后被父母催逼回来，他又顺理成章地搂抱了要了甜美，并为与甜美得到的儿女而福暖情热。

然后，躲完了冷完了的他，只能是去千方百计、九牛二虎地去盼家眷、迎家眷、接家眷。他自己说服不了自己、决定不了自己，也知道不了自己。他到底要什么？

大成回Z城后找了领导，一次不行就再一次，一个人不行就再找一个人，原来的领导说话不管用了，就找革命委员会和工宣队。他感动着，每天都温习阿龙与安徒生、小女孩与一包又一包的火柴，呵，冬天冻死的是哥本哈根的那个女孩，而一龙一凤其实生活得很幸福。他到百货店为阿龙买了一件棉袄，他的感觉是自己成了财主，然而还没给儿子穿过欠着儿子棉袄。他出身好，他是革命群众，他不是走资本主义道路的当权派，他的老婆也是辛苦勤劳的劳动者，她每天至少劳动十五个小时，她的家庭是上中农，不是富农更不是地主。大成渐渐意识到他与白甜美的婚配是一件好事，他想，他与白甜美的婚配里可能缺失缺席了《罗密欧与朱丽叶》《牡丹亭》《安娜·卡列尼娜》，没有爱情，但仍然有孩子——星星、圣灵、安琪儿、天使，更有别处家少有的安宁。找不到爱情的地方怀抱了天使，找不到安徒生的生活里出现了天资。他为自己的这个想法想出的这句话热泪盈眶，掌声如雷。他也庆幸自己没有遭遇《白蛇传》。白蛇白素贞也姓白，不知为什么一提到《白蛇传》他就想起媳妇甜美，而他不需要同时对付法海和尚与小青义士，更不必担心哪天喝口酒，媳妇变成一条白花花的大蟒。当然不是每一个相貌平常、身材一般、雄风略逊的中国男人都能娶上白花花的女子、美丽的女子、健壮的女子与能干的女子。无论如何，白甜美热乎乎、紧邦邦、软绵绵，而且劲道光滑圆浑。白甜美的笑声将由小凤来弥补，白甜美的文墨粗糙将由小龙来拔高，天道有常，常与善人，阴阳和谐，乾坤相润相生相慰相补。大成不是高觉民，谈不上高觉新，白甜美也不是琴表姐，他不是吸引了、焚烧毁灭了安娜·卡列尼娜的渥伦斯基，也不是因为一次酒后的性侵而忏悔终生的聂赫留多夫，他不是卖油郎，白甜美也不是花魁娘子，同时毕竟他不是武大郎她也不是潘金莲，不是也不必要是、不可能是西施也不是东施。

他明白，他必须是、只能是、恰好是傅大成。他媳妇已经是、当然是、绝对只是白甜美。每个人只是他自己，这就叫安分，分安而后守己，守己而后心正，心正而后事端，事端而后祸远，祸远而后福幸沛然。

他必须感谢甜美。甜美的存在让他少年老成，沉静安分。而在仕途上顶掉了他的赵光彩，听说在沿海城市被收拾得不亦乐乎啦，被打聋了一只耳朵啦。他这个姓傅的，贫贱低微，福分才安，就连赵光彩他也够不着。他不操心，没受罪，有眼苍天。

……回想头几年，Z城这里他住的单身宿舍的男生出够了洋相，尤其是深夜赶上共同起床，在厕所里偶然打着哈欠小聚的时刻，他们说什么“翘然而起”，他们说什么“观音菩萨”，他们说什么“如狼似虎”……他当然必须有甜美，不论是不是一起唱过小夜曲，是不是应答过情诗情话。不一定是“妹妹”嘛，《牡丹亭》里声声唤的都是“姐姐”，也不用管什么文凭与学历，管什么来历与出处，更不要企图与什么古书洋书上的貂蝉与卡门攀比。他毕竟不是鲁迅巴金徐志摩，他能为摆脱生活与乡土、摆脱甜美大媳妇较劲到底？

同事们看好他把妻儿接来，老领导并给他背诵“老有所终，壮有所用，幼有所长，鳏寡孤独废疾者皆有所养，男有分，女有归”的《礼记》大义。他们叹息：“古人的认知多么伟大，公母俩不在一堆，就是鳏寡孤独呀，就是残废和疾患的渊薮呀！至少从周文王姬昌时期，公元前一一五二年至公元前一〇五六年，圣人就关怀阴阳乾坤之天道了。而杜鹃布谷鸟的叫声呢？在北方，人们都相信悦耳的春鸟啼鸣里，它们叫的是：‘光棍儿好苦！’”

四

就在甜美带着两个孩子准备出发投奔丈夫的时候，公公婆婆双双病倒不起，大成探亲后回Z城上班不到一个月，再次匆匆赶回滨海县鱼鳖村，为父母送终。父母都对儿子与媳妇做了叮嘱：“好好地过，你们俩在一起，这就对啦！”儿子与媳妇也都向老家儿做了最后的与坚决的保证：培育儿女，白头到老！

一九七〇年Z城员工工资按八类地区标准，大成自己感觉工薪不少，此次送亲，本单位又补助一百二十块钱，但是父母无缘了。人间最大的仓促最大的懊悔是没有来得及尽孝。“树欲静而风不止，子欲养而亲不待”，孔子说什么都那么准确而且优美。大成忙于充当边境会晤译员，来回只用了四天，花了三个月的工资。他想起父母为他找的媳妇，与这名大媳妇共同生养的子女，一阵心酸，终于下决心与老婆孩子一起好好地过。想想父母，父母也是由父母的父母决定的婚配。全中国七亿人，都是从哪里来的呢？

两个多月后，甜美带着一龙一凤，坚决现身Z城，暂时住在大成的办公室，车到山前必有路。又过了三个月，他们住进了每月只需要缴纳九角二分钱房租、两角多钱水费、七角多钱电费的两间共三十二平方米的平房里。贫贱夫妻百事哀，Z城不是农村，什么都要掏钱购买，Z城又不是地地道道的城市，没有城市的全覆盖的商业设施与商业服务，什么都要自己跑自己找自己办。他们砌灶烧饭，他们挖窖藏贮，他们锯木钉凳，他们挂板置物，他们拉绳搭衣，他们养鸡取蛋，他们凭票排队购粮，他们凭票托友购肉，他们自行车驮麻袋买西瓜，他们粉刷房室、四白落地，他们修建暖气，自备小小锅炉……在白甜美眼中，一切废旧物资都是宝贝，一切辛苦都通向指向改善他们的生活……使大成觉得分外威风的是，他在同事的帮助下，在甜美的督导下，自己建立了修理自行车的一套家伙什，拿龙、补带、正把、紧条、座子、筐子、挡泥板、瓦圈、链子与自行车全身各个轴碗滚珠钢管，无不自力更生装修。其时其地，对于人民大众与绝大部分干部领导来说，自行车是主要交通工具，自行车被当地百姓称为“魔驴”，自行车在这里创造的纪录是一家四口只凭一辆破车即可驰骋二十公里。以大成家为例，必要时，他或白甜美骑车，小龙或小凤坐在骑车人前面的车梁上，白甜美或他坐在后面货架子上，还搂抱着未上车梁的另一个孩子。而用永久加重车载货的最高纪录是二百七十公斤，分别装在两个麻袋里，两只麻袋口扎在一起，放在后货架上，麻袋向两侧下垂，重心下降，骑起来更是异常，欲跌不跌，欲翻倒更不会翻倒。同时，这里由于路况恶劣，又由于自行车承担了过重的任务，车三天一小毛病，五天一大扭曲，前一天内胎放炮，后一天前叉子裂纹，再过一个月就会断轴断根断筋。对于堂堂发表过诗歌小小说通讯报告的傅大成作家来说，水来土掩，兵来将挡，他是越来越拿得起来，起着自行车修理师傅的作用。不但修自己的车，还经常免费为同事为朋友为领导代劳，更显得大气与大义慷慨。古人叫作仗义疏财，现时到了大成这里，至少是大义疏修车工技，直至部分自行车零件。

想当初，一九六五年才到Z城供职的傅大成，后来由于他自学成才，在修自行车上有卓越成就贡献，密切了与各方的关系。同样学会木匠打家具、学会烹调做菜肴、学会无线电家电做收音机、学会泥水活儿盖小房、学会电工管儿工油漆工的知识分子，那个年代也颇有一批。时势造英雄，古今皆然。

白甜美到了一段时期，渐渐在Z城名噪一时。她的到来全面扭转了大成的生活与形象，大成的所有衣装都经过她的整理整顿修复修补与美化。大成所有的袜子都配对成双，而此前他常常是一长一短、一厚一薄、一新一旧、一褐一蓝。劝君莫惜金缕袜，劝君应惜少年时，双袜完全直须穿，莫待失一再余一。大成的头发也时时得到甜美梳理，清洁与英俊程度显著提高。虽然Z城一时澡堂停业，洗浴无着，大成上班时仍然眉清目秀，耳朵梢与脖子前后，都是一尘不染、一皴不沾，像是刚刚出浴。也许没有增加多少新衣，但是大成的头发、眼角、手背、手心、衣领、袖口、纽扣、下摆、裤腿、腰带，包括他人无从看到的他独有的肚脐眼儿，都出现了更多的整齐清洁、奕奕精神、爽爽风光。

而更重要的是白甜美的炊艺。在农村高堂在上时，那十一年间白甜美韬光养晦，不露声色，粗茶淡饭，省吃俭用，糊口即可。来到Z城，大成月月现钱工薪，甜美带来自己的劳动工资积蓄——巨款九千三百七十多元，对于大成来说也算惊心动魄。甜美天生巧手，无师自通，过眼便明，闻味知艺，见形得法，略尝便有了谱系程序。大成见状，赶紧跑新华书店购买了一本《中华名菜谱》，一本《大众食堂菜谱》，令甜美开心不已。在供应匮乏、缺东少西的日子里，白甜美因势利导，拆东补西，就地取材，足智多谋，像变戏法一样地上抓下挠、左夹右攥，菜肴得失不由天，全在女人之灵气。家常便饭即是美味佳肴，信手一挥就是朵颐口福。她利用自己一时还没有找到班上的自由空闲，经常催促大成邀约同事友人促膝谈心，小吃大菜、冷盘热炒、鲁川东北、土酒散装、白干花雕，甚至他们的饭桌上出现过油炸花生米与龙虾片。她做的炸丸子氽丸子熘丸子，她做的炒肉片熘肉片，鱼香肉丝粉蒸肉梅菜扣肉腐乳肉，她做的更实惠的白菜白肉豆腐，她做的干菜馅酸菜馅鲜菜馅小豆馅包子饺子馅饼馄饨，她做的疙瘩汤手擀面酸揪片爆腌咸菜，都令人赞不绝口。尤其惊人的是，甜美无师自通，学会了自己做肉松。那时凭票购肉，问题是在Z城，肉铺多是空空如也，有票也常无肉可购。这天晚上，他们自一四川“黑”肉贩处购得四指膘肉二十斤，炖制好后，为防止腐化变质天天回锅加热，五天后只剩半锅油汤与碎屑。甜美自作主张，滤干汤水，放进一些面粉吸油，炒来翻去，竟成结晶式小粒肉松，质量色泽与新鲜度均远胜食品店的货色。推广延伸，牛羊肉脂肪，没有猪肉的多，便少放或不放谷粉，可以做出软纤维型牛羊鸡肉松。她掌握了技巧，客人们尝过，更是赞不绝口。

都说是甜美在家，福满大成。后来的说法发展为：甜美来Z城，是Z城各路人等的幸福，天官赐福，无米也炊，无酒亦欢，无肉也足实满意。越是艰难的时刻越是食欲大开，越开越珍惜口腹美意、朋友真情。大成甜美也就越是会想出一切办法结交火车汽车司机乘务人员与门市部日杂店售货员还有一些单位的秘书长副秘书长科股长，你得到了食材佐料，得不到急需的也能得到代用品。你帮我一尺，我帮你一丈，你帮我一两，我帮你十斤。在Z城，至少上六十人家说起吃饭自觉欠大成甜美的情；说起交往，自觉判定交友要交大成甜美这样的友，做人要做甜美大成这样的人。人喜人，必助人；人帮人，爱死人；人与人，共美味，共美意，幸福你我其他人！

美食是动物生命生活的第一要素，中华文化：民以食为天，人的因素第一，吃的元素居人的因素之首。爱怨情仇、沉浮进退，前提离不开搞饭吃饱。一顿好饭下来，世界观都有正面的调整。媳妇是男子奔小康的必需，美食是夫妻恩爱的重要压舱石，美食是计划和想象、愿望与动机、志气与胸怀的开端酝酿。美食是人类对于自然与劳动、进步与文化的第一推动、第一尝试、第一感恩与第一印象。在一个并不理想的时期，在一个并不充足的年代，在一个不太摸得着天意天机、不太看得见明天后日、不太找得着感觉手柄、不太踩得实路面凹凸的时刻，幸福的贫下中农出身译员兼青年作家兼修自行车能工巧匠傅大成，幸福的家务与胜任一切适合女性劳动的万能好手白甜美，他们是真正的成功者，他们是能干的老百姓，他们是惊涛骇浪里的安稳的两条小鱼。他们在匮乏的年代有很好的餐饮，在寂寞的日子有很多宾客，除了菜肴，他们给朋友们提供各式帮助：升学、就业、参军、发表文学匕首与投枪——三句半与快板、报户口、申请补助、财务报销、分房子、抓阄买电视机与上海锰钢凤凰牌自行车，当然他们也源源不绝地接受着好友们的主副食、票证、各种人物的关照与温暖恩惠。在那个时候，他们做到了广交贤士、团结互助、互通有无、互补急需，以友谊纾解艰窘，以联手改善日常生活。

本地的一位老夫子、著名国画家与金石家范白石，在他们家用餐后题诗七律相赠："慷慨居边远，风云乐腹肠，逍遥和五味，醴醪醉三江，秀质多甜韵，高情自彩光，食鱼夸尽善，大美赞贤良！"他解释说，后四句都是称颂贤内助白女士的。

也许将来这会成为一个科研课题，在二十世纪一九六六年到七六年的中国，为什么出现了那么多自由与任意，出现了那么多休假与旅行，发行了那么多菜谱，生育了那么多孩子，玩了那么多麻将与争上游，发明了用钻桌子、喝凉水等来惩罚调笑连贯三把不和的麻将手儿。职工学了那么多手艺，打了那么多大衣柜，养了那么多海马与红茶菌，挽救了那么多玻璃器皿厂，培养了那么多少年音乐家、小提琴手、手风琴手、歌手与萨克斯手，兴起了那么多健身奇术——从甩手到喝尿，从瑜伽到燕儿飞与抻筋，普及了那么多占卜秘方——码火柴棍与拴上铅笔头让它摆动，探了那么多次亲，夫妻恩爱屡上高潮，增加了那么多人口红利，举行了那么多家宴寻欢作乐——今朝有酒今朝醉，劝君一杯复一杯。也正是这一段岁月，受过五四新文化运动熏陶，小小贫农子弟作家及Z城著名自行车修理师傅大成，曾经为之痛心疾首的他与白甜美的婚姻，变得亲切安详，如鱼得水，如虾得泥，如胶似漆，遍体舒泰。对了，遥想当年，乡亲们祝贺的人生奇趣盛况愿景，梦想成真，做到了百分之九十的落实效率。

留下了百分之十的不稳定因素，现时露头的是：他们的两个可爱的孩子，与两年多前父亲探亲时见到他们的时候相比，他们的锋芒，小龙的天才与嗜书，小凤的笑声与趣味，他们的安琪儿气息，都似乎有所衰减，他们的一切都在往平衡、平稳、平实方面转化，而这，大成判断是受儿他娘的影响。儿他娘要的是平常普通，不喜欢个性、特色，更休说创造与神奇。

但来到Z城，一龙一凤仍然是崭露头角，儿子十一岁已经将《语录》倒背如流，女儿十岁成了“红小兵宣传队”成员，唱样板戏“听罢奶奶说红灯，话语不多道理深”的歌手。同时这平实平稳平衡的三平，又有一种提升，有一种哲学，有一种传统文化，复活了历史古色古香的魅力。这个“平”字写起来，极其动人，尤其是那最后贯穿与持中的一竖，每逢写这一竖的时候，大成觉得是那样的雄伟与潇洒，自由与胜算，“平”字的含义也令大成心服口服，五体投地。它们有多么正派，多么质朴，多么幸运！人是人罢了，媳妇是媳妇罢了，儿女是儿女罢了，作家是作家罢了，自行车是自行车罢了。平平平平，儿女是儿女罢了，作家是作家罢了，自行车是自行车罢了。平平平平平，他们平安幸福地度过了那个年代！

五

谢天谢地，乱乱哄哄中他们生活得平安。然后三十八岁、一九七八年岁末，他们赶上了党的十一届三中全会，改革开放从此春潮澎湃。

一九七八年底，他在Z城的文学刊物上发表了一诗一小说，诗写的是远风吹来的女孩儿的笑声，笑声给了他憧憬，给了他希望，更给了他难忘。难忘已经是意义和价值，是生活的内容与怀想的安慰。憧憬和希望终究会克服阴郁与空虚，笑声总会替代啜泣，实践检验总会使一时还不太标准的真理大放光辉。而他的小说是写一个自行车修理师傅，帮助一个领导干部，他攒了一辆表面破烂实际好使的自行车，胜过三枪凤头，给那位领导干部骑走了。他谢绝了那位同志官复原职后对他的报答。他坚信国人终会开上汽车，他梦想将自己的自行车修理事业发展成汽车制造与修理事业，同时他又在思考，也许再过三百年人们会发现还是自行车更好。

两篇作品都得到了好评。北京的大报上发表评论，激赏他的阳光信念与带笑春风。天津一位两米多大个子小说家兼画家称赞他对人民的赞扬与他对于自行车修理劳动的细致入微、门道精深、活灵活现的描写。大个子作家说，“读大成作品如食橄榄熏鱼，经月有余味焉”。有两个大学的学报上还刊出了关于公元前六百多年、施奇恩于晋文公的介之推介子的论文，两位教授从傅大成的修车小说谈起，联想介子推的隐居、不言禄、不受报精神，问道：“这种精神有没有过时呢？为什么今人没有这种讲究了呢？”出现了对此的一些讨论争鸣。

反正傅大成的小说没有过时。三十八岁的他的小说名品赶上了最好的时期，正当其时，改革开放时期喜欢称这种恰逢其时为机遇。发展需要机遇，国家个人概莫能外。

一九七九年他三十九岁的时候参加了北京一家大文学出版社的创作座谈会，实质是出版社的订货会议。他住在崇文门第一招待所，人们说这里的招待所与宣武门第二招待所，简称“一招”“二招”，都是为前来瞻仰毛主席纪念堂的外省来客们新修的。在那个年代，住进首都北京“一招”，傅大成有芝麻开花节节高、青云直上向天骄之感。一切竟然变化得这样快这样彻底。他看到了八面来风的刘心武，他看到了朴实敦厚的贾大山，他看到了歇菜二十多年已经四五十岁的当年青年作家陆文夫、方之、邓友梅、张弦、从维熙、王蒙，看到一鸣惊人的代表性女作家谌容、张洁，看到突然四处涌现的贾平凹、莫伸、成一、王亚平等新星灿烂，也看到一些尚不为人知的好苗子。出版社的老社长老总编，经过一番惊涛骇浪，潮起潮落，怀着终于有了这一天的欣慰心情，向年轻的一代两代，发出了“写吧，加油吧，解放自己吧”的号召。

而在这样的北京中青年作家会议上，傅大成大开眼界，他听着京腔京韵、因势利导、谈笑生风的北京话高谈阔论，起底解密、愿景、神聊、坚定、沉思外加幽默瞎逗，闪转腾挪，纵横捭阖，大炮小鞭，刚柔内外，见好就收，见坡儿就下，见弯儿就拐，一言兴邦，舌头打天下的北京文学精英……他觉得此前四十年，在海滨，在边城，在家里家外，在饭桌上下，在无数会议前会议后，他傅大成只能算白活了。果不其然，伟大的北京，灿烂的朝霞，天安门广场，我们为你歌唱，我们向你敬礼，这里不一样，人人是上知天文、下知地理，人家这才叫开会，人家这才叫文学，人家这才叫举重若轻，知人论世如烹小鲜！

何况会上还有一位未曾与闻的明星，少数民族，风流潇洒，人高马大，黄胡子，黑眼窝，轮廓立体，浓眉大眼，笑容满面，笑吟吟语惊四座，意沉沉民生多艰，头歪歪气吞山河，气冲冲意撞蓝天，更令包括傅大成在内的小土作家们目瞪、口呆！

仅凭刚刚发表不久的一诗一小说，傅大成竟也成了事。不但参加会议、说话，还照照片、上报纸、见姓名、受注意。他觉得自己非常可笑，并非极少的文学人士知道他姓甚名谁，还说什么“古有范成大，今得傅大成”。一位女性杜讲师干脆给他背诵其实他也会背的范成大名句：“塘水碧。仍带面尘颜色。泥泥縠纹无气力。东风如爱惜。”大成为之心感快意，却又自责他这样的小人物何等的浅薄而且廉价！幸运之星照耀，谁也挡不住。大成哭笑不得，想着自己往昔恰如水塘虾鳖，一无所长，如今碰到了时代变化，夤缘时会，住起了北京“一招”，而自己的姓名也居然与南宋千年之前的大家范成大混放到了一起。幸乎，妄乎，谬乎，愧乎？悲夫！

与会的作家们周末晚上去名牌大学中文系与许多做着诗家作家梦的学生们联欢。傅大成认识了陈建功、黄蓓佳、王小平，欢声笑语，载歌载舞，签名照相，直到互留邮址。然后互相拉拉节目，座位上有清茶、瓜子还有几片西瓜。大成用俄语朗诵了普希金的诗《假如生活欺骗了你》，与滨海和Z城相比，北京怎么这么多年轻人熟悉普希金呢？北京知道普希金的人，比Z城知道最红的梆子角儿筱莲花的人还多。

学生们的节目就更多了，手风琴与唢呐，数来宝与快书，特别是各种歌曲与戏曲演唱。与大成一见如故，为大成朗诵范成大《谒金门·塘水碧》的杜老师，在同学们的热烈当中唱了家乡山西的抗日民歌："八路军打日本，真呀嘚儿呀厉害咦哟，妇救会送孩（鞋），理应该，穿上孩（鞋）子跑得快，打得那日绷（本），跳了东海。"她接着唱了味道完全两样的电影新片《泪痕》主题曲："在我心灵的深处，开着一朵玫瑰，用我心中的泉水，将你浇灌栽培。"她的声音清澈明亮，甘甜酥脆，如儿童如少女。他沉醉于她的声音，沉醉于她的举手投足，扬眉甩发，风摆杨柳。

在全场疯狂的喝彩与掌声中，杜老师点名叫一位男生一位女生过来，并向各知名作家介绍了二位同学的写作与发表状况，二位同学大喊着说杜老师才是文坛俊秀。杜老师带领二同学唱起了十多年前苏联电影《蜻蜓姑娘》的插曲《玛丽诺之歌》。说的是一个苏联女工的聪明、活泼、顽皮与战无不胜。遇到歌曲里的衬词曲段，他们三人舌头练功，飞速地唱出"阿吧嘚儿哩嘚儿哩嘚儿哩嘚儿哩嘚儿哩呆啦，阿吧嘚儿哩嘚儿哩嘚儿哩嘚儿哩嘚儿哩呆啦"，尽情发泄青春加苏维埃工人阶级的幸福感获得感优越感，掌声笑声喝彩声翻了天。这时响起的是杜老师的一阵仙乐般仙人般的笑声。原来又是一首新歌，哈萨克共和国人民演员哈丽玛·纳赛洛娃在一九五二年访华时唱过的《哈萨克圆舞曲》，融笑入歌，融歌入笑。歌笑旋风，阵阵吹过，他回到了难忘的童男子的十七岁，只有一次的十七岁。原来改革开放能让人返老还童，重温好梦。

最后还有一位教英语的外籍女老师，给大家演唱怀旧影片《往日情怀》的奥斯卡金曲："记忆深藏，如画淡出，重修旧好，安能愿如？或成一笑，何必伤苦，往日情怀，思念当初。"

百感交集，往事翻飞。就在这个时候，傅大成两眼发黑，周围的一切开始越来越快地旋转，周围的一切像是浸在深深的暮色里，渐渐变成黑影剪影，笑声吵闹声突然远去，渐渐变成呻吟与蚊子的扇动翅膀，不好，傅大成晕眩过去了。

大成醒过来时是在救护车上，他被文学出版社会务组人员送到了海淀医院，经检查认为可能有耳科疾病。给他开了一些安神补脑的药丸、镇静舒张的药片，送他回到了“一招”，然后好了。

大成自己明白，他的这次晕眩与二十年前及婚后犯过的那两次差不多，先是受了风声笑声的刺激，第二次是突然地白花花的大媳妇从天上压下来。甜美已经带他找人治好了的，适逢改革开放的良辰美景，心猿意马，老病重来……他也在回首往日情怀。他重新听到了二十多年前的笑声与风声、女声与春天声、青春声与学生声、快乐声与心声。这是北京的声音，是大学生的声音，是爱情的声音，是召唤的声音。如舒婷北岛诗，如柳永与纳兰性德词，如安徒生童话。

在京期间，傅大成与参会同人到新街口电影资料馆看了犹太裔巨星芭芭拉·史翠珊主演的《往日情怀》，影片描写五十年代对抗麦卡锡-塔虎托法案迫害的美国青年的左翼抗争旧事，令大成感动至深。他们也看了法国电影《巴黎最后的探戈》。人体暴露尺度之大，令大成不能相信。

他回了家，他含着笑。他有时出着神出着神会笑出一点点声音。老婆上班才加了力，计件工资越来越见涨，小龙与小凤都考上了大学。他没有想到的是甜美在他从北京开会回来两天后就像是发现了什么：“咋啦？”“没咋。”他回答。这是他们俩成为两口子以来二十一年，老婆第一次问他的情况。“我太累了。我，有点累。”他不知所云地说。一边说一边抽搐了下鼻子，“你该洗头发了”，他说，这叫没话找话。

“什么？”老婆无声地发问，嘴唇好像略动了动。她去烧热水。晚上他似乎听到了甜美的自言自语。她说：“我等着，我怕着，我怕……”

六

没有办法，大成悄然变了，他似乎刚刚找到了自己，也就是说，他再也找不到原来的自己了。他不认同滨海县、鱼鳖乡与Z城了，他不认同甜美，也许还有家庭与实际的自己了？那么龙与凤呢？这太吓人。他收了杜老师的一本小册子，他知道杜老师的名字，也许只是笔名，她的署名是杜小鹃。小册子中有她写的一篇关于张弦的小说《被爱情遗忘的角落》的评论，论者问道：

“从‘有女怀春，吉士诱之’到现在已经有三千年，从《长恨歌》至今已经一千二百多年，从《钗头凤》到现在已经八百年，从‘五四运动’到现在已经半个世纪，在美丽的、文化悠久的神州大地上，到底有多少人得到过真正的爱情？到底有多少人享受过生命爱恋的美好与圆满？到底有多少人没有扭曲、践踏、压制旁人的与自己的与生俱来的对于爱情的梦？又有多少人次，人们乐于、狂热于、疯狂于充当爱情的刽子手、行刑官？被爱情遗忘的后果是什么呢，想想民间的捉奸热吧，压抑与发泄……”

他为之鼻酸。杜老师还写了论张承志《黑骏马》的文字，看得他嫉妒起张承志来。书里夹杂着杜小鹃的小说。原来她既能高论，又能创作，穷经作赋两相宜，俯拾即是，才华逼人。她的小说也是在写一个少女的初恋，受到了野蛮与残酷的对待。他一直想着杜老师。她是山西人，她其实没有甜美白净与透亮，她长着长脸，甜美是方脸。而大成是三十岁以后才觉出长脸或许更高雅并且更文气的。他喜欢周润发，但是他更喜欢刘德华。在他自己十六岁前的时候，小伙伴们发现他的脸型正在逐步拉长，一起笑他开始长成了马脸驴脸，他天天照镜子，吓得不行。甜美比杜老师块头大也更胖，尤其是杜老师的脚与手要比甜美小得多。大成想起普希金的长诗《叶甫盖尼·奥涅金》里的两行诗：“我走遍俄罗斯，看不到一双美丽的女人脚板。”这些文学言语令他自惭形秽，也叫他不能不遗憾，为什么已经进入了文学神圣的笔触的男女，却离不开生理物理、尺寸形体、骨架肉感、器官设备的露骨描写呢？甜美的眼睛比杜老师大，个子比杜老师高，但是杜老师身材显得秀丽、灵韵、绝妙。杜老师是双眼皮，而甜美是有点肉眼泡的单眼皮。

是文学的无能吗？是他不体会：男男女女对来自父母上苍的身体的正视与爱恋，面对与抚摸，并不注定下三烂，而是健康，是开朗，是诚实的生命的颂歌，是古老中华的一个进展？

大成在北京名牌大学那一个晚上，并没有与杜老师谈多少话，但是杜老师的笑容风姿声响话语举手投足已经使傅大成得到了此生从未得到的熨帖。没有办法，北京就是北京，滨海、鱼鳖、Z 城，就是滨海、鱼鳖、Z 城。杜老师说“您好”，北京人的“您”字像是雨露也像是花枝；“欢迎”，杜老师说的欢迎像是一阵歌笑。而且她那么能唱，一声“蜻蜓姑娘”，时光倒流了二十年。逝波长流，情歌永恒，你不舍你的昼夜兼程，我迷恋我的青春万年！

又过了三天，大成才发现了自己的问题，难怪甜美觉得他怪怪的，去北京开完了会，他的表现是食不安味、寝不安席、言不安唇、目不识目也不识丁，他正正经经是变成了“心不在焉”。他觉得他开始接触到了那个世界，他好想追求的那个不同的世界热烈了，也从未想象过地美丽了，而实有的世界从未有过地陌生了，平庸了。他想起了蹿红一阵的遇罗锦《一个冬天的童话》，描写她嫁给一个大脚丫子的男人，她与男人秋天去了香山，遇罗锦想着的是看红叶，而她男人忙着排队买带鱼。这个情节并不能说服他，他不认为带鱼与红叶有什么不可得兼的地方。正如文学与修车之间不会摩擦。然而他突然面临了陌生的四十岁。四十岁是一个叫人心慌意乱的年纪。四十而始惑于红叶与蜻蜓姑娘。他的心“随风而去”，如那部著名的描写美国南北战争的小说和影片 Gone with the Wind 的书的题名，译作中文成了“飘”。俄语书题则是 Унесенные ветром，俄语题目直接转译中文则是“被大风卷走的人”。是五级风吹乱了心波，同时他随笑消融，随歌起身启程，随杜老师的论文与小说而飞翔万里，鼓翅追云。他忽然变成了断线风筝。连孩子都问他：

“爸爸，你咋着啦？”

我咋着啦？

是吃错了药？是喝多了酒？是睁开了眼睛还是揉瞎了眼睛？是唤醒了生命、灵魂、爱情，还是用一把火燃烧掉了生命、灵魂、爱情、白花花的媳妇、聪明过人的笑靥如花的儿子和女儿？

就这样过了几天，他闹了一场急性胆囊炎，腹痛如绞，呕吐两次，最后他痛得嗷嗷大叫。高烧四十一摄氏度，浑身发抖。明白了，这是由于在北京吃得太多。作为鱼鳖农家的孩子，他多年来没有痛痛快快地饱餐过，更没有解过馋。而这次的北京之旅，他吃了回锅肉、粉蒸肉、狮子头和大棒骨，数次干烧鱼，还有一次大对虾。有两次吃罢晚饭他感到卖力太过，幸福与辛苦地喘息不止。

甜美推着一辆本来是驴拉的车将他送到医院，做了B超，验了脊髓，插上鼻饲管，说是为了减轻什么压力，又插上尿道管。大成大彻大悟，疼痛是难以忍受的，疼痛能够压倒一切，驱逐一切，当生命只剩下了疼痛的时候，为了离开痛苦，他完全愿意割舍生命，不要说割除胆囊了，就是割除头颅也算不了什么。佛家讲的是生老病死，病比生还强硬，比死还难受，比老还执拗。病是人生滋味，人生一绝、一极致，病通向的是正觉，而死只能通向虚无。然后知道了生而无病无恙无灾无祸是多么受恩惠，多么幸运。健康是从前面，而疾病是从背面彰明了人生的珍贵与美好，然后他剩下的还有什么呢？只有甜美，只有小龙，只有小凤。只有甜美有权利有责任在手术书上签名，只有她能承担麻醉醒不过来的风险、血流过多死亡的危险、手术伤口迟迟不能愈合乃至感染不治的危险，还有打开腹腔一看，内脏已经被胆汁浸润伤害，无法挽救的危险，还有另外十三种凶险告诉你你的生命的脆弱境遇。在脱光了病号服抬上手术床之前，他看了一眼妻子儿女，他说了一句：“我没事。别着急。”他的声音竟然像蚊子一样，病毒夺走了声音，在尚未夺走其他以前。

非偶然也，这是老天的一个重要的信号。天心是零？零是什么都没有，是天弃权，那么你的心就必须去补位，你的心就成了天心，承担天心，流露天心。你切切实实受到了警告，受到了痛苦，受到了天谴，受到了黄牌。你结结实实地接受了红肿痛的炎症，接受了操作起来其实更危险的局部麻醉。接受了闪亮锐利的手术刀手术剪手术钳手术线……是急诊手术，外科主任不敢在你身上试微创技艺。

手术后第二天他遵医嘱忍痛站立排气，第三天恢复了流质进食。第六天他出了医院。

衰弱的他想起了面向四十岁时发生的一切，他想起了鲁迅在《二心集·宣传与做戏》里的话：“杨小楼做《单刀赴会》，梅兰芳做《黛玉葬花》……倘使他们扮演一回之后，就永远提着青龙偃月刀或锄头，以关老爷、林妹妹自命……那就实在只好算是发热昏了。”

……有人恋爱得死去活来，适合编剧出演题咏献花成全大角儿巨星。有人平平淡淡地婚丧嫁娶、上炕苟且，后来是兴味索然，弃之可惜，食之无味，再无味也还可惜，再无趣也不能闹邪了。

虽然是才刚做完了腹外科急诊手术，从眼神上，从容颜上，从声音上，从身体、手足、皮相、筋骨的种种状态上，白甜美立即感觉到了傅大成的情意，她流出了眼泪，她结结巴巴地说：“我其实知道，我们俩不是，我们不门当户对，门不当户不对。我要嫁给你是我傻，嫁给你以后才知道你迷的是文学，姐妹们告诉过我，我嘛也不懂，可是我听说过，我也想得到，作家蒙人，作家折腾人、坑人，作家败家，作家靠不住，作家还得罪人，老是犯错误。有了什么来着，你们叫文学，就没有了好日子，我明白着呢，我早就知道你发达了必定会蹬掉我……我知道，我知道……你不要说别的了，过一天就一天吧，让我多侍候你几天，你把我带到了Z城，Z城有电影院也有百货公司，有大马路还有那么多警察，有出租汽车也有马的（马车的士）……我还要告诉你，我有钱，比你有钱，你想不到的……”

白甜美向傅大成讲述了自己的创业计划。她听服装厂的工友们说，省城里已经出现了民营棋牌室，一位工友的叔叔在工商局工作，他们能够协助她办理申请，申请表不用她自己填。她的棋牌室里将会供给棋牌，提供茶水、可乐、酸梅汤、豆浆、鲜榨果汁，她正在研究咖啡与冰砖冰激凌雪糕，她正在订购苏州出厂的冰柜。

……大成紧紧地将甜美搂到了怀里，更正确地说是更深更紧地钻到了挤到了甜美的怀里，他哭得鼻涕眼泪一大把，他激动得喘不过气来，他忽然一通百通，一顺百顺：让自由恋爱的人自由地去爱去抱去离去骂去乱去闹他个天翻地覆出窍涅槃吧；让没有得到自由的恋爱的人也爱他或她的能爱，搂他或她的能搂，舒服他或她的能舒服，抱怨他或她的想抱怨，哭着骂着也还要舒服着，得了便宜也还要卖乖，窝囊着也还要尽兴吧。同胞们，朋友们，闺女们，小子们，尤其是老小娘儿们，我心疼你们！

他出主意说，不要仅仅叫棋牌室，要叫棋牌茶室。

一面养病——甜美天天给他炖鸡汤山药枸杞，一面充当甜美创业的顾问，一面享受着家庭生活，一面不时想起三十九岁进北京的歌声笑语，而后又钻起牛角尖来。

他的命运多么有趣，他的故事胜过许多人的包括他自己的小说……人生是谁的构思呢？一九四〇年出生，日军占领下的东北，叫什么“满洲国”，四五年苏军粉碎日本关东军老底，四九年中华人民共和国成立，五五年辍学，五八年复学，五九年娶媳妇，六一年当爹，先是不要家，后是享受家，七九年北京开会，心神荡漾，文采飞扬，笑的风现出了才女的容貌体形，他已经不知伊于胡底，恰在此时候，猛的一场腹外科急诊手术扭转了人生方向，这是一种多么完整，多么诱人，多么出其不意，多么庄严多义的整体构思！伟大的物质世界，你的规律法则科学概括声光化电惯性正反加速度，就是你的构思。越是客观的世界，越是有构思的主体性与坚定性。你的诗性、小说性、禅性、易学性，究竟是怎么回事呢？而狗男女也罢，我爱你也罢，苦绛珠魂归离恨天，吊诡矜奇，病神瑛泪洒相思地，又是多么伟大刻骨的构思呢？

七

世上无难事，只怕有心人。白甜美的路子连傅大成也完全想不到。还有过去认为她不会说话，只是不会与大成说话罢了！她太敬他爱他讨好他高看他了，在他面前她紧张得一句话也说不出来。引车卖浆，忽悠、龙门阵、唠嗑、拉呱、八卦、天南海北，她到时候想要什么就能来什么，抛来什么掉下什么，她就接到手什么，歪来正对，热来凉应。转眼间，她找到了合伙人，她在大成认可下，用房屋的居住权作抵押，从银行获得贷款，从娘家也要到了支援。再说大成由于他的创作势头，由于他的北京之行，Z 城文联把他调动到了文联创作室，并且分配给他两室一厅、使用面积达九十五平方米、水电暖设备齐全、厨房使用液化石油气、明暗两卫公寓房。

甜美租了本公寓楼两间空闲的半截地下室，粉刷修整，张灯结彩，悬挂西洋景与电影明星照片——刘晓庆、陈冲、张瑜、郭凯敏，方桌圆椅，喇叭电视，一应俱全。在一九七九年、农历己未羊年，公历十二月三十一日，农历十一月十三，摩羯座，甜美的乡思棋牌茶室正式开张。鞭炮齐鸣，茶烟皆备，酒香扑鼻，与白总夫妇有餐饮之交、公关之交、清谈之交、文墨之交的众友人来了个不亦乐乎，一半广东音乐《步步高》，一半邓丽君歌曲《甜蜜蜜》，为 Z 城带来了新感觉新声色。满室鲜花，满室贺词镜框，还有和田玉象棋、香港造麻将牌、日本造围棋与大量 YET 名牌扑克置放得兴旺吉祥，有条有理。由白总亲自操办监制的肉夹馍、热狗、三明治与鸡汤、奶油蘑菇汤加百威啤酒再加大盘沙拉油凉拌生菜土豆蛋白虾仁招待宾客，说笑声、碰杯声、喜歌祝词声、致敬致谢声满耳满室满街。主客都强调，乡思棋牌茶室的开业是 Z 城的盛世盛事，是形势大好，愈来愈好。最妙的是在便餐、汤品、礼物、言语、认识都是喜悦圆满百分之百的情况下，在嘉宾们正要告辞离去的时候，“乡思”室内的电视机突然打开，荷兰飞利浦、当时世界上屏幕最大的电视机、42 英寸对角线、CCTV 第一套节目，播的正好是电视片《三峡传说》，喇叭里放的正是李谷一的伴唱《乡恋》：

昨天虽已消逝，
分别难相逢，
怎能忘记，
你的一片深情……

这是一个奇迹，这是一九七九年末的又一个快乐奇妙的伟大构思，造就了二十世纪八十年代开始时Z城的一个传奇。

棋牌茶室的名称“乡思”是大成起的，他当时既不知道当晚中央电视台会播放什么节目，也不知道李谷一是谁以及她会唱什么歌，更不知道这么一首多情委婉，却又不无玄奥犯酸之词儿的歌竟成了生活将要起变化的一个先兆。他们的茶室“乡思”与李谷一的“乡恋”，天然接轨无缝。

他当然更不知道后来上海《文汇报》专门报道了这个歌曲如何受到欢迎，更不知道《乡恋》的出世前后，出现了多少文艺掌故与社会发展变化的故事，包括严肃的保留与廉价的感动，曾经敏感的邓丽君到大陆来唱歌的消息，甚至小小Z城人民，在茶室也议论起了日本影片《望乡》中的裸体镜头该不该剪掉。这是怎样的岁月哟！

他们呢，不只是躬逢其盛，而且是趁势直冲云天。

小小的Z城，不见经传的小小的民营棋牌茶室，在开幕式晚上听到了演唱之后，白总立即买来李谷一的名为《乡恋》的盒儿带，使在这里喝水吃点心，在这里下棋打牌的顾客听到《乡恋》，听到《洁白的羽毛寄深情》与《边疆的泉水清又纯》，而且加上了上海的益加软嗲嗲的朱逢博歌曲带子。一个月后，“乡思棋牌茶室”毅然更名“乡恋茶室”。他们的茶室搭对了文艺的快车，攀上了历史的巨轮，分享了明星的光耀人间。

那个时期的生活，就和一个小青年吃了一点兴奋剂，至少是吃了“多种维生素＋金施尔康”一样，三个月一蹿，六个月一跃，一年过一个坎儿，两年升一次级。到一九八三年，傅大成出了一本短篇小说集、一本诗集，姓名经常在文艺报刊上变成铅字。而到一九八三年，白甜美的茶室已经另建一个大七倍的新址，原址变成了高价的茶室VIP部，还清了银行贷款，进入了良性循环。简单说一句话，白甜美比傅大成阔多啦。

棋牌茶室的建立与经营也有令大成极为头痛的麻烦：小小Z城，有的人才大体吃饱，就悄悄恢复了赌博恶习。麻将一毛两毛最多到一块，还好说。种种新鲜的扑克赌法，二十一点、斗牛、掼蛋、炸金花、乐高，花样百出，险情四溢，黑话连篇，背景深深。尤其是引人入胜的斯诺克台球，那个时期承载了多少赌局财富再分配，无人说得清楚。白甜美并不含糊，她苦口婆心，奉劝着顾客特别是老相识们玩儿玩儿就最好，万万不可违法聚赌。

一切收费服务在给好人提供了快乐与享受的空间的时候，也提供了利用它蝇营与狗苟的可能。一时间，公安部门收获了各种举报，也发现了不少线索，什么涉嫌贩毒涉嫌为卖淫而拉皮条的涉黑人员都往乡恋棋牌茶室集结。

白总三天两头地被派出所调查询问。有一次是两个赌徒在这里赌完了台球，出门走到一个香烟摊前算账结账，言语与算术计算不和动了手动了攮子，被公安派出所拘留。一次还将白甜美行政拘留。拘留三天后白甜美回家，恨得大成跺脚捶胸。

这里还遗留了一个历史奇案，一九七九年十二月三十一日晚八点后，乡思棋牌茶室开市大吉，即将圆满结束，飞利浦42英寸电视机是谁打开的？乡思是怎么样变成乡恋的？李谷一、朱逢博，后来则是明目张胆的邓丽君、徐小凤、梅艳芳、凤飞飞，她们是怎样进入茶室、进入Z城、进入全国的各个角落的？

一九七九年除夕，开市活动结束后，甜美对大成说：“赶得真巧，客人们要走了，你打开了电视机，《乡恋》就这样唱起来了……”

大成说：“不是你拧了开关了吗？我根本没有去打开呀？是谁打开的呢？是小张还是小朱？是小盛还是小苟？”张、朱、盛、苟，都是甜美的雇工帮手。

天才构思都是零构思，即无为而无不为，没有结论。然后出现了一些延伸故事，说是大成在北京见到了李谷一、音乐家协会的领导吕骥与大音乐评论家作曲家李凌。还有说李谷一给白总甜美打了电话，电话费用了三百多元。

一九八三年，乡恋茶室胜利地也是跌跌撞撞地营业四年，白总甜美因一些经营问题被两次行政拘留七十二小时。后一次释放之后，傅大成反复思谋，建议茶室停止棋牌台球，与文联的书画家联手，经办少年儿童与退休老职工书画培训与借阅图书活动。

八

一九八三年十月，Z 城文联转给傅大成一本东北一个地级市主办的文学刊物《葡萄园》。由于寄件方对大成邮址写得不清不楚，邮件转来转去，前后盖了邮电支局的四个“查无此人，试转 X X 局”邮政章，包装已经磨破。耽误十多天，最后才通过本市一家文学杂志将印刷品邮件交给了他。

一本印刷与装帧都嫌粗糙的薄本文学期刊的头条作品，是署名小鹃的短篇小说《无法投递》，以半日记半书信的形式，描写了一个大龄青年女子的感情经历。小时候女主人公爱上自己的老师，是她童年的白马王子，王子竟然不久就结婚了，娶了一个长得像小白薯一样的俗人。问题是班上有三个女生说那位准小白薯长得如何如何像第一人称女主人公“我”，这使女孩儿生气，感觉自己受到了极大侮辱，这件事给了她一个沉重的预言，“我”深信自己肯定是红颜薄命，噩运连连。

初中三年级，书信体小说中的“我”差一个月就满十六岁，已经是二八佳丽，“我”在公园里邂逅了她刚刚看过的当红影片主角男神阿匆。“我”毫不犹豫地叫出了阿匆的名字，阿匆怔了一下，走过来亲了一下她的手，抬起头，她挨了一个耳光，然后是一片哄笑。与阿匆的邂逅使她心乱如麻，所以，是谁打了她耳光，是谁在笑，是在笑谁与笑什么，乃至以上种种究竟是她的一个亲历还是一个幻觉、一个少女之梦？平白无故地相信自己被吻了手并扇了耳光？她完全闹不明白了。她痴呆了，她羞愧难当，她惊慌于自己的神经躁动，也许还有点疯狂，也许是有伤风化的开端。

无边无际的懊悔中她迷上了文学，她一口气读了三遍《红楼梦》、两遍《卡门》、三遍《贵族之家》、两遍《前夜》，她背诵了《长恨歌》《无题》《临江仙》《青玉案》《再别康桥》，还有苏轼的《江城子》。她也读了徐訏的《鬼恋》与《吉卜赛的诱惑》。“我”自己信笔由缰、穿云破雾地写将起来了，“我”变得更深沉，更珍重，更有才华也更幻想，更痛苦也更灼热，她在燃烧，她在饥渴，她在膨胀。

她所有的习作都被倾巢退回。

而比一切的诗都诗，比一切的爱都爱，比一切的忠诚都忠诚的是爱情的童话，是童话的爱情，是安徒生《海的女儿》，是美人鱼。“在那条船上……她看到王子和新娘在寻找她……他们知道她已经跳到浪涛里去了。在冥冥中她吻着这位新嫁娘的前额，她对王子微笑。于是她就跟其他的空气中的孩子们一道，骑上玫瑰色的云块，升入天空。”

爱情是一个最美的童话。爱情就隐藏在辽阔的、深不见底的大海里。爱情是一种牺牲，是温柔的刚烈，是女儿的梦。

“我泪流满面，我深夜不眠，我终于得到了外国的爱情‘圣经’了，而中国的‘圣经’是‘天地合，乃敢与君绝’，是‘执子之手，与子偕老’。我下床。我跪到了地上。”小鹃继续写道。

然后是两行省略号，然后是一个三级跳——这样一行字，把大成吓了一跳：

“我怀了孩子！我生了孩子！我知道了这一切有多么拙劣，多么无耻，多么粗俗，多么丑陋。我有了罪，我给了我自己，我毁了我自己，我暴露无遗，我被每一个看我的眼睛扒了个精光光。

“……只能把我唯一的儿子，小小的，攥紧了拳头哭向他的可怜可恨的妈妈，帅哥式的儿子，我把儿子送给了他人，我们订了文书，此世永远不再见面。”

……

五迷三道，怔怔磕磕。横空出世，你这里，却是道啥为何？几分那小丫头糊里糊涂，几分那盛年美女激越撒泼。几分幻梦，几分执着，几分蹉跎，几分哆哆嗦嗦，几分哩哩啰啰。不像小说，不像非小说。赶上了国运大兴、文潮汹涌、有板有眼儿，开放改革！你也诗、我也戏、她多思、侬抒情，阿拉也错错错、莫莫莫、笑呵呵、一味地瞎嘚瑟。驴唇怎样去对马嘴？后轮印到哪里去找车前辙？却为什么，无病呻吟，有病笑呵呵，小病藏猫儿猫儿、昧儿昧儿、魔魔，大病不准把脉摸？天真烂漫，如泣如歌？一腔心事，才女多磨。读未了，谁能不为之动心、动情、怜惜无限，为她垂泪，好端端傻话儿说得太多，好端端写得太拙，读得忒拙，嘛事儿啊，倒叫俺泪眼婆娑。

大成把这一段散曲，写在《葡萄园》杂志头题作品《无法投递》的结尾后空白上。

是谁继续强力构思二十世纪八十年代的中国与她的每个子民呢？难忘的一九八三年十一月一日，傅大成应上海文学界之邀飞上海，这是滨海县鱼鳖乡出生、Z 城工作、年已四十三岁的大成头一次坐飞机。由于邀请方出机票，傅大成何德何能，居然进了机场，排了大队，登了飞机，靠窗坐稳，明白这也是祖坟坟头冒了青烟的喜事。他等了五十分钟，心慌意乱，东张西望，终于机声如雷，螺旋桨飞转如云霞闪光，机身震颤如电刑如打摆子，自我感觉益发慌乱。飞机前行，居然渐渐升起，起落架整个收拢。空中小姐送来了雀巢速溶咖啡、饼干，还有小巧玲珑的一盒五支装混合奶香凤凰香烟，香气扑鼻。谣言也罢，忘记所由了，但是 Z 城百分之九十九的并未坐过飞机的人民，都知道有一次一架飞机上天，收起了起落架，轮到降落时刻，打不开、伸不出起落架的尴尬狼狈危险万分。感谢上苍，上海虹桥老机场到了，起落架正常—平稳—打开—探出—后轮先够上了跑道……傅大成怎么样上的飞机，又怎么下来了？傅大成血压与心搏恢复正常，平安抵沪。明白了吗，小小鱼鳖乡人氏傅大成从飞机上下来的地方就是大上海：冒险家的乐园？十里洋场？

上海滩？三大巨头，四大帮派，南京路上好八连？这一天是傅大成与他出生的故乡鱼鳖村扬眉吐气的纪念日。

上海是伟大祖国的最繁华城市之一。上海是中国工人运动的摇篮，是中国共产党的诞生地。上海有霞飞路后更名淮海路，还有南京路“霓虹灯下的哨兵”。上海的外滩西洋景图片在全世界全中国直到Z城不胫而走。上海住着作家巴金，有巴金办的《收获》，和同样由巴金担任主编的《上海文学》杂志。上海有二十世纪二十年代建起的西班牙风格美丽舒适的静安宾馆，这次文学界活动前来的各地中青年作家就住在静安宾馆。这里的水晶虾仁很有名。虾仁上要放山西陈醋或镇江香醋。

乡巴佬逛大上海，在上海见到北京女作家杜小鹃，傅大成拿着载有《无法投递》书信体小说的刊物，请她看了他写的散曲读文心得。时隔几年，二人会面。大成说：“你的《无法投递》迷住了我。”小鹃说：“那是因为它投递给了最该投递的你。”大成说：“好久没有见到你了，一见面，却又像常见面似的。”小鹃说：“不见了就会再见，再见当然就要看见……在上海，在这里，不是又见了吗？”然后笑声连连，如春风，如风铃，如金石，如上海夜灯闪烁。

奇怪，中华脍炙人口的说法是《诗经·王风·采葛》：“……彼采萧兮，一日不见，如三秋兮！”说的是友谊深厚，思念浓烈，一天不见，如同分别了三个秋天或者三年。而与曾经屡屡令他心潮起伏的有趣的女作家杜小鹃副教授（已升级副教授），再次见面的快乐立马荡涤了所有的过往千头万绪，他们是四年不见，如三分钟前还在一道兮，从未分别兮兮！

四年过去了，又一次全国性的文学聚会。新星灿烂，有新锐发言放炮的小胡子炮手，还有据说是风头正健与不无危险的现代派先锋阿旺特尕尔得（前卫），还有姚雪垠与刘再复的争论与魏明伦的有关奇文，然后是鸳鸯蝴蝶派的复活，还有不具有誉满全国的作品但硬是具有誉满全球威名的文学大吹大砍大侃，还有陕军湘军北京作家群，还有伤痕寻根一声叹息两行清泪三分遗憾四季草花，说不定还有五毒俱全，但愿是五福临门。

不但开会，几位中青年作者还去了淮海路上的红房子法式西餐厅。上海西餐是不是比北京西餐更西？为什么会觉得上海餐饮至少是服务得更好？大红门，即后来的红房子，开业于一九三五年，时大成是负五岁，小鹃是负十岁。人们正好坐在临街的窗边观看大上海的繁华街道上来去匆匆、衣着体面、举止清爽的过客。红房子是一个欣赏艳羡消化上海的好地方。而比红房子的西餐更令大成难忘的是小鹃对西餐的熟悉与介绍。大成是第一次进正经西餐馆。是小鹃给大成讲了哪个是切牛排的刀，哪个是切鱼的双刃刀，哪个是汤匙，哪个是茶匙，左手使用的叉子序列，西餐的特点，头盘开胃、汤品、主菜一至三道、甜品，酒的上桌序列等等。她甚至讲到了法餐、意大利餐、俄餐、德餐，尤其是人们为什么嘲笑英国餐的故事，和自助早餐中大陆系列与英伦系列的分别。著名的历史学家的女儿与他这个鱼鳖乡村的贫农儿子的差别就是这样大，是怎样的机遇呀，他正骑在向现代化全球化疾奔的时代骏马上。

他们也去城隍庙寻找批发店、价廉物美的商品与美妙销魂的南翔小笼包子。他们到了郊区淀山湖、湖边报国寺、玉佛寺下院。报国寺中一千多年的古银杏树，叫傅大成、杜小鹃这一类小作家仰面感叹不已。“冀枝叶之峻茂兮，愿俟时乎吾将刈”，小鹃援引了一段屈原的《离骚》，说是希望树大枝叶茂盛，等待从中得到收获。虽然不算贴题，也显然高于其他江湖写手，毕竟是大学的师资。

他们登上了高高的藏经阁，瞭望说是有十一个杭州西湖大的淀山湖，他们俩含着泪水。“我们太小资产阶级，也太土鳖了。”大成自我批评。于是觉悟高些的文友转而谈青浦区是陈云同志的故乡，陈云参加过上海工人的三次起义，担任过罢工委员会的委员长和中共中央组织部部长。青浦区还有著名的朱家角、淀峰村等地，都有自己的难忘风貌。

他们在南京路上最早的洋式建筑和平饭店，听了老年爵士乐团的演奏，乐队成员平均年龄七十一，三十年代大上海的十里洋场派头，绅士风度，君子举止，侍应生谦恭，仆役识相，燕尾服，紫领结，令听众倾倒。小作家们摇头摆尾，垂涎欲滴，越羡慕就越嘲笑，频频击掌点头，然后抖一句小机灵的取笑语包袱，发出哄闹的笑声。胆子大的翩翩起舞。本来认定自己跳起舞来一定会使绊摔跤失足跌倒的大成，怒从心头起，恶向胆边生，舞池蹭鞋，居然从足尖足掌的运动上感觉有几次陶醉于音乐的旋律，更陶醉于在怀在手在音乐中的舞伴与“蓬拆拆”节奏。得意于身在斯时斯地的缘分，又困惑于《夜上海》《香槟酒气满场飞》《月圆花好》《给我一个吻》这些沉睡几十年的似乎是早已告老的伴舞调子堂堂正正地重新响起，他们尤其惊异于六人组老年乐团将《何日君再来》演奏得大气磅礴，像进行曲典礼曲赞美曲。

上海本地人则介绍说，这个和平饭店里住过参与解放战争前段国共两党军事调处的美国五星上将马歇尔，住过《别了，司徒雷登》里的那个后来当了美国驻华大使的原燕京大学校长司徒雷登。还有超大明星卓别林，还有特大作家萧伯纳。“还有我们”，接着还讲了几个在场者的姓名，大言不惭地做这样的宣布的当然是从北京来的作家。

到北京，傅大成感觉了自己格局的渺小。他在北京扩展了心胸，提升了视野，拥抱了世界，联通了天地，积蓄并开始释放了能量。到上海，傅大成感觉到了自己的孤陋、落伍、愚拙。他在上海突然刻骨地触到了城市、现代、时尚、服装与餐饮，更不要说上海人过日子的细心、聪敏、适意、得体、精致得当、恰到好处。北京使他知道了生活的阔大，上海使他感觉到了生活的精明的幸福。

而最最令人难忘的是他们在国泰影院观看了电影《小街》，痛苦的故事，表演得那么委婉与柔情，更表现了恻隐、爱怜、帮助、同情、母爱、闺情、哥哥、弟弟、妹妹，尤其是并没有提一个字的爱情。在人间，最最温柔的抵御着最最强暴与残酷的，最最凄婉的硬顶着最最威吓与迫胁的，最最软弱的，也是最最顽强与不可战胜的。太久了，他们没有看过这样的电影，他们已经开始忘记一些善良的小人物的际遇，太久了，他们没有设想过哪怕是空想过这样含蓄的故事，没有听到过这样绝对不一味悲伤也不全是忧愁的缠绕于心、搅动于腹的剧情人情事情。他们都流了泪，他们也都知道他们可以寻觅到更深沉也更有力、更宏大也更高远的心绪、记忆、发酵、语言与记录。

与故事、人物、风景、遭遇一样重要的是数学，是最简单的算数。到上海，停留5天，120个小时，参会人数36，会务工作人员28，参加会的与做会务的人数64，对于文学来说，这是个盛会，是个规模不小的集体活动。但大成与小鹃的感受更像一次双人活动。双就是2，2就是双，$2>1$，$2<3$，傅大成与杜小鹃加起来人数是2，就是说每次外出活动，除去此2人以外还有62人在场或可能在场。然而为什么这两位朋友将此次上海的文学笔会记成了、看成了、想成了、感受成了两个人的会见与交谈，接触、触摸、对话、对接，仅仅是$1+1=2$，甚至是1+1（仍然是）$=1$了呢？

“我看了《无法投递》，我觉得好像没有写完。”

“谢谢你，你说它没有写完，我真高兴，我总算是投递给了一个可以回应的朋友了。但是那信，只能说也是冒了傻气。”

“傻气也是勇气。而且还要寻找。”

“我喜欢‘寻找’这个词。‘在满天的繁星中，我寻找着你，我凝视着你，你知道吗？’这是邵燕祥大哥的诗。地球寻找火星。呒。”

“知道。那一年我已经十六岁了，我辍了学，我在乡村，在打麦场上，我们看星星更清楚，我们更关心的是‘龙口夺粮’，要在降大雨之前把小麦打出来。说是那一年地球离火星近，这样的靠近，六十年才有一次。”

“六十年，太方便了。我们用肉眼就能看到仙女座大星系，她的直径是二十二万光年，我们看到她，用了二百五十四万年，就是说，她离我们的距离是二百五十四万光年，她们之间最远的两颗星星，要交换一次信息，双向要走四十四万光年。”

“仙女，那是我寻找的。你的寻找，应该是火星或者天狼。”

“现在想的是……《小街》。一个俞，一个夏。一个哥，一个弟，一个妹……我们跑了那么远。最大收获是一起看了电影《小街》，上海国泰。远远到上海。购票看了一场电影，并且一起研究了火星与仙女座。一九八三年，十一月六日，十月革命节前一天。生活，有电影和远方。”

"《小街》里，他们俩还是他们仨？也许，一切其实更复杂，所以我希望它可以更简单。"

"毕竟不是星星。我送你两副手套。毛线的，是我自己打的，打出五个手指头来，手艺还可以吧？连指的棉手套，也是我自己琢磨出来的，有点笨，笨与傻气同样是'无法投递'，但是暖和，我想象。Z城的冬天会很寒冷……"

"我……我怎么好意思，让你辛苦，我怎么配……真高兴。"大成觉得自己脸红了，灯光比星光更能照出脸上的红晕。

"我没有那么开心。我做得不好，怎么做也还是有点不对劲儿。"

"……上海真好。"

"我爱北京。"

然后两个人都笑了，笑声随风而散，风声因笑而变得舒适。

九

后来小鹃给大成写了许多书信。

后来大成给小鹃写了也回了更多的书信。

一九八六年，小鹃将这些信做了编辑和修辞、延伸和变奏，加上了漫画，加上了诗词，加上了悬疑和游仙，加上了对年代、对风貌、对岁月和风月的勾勒刺绣，加上了元小说，例如注明风貌、岁月、风月三个词在王永民发明的五笔字型输入法中重码，在五笔中，岁月就是风月，风月与岁月就是风貌。它们变成了小鹃的柏拉图式小说新作，题目为《并不是情书》。男主角名火星，女主角叫仙女座。

作品一开头，作者小鹃声称："一批书信，是笔者偶然'获得'的，笔者受到了感染，同时觉得有趣。笔者乃以七十一封书信为素材，作了加工、改造、重写、引申，明修栈道，暗度陈仓，旧瓶新酒，老树新枝，文学虚构，遐想联翩，姑妄言之，姑妄写之……"

大成当年写下的读《无法投递》的感想散曲"五迷三道，怔怔磕磕……好端端傻话儿说得太多，好端端写得太拙，读得忒拙，嘛事儿啊，倒叫俺泪眼婆娑”，被引用到男主角火星给女主角仙女座的信上，而后，被编入了《并不是情书》中。然后“笔者”写道：“文幻诗拙泪更痴，随心吟咏且由之，驴唇愿作黄莺语，匆匆未误花明时。”

小说《并不是情书》引起了很大反响，有说是解放突破、新的观念、新的尝试、新的文体、新的开拓；有说是看不懂，无主题、无情节、无生活依据的凌虚蹈空；有说是“并”作，乃是对于灵魂与生命的求索，是对于庸俗社会学的颠覆，是真正的艺术升华，是文学的高峰陡起；有说是背离了现实主义的伟大传统，背离了曹雪芹与鲁迅，巴尔扎克与托尔斯泰，跌入了现代主义泥淖，走上了“牙路—邪路”；有的说是耳目一新，读了《并不是情书》，觉得生活变得不一样了，阅读变得不一样了，文学变得不一样了，自己变得不一样了；有的说这根本不是小说，只是任意随意的散文东拉西扯；有的说小说里有女权主义，有新时期的莎菲女士，有后现代后五四后“文革”后伤痕；有的说是虚无主义、剑走偏锋、伤情滥性、倾向不端。

更加令人尴尬的是几乎与《并不是情书》发表同时，所有的文坛人都传说此小说写的仙女座就是北京杜小鹃，而火星就是Z城的傅大成。他们俩拍拖的恋情正在演绎，正在走红。尤其是，在这篇新作里，作者没有署名“小鹃”，而是用了新的笔名“远程”。一下子出来那么多注疏：远程即是Z城，一、远程，即yuancheng，即Y城，Y与Z只差一小步；二、远程就是怨大成，就是杜小鹃的爱得不到傅大成的回报，不能不怨而怼之，痴心女子负心汉，中外古今皆然；三、不是怨城，而是冤诚，女人的爱是奉献，是牺牲，是痴迷，是我不下地狱谁下地狱，在欧洲是投入火焰，在中国是骑木驴游四街，女人献出的是生命与尊严，得到的是污辱、蹂躏与折磨，至少如《小街》里张瑜扮演的俞，你只能无影无踪，就地蒸发，而男人对爱情的理解是占有，是戏弄女子如玩玩具，是奴役，是奴婢，是显摆风流，十年一觉扬州梦，留得青楼薄幸名，爱情是女人的冤大头，是女人的诚与男人的得陇望蜀，喜新厌旧；四、远程就是原惩，就是原罪，就是性之冤之原之渊，爱之罪之醉之墓；五……

上海之行带来了大都市病毒，带来全家病痛。大而笨的连指手套与坤式毛线分指手套，就是赃物，就是含情脉脉，亲昵礼物来历不明罪。白甜美心知肚明，一个女人，哪怕送你一条法国领带、一瓶 XO 白兰地、一只瑞士大英格手表、一身意大利华伦天奴西装，也不过是说明她购得了一点商品，送给你的是到处只要花钱都能买得到的货物，是能够购买也能转售的明码标价物件，她要显示她买得起几样物品，她要向你表示慷慨与好意，告诉你你对她好、为她办事她不会亏待你，她可能求你办点什么事务罢了。而此人把自己的做得歪七扭八的狗屁活计送给你，她居然不嫌寒蠢丢丑，孩子爸爸居然不嫌简陋添堵，这就真是出了怪事丑事了。这是二房行径，这是不要脸的婊子，这是等着孩儿他爹坏良心……她噙着眼泪将自己的判断尽量委婉地告诉了儿女。儿女佩服妈妈的精明，更佩服妈妈的视野日益开阔、知识更新、信息升级，一点即透、不点也明镜儿似的，眼里不掺沙子。儿女为父亲出了这样的事而不能不感到大难临头。

大厦欲倾，回天乏力，阿龙与阿凤他们去与爸爸谈心，爸爸显得理亏，脸红，咳嗽，扭动嘴唇，嘬牙花子。只能反复地讲，不是那么回事，不要胡思乱想，不要“一见短袖子，立刻想到白臂膊，立刻想到全裸体……”鲁迅早已如是说过。

大成说：“孩子们，我不是你娘想的那种人，我是诗人，我是小说人。诗是幻想、遐想，空想，想的是字儿，吟安一个字，拈断数茎须，我们追求的是虚拟的美丽，是云彩边上半隐半现的光环，是因为不太能得到而成为永远的念想，因为是彩霞一样的美丽而永远摸不着。而小说是编织，是虚构，是望梅止渴，是画饼充饥，是‘远看山有色，近听水无声，春去花还在，人来鸟不惊’，是画上的美人，是变成蝴蝶的庄生，是杜鹃啼血，是身无彩凤双飞翼，心其实也并无灵犀随便通，叫作心无灵犀何以通？最后只是‘梦为远别啼难唤’，多少流点眼泪，‘蜡炬成灰’尘，泪也不干，泪能排毒、杀菌、润滑、改善视力、释放情感，赢得怜悯与认同。

为了一丢点儿浪漫主义，为了语言的实现与感动人，不怕发疯，不怕杀头，不怕冤案，不怕遗臭万年，笑骂由他笑骂，好书我自写之，这样才有了文学。我追求的只是文学。你们的娘她不可能懂得，她现在已经是突飞猛进，一日千里。我都佩服她，XO与华伦天奴，还说什么来着？大英格儿倒是早在中国出名了。她是个人物，她比我强，所以她用不着文学，她懂干活、操作、经营和运转。你们现在，你们早晚，你们有明白你爸爸的那一天。”

“爸爸，我相信您说的是实话，您确实想说实话。我们不想了解得更多，但是生活不只是文学，生活是咱们一家四口。您如果做出不合适的举动，您会毁了这一家，您一定先毁了妈妈，毁了您自己，毁了阿凤与我……这是现实危险，是悬在我们头上的达摩克利斯之剑，是烧向咱家的一把毒火。我讨厌那个我们没有见过的装腔作势的女作家，从她的窝窝囊囊的手套上，我觉得她与妈妈根本不在一个量级。文字算什么？写作算什么？妈妈首先是一个人——好人，杰出的人，劳动的人……”

“我知道，别说了，别说了，我知道。”大成哭了，用手势拦阻儿子，不让他再说下去。

“爸爸，如果你对不起妈妈，就别想着我们还能对得起你！”阿凤没有辩论的兴致，她只说了这么几个字。

女儿的强硬使大成一惊。他忽然想到自己的不得体，给儿女们大讲文学，简直是闹笑话，儿子，姑娘，都是学文学的，他们整天听教授讲师讲中国古代文学史、外国文学史、文学概论、现当代文学、古代汉语、现代汉语、写作课本……他想起了与小鹃在一起的快乐时光、欢笑时光，对话机锋，诗歌小说，旁征博引，尤其是翩翩起舞。与小鹃共舞的快乐如同进入了神仙世界，音乐响起，节奏清晰，美女在怀，美情在心，美步在足，美意在搂腰的手，文质彬彬，文明优雅，文思如酒，文学与音乐，朋友与社交感每分每秒都令人骄傲陶然，翩翩起舞的醉迷深入骨髓。

然而……快乐的另一面就是罪。所有的快乐都使他产生与妻子儿女没有共享的遗憾，遗憾再前进一步就是疑心，就是灾祸。怎么能埋怨妻儿的封建性老旧猜疑心理太重呢？跳舞时搂在一起时首先产生了警惕的疑心的并非他人而恰恰是傅大成自己！他的北京之行上海之行的快乐的要害在于，这前所未有的快乐与满足只属于妻子儿女之外的自己。他的快乐以排除自己的家庭成员为代价，为必须。他的快乐为什么突然变得这样深度利己？还是迷误？是热昏了心，还是错会了意？

他想起在上海时女儿给他的信。女儿说到两年后她毕业后的就业出路，一个是离Z城不远的省会P都第二中学，一个是P城属丰兴市新成立的紫丁香女子乐团。乐团早由最近红极一时的歌手许丁香领衔建立起来，她是阿凤的中学同学、闺蜜，她高度喜爱阿凤的嗓子和歌声，虽然阿凤并没有像丁香那样接受过音乐教育，但是丁香坚决认定阿凤是唱通俗歌曲与民族民间歌曲的好苗子，是真正的天才，是不鸣则已，绝对的一鸣惊人的潜星。大成恍惚听说孩子她妈反对，禁止女儿出头露面去唱什么歌儿，而他这个爸爸竟然没有与女儿交谈商议过。

嗯，儿子女儿，有一个中年老年的明星爸爸，是多么晦气啊。

“等等，小凤，咱们说说你的前途的事儿。”

阿凤转过了身，看着她爸爸，有不少怨意，她噘了一下嘴角，说：“过两天再说吧，您现在哪里顾得上我？”她起身飞快离去。

大成只觉一团杂草堵在心里。这是一个大发展大变化的时代，这是一个突然改变了许多，倒塌了许多障碍的时代。这是一个人人都可以奔，可以追，可以想，可以相信点什么、念想点什么、卖点什么、玩点什么花样、生点什么花心的时代。人人都敢操心也敢操持自己了，为自己的发展为自己的满足，为自己的幻想更为自己的实现而异想天开了。尤其是又读俄语又写小说，还写诗，还是一个早婚早养儿女的傅大成自己，是一个有幸生活在二十世纪的城市，却以十九世纪的偏僻的农村习惯娶了一个完全陌生的女人。而这个女人无知却又聪明，无教而又忠诚，无恋爱而又温热如夏，无尊贵而又自有道理、自有主意、精明如商、技能武装、顶天立地、绝非等闲的角色。是一个时时让他敬、让他畏、让他依靠、让他馋嘴的大媳妇，又是一个永远无法与他对话与他交流与他互触灵魂的纯洁得贫乏、天真得愚蠢、忠诚得简单廉价的好使好用无情无趣的媳妇。啊，想想他怎么与甜美诗话，他怎么与甜美跳舞，他简直痛不欲生！他无法想象自己的爱情经历。

要不，这仅仅因为他傅大成太文化了吗？一个白媳妇，一个挣钱的能手，一个好妈妈，她有什么必要知道“假如生活欺骗了你”？她如果努力去知道“假如生活欺骗了你”，那才是真的无可救药地让自己欺骗了生活与你呢。她有什么必要去知道陆游与唐婉的“红酥手，黄縢酒，满园春色宫墙柳”？哼哼，白甜美不知道这玩意儿，也不知道探戈与狐步，不知道恺撒皇帝的圆舞曲。傅大成倒还真知道这些，他的儿子与女儿知道这些，他整天琢磨这些，他明明不是普希金，不是苏东坡，也不是邵燕祥，更不是约翰·施特劳斯，他却有资格轻视甜美不知道这不懂得那了？臭大粪啊。

十

杜小鹃的《并不是情书》发表以后，一位年已六十七岁的老作家写了一篇文章，对杜文同情理解得无以复加。传说这位老革命老文人，并且是精通五国语言的老学问家给小鹃寄了非常名贵的养生补气血中药。或谓此公陷入了对小鹃的爱河，是在捧坤角儿？又都说绝非，老文学家一生圣洁纯正，与自己的革命伴侣共同生活五十余年，从金婚正在走向钻石婚，是踏实与干净的榜样。说是他所在的省妇联，已经有人发起将他树立为五好男人五好丈夫了。

“情书”发表后，家庭陷入危机，大成再次表达了维护甜美与子女的决心，他决绝地停止了与小鹃的通信。不通信了，他觉得自己更好，甜美更结实，阿龙更光鲜，阿凤更活泼。他表明了态度，他支持阿凤与她的闺蜜许丁香联手创业，他支持女儿还在高校没有毕业以前就去参加紫丁香团的演出，试唱几个歌，热热身，摸摸观众反应，阿凤没有受过专业的训练，没关系。

大成甚至觉得，停止了通信，死了心，杜小鹃也变得更高雅、更深沉、更诗意、更升华、更温柔，也更克己，如仙如道姑，如女神如雕像，如绘画如舞影，如梦如歌如春风传来的笑声了。她正是四百五十万光年外的仙女座，他偶然想起来掉下一滴眼泪，距离带来了忧伤，才有真正的甜蜜。

因为，当大成在信上对小鹃说“不”以后，一连几个月过去了，小鹃这边没有了一点声响，就像画上的仙女，从画上走下来，与他相会，倩影流连，无所不至，然后，仙女一笑回到画上。他这里剩下的是最最美好的记忆。

但是一九八四年春节前，大成接到了小鹃的信：“我已买好了去Z城的火车票，我去看你。”

把大成吓坏了，他打了长途电话给小鹃：“你不要来，不能来！我明天就回滨海鱼鳖村老家了。不回老家我也不准备见你。”

他心怦怦地跳，他已经不能再照顾一点杜小鹃的心情了，他引用了老作家谷峪的一篇受过批评的小说的题目：“强扭的瓜不甜！”同时来信与回电话的事也不能让甜美知道。

半年后，《江河诗报》上发表了署名“鸢橙”的诗，《只不过是想念你》：

只不过是想念你，
不过是难以忘记，
无望、无求、无助地，
想念着你的想念，
谛听你的无语。

想念夏夜的流星，
想念飞走的风筝，
挣扎而上高空。
想念受惊的骏马，
跑过一座座山峰

在那里嘶叫声声。

不要说想念是痛，
爱了才痛。
大山一样地沉重过了，
便不再沉重，
几分飘荡，
几分轻盈，
只要一点风。

我想故我在，
我只在我，
我必报应，
有念想就能。
我们互为生命，
互为存在做证。

就这样想念着、
想念着你，
直到风与笑淡淡止停，
飘坠于冰雪严冬，
伴有那一丝，
未了想念情。

大成凄然惨淡，把《诗报》藏了起来。几天后发现不见了，只有长叹。

到一九八五年春节，半年后即将结束学校生活的阿凤，正式开始了在紫丁香女声小合唱团的演出。返场时候，新人阿凤加唱了一首新歌:《未了想念情》，她选择的是半朗诵半唱歌的路子，“只不过是想念你……

谛听你的无语”，她的声音温存，奇怪的是带上了阿凤特有的应该说是讥刺，这种讥刺的调子后来遍及滨海与Z城。“想念夏夜的流星……在那里嘶叫声声”，她唱得潇洒，甚至像是含笑的歌声，含唱的笑语，欢笑里不无嘲笑和苦笑，然后突然，她疯狂地喊叫：“……想念是痛……我必报应……冰雪严冬！”最后是泪如雨下，重复了两遍“就这样想念着……飘坠于冰雪严冬”，全场沸腾。

大成听朋友说到了女儿在歌手生涯开始的时候，唱红了杜小鹃的诗《只不过是想念你》，他大吃一惊。春节期间，女儿在丰兴市演出正忙，他联系不上，问阿龙，也不知道妹妹什么情况，阿龙只是告诉父亲《P都晚报》上刊登了一则文娱信息，说是紫丁香团的春节演出成功，新人阿凤，声音甘洌，表演诚挚，台风纯朴自然，收放随意，诚则灵验，一鸣惊人，还提到了她演唱了女诗人鸢橙的新作，更名“未了想念情”。说到这儿时，阿龙鼻子收缩了两下，嘴上做出一种厌恶的表情，大成没有敢再问下去。

两周以后，大成终于找了一个时间，元宵节头一天晚上，他到了丰兴，花二十五元买了一张票，躲在后排一个角落，等了又等，终于等到了聚光灯下闺女出场，唱她妈妈的潜敌，她爸爸的潜伏在北京的恋人的诗之歌，他确实无法明白，这又是谁的构思、谁的导演、谁的脚本、谁的作词；这是胡扯，这是混乱，这是布朗运动，是小小的分子在液体中无规则地乱冲乱转悠，是老戏《花田八错》，老天爷错出轻喜剧，小丫鬟错出好姻缘，越乱越有福，越错越可爱，越荒唐越有票房与市场。

小阿凤一炮打响。白甜美经营有成，她组织的国画班、书法班、油画班都十分受欢迎，并且还要主办刺绣、手工艺、学京戏、教京胡、笛子、大阮，直到教你说相声的班子。Z城妇联前来考察，并在次年度三月八日授给她“Z城三八红旗手”称号。但是对家里的事她益发忧心忡忡，大成的情况十二分告急，她估计得最充分也最悲观。闺女唱起歌来对于她也绝不是吉兆。好女孩怎么能那样出头露面，优伶再一步就是娼，她没上过太多学，偏偏懂得“优娼”二字。

至于阿龙，他的心思放在出国留学的前景上面，一位老师与他商议着，而且妈妈表示支持，第一步，妈妈说可以为他筹措两万美元。他皱着眉头，留学还是娶媳妇？他为之拿不定主意。在他本人正在考虑成家立户的情况下，爸爸闹起什么似有似无、自身坚决不承认的第三者婚外恋，令阿龙心烦反感。

傅大成躲躲闪闪，心不在焉。阿凤唱歌成功，是凶是吉，他本来也有点二乎，怎样辅导下一代人的人生，他左右为难。从理论上，他支持阿凤冲一冲自己的生活之路，他反对一切的保守与控制下一代的企图。但是《P都晚报》上将阿凤的名字往娱乐圈里引进，他还是有些不安。阿凤居然是唱杜小鹃的歌词而走红，更是荒谬绝伦，是上苍对他对全家对杜小鹃的耍弄，是他的报应。杜小鹃已经宣布了，“我只在我，我必报应”，大成知道这话源自《圣经·罗马书》，它出现在《安娜·卡列尼娜》的卷首页上，原文是“申冤在我，我必报应”。这话太可怕、太压迫、太残酷了。阿凤却在瞎唱。

见不到阿凤，他干脆给阿凤写了封信：“孩子，这有点荒谬，这是那个你们不喜欢的人写的，这是预判，也许是诅咒。”他把信寄到阿凤的大学。

阿凤回信：“是我从您那里拿到这首诗的。丁香团已经给作者付了歌词使用费二十元。我很喜欢。想多了就什么也做不成了。我只在我，说的是感情，说的是感情不一定平衡与回应，不需要计算来往账目。报应当然是指好的报应，除非你是坏人，有了坏心，做了坏事，你只要不做对不起妈妈的事，你得一生吉祥。欢迎你为女儿写一首更加青春的歌曲。我的打算是，最多疯上八年，退出娱乐界，回滨海县教中学语文，还可以教音乐，我的识谱，超过了一些老歌手呢。”

读信后大成惭愧不已。女儿的水准大大超过了他，后浪推前浪，新人胜旧人。他背诵女儿的话，只要不做对不起妻儿的事，一生吉祥。女儿的话语有旧约新约天启的风格，天使的风格。他暗自刺骨锥心，对天鸣誓：不做对不起妻儿的事。

这时候他接到了中国作家协会通知，本年五月，参加作家团，出访德意志联邦共和国，参加西柏林举行的地平线艺术节。他反复阅读通知信函，并且打探北京朋友，确认此次出国人员名单中没有杜小鹃的姓名，他回答北京方面“可以”。他知道同去的还有演出团队，包括北京人艺出演《茶馆》的，江苏昆剧团张继青大师及出演《牡丹亭》的，他还会在西柏林见到在Z城见过面的台湾与美籍华人作家白先勇、陈若曦。他越来越相信命运在于自己，幸福、聪明、灾难、破灭，一切在我，一切报应，归根结底是生于我，及于我，自作自受。这并不是弥赛亚即主的宣示，而是每一个可怜与可爱可敬的生灵包括傅大成自己的责任。

十一

这是一个大开眼界的时代，这是一个怎么新鲜怎么来的时代，这是一个突然明白了那么多，又增加了那么多新的困惑的时代。有人说，是红灯绿灯一起开的时代，报纸上甚至出现了“松绑”与“闯红灯”的口号。一九八五年难忘。大成他们先到了北京，一夜激动，凌晨中巴把他们送到了首都机场国际航班候机楼。护照、边防、海关，穿着不同的制服、不带笑容、责任如天的工作人员，表格、签名、法律与政治责任，界限、标志、出境章，咔嚓。从北京起飞，乘坐汉莎航空公司DC-10——道格拉斯DC-10飞机，飞往西欧。道格拉斯民航客机，由于安全性的瑕疵，此后逐渐淘汰了，大成第一次国际飞行经验亦属难得。

与许多面相与文化殊异的欧洲人一道，闻着欧洲女性的似嫌浓烈的香水味儿，还有机舱餐饮的咖啡、乳酪、果汁、肉桂味道，考虑了几秒钟不应该考虑的种族与肤色差别，甚至于想到，德意志与日耳曼民族的特异优秀与悲剧罪孽，就这样上了高空。飞机经停巴基斯坦伊斯兰堡一小时，然后飞到德国法兰克福航空港，然后换乘英航客机，飞西柏林。

这么一折腾就到了欧洲？法兰克福？柏林？这样的报纸上地图上常见，又与他的生活从来联系不起来的地名，突然成了他的地面。他几乎是将信将疑。

世界真奇妙，不出门咋知道？亚欧交界处，欧洲一边是丛丛的绿，亚洲一面不知是不是沙漠的黄。也有人说并不是上苍苛待了亚洲，因为，几百年前，亚洲这边更富足与葱郁。

中苏关系恶劣，飞行在中欧间的飞机不能或不愿经由苏联领空飞向目的地，宁可走南线，经停或德黑兰，或伊斯兰堡，或阿联酋的沙迦。中国要善于利用世界的多重敌友关系，赢取国际处境的利我。绝了，头十年还是腹背受敌，而后却是左右逢源。这也是“我只在我，我必报应”。

而西柏林的报应一直是苏联与西方世界的一个重大矛盾所在。二战后，战胜的苏美英法分区占领德国，柏林则是四国部队分片占领。美英法占领区，一九四九年五月二十三日成立了德意志联邦共和国（西德），首都波恩。苏占区同年十月七日建立了德意志民主共和国（东德），首都东柏林（苏占区）。西德无法建都西柏林，因为西柏林是社会主义东德领土中一个孤岛，苏联红军的巨大牺牲赢得了兹后的地图画法，柏林位于苏占区。东德与苏联阵营决不承认被整个东德包围的西柏林属于西德领土。最多承认西柏林是美英法三国军事占领区，他们不允许西德的民航飞机飞越东德领空到西柏林。所以，中国作家访问团抵达法兰克福后，只能更换西方占领国飞机飞西柏林。而为了防止东德民众“叛逃”西德，东柏林修建的柏林墙也成为二十世纪难忘的一个地理与国际政治标志。现在是傅大成等中国作家堂而皇之地进入这座被围的墙内市区来了。

大成的专业是俄语，十一届三中全会以来，他在自学英语，他订了一本《英语学习》杂志，杂志上连载了一个长篇小说《大空港》，描写的是在法兰克福机场发生的恐怖分子策划炸毁民航飞机的故事。说什么，读什么，就有什么，这是怎样的伟大神奇、开阔壮丽、惊心动魄！

现在傅大成是中华人民共和国作家，生于鱼鳖之乡，学于滨海之县，立足小Z，知名全国，乘汉莎而扶摇，到大港“美因河畔的法兰克福”，藉英航而越东德同志，赴西柏林而友谊四面，交通八方，此何时哉？此何人哉？此何世哉？端端的非同小可！他傅大成祖宗的坟头，伟大中国人祷告祖先以求保佑的坟头，大冒青烟喽您哪！

大成赞叹与惊异于飞往西柏林客人的超豪华待遇，不是一等舱，胜似一等舱，英航候机室里放着水果、面包、种种奶油与乳酪、咖啡、牛奶、酸奶，还有小纸盒的豆浆与玉米蛋糕，甚至不惜血本，上了利物浦产的巧克力与廉价的维夫威化巧克力。他真不知道是应该赞颂还是叹息西方世界的准斗牛士冲动，要向飞往西柏林的乘客显示西方优越，要摧毁大成不知道到底应该算是社会主义同志、还是苏联修正主义卫星国的处境不易的民主德国。而社会主义的古老巨大中国在经过大动乱之后走向新时期，成为本届西柏林艺术节的主宾国，仅仅作家就来了十五位，它的含义又将是什么呢？

团长是一位五十一岁的名人，他的小说作品早已引起了世界性的轰动，也受到过打击，一棒子打趴下四分之一个世纪，好像装进了保鲜袋置入了雪柜冰室冻结，二十多年后取出，仍然活蹦乱跳，才华四溢，像打了维生素与葡萄糖的兔子。副团长竟也是同样的命运，喜欢掉书袋，喜欢讲理论，哼哧哼哧地写了长篇小说，大成尚未拜读。本出访作家团里还有一位六十刚过的老大明星，占据过银幕中心，她的文字也无与伦比，歌颂新生活笔生彩霞，语出锦绣，哭了你笑了你又跳了你。从北京一上飞机，就被并不知道她是谁的汉莎空中小姐引入头等舱，明星就是明星，明星万岁！人的风度仪表谁能粗心大意？还有两位刊物作者，带着才气，带着不平，带着新意，带着一点点忧郁，若即若离，客客气气。再有就是东北作家中的老革命，参加过抗联，打过游击，后来又到了延安，充当了文艺战线的中高级干部，忠厚诚恳，方向端正，是大叔也是师长。三位知青作家，一位女性长着红扑扑的笑脸，种过十余年蔬菜，如今的诗里由于意象的奇特被一部分读者欢呼，被一部分师长抱怨，说是她的诗朦胧，看不懂，可能是走上了牙（邪）路。还有一位评论家，一上飞机他就大讲刚刚访问一个友好国家的经验。他说他们与受访国的同行见面，说到中国当代文学走过了曲折的道路，对方作家立即强调，在英明领导下，该国的文学事业一直是沿着笔直的道路前进的。大笑的作家都感到了自身的幸福，面对曲折就是面对无数的情节与故事，面对笔直全国只剩下一个从胜利到胜利、从正好到正好的情节，故事难编难讲。但是说到种大白菜经验丰富的朦胧诗人，有几个同行者热烈推诗坛新风，另有几位年龄偏大的作家翻了翻白眼。这一切又是多么可喜！

团里还有外语学院的德语与英语专家、文学翻译家，他们翻译了歌德、席勒，还有当代德国作家海因里希·伯尔的《丧失了名誉的卡特琳娜·勃罗姆》与君特·格拉斯的《铁皮鼓》。

然后然后，又有什么可说的呢？叫什么来着，傅大成新学的一个词，他本人应算是地方“新锐”，干脆是新蕊、新瑞、新蕤、新睿，xin rui。另一位 rui，则是他一心回避的杜小鹃。原来出访团名单上没有，有的是一位高龄女作家，早年的德国留学生，三十年代与巴金一道发表过作品的祖师奶级人士。出发前两个星期老人家身体不适，人们不敢大意，临时换掉，变成杜小鹃，团员名单上用中、英、德语写着“她的笔名还有远程与鸢橙”。写着她的代表作，包括有小说《无法投递》《并不是情书》，诗歌《只不过是想念你》。更惊大成的是，她的书信体小说《并不是情书》，已经在德国的汉堡出了德语译本。

伟大的世界，伟大的格局，两个阵营，独立自主的中华人民共和国，不结盟国家集团，苏联、美国、英国与法国，亚洲与欧洲，东德与西德，法兰克福与东西柏林，二战，冷战，热战，罗斯福、斯大林、毛泽东、周恩来、赫鲁晓夫、勃列日涅夫、西德总理阿登纳与科尔、东德领导皮克、格罗提渥、乌布利希与昂纳克，四国占领，两区分治，西柏林危机，苏共二十大，九评现代修正主义，在这些大人物大时代大事件中，傅大成这样的草根，竟也与闻其事，似乎离大国大事日益亲近。还提什么杜小鹃的爱情诗爱情小说，还提什么傅大成与杜小鹃的不尴不尬不爱情或也勉勉强强就是爱情，未免是穷极无聊的极致，是抠抠搜搜、嘀嘀咕咕、嘟嘟囔囔、是是非非的极致。他想起来在作家笔会上听到的一个说法，广东的一位作家说，他读完《海明威传》的主要感想是：“我们都是自幼失势的太监。”

所幸的是他本来千方百计地想躲避开的，与瘟神杜小鹃的见面，轻松自然。人是需要见面的，敌对与不和国家的元首与政府首脑是这样，普通人也是这样，一见面，就不一样了，祸福安危善恶成败，不过如此罢了。他见了杜小鹃说：“你可好？”“你呢？”“我们又见面了。原来以为见不着呢。”“人不见天要见，天不见地要见，地不见中国作家协会要见，还有西柏林的艺术节要你见呢！哈哈哈哈哈哈。”“其实我们每天都见，不在报纸上，就在杂志上，要不在朋友间的谈论上见。”“可不是嘛！”

太高兴了太兴奋了，就会伤毁睡眠。从上飞机，中国作家就没有踏踏实实地睡下来。在欧洲，哪怕你是刚下飞机，他们的一顿晚餐，九或十点才开始，站在那里喝凉水与酸酒，吃用牙签挑着的小食品，不但要吃，更要说呀说呀说呀。

五月的西柏林寒风阵阵。他们下榻美资洲际集团酒店，美式高层建筑，旋转风门，大堂里人来人往，玻璃柜里摆放着许多艺术品：银制、水晶制、铜制与塑胶，墙上也挂满木、瓷、漆、合金浮雕与图片。室内室外，都飘曳着似有似无的摇滚风歌曲。本来是豁出命去，呐喊的沙瓤动人嗓音，带着哭声小声播放出来，好像是一个被苛刻地限制了发声分贝的演唱，痛苦是悄悄的痛苦，激昂又无法当真激昂，这声音里有太多的诉求，太多的欲望，太多的嘶哑，太多的保留，这一切，令大成心痛怜惜不已。

他的房间床太软，截至一九八五年，大成他还没有睡过软床，他在北京与上海住的最好的床垫也只是棕床。席梦思的温柔使他觉得不够真实，也不亲切，他反而睡不好觉。头天刚刚下榻，夜里找了半天，他终于找到了本室音响开关，他将开关关得死死的，仍然觉得有他室或者走道里的歌声传来。即使没有室外的声响，他脑子里的存贮的狂放却又压抑的声音，一直淅淅沥沥，绵延不绝，像连阴天的小雨。德国，俾斯麦、浮士德、白义耳（拜尔）药片、巴赫与贝多芬、康德与黑格尔、马克思、海德格尔，第三帝国、英国航空公司、攻克柏林、易比河会师、莉莉玛莲与日本的李香兰、莉莉玛莲的《提灯下的女孩》与苏联歌曲《灯光》，还有怪杰导演法斯宾德、最伟大的乐队指挥卡拉扬、德共主席恩斯特·

台尔曼……的德国，历史与地理书上、报纸上、经典作品里、苏联与德国影片里、伟大音乐里与想象里的德国柏林，突然在一九八五年，来到他眼里耳里胃里和他的身边，就在北京时间的七个小时以后，就在疲累里兴奋里将信将疑的绝对稀奇的自问里，实现了与他同在。

这头一天晚上，西柏林夏季时间二十三点半，已经是他一夜没有睡觉的北京时间次日清晨六时半，他睡下，过了四个小时，他醒了，翻来覆去再也睡不着。从感觉上，他是首次离开了国境，他到达了一个半真半幻的地方，但不论生活还是逻辑，灵魂还是身体，他不能理解出国意味着什么，德意志联邦共和国意味着什么，或者它们完全不一定意味着什么。他是傅大成，但是他不在中国，这有点不可思议。

他穿上便装，光脚穿上武汉出的皮鞋，困倦同时兴奋。他擦了擦眼睛，他到了楼下，坐在离旋转风门不远的一个绕柱而设的圆沙发上，靠着方形柱子，有点腰酸腿麻。他时而感到一缕寒风，更像是北京的冬天。他感受到了酒店内外的繁密的灯光，他体会到电灯越多越是哪一盏也不可能亮。星多月不明，灯多泡不亮，见多诸事忘。在冷风的抖颤中，他坐着坐着，没有过渡也没有想到，一下子深深地睡着了，比在房间还睡得好。除了床垫太软以外，五星级酒店客房内的镜子太多，电器开关太多，灯盏与灯泡太多，卫生间种种洗漱化妆润肤美容用品过多，各种虚假与做作的香味太多，对他有一种侵略，物质的高度发达必然会侵略了人。还有小冰箱里的冷食干果与小小瓶装洋酒，估计一瓶就需要他付出一个月的工资，他不准备享用，对他无用无干的东西却占据着他的狭小而昂贵的空间，他的房间里充满了莫名其妙的他人他物非我非己。在这样的酒店客房睡眠，当然是一种罪过，是浪费，是烧包儿，是强迫，个中也颇有快乐，快乐的折磨，突然的纷扰，铺天盖地，千朵万朵。

为什么，在楼下，在大堂，在后半夜，在非睡卧室内空间，他越睡越舒服起来，温暖起来，欣慰起来，安适起来？冷风没了，陌生没了，奢侈的拥挤啰唆侵略没了，异域的香气与歌声没了，除了不知从何而降的温情、温暖、温馨、硬块的破裂与融解以外，什么都没有了。

幸福地置身于西柏林洲际大酒店，终于安稳稳空荡荡的大堂里，他幸福平安地睡了两个多小时，他幸福地睁开了眼睛，他发现他是躺在一个女人的怀抱里、女人的大腿上。他颈有余柔，发有余香，体有余温，心有余情，他发现身上盖着一件女式风衣，最后才明白，他这两小时的枕席，两小时的平安与熨帖，两个小时的温暖与依靠全在于杜小鹃。他猛地坐了起来，“这个这个这个……对不起对不起对不起……”他应该做什么呢？感激？致歉？知情？惭愧？

他犯起傻，脸上带着哭笑不得的尴尬与前所未有的亲切与温暖。突然觉悟，傻痴总是与幸福孪生，而聪慧会带来本来可以没有的痛苦。

与他相比，杜小鹃是那样纯净、天真、自然，她说睡了一觉以后实在难以继续睡下去，便下楼走走。来到大堂，看到睡态可掬的傅大成，她坐在大成身旁。大成一歪，倒在小鹃的身上，她轻轻将大成放倒，她见大成穿得太少，怕他受凉，便将她的风衣脱下，盖在了大成身上。大成叫苦道：“唉，这不让你受冷了吗！”小鹃说：“你一个大热人，在我腿上，也是一个火炉呀。”大成脸红了，小鹃则是一味地笑，再笑，还是笑啊，得意又滑稽，笑得小鹃面如桃花。这时的傅大成忽然听到了德国的古典音乐，舒曼，“童年”，在中国，都称之为《梦幻曲》。在著名的军旅话剧、沈西蒙著《霓虹灯下的哨兵》中，“梦幻曲”一词被一位上海小姐说出的时候，话剧观众大笑起来。为什么在尚未破晓的时刻，这一曲子在洲际大厅或者大成心中出现——傅大成是多么想给小鹃跪下来啊。

也许只是个梦境，也许只是次梦游，也许夜三点以后摇滚乐被古典乐曲替代；所以如此珍贵，所以分外动心。然后，然后怎样然后呢？非你，非我，非梦，非真，非上海，非北京，非Z城，非法兰克福，也非柏林的，一个任性涂抹的故事。

只是天机，只是天命，只是音乐、对比、梦幻、威胁、天缘，历史，地理，必须欢呼，应该快乐，羡慕吧，歌唱吧，我的比小说还小说、比诗歌更诗歌，比李白还李白，比少年维特还维特的记忆与讲述。

李白没有游法兰克福，更没有乘英航到过西柏林！普希金没有进过洲际大酒店，更没有登上过LH（汉莎）与CA（中国国航）航班飞机。哦！

十二

中国作家与世界各国的同行们在一起，举行作品朗诵会与研讨会。有趣的是多数朗诵会上没有翻译，完全不懂中文的各国主要是德国人士兴致勃勃地听着中文朗诵，似乎仍然能够找到一些感觉。一个土耳其作家告诉中国同行，他参加过三十五年前的朝鲜战争，他学习了一些中文，就是说，他曾经与中国人民志愿军在朝鲜半岛相互射击与拼刺刀。他说他大体上听懂了中国作家中国当代文学的朗诵，但是他说的汉语没有几个字能为中国同胞所听懂，倒是讲英语、俄语哪怕是意大利语，反而好些。中国人似乎从土耳其作家的欧洲语词里面猜出几个单词，使那两位德国留学生与学俄语的大成、学英语的小鹃，以及评论家、大学老师们都兴奋万分。

另外几位中国作家就有些愤怒了，让我们听这些听不懂的外国文是为了什么呢？翻译干什么去了？翻译解释说，他们不可能一听朗诵就明白人家的作品，大家聚精会神地谛听，你也不能同步翻译，吵了朗诵者，更吵了其他听得懂与听不懂的观众。大成却觉得有趣，内行看门道，外行看热闹，听不懂内容，当然，还能听声音、听音乐、听感情，还可以看表情、看手势、看动作、看身体语言，顺便看看男女作家的风度教养举止文化，还有服装行头，外套大衣靴鞋帽子。比如一位长发的拉丁美洲女作家，她的大眼睛，她的披发甩头，她的铿锵有力的西班牙语和她的大嘴，就很可以一看一听，见而喜之，闻而悦之，巧笑倩兮，美目盼兮，不一定非得请译员掺和。听众中不见得有太大的比例是懂西班牙语的，他们仍然热情颠颠。这是生活，这是趣味，这是奇奇怪怪的二战后果，这是花样百出的欧洲政治地理与文化地理的活剧中的一个趣味盎然的片段，何况是中国的同胞呢？新的经验刚刚开始，前所未有的西洋景还在后面也就是前面呢。

他听到小鹃轻声与老作家交流："就算是看看风景吧。"

小鹃真好。

后来还听昆剧团的人说，他们的演出本来准备好了德语幻灯字幕，剧院方坚决不要，他们只是在演出前发了一个德语的剧情说明，观众看得津津有味，各种反应都恰到好处，最后谢幕九次。他们重视对于活的演出的感受远远胜于人物言语语义的清晰。他们要求的看懂，不是逐字逐句的懂，而是人情与艺术的共鸣。大成与小鹃就此进行了仔细的讨论，觉得有趣。

他们还应邀到大作家君特·格拉斯家做客，格拉斯作家喜欢西柏林，西柏林是孤岛也是橱窗，接受西德的大量财政补贴，却不必或表面上不必对西德承担义务也不大受西德的管理督导。尤其是知识分子，他们将西柏林视作自由的圣地。例如，这里的红卫兵运动是西方世界最火热的，热度超过了闹过举世震惊大事的巴黎。

格拉斯长着国字脸，上唇留着浓密粗硬的胡子，面色黧黑，样子纯朴憨厚。果然，他的经历相当符合当代中国的人民化理论观点，是社会和生活锤炼出了这样的一个怪诞创新、独树一帜的作家。当初，他这个不到十七岁的中学生，就为希特勒充当炮灰去了，后来是盟军的俘虏，后来务工务农学艺术，浮沉闯荡。后来拿起了笔。用中国的说法，生活是创作的源泉，人民是文学的母亲。格拉斯可以做证。

格拉斯说他在一九七九年访问过北京与上海。下班时间，他看到上海街上的人流，他吓坏了，他著文说，幸亏人们出生的时候是脑袋先从母体里出来的，否则他害怕上海的婴儿看到下班时间的人流，吓得钻回到母体里去。

中国作家听不太懂格拉斯的用意，面面相觑，不知所云，也无反应。

格拉斯赶紧更友善与亲密地与中国作家交流，用泡着鲜红草莓的干白葡萄酒代替茶与咖啡、矿泉与可乐等软饮料充当待客饮料。他告诉大家他在希特勒德国社会与军队里的惨痛经验，他说他是德国社会民主党人，他是给犹太死难者纪念碑下跪的勃兰特总理的朋友。他还请中国作家看受过美术专业训练的他的一批自画像，有的画成蛇，有的画成虎狼，有的画成怪异，这样的绘画也标榜着他的艺术个性与充满想象力的生活。还有更重要的是，在中国作家纷纷从国外至少从港澳购买新式样大镜片眼镜的时候，大成发现格拉斯戴的是老式小扁圆镜片的近视镜。

果然，同行的德国文学老师告诉他，格拉斯的说法叫作“拒绝经典”，求新逐异，不在乎学问，而在乎创造，如他写了一个害怕成为成人的孩子成了侏儒，而随着时代的恶化，这个侏儒却又突然长大了几厘米。

也许更有趣的是顺便去东柏林听一场音乐会的经验：票价低得如同免费赠演，演出质量并不低于西柏林新修建的五角形音乐厅。拿着中华人民共和国的因公护照，他们进出德意志民主共和国完全免签证。而联邦德国也极欢迎来自中华人民共和国的知识分子。东柏林的房屋整齐清洁，只是显得冷清一些。

更更更有趣的是他们结识的此次活动组织方雇用的中文翻译赵先生，北京人，母亲的娘家在东柏林，父亲曾是中国的留德学生，在德国加入了中国共产党，现在是中华人民共和国高级干部。赵先生拿的是中华人民共和国私人护照，当然，具有两个德国的签证，自由出入于东、西柏林与东西德国。他与老婆定居东柏林，他被西柏林一家媒体录用为记者与编辑，挣着数目不菲的西德马克，享受着东柏林的低物价与社会福利，他在西柏林不但有自己的住宅，还似乎有一位德美混血的金发女友。

世界呀世界，你是多么有意思，中国啊中国，人们是多么有机遇，大成啊大成，古今中外，谁能赶上你这样的八面来风，五月开花，春阳普照、万年不遇、千年不再的了不起的缘分！

经过了三天热烈的文学讨论，关于伤痕文学、废墟文学、文以载道、文学自由、西方东方、苏联美国、意识形态、经典与后经典、艺术与市场、现代后现代，高高兴兴、空空洞洞。大成无端地牛气了起来。

迎来了一天自由活动，他们上午去看柏林墙，隔墙可以清晰地看到东柏林成龙配套的建筑。墙的这边有德语的“革命无罪，造反有理”等来自中国的，也还有西柏林本地的德国红卫兵标语口号。下午大成与小鹃选择了去大集市，八音盒子扩大成手摇八音车，上紧发条，金属音带播放出了莱茵河魔女罗丽莱的歌曲：“谁知道很古老的时候，有雨点样多的故事，美丽的莱茵河上，吹来清凉的晚风……”大成则买了一个播放歌德《野蔷薇》歌曲旋律的八音盒子，送给杜小鹃。后来他们俩参加高大的旋转秋千上的风险游戏。每人坐进一只悬挂的秋千椅箱，旋转加速，秋千升高，风声鹤唳，方向横斜，城市景象混成一片，世界转成一团。大成喊叫起来：“哦，我的天空。哦，我的城市！”

小鹃从旋转秋千上下来，面如土色，感觉不好，她靠在大成身体上歇了四十分钟，大成总算还了在她身上睡觉两小时的情。

在集市上，这两个来自中国大陆的华人与大量欧洲人一起吃了香肠、烤土豆、酸面包与慕尼黑啤酒。晚餐后血流往胃肠方面集中，大成觉得困倦，便去了一家歌舞酒吧，一推门，强大的声浪像霹雷又像浪潮一样地冲击出来，原来是开始了滚石乐演奏，地方不大，乐器叮当，加上现代化的电声音响扩音，横冲直撞，震痛了震活了傅大成的牙周牙花齿槽，他直觉到第二天清晨或许会发现全口牙齿的破碎与脱落。就在他感觉已经难以忍受的时候，忽然柳暗花明，进入新的神经麻木的歌谱是幸福状态。按，到此地后，新鲜、好奇、惊异、眼花缭乱，信息感想满满，兴奋激动乓乓，撑得他心神不定、消化不良、睡眠难安，掌控不了自己，难受。听到强刺激型排他型横扫型音乐后，全部头脑心情内宇宙的容载内存被滚动的巨石挤扁碾压成粉面，随声兴起，随声散去。宇宙间酒吧间大成与众顾客的灵魂里剩下了巨响与麻木、敲击与号叫、音响与电流、磨轧与虚无。他在轰响中颓然入睡，入睡中被震动得神翻心覆、欲哭欲呕、灵魂游走，我自丢失，百感交集终于回到了一无所有。

杂乱混沌犹豫不安的思绪被玩儿命疯狂的音乐所粉碎，他睡醒了，醒睡了，听傻了，听醉了，听没了，不听了，全聋了，聋得只剩下身边的杜小鹃。杜小鹃爱怜地看着他，她看出了他的慌张与崩溃，她的样子像是想把他保护在自己温暖的怀抱里。

他后来正经睡了二十多分钟，小鹃说，换一个安静的地方吧。临走时大成看了一眼随着打击乐的鼓点小展舞姿的女孩子，他有点想哭，为西柏林的酒吧女，为Z城的夜间清扫道路女工，为鱼鳖村深夜搓玉米棒的农妇，为恩爱时绝对一声不吭的白甜美，也为中国国际台的一位播音员，她发音特别美式，叫蓝什么的来着，后来做了摇滚女郎，大成愿为她而一洒钦佩的泪水。他与小鹃到了一家咖啡馆，他们要了一些饮料，小鹃用易拉罐与玻璃瓶和乱七八糟的餐具清洁用品与糖果包装纸盒在他二人的桌子上修筑了一道墙，她说："柏林墙，这样安全些。"说完，她哭了。大成轻轻拂动、拆毁着推倒着咖啡桌上的柏林墙。沉默良久，说："再哭，你就是孟姜女啦。"

大成吟道："你的呼吸使我低下头来，就这样等待着须发变白……"不知道这么两句是从哪里来的，他的句子？他读过这样的诗句？他梦里的吟哦？他累极了的呻唤？

"在满耳的疯狂中，听到了你笑的风。"

"也还有孟姜女的哭声。"

不知道是大成还是小鹃开始了另一段吟诵。

"在满天的繁星中，我看到了你的闪动，你的躲避正好告诉我的，是你的钟情。"大成与小鹃互相低语，是谁先说，谁跟着说，互相说，同时说，一起说，还是只在心里说呢？

"柏林墙也分明，施普雷河、哈弗尔河也同样做证。此生也是前生，前生也是来生，罪过也是天注定，愿望也难分明。"

"有些事你无法拒绝，拒绝正是包容，推开还是欢迎，灾难随你闪亮，热烈随我们冰冷。"

"不，不，不，也是对，对，对。别，别，别，也是郁葱葱。没有，没有，没有就是饱满，停住、停住、停住，就是永恒。"

似有非有，似诵未诵，似说未说。此夜他们拥抱在一起，他们亲吻在一起。他们你敲击、我战栗，她呻吟、你喘气，你咬啮、她吮吸，她如海、你如鱼，她哭哭、你笑笑，蹬蹬踹踹，捶捶打打，亲亲密密。不知道到底应该感谢还是控诉，西柏林极度体现了的人类世界的疯狂分裂任性与坚持；这里的滚石乐具有清场与归零功德。他们以同等的感谢心、分裂心、清场归零之意志，进行了他们的人生情感大转变、大飞跃、大吊诡、大天真、大婴儿、大圆满与大灾难。大成想起了在机场买到的台湾作家许地山即落华生翻译的印度故事《二十夜问》，按印度教与《二十夜问》的模式，他明白了为什么男女主人公在终于火热交合的时候祈祷的会是：“让主管毁灭与死亡的，五面、三眼、四肩湿婆大神赐顾，用雷电就此结果了我们吧。”

十三

生活产生文学，也有时候文学走在前面，它虚构了事件，而后生活现实模仿了文学。《读书》杂志上，讲到了一时红里透紫、自称不善虚构的张爱玲的小说《色戒》，描写一个女志士，用美人计去接近一位汉奸头子，到了暗杀他的机会来到的时候，却因了爱情而下不去手，最后是她的牺牲报应。其后上海果真发生了类似的事件，女志士被逮捕、受毒刑与杀害。头几年还传说，中国电视台播放了美国电视连续剧《加里森敢死队》，后来中国出现了这样的匪徒，作案后留名同样的“敢死队”。这警告了中国的有关方面，要加强管理，不可粗心大意。

大成早就提出了一个问题，是先有了爱情、后有了爱情文学，还是先有了爱情诗爱情故事、更多得多的人才学会了去爱恋、去相怜、去怀春、去风流，而不仅仅是配种站的操作与不雅的声气。

在《并不是情书》之后，是傅大成与杜小鹃的访德后的通信，说明：小鹃的文学，引领了也创造了他们的生活与命运。生活与命运终于报应在文学当中。

致大成：

唱了一路的歌，我终于知道幸福是权利也是使命，快乐是勇气也是忠诚，爱也是智慧，是投入也是超拔，是展现也是自由，是生命翻了一个身，是烦闷终于迎来了发散与释放。我从小就老想大哭一场，我从小就知道自己傻，活了四十多年才哭出来了。活在当下，哭在当下,乐在当下,就这么豁出去了。山那边是好地方,你怕什么?不远了不远了，只要心儿不曾老。浮云散，明月照人来。路边一株野蔷薇，独自对着日光，少年见了奔若狂。哎呀，小妹妹似线郎似针，哎呀,穿在一起不离分,离分了也是爱过了。我要唱的是:“我愿意！”

致小鹃：

教授，您太哲学太柏拉图了，而我，归根结底，只是农民。在鱼鳖村，有一成到一成半的男人没娶过媳妇。他们也许找过草驴与母羊。呵我，是多么煞风景。我获得了上学的天大福气，我早就会背诵“无情却被多情恼”，天呀，我忘记了是“多情被无情恼”，还是“无情被多情恼”呢？已经五月二十七日了，我们在艺术节后去到科隆附近的朗根布鲁赫小村落，海因里希·伯尔住宅。伯尔狠狠地批判西德社会，西德官方人士都烦他，他得了诺贝尔奖，科尔总理只好来道贺。伯尔要求自己住的朗根布鲁赫挂出“自由邦”行政区牌子，而不标明此地的行政归属，地方政府居然迁就了作家的意愿，二战后的德国果然有些个不同了。只是在科尔总理到来的时候，地方政府临时换掉了自由邦牌子。原来德国也有这种猫腻。你被你的天知道什么事务缠住了，噢，你是给自由大学做一个课堂讨论——习明纳尔。你没有过来，可惜了，伯尔这里的菜花黄得像海洋一样。对了，朗根布鲁赫的上一级是杜林市，你读过《反杜林论》吗？恩格斯著，写于1876—1878年，原名是《欧根·杜林先生在科学中实行的变革》……

致大成：

真是个好苗子，也许已经是正在成长的参天大树。我上小学的时候同样受到了革命的教育，我渴望的是革命、文学、爱情和变革，最后，对不起，是我行我素，要与男人合力生一个孩子。我十一岁时候就想过生孩子，我敢承认，其他知识女性不承认。而更早的时候，六岁，我与父亲讨论的是我要孵一个鸡蛋，不要笑，我期待孵出生命的伟大神圣，我绝对不听父亲的劝阻，我以命相争，我将一个鸡蛋放到内衣里，相信我的身体的温暖能帮助生命的诞生。现在说起来我仍然激动，我的梦想是在有生之年开创一个孵蛋场，这个孵蛋场要奏鸣贝多芬的《欢乐颂》。办不成孵蛋场我就写一个孵蛋的梦！你笑什么？你应该鼓掌，再鼓掌！

你读过日本女作家中条百合子的小说吗？她后来嫁给比她小十岁的日共总书记、文学评论家宫本显治，更名为宫本百合子。她的《伸子》，与《青春之歌》的林道静一样，早就表现了女性的革命与献身的急迫，离开自己平平淡淡的丈夫，唾弃了平庸与安宁。她们选择的是背叛与革命。连契诃夫最后一篇小说《新娘》也描写了逃婚去参加革命的女孩，权威贵族的评论家苏沃林告诉契诃夫：“人们不是这样参加革命的。”

我的第一个革命行动是十九岁时生了一个儿子。相信你不会问我他的爸爸是谁，我想主动告诉你的是他爸爸打篮球。全世界没有痛骂我的人只有一个，我爸爸。我爸爸是那位独臂的明史专家罗艾卢，你不会知道的，比你大五年出生的文人就都知道罗艾卢是谁了。呵，你知道，太好了，谢谢。他帮助我把他的这位外孙，给了一位高尚人士。由于外姓人隐身，我的儿子是父亲的唯一亲孙子。是的，我不姓杜，只是为了不给爸爸丢人，我姓成了杜。我后来开除了学籍、团籍，我的感觉是也包括人籍与妇籍。我的孵蛋发展成了身败名裂的噩梦。靠爸爸的教导与自学，终于在乱动结束以后，我变成了七七级实际是七八年春季始业的大学生。更幸运的是我遇到了你，这与你的生活脚印没有关系，这与你理不理我娶不娶我也没有关系，我只是爱我的好了，与你一起，这是可能的生活，想着与你在一起，不见得能与你在一起，这是文学，这是虚构的自由与超越一切的升华。凡是声称自己不会虚构的文学家，我瞧不起。而虚构得才华横溢，生活得狼狈尴尬的女男作家，我要给他们献上束束大丽花与康乃馨，我会用捷克共产党员伏契克的话祷告：“我为欢乐而生，为欢乐而死，在我的坟墓上放上悲哀的安琪儿，对于我，这是不公正的。”

致小鹃：

而我是多么软弱啊。我是十五岁就做过一个梦，除了你没有告诉过任何人。梦里的女子在我家乡应该叫作夜叉，又壮又胖又狠又强，我死死缠住了她。后来是那个电影明星，你猜是谁？后来就什么都没有了。与你相比，我没有童年，没有少年。不仅仅是被爱情，而且是被许多现代文明所遗忘。你评张弦的电影的文章写得真好。

所以高中时爱读鲁迅的话“一要生存，二要温饱，三要发展。苟有阻碍这前途者，无论是古是今，是人是鬼，是《三坟》《五典》，百宋千元……祖传丸散，秘制膏丹，全都踏倒他”，后来才明白，说踏倒不一定真能踏倒。如果是陈旧与愚昧踏倒了读鲁迅而且大志欢呼的青年呢？

到现在咱们的李老前辈津津有味地写，一遍又一遍：外国是先恋爱后结婚，我们是先结婚后恋爱。真好意思！张大哥小说里的好女郎都是瞎猫死老鼠硬撞上的，刘大哥小说里的美妻，都是运河里捞出来的。夫复何言？夫复何言？

致大成：

生活就是生活，历史就是历史，麻烦就是麻烦，困难就是困难；这才有滋有味，如果生下来就一帆风顺，那与安心享受在蜜罐子兼骨灰罐子里的福分又有什么区别？

而我们就是我们。我的儿子今年二十三岁，有人透露给我，也许他现在在瑞士留学。我们在艺术节上看到了瑞士作家迪伦马特主持日本作家、日中文化交流协会会长井上靖的小说朗诵。井上先生是坐火车来西柏林的。迪伦马特写了《贵妇还乡》，他在井上靖的作品朗诵会上表现得有一点点傲慢。

正如你在艺术节活动里用俄语朗诵的普希金的诗：“而那过去了的，就会变成亲切的怀恋。”

致小鹃：

如果那一切并没有过去呢？如果历史的变革无情、博大、勇敢，但同时又粗枝大叶，漏掉了太多的遗存与老旧，纵容了它们的残留，然后也成就了一些风光。你坚强而且智慧，你得了沉疴，你不但没有倒下，而且唱出了新鲜动人的歌，你尽管为新时期而歌唱吧，当然，请问，你会为没有清除的陈旧负担而怀念而亲切吗？

忽然想起了一点，它填补了一点空白，我十二岁的时候在一位朝鲜族老师家里看到一张伪满的《康德新闻》，报纸是一九四五年上半年的，介绍朝鲜舞蹈家崔承喜，我忽然明白了女人的可爱，当时我想的是，为了女人，我愿意去死。

致大成：

假如生活欺骗了你，生活也注定恩惠了你、抚慰了你、快乐了你、给了你，包括杜小鹃。包括比你大二十九岁的崔承喜的舞姿与故事。真巧，我知道这个后来与大众失联的艺术家。你给了杜小鹃新的生命、新的天地、新的灵感、新的火焰，你能够不从小鹃那里得到超倍的回应吗？你忘记了你搂着一个女人的时候说的笑的风了吗？你搂着她，就在柏林墙里，柏林墙下。

致小鹃：

不，不会忘记电影《火红的年代》，不会忘记苏联歌曲《快乐的风》，不会忘记我的“笑的风”，不会忘记我的小鹃的笑声、话声、喘息声、歌声、英语发言声、衣裳窸窣声。不会忘记亚洲与欧洲的风声，洲际酒店旋转风门内外的风声，还有让我魂神不宁的摇滚乐。还有旋转秋千飞转起来的耳边的风。你误会了，我没有抱怨，没有自叹，与我们的同胞相比，与经历了两次世界大战的德国人DDR（东德）与FDR（西德）人相比，我们有什么可抱怨与自叹的吗？还有我们的赵同志赵哥们儿赫恩（德语犹言“先生”）赵呢？祝他永远平安！我道贺他，但是并不羡慕。我们的幸福永远与艰难困惑一道。

致大成：

罗曼·罗兰说，他赞美幸福，更赞美痛苦。陀思妥耶夫斯基囚禁在西伯利亚寒冷的集中营时候说，他只担心一件事：怕自己配不上自己所经受的苦难。他说的话惊心动魄，我并没有读懂。最近我在写一篇历史小说，我重读了司马迁的《太史公自序》，恍然大悟，受到腐刑，写出《史记》，究了天人，通了古今，成了一家，这才叫对得起那奇耻大辱，对得起那盖世酷刑！如果做不到，不是白走一趟，白白受了苦了吗？我们也有我们渺小的痛苦，我们为爱为生命为文学而痛苦过，我们为愚蠢为懦弱为无知而苦难。你知道，英语的说法是：“比强盗更卑鄙的人就是懦夫。”

日子毕竟到来了，日前在北京的一次文学座谈会上，我认识了一个大连姑娘，她三十六岁，未婚，她去计划生育委员会申请一个生孩子名额，吓坏了大连与辽宁……

大成，我爱你，一夜就是永远，七天就是永生，一小时与一万年，都通向无穷，记忆与留恋都是经典，抒情与编织，字字晶莹！即使我们的爱情被枪决，请，我要说的是，“您，杀掉了什么呢？人们会做证，被杀的不是别的，只不过是爱情！”

致小鹃：

《只不过是爱情》是苏联波兰裔女作家华西列夫斯卡娅的一篇小

说，卫国战争中，男主人公伤重致残，女孩儿坚守对他的爱。

但是，你听说了吧，深圳出了一个大贪污犯，花花太岁，女性十几个与他有染。他出了事，跑到泰国，被国际刑警组织通缉。由于给他的情妇打长途电话暴露了自己，经过联系合作，中国的警力进入泰国，蹲坑一夜，人家佛教国家规矩，天黑以后天亮以前，不能采取逮捕行动。后来抓回来了，他的情妇也抓了。逃犯判了死刑，接过逃犯电话的女从犯也锒铛入狱，女犯只有一个要求，判死刑，与情人一起处决。当然，法律不能这么走……有人说，这是本世纪最伟大的爱情。还有，调查中发现，所有与主犯相好过、后来被他抛弃了的女人，没有一个骂他的。

致大成：

太极端了，无言以对。接不上了，晚安。爱情需要自由，需要文明，真正的自由正是文明，包括伦理的、法学的尤其是诗学的文明。文明爱护生命，不敌视不摧残生命。最美的是爱情，最丑的也说不定，你只消去看看政法新闻就知道了。

十四

这其实怎么能怨我，
这其实怎么能怨你，
我一直等着你，
等你说出“对不起”。
转身离去，背影再不像你。

愿意侍候你暖着你，
永世是你的奴婢，

一切一切都为了你，
任你说皱眉就皱眉，
说不理就不理，
任凭你是，也许不是，
你。你，你。

突然变脸，无法商议，
不承认有过欢喜，
哪怕已经过气。
多少年恩爱，多少千公里！
多少年恩爱，多少千公里！

一九九〇年，阿凤唱红了这首歌，Z 城妇联有人建议白甜美主办女性婚姻悲剧博物馆。此是后话。

一九八五年，大成甜美一家，各种家具用品变成碎片，他们全家人的心碎片一地。

甜美号啕大哭，大成从饮泣也到了哭出声来，阿凤哭了，恨恨地骂了她爹，阿龙更是义愤填膺，对他爹说：“如果是宋朝开封，就让包公铡了你！”

傅大成与白甜美的离婚案件，一九八六年四月上了 Z 城的公堂，上了二十多家中国晚报。惊人的是白甜美出庭应诉时的一身打扮，英国原装苏格兰式蓝方格乳白底色外套，细薄山羊绒内衣，肥肥大大的亚麻褐色休闲裤子，而且她穿了一双北京市内联陞手工千层底坤千缘鞋，纯黑色板绒鞋帮鞋面，耸起的两道梗子，襻口上是一小块朱红线花锁住，纯朴优雅高尚古典，亦中亦西，亦洋亦土，亦生涩亦纯熟。眼睛已经哭肿，举止仍然雍容，脖子上围着小块纱巾。与她相比，起诉求离婚的傅大成略显猥琐，但他挺直腰板，强打精神。

诉方与诉方律师强调的是：一、诉方与应诉方的婚姻关系建立时，是诉方父母虚报年龄，以欺骗手段领到的结婚证，违反了《中华人民共和国婚姻法》第二章第四条、第二章第五条，属于无效婚姻，不受法律保护。二、诉方与应诉方，性格、志趣、教育与文化程度、生活态度、个人爱好、精神素质、世界观人生观价值观相距甚远，非法结婚二十余年以来，二人没有一次有情有理有内容的切磋交流谈话，没有一次互爱互恋的亲密表示，没有夫妻情感可言，没有精神生活可言，没有精神文明可言，没有家庭幸福可言。三、几千年前的中国封建社会，许多思想家、文学家、戏剧家抨击父母包办、压制青年爱情幸福追求的婚姻风习，无数文学名著《红楼梦》《西厢记》等表现了追求婚姻自主的奋斗历程。一九一九年“五四运动”以来，中国人民对于封建包办婚姻更是口诛笔伐，深恶痛绝，决不妥协。一九四九年中华人民共和国成立后，通过的第一部法律就是婚姻法，其根本原则就是婚姻自由。中华人民共和国第五届全国人民代表大会第三次会议于一九八〇年九月十日通过了修改的《中华人民共和国婚姻法》，其第一章第三条明确规定“禁止包办、买卖婚姻和其他干涉婚姻自由的行为”。目前法院面临的婚姻案件，是封建主义还是民主主义与社会主义谁战胜谁的原则问题，是现代化还是开历史倒车的大是大非问题。四、考虑到白甜美在与傅大成的二十八年生活中的一切好的方面，考虑到女性在离异后生活可能遇到的困难，诉方傅大成郑重承诺：将二十多年夫妻共同积蓄的财产全部划归白甜美所有，只携带傅大成个人衣服、书籍、文具、洗漱用具、餐饮用具净身出户，并向法庭严肃保证，在离异以后，他的一切知识产权收入，三成交给白氏。如白甜美生活遇到困难，只要提出要求，傅大成将给予支援帮助，包括劳动力方面与财务方面的支援帮助。

应诉方律师做了充分准备，代表当事人白甜美回应指出：一、双方结婚已经二十八年半，共同生活一贯幸福美满，无感情不和、争吵对立，更无家庭暴力情况，亦从无经济纠纷。从结婚到一九七九年历时二十一年，无任何一方有婚外恋情况。二、此二十八年半期间，起诉方完全承认双方的婚姻关系，从未提出过对婚姻的合法性、有效性的异议。即使开始不合法，其后也成就了无可置疑的事实婚姻与合法婚姻，理应受到法律保护。三、起诉方与应诉方生有一子一女，起诉方与应诉方二人都尽到了监护与扶养义务，子女二人都得到了家庭温暖，身心健康，获得了良好教育，生活道路宽广光明，他们的状态，正是他们婚姻生活幸福成功的铁证。四、自一九六五年以来，起诉方与应诉方在Z城工作、生活、安家，他们的生活和美幸福，为Z城社会所承认，为许多人士所肯定与羡慕。五、一九七九年开始，起诉方在参加全国性文学活动中结识了某位杜女士，这才发生了起诉方与应诉方的婚姻危机。这样的危机完全是单方面造成的，一切不实说法与不良后果，应由起诉方负责。六、起诉方所以产生离异动机，是由于该杜女士的插足、介入、主动追求傅大成并离间破坏起诉方傅大成的幸福家庭，对这一离异纠纷，该杜负有不可推诿的道义与法律责任。应诉方正在考虑对此人的诉权应用。七、应诉方指出，虽然受到了起诉方六年半来的种种不正常言语行为的严重伤害与精神暴力、冷暴力，但是应诉方坚信起诉方的善良品德，认识到发生这些不正常状况的责任人主要是该杜女士，应诉方坚信，起诉方不可能长期接受该杜的诱导、暗示、心理强迫、离间手段，应诉方坚信她与起诉方的感情牢不可破，终将真情恢复，好梦重温，绝不给予品德与行为不端的该杜以可乘之机，也绝对不允许将起诉方傅大成推入杜小鹃设计的陷阱与泥淖中去。

旁听席上传出了一些掌声，审判员示意要维护法庭的严肃与静穆，掌声与喝彩被劝告制止。

应诉方呈交了一批辅助证明文件：六封本市友人致傅大成的信件，时间在一九六九年到一九八六年间，信件中多有对傅大成家庭生活特别是对白甜美的称颂，对于大嫂、小妹、贤内助、尊夫人、白总、白女士、甜美女士多方赞扬："美貌能干如此，天赐吾兄洪福，令人羡煞也。""可称秀外慧中，天作之合，吾兄珍重珍重！""美德美食美心美人，大成大成，何患不成？""贺喜贺喜。甜美尊夫人当选本城三八红旗手，实至名归，能不雀跃？众亲友，咸与荣焉……"应诉律师还朗诵了本地著名画家、金石家、市政协常委范白石先生为称颂白甜美赏饭而写的诗。又响起了稀稀落落的掌声。

起诉应诉双方子女，傅阿龙与傅阿凤。各出具一份法律文件，证明一九七九年以前父母关系笃厚亲切，无不和情况。

两家医院证明，一九七九年前，双方二人，身体状况良好，七九年后双方就诊次数大大增加，神经官能、消化不良、皮肤瘙痒、早搏房颤诸症状，不断出现。

法庭要求起诉应诉方本人陈述，傅大成未言先哽咽起来，他说："我很内疚，应诉方的陈述全部成立，我对不起白甜美，对不起，对不起，对不起。社会是不断改革进化变化的，时代是不断创新的，人的思想心理也是有所演变的，十年生聚，二十年教训，三十年半辈子，犹思一搏，能不能生活得更理想、更文明、更丰富、更提升一些？社会在变，生活在变，形势在变，思想情感心理谁能一成不变？我就这么一辈子，我有可能活得更幸福更爱情更精神也更文学，可不可以？可不可以？请法官告诉我，请律师告诉我，请领导告诉我，请儿女告诉我，请天地告诉我吧！"他哭出了一点声儿。他几乎跪了下来，被法警拉起，审判员提醒："请起诉人保持冷静与自重。"

白甜美则说："只要是判决离异，我当场撞死！同志们，明白人们，各位领导，好人能不能有好报啊，恶人能不能有恶报啊！你姓杜的姓傅的坏良心，天理能容吗？"

审判员说："要保持冷静，要相信法律，法院坚持以事实为依据，以法律为准绳，公平审理，公平判决！"

白甜美马上说："是！"

傅大成五迷三道地点头不止。

宣布休庭四十分钟。

四十分钟后审判员宣布：根据有关规定，驳回起诉方诉求，由法院、双方律师与有关方面，进行庭外调解，争取当前婚姻与家庭关系得到维护。如不能和解，如果仍然是一方坚持要求离婚，另一方坚持不同意离婚，要求离婚方，可以在至少半年后再次提出告诉。

十五

对于白甜美在公堂上的表现，傅大成感到的是震惊，是赞佩，是害怕，是五体投地。白氏甜美，面貌与内涵从此一新。原来以为她是一个一句完整的话语都掌握不了的可怜人，到Z城后知道了她的能干、机敏、处事理家进厨房清扫卫生间样样高明，创业营业，大将风度。此次对簿公堂，终于知道了她的隐忍、她的心计、她的准备、她的原则、她的出手力度狠度。世界就是这样的，卑贱者最聪明，因为卑贱者时刻准备着最不好最不幸的人与事的发生，他们的人生是拼搏是防御也是应对反击，绝境取胜，他们是有准备的人士，他们满心满腹的从A到Z的预案；高贵者最愚蠢，高贵者净想好事，高贵的人整天梦见天上掉馅饼，越高贵就越飘飘悠悠，激情大言，遇事窝囊废！

所有参与以及听与者，包括傅大成与他的律师，律师还是他的作家朋友的弟弟，都认为此次开庭，白氏取得了完胜。律师告诉己方当事人，离婚诉求的关键在于证明情感的破裂，而诉方律师与事主拿不出这个核心点上的事实例证与凭据，特别是找不到他方做证。相反，对方言之凿凿，逻辑链与证据链清晰完整。而起诉人的现场表现，只能证明傅氏与白氏感情藕断丝连、情深意永。其实藕压根就没断。如果感情不断，他这个诉方律师，想取得胜诉就是痴心妄想。而且这种情况下对要求判决离婚一方进行法律援助，人们是天生反感的，人们肯定会认为这样的律师具有丧心病狂有失阴德的罪过，这样的律师为社会所不能接受。到时候，Z城头号著名作家傅大成也好，傅大成好友律师亲哥哥也好，谁也帮助不了只是在改革开放以后，才刚刚取得社会容纳与承认的律师行业的一个招恨的成员存在。

傅大成说，给他一周时间，他准备静静心，做出此生的一大“杀伐决断”，这四个字，曹雪芹喜欢用来形容王熙凤的特点与能耐。

他没有想到的是虽然法院提出调解，他仍然回不了Z城自家，从法庭上回到家，他被甜美痛哭加痛骂，尤其是他的聪明好读书的儿子阿龙大骂了他，“你——不——是——爸爸，你——是——坏——蛋——大——浑——蛋！”他看到了儿子的目光，那目光里含着杀机。他被家人轰了出来。

他在文联会议室的大沙发上睡了两宵后就回了老家鱼鳖之乡，这也算是深入生活，挖掘人民的题材与光辉。然而鱼鳖乡迎接他的是大打出手。

傅大成回乡三天就被白家亲友给了一顿痛殴。二十八年半过去了，大成从来没有听说过白甜美拥有这么多兄弟姊妹。原来她有这么多大小舅子、大小姑子、大小表舅子、大小表姑子，这些人围住了他，一口一个坏了良心的，吃了虎狼胆蝎子毒的兔崽子王八羔子，吃着俺姐（妹），喝着俺姐（妹），花着俺姐（妹），用着俺姐（妹），让俺姐（妹）白晌黑下地伺候着抬举着骨碌着服侍着，你现在是怎么啦怎么着啦，你是升了发了涨了行市啦还是吃了邪药啦，你兔崽子王八蛋去了趟外国想休俺姐（妹），你也不照照镜子！告诉你，老小子，今天教训教训你不是俺姐（妹）的主意，实话实说，是你亲儿子，傅阿龙，他下月就出国留学去了，你娘的连知道都不知道，说，你给出了几万美金？阿龙这样出国，他不放心，他说他一个人负责，打死了你他偿命，有你这样的爹，他出国不出国都没有意思……

说着说着几个大嘴巴就扇上了脸，两个嘴巴上去耳朵就聋了，第三个嘴巴上去一颗牙齿带着猩红的鲜血吐了出来。大成还了手，他的手臂一挥一收再一抡，已经倒地三个了，但白家大小舅子人多势众，有三个小伙子从背后扑到大成身上，一个抱着他的腰，一个锁住他的脖子，一个用头向他顶过去，对面又来了一位，下毒手踢向他的睾丸，大成躲了一下，对方只是脚尖够上了一扫，就把大成踹倒在地上，不但疼痛，而且恶心欲呕。就这样死了也行，他想的是。

此后二十多年过去了，傅大成常常回忆与反刍这次全武行，他怀疑自己，是还是不是，第一次庭审以后，他面对应诉方律师关于甜美并不过分怪罪他，而且甜美、子女、亲友、社会舆论都认为他们傅家已经度过了二十多年的幸福生活，这样的说法不能不使大成为之动容。他甚至产生了停止离婚诉讼，与白姐姐白媳妇一起过一辈子的想法。回想起来，摸摸良心，快乐的时候毕竟是有的，快乐的时候他甚至会自己调侃、耍戏也是安慰自己：一个大媳妇，年龄和块头都大，就像上了大马、大轿、大车、大戏台、大殿堂、大船与大海，他才算占尽了风光，享尽了情义，满溢了生命，他娶得值，他娶得赚，他上了老鼻子算了。这是另一种游戏、另一种福分、另一种迷恋，不是小鸟依人，不是逗弄单纯，不是小儿过家家，而是天高地阔、纵横捭阖、滚过来爬过去、风月无边、浪大水深风劲。他爱白甜美，他当然也爱杜小鹃，他可以更爱杜小鹃，其实他也能做到更爱白甜美。与白氏一起，他是吃大鱼大肉大虾，与杜小鹃在一起，他是吃鸡丝笋丝、莲叶米粥，喝清茶淡酒、松茸牛肉汤。关键在于，打一次离婚是他对小鹃的道义责任，败诉驳回，他们必须听法律的听国家的听权威的，他只能服从了。

挨完揍，他一下子怔住了。突然，他重新意识到了什么是现代化，什么是前现代与半现代化。调解、调解，既然是调解，为什么上来了殴打？把爱情变成道德义务，以道德的名义开打。不，不，不。我不准备追究，打死了也不能喊冤，不能过堂。包括阿龙，他不可能打电话让乡亲大舅二舅小舅揍我，同样，也不大可能是阿龙娘策划了家暴亲暴村暴，毕竟是太不文明了。这里有老根子，有集体无意识，有义正词严的怒火高涨，你能不正视这种你不能接受的凶恶吗？但是不能报案，让儿子与儿子他娘明白吧，我让你们揍成这个样子一声不吭，这已经是我做到的最多最好了。

可怜的白甜美啊，她在这个关键的时期，恰恰犯了一个许多自觉冤屈的女性多半会犯的大错误。她与子女全都对大成采取了排斥施压的方针，意在给大成明确他已经成为这个家庭的不受欢迎的人，他只有一条路，革面洗心，痛改前非。然而，后果与法律，他们没有明白。

在鱼鳖村挨了揍，此前此后又多次在Z城自家遭到冷落怨怼驱逐，大成睡够了会议室沙发，他干脆应邀跑到北京，与杜小鹃明火执仗地同居起来。大成说，知识分子最大的问题就是软弱，前怕狼，后怕虎，进退维谷，左右为难；贫下中农有斗争性思变性革命性，同时最大问题是眼光短浅，阿Q式的得过且过。他是农家子弟，学了洋文，赶上了又一次革命。一不做，二不休，思想解放了，闯了红灯了，松了绑了，观念更新了，要杀要剐要把我踢成太监，有什么招数全上来，你们全上来吧！

他的到京受到了京津冀报刊、出版社的欢迎，约稿信络绎不绝。看不完说不尽让人精神振奋的北京啊！王府井新华书店，长安街灯火通明，东来顺涮羊肉，全聚德吊炉烤鸭，北海公园五龙亭与白塔，中山公园来今雨轩的红楼宴，颐和园长廊与昆明湖，万寿山下听鹂馆的御膳美食，精损贫逗却又多礼掉文的胡同口语，喜欢作时政评论的出租汽车司机，男女老少到处跳起来的迪斯科，踢鸡毛毽子与打太极拳，西直门外动物园附近的批发市场简称“动批”的廉价商品，数百个摊位吸引着全球游客与俄罗斯倒爷的秀水街国际商业区……无不吸引着大成，鼓动着大成，开阔着大成；再不必坐井观天，不必东张西望，不必探头缩脑，他就是要像此时的全国中青年知识分子一样，标榜思考的一代，标榜多梦的年华，张扬艺术的个性，高唱解放的新歌，开创崭新的生活。能崭新十年就是十年，能崭新十天就是十天，新意、新生、新方式、新风景，我，喜欢这个！

而北京是这样的朝气蓬勃，琳琅满目，高瞻远瞩，雄心壮志。杜小鹃帮助大成与中国女排取得了联系，傅大成打算写梁艳、郎平、张蓉芳她们的世界五连冠。他跑了几次，并且观看了几次球员训练。看到二十世纪开始改革开放的中国体育女郎，他看到了未来，看到了新新人类，看到了用拼搏夺取胜利的可能与必然，看到了什么叫健康、高大、伟岸、奋斗、突击、机敏、智巧、生龙活虎、反败为胜、势如破竹、创造历史、笑到最后。他的人生也是一样，四十多年过去了，事已至此，也算难得，比上不足，比下他是大有福、大成绩、大富富有余。譬如排球赛，后半场，特别是五打三胜的第五局，第五局的第二次技术暂停以后的后后半场，更较劲，更出胜败，更见结局，更见品格、技术、体力、耐性，全部综合实力，也更见天公地道、天佑中华，天助农家子弟傅氏大成！他面临的是新时期、新机遇、新方针、新人新老婆新住址新家庭新大都新北京新世界！

他关于中国女排的报告文学，大获成功。

世界上还有这样开心幸福的事情吗？你出生在贫下中农家庭里，你出生在早春、寒冷、土房、漏风的土炕上，与你同室的是一只小驴驹，它比你早出世大约十分钟。你生下来只有三斤十二两，相当于一九五九年改制后的三斤七两五。鲁迅的小说里呢？是九斤、七斤，最轻的也是六斤！你上完初中后被穷困所迫辍学。到十七岁了，推入高中。你被老风习裹挟着早早娶了媳妇，你当真能说自己是被害者吗？自古至今，连娥皇女英，唐尧的两个女儿嫁给虞舜，也绝对与他们二女一男的什么爱情呀恋爱呀没有一毛钱的关系。湘君与湘夫人的婚姻也是由家长包办的。而这样的包办中，瞎猫碰死耗子，他碰上撞上的是美女，是白净健壮的女子，是实干兴家、能干贤惠、德言容功俱全，加上她的丰满，她的吸引力，她的亲密无间融合协调都是令人赞美令人羡慕的，他享的福，说不尽也唱不完。

而就在与甜美中年大壮大旺大红大热之时，他碰到了撞到了更上一层楼的文运、仙福，更是天喜桃花、红鸾桃花、咸池桃花、风流倜傥的桃花运。是李清照、朱淑真、管道升、柳如是式的才女，还是林徽因、龚雪式的美人，小鹃她还有俄罗斯与法兰西的野性与不羁。是历史波涛、时代巨澜、社会的突然兴隆万状让他们相遇相亲，是精神的而不仅仅是日子的习惯使他们互相成就了天使之遇。

怎么到了北京住到杜小鹃家里他好像变成了另一个人？怎么北京改变人的内外心身的力量这么大？尤其是北京的中青年作家们，他们兴旺发达，会写会说，他们是杰出的脑力、体力、笔力尤其是口力劳动者！开跑吧，人生下半场进入决胜局的傅大成！

快乐中激动中的大成，下笔如有神助：几个青年男女在一处小小的屋檐下避雨，一个短篇小说出来了。一大群老者在东单公园清晨健身，舞剑耍刀，太极少林，一个老外在一旁观看，照相留影，又成为一首长诗的契机。一家又一家搬进新盖好的楼盘，写小说好还是报告文学好呢？天上地下，俯拾即是，如鱼得水，如鸟入林，原来写作是这样快乐，两岸猿声啼不住，轻舟已过万重山。天若有情天亦老，Z 城已远鱼鳖小。

一张报纸刊登了当月好几家文学杂志的广告，竟有《人民文学》《收获》《延河》与《花城》上同期出现了傅大成的署名！春风杨柳，花枝招展，他赶上了什么样的机遇哟！全国都在讲机遇，他大成开始还不习惯这两个字，甚至觉得这两个字有点飘，等看到文学杂志广告中自己的姓名到处出现的时候，忽然明白了，机遇就是机遇，没有努力不行，有努力没有机遇你有戏吗？他想起小鹃给讲的故事来了，英国的一位汉学家，十分欣赏北京人遇到说没门儿即“no way”时，拉长声说成“没——戏——”，即“no theater”：没有剧院、没有戏剧效果、没有戏剧行当，还有可解为没有“战区”的设置。英国学者盛赞“没戏”的声腔，叹道：“看看人家北京人的说话，‘no theater’，看看人家那文化！”

到了北京，与杜小鹃干脆大大方方地同居，傅大成哥们儿，这就算有了戏了呗，叫作有“theatre”唱响全国！“戏”离得开机遇吗？干脆，北京的文艺领导，决定了发商调函，请他到北京工作。他与杜小鹃的关系，也已经是不争的既成事实，是文学界的时代佳话。

十六

一九八九年二月二十七日周一，人们大体上算是过完了六日的春节与二十日的元宵节，傅大成白甜美离婚案件，第二次过堂。两次过堂间隔已经两年零十个多月。此期间，法院民事庭、Z 城文联与作协秘书长、Z 城妇联、Z 城工商局与工商联有关人员，都多次专程进行了调解，都没有取得进展。

到第二次过堂时，诉方强调自上次庭审以来，已经过去了近三年，这段时期，诉方一直无法回家，回家后即遭受责骂污辱，他与应诉方白甜美已经分居即将三年，已经构成事实离异的状态。这样的状态下还说什么感情尚未破裂，那就是不顾事实了。

白甜美虽说是聪明过人，但是过堂时她追求的是惩罚，首先是严惩婊子杜小鹃，其次是适当严惩向着当代陈世美方向发展的傅大成；她主攻目标是杜某，而对傅小子还要留情，她很明确，但是坚持自己与姓傅的这位爷感情并未破裂，她说不出口。当审判员明确要求白甜美正面回答是否与傅大成感情破裂时，她回答说：“恨死这个没良心的东西啦！我不能接受离婚，不能遂了小婊子与陈世美的心，我就是要耗死他们，你不让我过，我为什么要让你过！”

最后，审判长做出裁定：同意二人离婚，白甜美喊着“冤啊——”向审判台一头撞过去。

婚姻离异案件易于产生情绪激动与非理性行为，这样的民事案件审理尤其是判决时一定要做好保全工作，这是法院工作人员都熟知的常识。法警其实早已做好准备，拦住了抓住了白甜美，前来旁听的Z城妇联的一位副主席也拦腰抱住了甜美，审判员耐心解释说，这次判决并不生效，她还有上诉机会，上诉失败，也还有申诉权利……

白甜美没有再采取司法手段，她气得在家不吃不喝，躺了三天三夜。多亏妇女与工商界多位领导、她的公司下属、她的各界朋友，苦口婆心，多方劝说。他们无例外地一律大骂傅杜二人的奸情，伤天害理，必遭恶报。他们劝解白总，为时代争光，为妇女争气，认清世界与中国大势，决不为坏小子狗作家不齿于人类的傅大成殉情，决不能把堂堂正正、德才兼备、才貌双全、实干兴邦的白董事长的命运葬送到两个于国无益、于民有害、于妻有丧尽天良之罪、于子女有丢尽面皮之耻的坏蛋手里。人民医院的书记还带着内科主任与中医科主任医师前来探视，带了一些镇静剂、助消化、舒肝平脾补气安神的药品。妇联副主席总结说：“白总争气，我们要活得更好，人民是站在你这一边的，舆论是在你这一边响彻云天的。这么干净漂亮能干的白董事长，怎能让两摊臭狗屎弄脏了你，当然要和这样的狗屎离婚。妇联担心的不是傅大傻子和你离婚让你孤苦伶仃，我们担心的是你这位爱国爱党爱民出色的女企业家，被狗屎熏出疾病来。这样的人跟他离定了，八抬大轿也再不跟他小子过啦！各位朋友，各位同志，各位兄弟姐妹，只要求现在的你们三个月之内给白总介绍一位对象！必须是英俊能干的成功人士，气死兔崽子，气死王八蛋。”

二十余年后，新世纪的中国面貌一新，Z 城被评为精神文明家庭和睦先进市。

而离婚胜诉后，最狼狈的仍然是大成。甜美高声喊冤，向主审台案撞去的场面太惨烈了，她的脸面变形，她的颜容变色，她的声气变音，她的力气把两个法警又冲又拽得东倒西歪，几乎倒地。然后听到她的哭声，真可说是肝胆俱裂。

当晚他收到儿子自美国发来的电报：“倒行逆施，天地不容！”女儿的电报：“再也不是我爸了！祸祸咱家，必遭雷殛！”

他一个月睡沙发，不想回北京，商调函到了，他也不办理，小鹃来电话，他不接。他梦见了甜美的死亡，他跪在灵前抽自己的嘴巴，他在机关会议室的沙发上狂叫。值班员过来叫醒了他。秘书长劝他办理调动手续，走吧，走吧。秘书长叹气不已。后来大成也是听到了邻国伊万诺娃的故事，听到了说是闺女私下唱红了的“哈勒绍”，他终于狼狈离Z，回到小鹃身边，正式调入伟大的北京。

又拖了两年，一九九一年，他五十一岁了，与四十八岁的杜小鹃，总算领了结婚证书。

赶上北京盛夏，闷热难挨，叫作桑拿天的天气持续半月。一上床，一与小鹃近身，大成就闻到了一股陌生的气味，他的脑海里出现了原老婆的惨叫，出现了白氏的变颜变色变纹络变形状的绝望面孔，出现了白氏撞到不是台案而是铜墙铁柱上、鲜血四溅头骨开裂的场面，同时他听到了阿龙阿凤的恶咒。一点点对小鹃的爱怜陡地消退，他哆哆嗦嗦地说：“天太热了，我也老了。”

一次，又一次，大成说到了天热与年老，小鹃轻轻地、坚决地说：“要不，你还是回白姐那边去吧。”

十七

要不，你还是回去，
左右为难，何必？
要不，就这样回去，
让她原谅和拥抱，她肯定拥抱你，
让我想念和想象，我总是想念你。
想象比拥抱更美丽。

这是小鹃为新出现的大歌星甘若饴写的歌词。三个月后，杜小鹃收到了紫丁香女声合唱团寄来的歌词使用报酬六百元，六行五十四个字，平均每行百元，每字十一点一一元。

歌曲的成功不但使杜小鹃得到了高额酬报，而且大大平息了傅大成的忐忑烦恼。紧接着，杜小鹃充分用好了政策，策划了二人的皇家加勒比游轮东地中海加爱尔兰匈牙利之游。一面旅游，一面讨论、交谈、分析、感触，终得了断与正果。

他们讨论奇妙的希腊圣托里尼岛的伊亚小镇与费拉小镇美景，几千人的岛屿，每天数万人的游客，碧蓝澄澈的天空，洁白温柔的云朵，与蓝天和白云相同色调的悬崖峭壁上的建筑。这里样样确实都是艺术品、展览品。导游介绍说，这里是离天堂最近的地方。他们二人讨论了未来在这里买一套房屋作为创作基地的可能。走街串巷，他们发现了一纸告游客书，告示说：“我们是小岛的居民，我们要在岛上生活，请游客们理解我们的需要，请不要随地抛扔果皮、一次性餐具、包装纸与面巾纸等物。”他们二人明白了，这里没有工业，没有农业，没有学校、表演舞台和新闻出版，这里只有旅游、旅游，第三还是旅游。小鹃提出一个问题：这里确实是一个美丽得令人心醉的地方，但是，如果一条船把你送到了这里，你带着足够的现金与信用卡，请你住在岛上写作，你能待多久呢？大成说他可以待三个月，但是在岛上过了三个小时、吃完午饭并且喝了一大杯干白葡萄酒以后，他改口说，他可以待三个星期，然后他必须离开，不然，他会跳海自尽。

小鹃提出了一个尖锐的问题：人生活在天堂里，会不会寂寞得不想活下去了呢？

他们到了爱尔兰的首都都柏林。他们看了音乐博物馆，他们奇怪人们的这种奇特的思路，音乐是叫你听的，但博物馆主要是叫你看。小鹃说，现在欧美渐渐又红又紫的十九世纪末奥地利作曲家马勒，他的乐谱用目光欣赏起来美得不得了。乐谱能美成这样的还有苏联作曲家萧斯塔科维奇，她是听指挥大家李德伦说的。

更令二人感动的是爱尔兰大作家詹姆斯·乔伊斯的故居，乔治北街35号小小一个三层楼，杂乱无章是它的特色，里头放了世界上各种研究乔伊斯的著作与他的艰涩的名著《尤利西斯》，而一楼的小卖部销售印刷上了乔伊斯名言的文化衫，一句话立刻击中了中年新婚的傅杜二位作家的心，乔伊斯氏说：“对于这个世界，我的对策是：沉默、（自我）放逐与一点计谋。”大成说：“我大吃一惊，我还以为他是读过老庄的中国作家。”

他们去了匈牙利，布达与佩斯间有链子大桥，桥下的多瑙河，仅仅“多瑙”这个译名，加上对于《蓝色的多瑙河》《多瑙河之波》直到《沃尔塔瓦河》的记忆，已经让新婚中年夫妻如醉如痴。他们还拜谒了大学者卢卡奇故居。卢卡奇的马克思主义哲学与文艺学建树，蜚声世界。一九五七年匈牙利事件中，他参与了伊姆雷·纳吉集团，与街头闹事的人群结合在一起，最后被苏军镇压。纳吉与他的同伙被枪决，刚刚就任匈牙利社会主义工人党领导人的卡达尔宣布：卢卡奇本来是书斋中的好汉，现在，回他的书斋好了。卢卡奇保住了脑袋，七一年去世。

卢卡奇的故居确实就是一个大书斋。一九四五年全靠着苏联红军的力量，从苏联回到匈牙利的卢卡奇，成了显贵学者。他的工作室正对着河、链桥、山麓，墙上挂着妻子年轻与年老时的照片。他们无法设想卢卡奇的心境。回到书斋，是本分也是宽大处理。

这就是幸福，这就是新时期的新生活，他们一起畅游欧洲，他们可以讲一些外语，小鹃的英语可以使用，法语可以对付。大成的俄语算得上乘，英语可以对付。旅行欧洲，没有不便。看到景物，说出背景掌故渊源与旅游攻略，由此及彼，由实话虚，说不尽的话题，说不尽的道理，说不尽的八卦，说不尽的学问，佛法大道、法兰克福与布达佩斯学派，可以在屎尿中，更可以在名山大海胜景古堡、教堂宫殿、故居陵墓之上。五十多岁了，他总算尝到了不仅是夫唱妇随、如鱼得水、白头到老，更是凤凰于飞、鸾凤和鸣、相知相契、同心同趣、相看两不厌、只有城中鹃……之幸福。古往今来，对对双双，有几对夫妻赶得上他们的富有文化内涵的福！杜小鹃与傅大成正规划着共同写诗学与小说学的高等学校教科书各三卷，写一部高校用世界文学史，编一套世界文学经典选粹……更不必提才情万种、手到擒来的诗篇与长中短小说了！文章本天成，妙手偶得之，只要真情在，花开旺四时！

还有国内各地各高校、文联、作协、报刊、出版社的邀请，一波未平，一波又起。我们祖国多么辽阔广大，她有无数花园和森林，她有无数青年热爱写作，她有无数讲堂恭候光临！

兰州市内的黄河，迂回情深。敦煌与麦积山的雕塑壁画天地同光。新疆巩乃斯草原宛如天堂，喀纳斯湖碧清似玉。湘潭与韶山的故事绵延久远。大寨的艰苦奋斗作风经得住考验。大庆挺立红旗不倒。来到了《金瓶似的小山》里唱的西海，原来就是青海湖。宁夏中卫的羊杂碎令人销魂。你说杭州的美景消磨志气吗？伟人在这里谋划了惊天风雷。十万工农下吉安的豪情仍在井冈山震荡。优雅美丽的安徽老民居。张家界的美景突然打动了全国包括港澳台与海外。

还有不能不提的四川呢，成都的武侯祠与杜甫草堂，熊猫基地，乐山沙湾的郭沫若文苑、郭沫若故居，永放光芒。两个人对于郭沫若被一些无知者胡乱辱骂，深为不平，二人说起来一面为郭老怀念不已，一面为夫妻二人的完全一致而极度欢喜。

……关键不在于“去过”，“上车就睡觉，下车就尿尿，照片一大堆，到哪全忘掉”也是去过。不但要去，而且在于妙悟，在于知道，要好奇好问好学不倦，要爱之懂之思之乐之，要能吸收能推敲能欣赏能哀恸更能为每天的所见所至而接受生命的快乐、信息的沧海、知识的宏伟与文化的坚守。什么是爱情？什么是恋人？婚姻？夫妻？携手？偕老？这里有灵与肉的挣扎，有爱与痛的拼搏，有美与善的陶冶，有诗与歌的升华，有思想的火花，有信念的火炬，这里有每个个体只有一次的生命哲学、生命文化、生命享受、生命奉献、生命伴侣赞美合唱、共舞、对答与挺举、托举、抓举、论辩华章、天才创造、多部和声，真理、真经、真法的红日高升，烛照天地！

他们在十年内在一些场合参加了对于新现实主义的研讨，其中一个话题触动了他们的神经——有没有爱情？有一篇名作，说是没有爱情。有利害、有交易、有门第、有性生理性变态性间谍性犯罪，有性公关与性政治同盟，有两方或N方的家族纠纷，各式婚姻中百味俱全，五香俱至，万事俱备，文武混乱不挡，反正就是没有爱情。持这种观点的作家言之凿凿，千事万例，老到精准。谁维护爱情谁不过是酸的馒头 sentimental——伤感的，多愁善感的，感情用事的，那是幼稚，那是天真，老古董即是小儿科。

他们的说法不一样，性里有诗有情有戏，男男女女里有梦有相思有泪有殉有赴死不辞的爱。你想要什么？你要诗要情要思念要悲情要喜悦，有可能要不到，终其一生还是没有得到多少，就更珍贵。我们付出了大代价大牺牲，终于得到，终于和鸣于飞，良辰美景，花好月圆。你根本不信不想不坚守，你就只剩下了冷漠，只剩下了应付，剩下了阴谋诡计，也还有奸夫淫妇，人财两空，爱情浪漫曲变成了刑事犯罪案件，几乎十个晚上中的九个晚上，法治频道都会给你讲这样的故事。

他们的联合发言有人鼓掌，也有人只是摇头。

十八

然后二十世纪就这样过去了，人们为爱情、为发展、为和谐、为挣钱买房升学求职都付出着辛劳，付出着未必不昂贵的代价。到处是车声门声手机声声声入耳，好事坏事段子事事事关心。傅大成杜小鹃，文章越写越得心应手，调性高昂，销量看涨级别涨，版税充盈情更盈。杜小鹃的小长篇《孵蛋记》发表了，大成很激动，文坛反应平平，经过十余年的探索突破，见新不新，见怪不怪，各领风骚三五天罢了。但生活上二人情感走低，更年期的天命不仅对于小鹃，对于大成也不无苦恼。莫非更年期也有传染性？小鹃连续欠安，睡不好吃不好，腰痛腿痛，胳臂痛脖子痛，脚后跟痛完肩膀痛，如此这般。大成也跟着发生，你痛我也痛，你惊我也惊，最后，傅大成干脆明确，自己也提前进入了男子更年期。

二人正式结婚十一年，恋爱十一年，真正领了结婚证以后大成才发现了小鹃爱管人爱制定规矩的特点。也许应该算是组织能力吧。每次吃饭前与如厕后要监督洗手，洗手要用蓝月亮洗手液，不能用舒肤佳。洗手不能在洗脸池中洗，说是网上说了，脸池中的细菌含量多于大便后的抽水马桶。洗手时放水不可过大，过大是浪费水，不可过小，过小洗不干净。不干净就得接着洗，费水更多，更多用水又仍然洗不干净，未免愚蠢糊涂，不堪造就。尤其是大成在卫生间用自来水的时候，他受到了全面预警，一怕水珠，不管是手上的脸上的身上的毛巾上的衣物上的，说是只要落在地上就会污染全室，然后是鞋子，然后是地板其他地方。其次是水龙头，用完关紧了没有，不紧会漏水，漏水是天大的失误，害人害己害家害国。关得太紧了没用，太紧了会伤害龙头，龙头拧豁了可能洪水喷溅，水灾临头。再有就是卫生间内适才大成用水处附近，溅了多少水点子，包括梳妆台上、地上，四周悬挂的物品上乃至天花板上。一次大成洗头，事后硬是发现天花板上有水迹，大成说是蒸汽冲天，凝结附着液化成水。小鹃说是大成涉嫌甩手甩发太过，把水珠甩到了天花板，动不动瞎使劲儿，是大成的习惯特点之一。小鹃并强调，关键不在于水迹怎会出现在头顶之上，问题在于，洗完头就往外走，为何没有善后意识、责任意识、收尾意识、便利他人意识。如果是日本教授，做法就会与你完全不同。为什么不同？他们有良好的学前教育基础，即幼儿园教育基础，而要有好的幼儿园，先要有好的幼儿师范教育，等等，事关民族性，以及明治维新时期他们占了先。大成立刻指出：正是这种亚洲人的脱亚入欧的优越感的膨胀，酿成了二十世纪的日本大误大祸大难。他们即使洗手时不溅一滴水，又有什么用？他们溅出来的是邻国人民的鲜血。小鹃马上指出：“形而上学化与政治化，是大成的论辩武器之一，一人也好一国也好，其A优点掩盖不了B缺点，同样B缺点也掩盖不了A优点，我说你应该学A，你说他还曾经B，多么不讲道理！”

远远无法止于此，用完卫生间，香皂盒可能没有关得严实不利于保存香皂，也没有放在原地原位，显示了杂乱。毛巾是否拧干，是否正正地搭在铝棍上，两端距离是否相等相当。马桶内外是否溅出了屎尿元素，逆推站立小便时是否妥善地打开了马桶盖子。洗澡前后是否换用了最适用的拖鞋，一切规则用她的语言来说，要检查出傅大成半个世纪前受的学前教育的长短得失来。

当然，舒肤佳还是蓝月亮，甩出来的还是水蒸气升上去的，这不能算问题，更不能说是瑕疵，与更年期不更年期也无大关系。大成甚至想，这也是受过良好的学前、初等、中等、高等、研究生直到博士后教育的恩爱夫妻生活的一个特点，要生活，更要规则、清洁、整齐、程序，我们生活在一个程序的时代、人工智能的时代，没有程序就没有一切，包括做爱与临终关怀。夫妻不叮当，夫妻不辩论，夫妻不争辩，夫妻不碰撞，还要夫妻干什么？夫说什么妻就是什么，干脆一夫一机器人就行了。妻说什么夫就什么，干脆一妻一机器人就行了，干脆自己跟自己结婚就行了，干脆自己把自己阉割了就更行了。事已至此，他必须坚定坚决坚守坚持，他与小鹃就是天作之合，就是天仙良偶，人间头一对，世上拿摩温（No.1)，要如诗如画，如仙如死，要嘛有嘛，是柏拉图也是唐璜，是梁山伯与祝英台，也是秦始皇母亲赵姬与她的情夫嫪毐，当然，更是徐志摩与陆小曼。

还有一个情况不知道是哪一位让另一位尴尬，或者谁跟谁都不用尴尬。大成一天不知道有几多次把小鹃叫成甜美，小鹃则偶然将大成叫成立德。立德是小鹃十九岁时的非婚生子名字，后来慢慢知道的。大成叫小鹃为甜美的时候，一开始，小鹃现出一点愁容，后来，愁容改成苦笑，苦笑完了她会吁一口气，然后苦笑变成皱眉，然后皱眉变成了闭一下嘴唇，无可奈何，也还有一种难讲的疲惫。小鹃叫他立德的第一次，大成毫未在意，他问："什么？什么？"小鹃笑了，说"是我打了个磕巴"，什么事什么话也没有发生。第二次第三次，大成终于听清楚了，他说："鹃鹃，你在叫我'立'什么'德'，立德是谁呢？是你曾经的男朋友吗？"

"不，不，不是。下回我再给你说吧。"小鹃说。

大成翻了翻眼睛，他们的谈话接续不下去了。

过了几天，那天两口子恩爱了一回，小鹃说起了她的青少年时代，她说得勇敢直爽，她愿意把心中的死角黑洞都亮给大成，大成就是她的太阳，大成就是她的阳光，大成就是她复仇解怨的生命金箍棒，闪闪放光。她想，她要说，她要唱《噢索罗密欧》，拿波里民歌，中译《我的太阳》，帕瓦罗蒂看家歌曲。但是大成云雨一番之后困劲儿上来了，他喃喃地说了一句："知道。《无法邮递》。你真傻，真的。你不怕狼叼走孩子吗？"然后他打起了小呼噜。

有什么办法呢？只差二十三分钟。如果恩爱后再陪她交谈二十三分钟，她愿意给他跪下，她愿意尊他为男神、太阳、天光。她不知道入睡以前，老大不小的小鹃献给老大不小的夫君这样一个未必高雅也不承认是罪恶的故事到底是爱还是傻，爱与傻，谁也离不开谁。然而，他不听她的了，他说的《无法投递》是她的小说，是她的叫春呼偶的哭喊，他不听。她想起十九岁非婚生的儿子来了，她从此脸上刺下了代表通奸的红字。想不到还有改革开放的今天。她想念她的儿子，她不知道儿子最近的去向。如果她现在见到儿子了呢？她要给他起名叫"字雄"，妈妈脸上刻上了耻辱的红字，儿子乃积健为雄，娘也雄。

次日大成起来似乎有些察觉，小鹃的脸上缺少了幸福感与满足感，但是他为自己解释，小鹃要说的是她自己的非婚生子，是她的一件绝非光荣的往事，是女孩子的一件太差太傻太天真太轻率的事，他表示了不感兴趣，即使是老婆，可以赤诚光腚相见，却绝不需要审问一个更年期女人的少年隐私，光着腚讲你的热情和诗歌小说、讲你的艳丽与美妙绝伦吧，不必不须把你的隐痛与尴尬透露给我，情深似海也好，心乱如麻也罢，最后最终，不过是一笑了之，也可洒泪一掬。千头万绪皆飘散，两语三言又何为？他说："鹃，聊供参考，'无法投递'作为小说题目，未若'无从投递'，'无须投递'也！"

杜小鹃立时感到了大成的意见的正确性了，她的眉头更皱，笑容更苦了。

过了几天，两个人聊起《红楼梦》来，大成说："曹雪芹《红楼梦》的前四十回中四十回太伟大太生动太丰富了，这样的作品是注定无法完成的。就像《圣经》里说到上帝创世，要有光，要有日月星和昼夜区分，要有生命，要有人，要有食物……多么条理章法。但是想一想，造成了万物，也就乱了套了。你想想咱们去的西柏林教堂，那个耶稣，是多么失望和无奈，多么悲伤和痛惜！耶稣面对二战后的德意志联邦共和国，上帝的儿子也不能不肝肠寸断！"

然后，他又说："说是'善作者不必善成，善始者不必善终'。更多人说：'善始者众，善终者寡。'所有的影片与电视剧都是这样，开端，第一集，你看得目不转睛，等最后了呢，不过如此，这就是人生？这就是电影？这就是物理学工程学上讲的耗散效应？"

"什么意思？"小鹃没有找到感觉。

"所以要珍惜，要宝贵，要养护，要施肥浇水培育，坚持到底，一百年不要变，万古长绿。"

"坚持什么？宝贵什么？可能耗散着什么？你是说爱情吗？你是说咱们俩？"

大成拉住了小鹃的手说："一切。一切成果，奋斗的成果，痛哭流涕的成果，建设的成果，改革开放的成果，流血流汗的成果。我们的爱情随着时间而巩固与充盈，但是时间也会使我们的珍爱一点点耗散与衰减……"

"不，不是的，我不信。真正的爱情一直爱到骨灰罐，什么叫坚持呢？爱情是美，是幸福，不是咬牙切齿。"

她抽回了手。她走了。民政局一位老同学要她去，说是谈她儿子的事。

十九

形势比人强，实际比心愿强。感谢妇联的建构与运转，当然也感谢法警的保全效能，她白甜美没有一蹶不振，她与当地民政部门合作，主办了助残与养老的民营事业。她设立了不止一家养老院，优先雇用了残疾人做医疗与清洁服务。她连续几年给希望工程捐款，她受到了好评。儿子多次邀约她去美国一游，她不想去。儿子十多年中回来过两次，她很高兴。儿子给带了美国大松子与美国产的以色列面包，她都喜欢。带来的棉织针织、羊毛羊绒服装也相当合身，毕竟她是大块头型女中豪杰，美国可不缺大块头。女儿大红大紫了一阵子，三十一岁急流勇退，结婚成家，给妈妈当助理，变成了妈妈主办的助残敬老的连锁养老院总经理、总院长。

妈妈在与爸爸离婚后，患有一种类似帕金森症的手颤抖病，女儿给妈妈雇用了一个驾车司机老郑，兼职给母亲做点饭。如果只是开车，甜美这里已经有公司的三个司机了，老郑来此则以司机之名行贴身侍应之实。做饭，白总十分自信，她本来最讨厌的就是好好一个女人自己不做饭让他人做，他人做的菜她也是十盘中至少否定九盘。老郑能做到对白总言听计从，字字聆听，句句照办，居然给女老板做了三年菜让极善执炊并极其自以为是的白甜美夸奖连连，奖励不断。阿凤将此情况告诉了哥哥，哥哥称道不已，阿龙甚至多次询问阿妹，老郑身高形象、生辰年月、家室情况，人品个性，有没有可能与老娘做伴成双。被阿妹骂了一顿，几年美国，昏了头脑，忘祖弃本，必然变成了老娘眼中的大坏蛋。

又过三年，阿龙学成探亲，见到郑叔。他一回家先将老郑正名为叔，然后察言观色，旁敲侧击，多方接触，掌握全息。他在临行赴美就职前一天，与郑叔密谈两个半小时。

一周后，郑叔辞职。总经理总院长阿凤与老郑密谈，知道哥哥点了一把火，知道老郑的非礼勿视、非礼勿闻、非礼勿行、非礼勿思的原则性与严肃性，对他嘉奖多端，诚恳要求他仅仅从仗义行义人道主义角度，继续服务五年，年薪十五万元。阿凤总经理指出，她哥哥在美国喝了迷魂汤，大脑进水，匪夷所思，一切话语劝告建议，全是放屁。费了九牛二虎之力，老郑坚决请事假一个月，以示心迹。

女儿发现，老郑的不在使母亲心神不定，心里明白了些，当着母亲的面，一再夸奖老郑的为人、才艺、谨慎、克己、沉稳、谦逊，尤其是在老郑身上那种文质彬彬、多礼敬主的风度。她赞不绝口，同时一再说明，老郑是由于家中急事，回去处理，一定会如期回来供职。母亲才踏实了些。

二〇〇三年五月，北京成为非典型性肺炎疫区。六月，白甜美呼吸系统有些不适，人们都很紧张，老郑生活服务更加周到细心亲密，全心全意，决不顾及自己。一周后甜美发烧，来了急救车要将甜美拉走，老郑大喝扑过来，自称是甜美表弟，而且他也在发高烧，他的病更重，他绝不允许将甜美一人拉到隔离区去。胡搅蛮缠，振振有词，最后，被一并拉到了隔离区专设病房。历时一月，两位都确诊无大挂碍，恢复了自由人的身份。

阿凤通过这个生死考验，感觉有了新的认识和希望，确认了郑叔的称谓，缓缓与母亲谈起老人的未来，谈起郑叔，谈起她们的事业，尽量使用了欢欣鼓舞、吉祥如意的词语。她说："咱们可真走运，有了郑叔，郑叔是万能型人才，开车、修车、电视、电脑、手机、座机、烹调、餐饮、管儿工、电工，您说他哪样不精？除了不多说话，不搭讪，不东张西望，没有闲篇，没有废话，没有打听和议论，他什么做不到？有了他，不求人，万事通……”

妈妈笑了，十多年了，她终于笑得这样舒心。

说到谈婚论嫁，母亲态度慎重，她说：“不提这个话，也许我们还有十年二十年的缘分，提起这个话题，我只有三成把握，另外七成我告诉你就是人家立刻转身走人。小郑在乎的是一个礼敬，他更愿意在公司里得到信任和好收入。我比你爸爸大五岁，他最后嫌弃了我，男人都是这样的，他们觉得媳妇太大了丢人，他们受不了媳妇脸上的皱纹。与你郑叔比，我大八岁，我能跟人家过几年呢？”

“妈，您想这么多做什么？过一年算一年，幸福不要求绝对久远。永远幸福，最好；一段幸福，幸福一段，比老是不幸福仍然好过；爱过，幸福过，就好。毕竟，现在是新世纪了，您说呢？妈妈，您是多么不容易呀！”

“闺女，我其实都知道。你们不明白一个道理，我都快七十了，男人女人，上哪儿平等去？你做梦吧！你妈能混成这样，你就磕头吧。你六十多了想当新嫁娘，人民的唾沫活活淹死你。中国男人，从女老板那儿挣钱，他能接受；给媳妇当下属，从媳妇那儿领工资，非说这是吃软饭，没戏！你哥哥上次回国，已经与我说了，我一声也没吭。我警告他，不可以与小郑胡说八道。我知道，他与小郑肯定是说了什么，小郑才请了一个月的假。人家要脸！咱们是中国！跟祥林嫂相比，跟我姨比，我就够幸运的了。我姨十八岁结婚，十九岁死了丈夫，她守寡一辈子。你嘛话也别说了，尤其不要与你郑叔说什么，你要是说出去我只能是死路一条。我还得看，咱们的国，咱们的家，咱们的城，咱们的省怎么个变化法。我也可以了，我也对得起这一辈子了，连你爹我也不打算说他什么了，听说，跟那个娘儿们，他们不一定过得下去呢。”

这大概是中国固有的网络，固有的“人工智能”，人网！口传耳，耳接心，心通口，每个活人都连着千万亿条网线网点。十余年过去了，恩怨情仇，已经淡了许多，双方的情况仍然互相连通。连通联想，藕断丝连。大成甚至也听说了老郑，他暗暗祈祷甜美的晚年过得好一些，而大成的新的尴尬又是从何说起的呢?

又是发表作品，又是出国访问，又是打离婚与结新婚，又是插足第三者，又是投递情书，杜小鹃闹出的动静很不小。原来收养她儿子的一位海南岛的官员，终于将真实情况告诉了养子立德，立德通过文学报刊寻找母亲，找到了，二〇〇三年，来到北京。是年立德四十一岁了，一米八，七十五公斤，母亲小鹃六十岁整。立德更是不简单，自幼聪慧异常，一九七八年十六岁时被合肥中国科技大学少年班（神童班）录取，后来又在瑞士苏黎世联邦理工学院获得了硕士、博士学位，现在已经是天津大学的教授。他首次看到自己的明星式的女作家亲娘。小鹃虽然含泪，一时无语，除了“对不起你，对不起你”的重复以外，她找不到语言，也找不到感觉。儿子的伟大的身份，过人的外表，甚至于给小鹃一种迷醉，“我的儿子”，“我的儿子”，四十年不见，仍然一见便知的儿子，他的左眉上的小痣，他的笑容，他的嘴角的动作，仍然似有印象。“他的聪明智慧，神童，天才，离不开老娘我，他的到来带来了骄傲和光辉。”“他的生命来自我这里。”可又带来了惭愧和痛心。她终于哭出声来了。儿子过来拥抱着她，说：“不哭。”儿子说来之前他读了他能找得到的母亲的所有的书，他理解母亲爱母亲，为自己的母亲骄傲。现在是太好了，他会常常来看母亲，他第一次来，给母亲留下了六千块钱。

立德在母亲这里住了一宵。大成与他相互都很客气，大成最喜欢的是立德与别人说话时专注地注视着对方。大成发现，有许多自以为是的人说话根本不看人，甚至握手时也绝对不看你，而是看着别处。同时，大成也感觉到了这位教授的神童班经历，至今保留在身，与母亲说话的时候他极有兴趣，他知道母亲的非同寻常，同时有一种高位的爱怜。还有，大成的感觉是，这样的人除了自己的专业，说不定别的方面的知识与悟性、情商与常识都很有限。

于是杜小鹃的生活又掀起了新高潮。儿子带着妻子与两个孙子来了。小鹃一下子儿孙满堂。儿媳妇也不是善茬，是在美国学电影的，现在临时充当家庭主妇。两个孙子更是活泼异常，他们的到来使全家开了锅。

大成甚至躲出去了几天，在家他无法读书，更无法写作。

三年后，白甜美突然发作心脏病过世。傅大成去参加葬礼，受到儿子冷淡对待，警告他“离远一点，别让妈妈的在天之灵添堵”。女儿对他稍微好一点，告诉他，她发现了自己丈夫的婚外情，准备果断离异。她将母亲的公司盘出，她已经受到省广播文工团的聘任，重出江湖，准备再唱十五年。

……又数年匆匆飞过，这期间儿子立德当上了科学院院士，任命为广州一所一本大学的校长，媳妇也加盟一家深圳文化公司，拍了一部电视剧、一个电影。他们家南迁，请了两位保姆。他们邀请小鹃与大成到南方他们家去住，只需捎带手协助管理一下，他们买了近二百平方米的住房。大成苦笑着谢绝了。杜小鹃陪儿子去了广东，一两年才回来与夫君见一次，她说：“分别的时候我想着你，分别的时候不必盯着你上卫生间的程序。这更好一些。”小鹃甚至没给大成留她儿子在广东的邮政地址。手机时代要那玩意儿做什么？大成无语。

傅大成并无奢望。人生诸事，大至治国平天下，小至打牌下棋，包括文学艺术，包括炒股经商，有冷有热，有始有终，谁能万事一热到底呢？除了写作，他养了一只金丝雀，毛茸茸，光闪闪，稚气与灵气同时洋溢，鸣而不噪，跃而不闹，善而不叫，形象与清脆的叫声悦耳悦目悦心。三年过去了，金丝雀视大成如父母，见了大成，知心话儿说不完。大成也成段成章地与金丝雀交流，有话就对金丝雀倾诉，有文章先说给金丝雀。有次他问金丝雀：“你说人间到底有没有爱情呢？”雀鸟回答的叫声，大成理解的是：“光棍好苦，情靠不住。”

大成凄凉了。他把金丝雀从鸟笼里放了出来，金丝雀飞了一会儿，自己乖乖地飞回了铁笼子。它的小眼睛一直盯着大成，好像怕他掉泪。

立德对大成很客气也很友好，送老名牌派克钢笔给大成，但一次立德说什么“雄关漫道”，大成给立德指出当年毛泽东词“雄关漫道真如铁”句，意思不是说雄伟的关隘与漫长的道路，而是说不要说雄关如铁，“漫道”的含义是“莫道”。立德冷笑说：“现在一百个人里九十九个人都认为

‘雄关漫道’是一个组词，说‘漫道’是漫长的道路，也可以讲得通嘛。”大成略略上火，便引经据典，从古诗文中拈出一大堆“漫道”“漫说”“漫言”说明‘漫’字应作莫讲。立德反而笑了起来，说：“您讲老古董，那可不是我的长项！”大成听了，自觉噎在了那里。他从此再不敢与神童随便说话了。

大成开始发现立德的缺点，小鹃儿子的块头似乎有那么点侵略性，而且从头一次他就闻到一种气味，是人体脂肪之味，是贪吃饕餮之味，是年纪轻轻却可能患糖尿病之味。从立德的轻浮谈话中，他还嗅出了立德的历史虚无主义。小鹃有讨好儿子的苗头，也许是出自她的忏悔意愿。儿子也显然挚爱他这个四十岁以后才深挖出来的老娘。他与母亲互望的眼光与表情，甚至引起了大成的羡慕与一点嫉妒，当然并没有恨。立德养母已经死了多年。他管养父叫爸爸，管小鹃叫妈妈，这是最佳构思。大成还认为，对于立德来说，神童身份是他的立身之本，从母亲的情况看来，明星作家，神童儿子，这使双方都站得更稳，更加自信。他的出现让生他时晦气得无以复加的母亲一下子翻了身，使聪慧绝顶的他也一下子找到了天才的基因来历，使小鹃相信后继有人、心神不灭。

他把自己的感觉与小鹃说了，小鹃流了泪。果然小鹃一去经年，心在儿子那边。怎么回事呢？也许作家的爱情确实在于思念想象，而不在于实现。有不少作家写出了催人泪下的爱情故事，但是他或她的婚姻家庭都只能叫人摇头叹息。他想起三十多年前自己从上海回来给子女上文学课讲作家的感情生活，想起小鹃的诗句“我必报应”，《只不过是想念你》，他报应了。

干脆提出与小鹃离异，做好各种文书准备，沟通了与广东民政部门的关系，他说，他不愿意妨碍杜小鹃与儿孙共享天伦之乐。小鹃还是热情邀请他去了立德在穗的家，终于将广东的详细地址告诉了大成。二人一起逛了逛大小景点，吃喝了各种干白干红与半干白红，生猛海鲜，早茶午茶下午茶，去了歌舞厅，双方友好微笑离婚。

傅大成自己评论说，已经浪漫过了，热恋过了，与时俱进，到哪儿说哪儿，缘来天作合，缘去挥手去，婚姻或知止，情爱永依依。他是农家子弟，接地气的人，不必太多“酸的馒头”，伤感。他找家乡鱼鳖村的同族姐妹帮助找了一个人好心好样子的村里寡妇，接到北京过将起来。有人陪伴，有人做饭，有人说话，有人打水烫脚，有人给他搔脊背七十之痒，他还要什么呢？

还有什么？二〇一七年，大成与女儿进行了视频通话，想起孩子的妈妈，大成唏嘘不已。他们还谈了孔子的“逝者如斯夫，不舍昼夜”，说了英国的谚语“每一条狗都有自己的时间段”，还有“人不能两次踏进同一条河水”。大成说，爱情的幸福需要一代代地追求与发展下去，发展是硬道理，我们都在路上。阿凤说：“我想妈妈。”大成无声地哭了。

新年，大成总算收到了儿子从国外发来的贺卡：“想念，祝福。”最后是代表爱的“红桃儿”。

最稀奇的事是同学赵光彩，新世纪以后升职成为副省级官员。后来说是由于老丈人经济问题受到牵连，他被留党察看与降为副局级，回到滨海县养老。二人在滨海见面，唏嘘不已，赵光彩把大成夸奖了半天，把大成说成成功者与幸运者，令大成无言以对。

二〇一八年大年三十晚上，小鹃用手机要求与大成视频通话，他们互相问安，讲了很多鸡毛蒜皮。说到写作，两人都比较低调，但也都没有就此告老之意。小鹃再次用英语给大成背诵爱情小诗：“当生命中的冬日来到 / 我们无法要求春天回来 / 当白雪盖住我们额头的皱纹 / 爱情或回，爱人已经不在。”大成说：“我还活着呢。”“哈哈哈……”她似有声似无声地说：“大成，我爱你。”大成也用一首英语诗的一句话说道：“Keep wanting you till I die。”——有生之年，仍然想你。沉默好久，大成没有关手机的微信通话，然后小鹃说：“Marriage is not that important anymore。”（婚姻已经不是那么重要了），又重复了一句“Love you”。“Ят е бя люб лю”，大成用俄语说出了同样的意思。

到本年大成满七十八岁的生日，他写了一幅大字：“爱而不厌，悲而不倦。”题款：“戊戌秋大成涂鸦。”一个篆体名章，Z 城著名金石家范白石的得意之作，一个闲章，上书“仍然爱着”，自己刻的。

二十

傅大成在二〇一九年还有一个隐秘的计划，他将在此年的十月七日阴历九月九日重阳节，去给白甜美扫墓，这一天是甜美的八十五岁冥寿，他准备献白菊花，在甜美墓前长跪。

他还隐秘地盼望着，在梦里能见到甜美，他相信甜美一定会来到他的梦里。

他获悉，曾经有人劝白甜美办一个女性婚姻悲剧博物馆，他一直放在心上，他还计划与省筱莲花梆子剧团，再找一家文化公司合作，办一个以甜美命名的中国婚姻博物馆。先从婚姻题材的戏曲开始，《秦香莲》《西厢记》《梁山伯与祝英台》《拜月亭》《倩女离魂》《牡丹亭》《红鬃烈马》《打金枝》《朱买臣休妻》《拾玉镯》等等。

我认识过一个比我善良的人

笛 安

从前，有一个人，她比我善良。可是这又有什么奇怪的，比我善良的人很多。说恒河沙数那是夸张了，但是车载斗量应该是不错的。只是，这些比我善良的人，大隐隐于市——要遇到他们，也没有想象中那么容易。

我骨子里是个刻薄的人，所幸我知道这个。有时候，我不打算帮助别人，或者打算给别人行个方便，并不是因为我有没有同理心，只是因为，我怕麻烦。比如，我的房客已经拖欠了十个月的房租，我却依然若无其事，因为我不知道赶走一个活人要怎么操作，难道真的像电视剧里演的，趁他不在，把他的东西打包丢在楼下么——一个已经租住了这么些年的人，打包他的所有家当，工作量太大了。于是电视剧里的画面至今没有发生。不过我的房客，章志童，他是个要脸的人。在第十个月零一周的某个晚上，他给我发了一条语音信息："橘南姐，实在不好意思，我搬去朋友家借住一阵，押金你先留着，欠你的房租我一定会还的。"

他很体贴，没有直接打电话给我，这样就避免了双方的尴尬——他害怕我说"不行"而引起的等待的沉默，或者我因为害怕他为恳求我做出不得体的举动，而不得不说"那好吧"。于是我在半个小时后打了一行字给他：你当时交了两个月的押金，所以你还欠我八个月的房租总计是××元，没问题的话，你写个欠条给我。先拍张照发过来，然后快递到我家。

我知道即使拿着这张欠条，也没有什么用，可我总不能什么都不做吧。章志童当然不是那种业内有名字的编剧。他经常会遇到的情况是：辛苦工作了几个月，好不容易写好了一份大纲，然后这个戏不打算开机了，他已经写完完整的十集剧本，却只能拿到最初的那点定金。或者是：他耗费了一年的时间，算是跟着各位“老师”写完了一个戏，而播出的时候“编剧”那栏里没有他的名字，你会在“联合策划”之类的分类下面看见“章志童”三个字，他还不一定收得到尾款——过去的那十个月里，一定是连这样的工作机会也没了。

房屋中介只用了48小时，就替我找到了下一位房客。过去签合同的路上，我想到了章志童，也不知道那个朋友能收容他多久，也不知道这个朋友是否真的存在。其实他不是一个多事的房客，如果不是我近来很需要钱，我可以再等等他。三个月前，我的老板正式通知我们几个，接下来的半年里，他每月只能付给我们一半的薪水，想辞职的他会理解，愿意留下来挨过这段日子的——就挨着吧，谁还需要他的感谢呢。我没有跟徐丰说起过这件事，三个月来，照旧用我减半了的薪水负担家里原本归我负责的那些开销，不够的部分用我自己之前的存款来补。我甚至没告诉他章志童拖欠房租的事，跟自己的老公，为什么不能说呢——总之我就是没说，我没想刻意隐瞒，也一直没找到合适的说出来的时候。

租给章志童的那套小房子，在花家地。听起来跟名震江湖的美术学院处于同一个街区，但其实，我买下这里八年了，从不知道美术学院究竟在哪。小公寓一室一厅，不到六十平方米，在十五层上。八年前，我站在狭小的厨房里，远远地看到“宜家”的黄色字母，觉得这一带怎么这么荒凉——那时我还年轻，八年前这一带的房价也还没有后来那么夸张。我相信用不了多久，这里会变成一个像CBD一样有城市样子的地带；我还相信，这间不到六十平方米的小公寓不过是我繁花似锦的人生的第一步——月供还很艰难我知道，可是我在这么年轻的时候就拥有自己的第一个物业了，往后的日子只会有各种各样想象不了的好时光在等我，不会出什么岔子的。

八年过去了，当初相信的两件事情，都没有发生。

房产中介小哥姓梁，他站在章志童留下的书桌旁边：“孙姐，这就是咱们新的租户。”我其实特别讨厌他叫我“孙姐”，但是我一时也想不出该用什么称呼来取代这个。那女孩坐在小客厅的一角，可以打开变成床的沙发明明空着，她却坐在地板上，一只小小的箱子在她身旁。她穿着一件很普通的粗花呢外套，牛角扣子散着，我的第一感觉是这姑娘会不会在发烧，因为她脸上的红晕看起来很突兀。她是那种谈不上漂亮但也绝对不是难看的长相，留给人深刻印象的便是脸颊上的红晕以及开口说话时候的某些颠三倒四的造句方式——让我以为她在发烧的，也许是她讲话的习惯。小梁指指摊在桌上那两份见惯了的租房合同，招呼她过来签字，她像是没听见那样直直地看着我，然后一笑：“房东姐姐，房租一定要年付不可吗？可不可以先付半年的？”

她笑起来的样子像只猫。可惜我不喜欢猫。

小梁有点窘迫了：“您看，年付房租是说好的，您也没有跟我表示过不同意……您不知道，这位孙姐是吃了上一任租户的亏——那个人连着十个月都不交房租，您换位思考一下——”她又笑了，一只五官端正的杂毛花猫突然成了精：“你真幽默，我哪好意思想象自己在北京做房东——怎么换位？”我就看着她，静静地看了两三秒钟，问她：“你签还是不签？”她收起了笑容，站起身来，不作声地走到桌边——还算识相，不过，她怎么会这么瘦，我甚至怀疑她那条牛仔裤会不会是童装品牌，她拉开书桌前面唯一的那把椅子，坐下，研究着合同上面的条款，然后把我的身份证拿起来，慢慢地端详。见她已经侧过脸来仰视我了，我不由得稍稍后退几步——她想在仰角的视觉里把我的脸变得庞大臃肿，不能叫她得逞。她这一次的语气里是真的好奇：“你是一九八 × 年的……真看不出来，房东姐姐你好美呢。”

为了少付两万多块钱，不惜昧着良心到这种程度，并且毫无障碍，这样的年轻人——我扫了一眼她的身份证——这个叫洪澄的年轻人不能小看。“没问题就在这儿签字，还有这儿……”小梁的脸红了，我知道他不知道该如何应付这莫名其妙的对话，于是我也配合着小梁，问：“章志童的这些家具确定不要了是吗？”

门开了——刚刚我进来的时候没有把门带上——像是现世报一样，章志童出现在门口。十个多月困顿和窘迫的生活也并没有让他瘦下来，那件我见惯了的绛红色冲锋衣下面，依旧勾勒出那个略微悲凉的肚子。他身上带着一点户外深秋的清寒，那副黑色圆框眼镜的镜片蒙了一点雾气，他也不管，径直地望住了我：“橘南姐，我现在有钱了！去年那个制片方终于给我结了一半稿费，你看……”他突然安静了下来，惶恐地看着两个陌生人，然后立刻明白发生了什么。我看到小梁放在桌面上的那只手暗暗地攥起了拳头，人们比较容易对一个失望的大块头心生警惕，也是没办法的事。章志童像过去那样懂事，一言不发地，把一沓簇新的现金放在桌上：“十个月的房租。”他没有直视我的眼睛。大家安静了片刻，我真害怕那个洪澄此刻说出几句让他更尴尬的话，于是我抢着说：“要不要数一下，我看着，这一沓……好像多了点？”他恍然大悟地抬起头，额头已经渗出一层细密的汗珠，章志童的额头格外宽阔，把他的眉毛眼睛都逼得挤在一起瑟瑟发抖：“哦，我忘了，这里面本来还有我打算给你的下半年的房租……既然这样，就……”像是放弃了寻找合适的词，他开始颤抖着手指想从那一沓钱里拿走一部分，但是他不知道该不该一张一张地数，于是他只能试探性地拿起几张，放进衣兜里，再估算着下一次能不能多拿几张。他庞大的身躯弯了下来，为了避免尴尬，他的头快要磕到桌面上去了，冲锋衣的后背上有个巨大的“蜘蛛侠”，“蜘蛛侠”的身体跟着他隐隐地晃动着。

“用不用我帮你啊？”洪澄试探性地问。章志童充耳不闻，费力地一张张拈着钞票，洪澄果然笑了，一边笑，一边看了小梁一眼，嘲笑同盟就这么轻而易举地达成。小梁没有笑，但是却不得不看着洪澄年轻而生动的脸。若是换个场合，不是在这个空荡荡灰扑扑的小公寓里，而是在某个光线暧昧的酒吧——洪澄对这个男孩子的摆布就已经完成得七七八八了。内向的人总得接受生活的教育，无论男女。

“喂，这样好不好？”章志童似乎听出了我这句话是在对他说，立即抬起了头。我流畅地从那沓钱里数出来三个月的房租，放在他面前。然后我看着洪澄：“你不是只想付半年的吗？现在可以，你的房租减半了，原先一年的房租你只需要给我一半。但是前提是，你和他合租。”洪澄和章志童的眼神立即对撞到了一起，像是同时被吓坏了。“你考虑一下。”我看了一眼放在章志童眼前的那点钱，“你身上不能不留一点过日子，房租减半了，原来三个月的现在变成六个月的，半年以后，你再转给我另外六个月的。”

“凭什么他就可以只付半年的，我还是得年付？”洪澄嘟起了腮帮子，一看便知这个的确有媚态的小动作她早已烂熟。“因为他租我的房子好几年了，可是我不认识你。”我知道我的语气酷似一个令人生厌的教导主任，但是吧，管用，“——章志童，你把卧室让给女孩子，你睡客厅，反正你需要书桌工作。至于怎么轮流打扫，怎么摊水电费，你们俩自己商量。”

他们俩依然面面相觑，洪澄把腮帮子鼓得像是含了两只乒乓球。但是我知道，问题已经解决了。我把章志童迟来十个月的房租收进随身挎包里，心里盘算着如果徐丰今天不需要加班，就跟他去吃一顿我们都喜欢的寿喜锅。可以考虑告诉他这笔钱是奖金，好让他相信我们公司一如既往。果然，小梁如释重负地叹气：“你们真是碰到了好人。”当我走到电梯口的时候，洪澄和章志童一起出来与我挥别的样子，像是一对不那么般配，却有人愿意真心祝福的小夫妻。

这就是故事的开始，我，和那个比我善良的人。我知道，根据每个人对“故事”的经验，这个人要么是洪澄，要么是章志童，只有很少一部分人会以为是小梁——当然不是，我们后来谁也没再见过他了。别笑，这其实是一件非常残酷的事。在任何一个场景，一个事件，或者一个片段的画面里，我们大多数人，一望而知就是配角。但问题是，有的时候我们知道这个，有的时候未必。十一年前，当我第一次看见雪夜，她也就是像今天的洪澄那样坐在出版社那张老沙发的一角。说回眸一笑百媚生那是有点不要脸了，但你就是明明白白地听见了，在她开始微笑的时候，满室寂静了下来。寂静也是可以被听到的，有点像一种自然现象。她好奇地看着桌上一个牛皮纸的大信封，那上面的收件人是我，她的眼睛有一瞬间的迷离："孙橘南——你的名字真比我的更像个作家。"那是我们所有人好运的开始——我成了雪夜的责任编辑，从文字校对，到销售方案，完整地跟完了她的第一本书。然后就在某个毫无准备的时候，知道自己做出来了一个畅销女作家。一个如她一般的人物，算不算是绝对的主角了呢，你猜。

雪夜的文字水准其实很烂，人物形象的塑造也是一塌糊涂——当然还是有"但是"，在她那个你读完了未必好意思讲给别人听的故事里，却有一种非常真实的激烈，和一种看似偶尔为之却恰到好处的冷漠。她的性格里确实有那种把激烈和冷漠巧妙地糅合在一起的能力，这会有效地传达给看她书的人一个信息：那些扁平的地方，那些糟糕的描述，那些不知所云的桥段，全都像是故意为之，她一边深爱着这个故事，一边又真心蔑视着这些人物们。她的作品能让你相信——真的可以写得又糟又动人的。当年那家出版社很多老编辑不愿意做她，就是因为不相信这回事。于是，运气就留给了当时刚刚工作两年的孙橘南。不，有一个人不动声色地赌对了，就是我当年的直接领导，我们那个选题小组的负责人，他就是我现在的老板。

雪夜的第一本单行本刚刚下厂的时候，他从那家老牌出版社办完了离职手续，不知从哪里扎来了一笔钱，开办了我们现在的文化传媒公司。当众人回过神来之后，才发现，他已经带走了雪夜，还有我。雪夜成了我们的第一个作者——她的第二本缔造销量神话的小说集，和第三本略显颓势但依旧表现很好的长篇小说都是我们做出来的，其中第三本卖给了一个如今已销声匿迹的网游公司。也就是在那几年，我存够了花家地小屋的首付。然后——就没有然后了，八年下来，我们看似不断地壮大，却再也没遇到一个像雪夜那样的作家。更要命的是，就连雪夜自己——第四本的滑铁卢之后，她想必也知道，运气既然来得莫名其妙，那它要走的时候，与其百般努力还不如含笑目送——于是这四五年她不肯再写一个字，宁愿去视频平台那些没人看的美妆节目当嘉宾，也拒绝再写新书。虽然老板咬牙切齿，但从我内心深处，却觉得，她也许不是一个天生的创作者，却能凭着直觉在命运面前不撒泼，也不抵赖，也是种功德。

当然，有时候也真的很想有个人能替我揍她，吊起来拷打的那种都可以。那天下午，我坐在她的客厅里，耐心地给她解释我帮她找到了一个我认为非常不错的机会。一个跟我关系很好的制片人说，他们想要做一个纯爱电视剧，我提出来能不能让雪夜根据她大概的想法和人物关系先写一个小说，这个小说的影视改编权可以用一个合理的价格卖回给他们公司——反正他们手上一时找不到原创能力过硬的编剧，而且，有了雪夜的名字，至少能保证她的一部分忠实老读者对这个戏的关注。对方正式同意了，我还在为这个计划兴奋不已的时候，雪夜轻松地拒绝了我。

“我对这种纯爱的故事已经没兴趣了。”她坐在我对面的地毯上，抱紧了膝盖，一脸无辜的神情。

“你感兴趣的那个题材不好卖，乖，这几年行情不好，先把这个写了，你自己想写的那个小说可以慢慢来。”

“你怎么知道不好卖？而且那些影视公司会从一开始就干涉故事的情节，这还有什么自由？”

我总不能说“你写得那么烂还要自由干什么”，因为从法理上讲她的确有这个权利，于是我只好换一个说辞：“是这样，你知道你现在想写的这一本麻烦在哪？读者想要的是，他面前的那个故事能告诉他：他是无辜的，他没有任何错，错的都是别人是社会是什么什么……你还不能直截了当地跟他讲，必须得巧妙设置一些困境让他自己得出这个荒谬的结论——可是你的这个故事满足不了读者的这个需求……”一边说，我一边在心里请求神明别拿我的话当真，对于真正有才华的人来说，上述那些完全不能成立。

“算了吧，橘南，”她轻松地冷笑，“你要是真的知道读者们想要什么，你们公司还能做成现在这个鸟样么？”

谈话结束。

就是在这个傍晚，洪澄热烈地邀请我去跟她和章志童吃晚饭，在一腔怒火的驱使下，我立即回复她：好。

我顺便在路上买了瓶酒。

珍惜地把酒瓶抱在胸前，迈进小区的时候，正好赶上黄昏。童年时我就觉得，在天冷的时候，那种漫长下午的末尾，行走在户外的所有人，身上都带着一种“不想再活下去”的气息。小时候，黄昏总是让我如芒在背，我为我自己“还有一点想要活下去”而感到不好意思，我总是自我安慰，快了，很快就过去了，夜晚马上就会来，夜市、大排档、烧烤摊冒起来的带着肉味的青烟，二楼阳台上的炒菜声，临街小酒馆有人划拳——当这些声音降临，“尘世”与“坟场”之间便又重新泾渭分明。

然后我惊讶地察觉，已是初冬。我抱紧了怀里那瓶酒，在它温暖我之前，先温暖它。

“晚来天欲雪——”章志童坐在一个冒着白气的砂锅后面，给他自己夹了一只鸡翅，他开始吟诗的时候通常是发自内心的惬意。“能能能。”洪澄挥挥手截断了“白居易”，“你都不知道给橘南姐盛个汤，有点眼色没有？”“拜托——”我做出求助的手势，“你能不能不要这么说话，你现在太像他老婆了。”章志童非常憨厚地一笑：“那怎么行，怎么行。”

“洪澄，”我认真地说，“我给你科普一个关于你室友的背景知识，他的意思是说，你配不上他。”

“我懂我懂，”喝了一点酒以后，洪澄的眼睛变成了浅浅的湖水，“我住进来的第二天，就听他讲过他女朋友的事儿了。”

“你真客气，那算什么女朋友。”我笑了。

“我总不好意思说，是打飞机时候的幻想对象吧——”洪澄清脆地说了出来，没听出有任何的不好意思。章志童的脸已经涨得通红，快要染红他面前的白色瓷碗了，于是我们三人用力地碰杯，反正暂时没有别的去处。

章志童的“女朋友”，是一个奇妙的存在。起初我完全不相信的，但是经过他多年来反复地提起与描述，我开始觉得也许不全是无稽之谈。章志童和我相识于七年前，那时候我一个人还月供实在有点吃力，就拜托朋友们帮我找个知根知底的人，把客厅租给他，能替我分担一部分。第一个房客就是章志童，第二个房客洪澄——是七年后，不久前的事情。七年前章志童就在这张宜家书桌上熬夜伏案写剧本——虽然他多半情况下写的都是大纲或分集大纲，我自然会应他邀请，试读他的各种作品或半成品——那个时候我就知道，章志童如果想在他的行业里出头，不是完全没可能，但估计会很艰难。他写的故事里，该有的都有，起承转合乍一看都挑不出来什么硬伤，可是也真没有什么令人印象深刻的地方。往往，像他这样的文字从业者，最看不起的就是雪夜那种人。在他们眼里，就是因为雪夜们这些欺世盗名的货色的存在，才阻碍了他们前进的道路。你无法让他们彻底明白事情并非完全如此。

那是章志童最让人讨厌的一段时间，刻薄，激愤，但是对任何事情的批判都不得要领。若不是因为他的房租的确让我的生活轻松了下来，我一定将他扫地出门——基本上，每隔 72 小时就要闪一次这个念头吧。我想那是一个夏夜，我站在窄小的厨房里思考究竟是切一半西瓜还是切四分之一，章志童突然非常激动地叫我：“橘南姐，橘南姐，你来看，快来——”我从没听过他如此特别的语调，就好像他在欣喜地宣布房子要塌了，不得已，我只好举着菜刀冲进客厅。电视屏幕上在播一个我至今说不上名字的武侠剧，章志童像个烟囱那样矗立在画面前面，顺着他微颤的手指，画面上正在播放一群人在树上翻着跟头顺便拼一拼剑法的画面，我不明所以，直到下一个画面，一个姑娘扭曲着一脸勉强算是焦急的神情，问反派：“师兄，你有没有受伤？”

“就是她。”章志童讪讪地看着我：“算是我的——女朋友吧。”

我一言不发，转身回去切西瓜。章志童不甘心地跟了进来：“我是说真的——好吧，不算是那种确定关系的女朋友，但是——她偶尔会到我这儿来，我们是中学六年的同学，自从来北京以后——有时候会见见——她有时候，留我过夜……”他的声音羞涩得像个小媳妇，“我也知道，这个事，反正就是她有空了就给我打个电话，她有男朋友了就通知我，我不会去打扰她，反正她都谈不长，反正她分手了会来找我……”

我默默地切完了一整个西瓜，出于对弱势群体的同情，打算请他一起吃。

那个武侠剧里的小师妹——我们姑且叫她郑小姐吧，对于章志童描述的郑小姐的故事，我一直都没有完全相信——我知道同班同学肯定是真的，偶尔留他过夜也不是没有可能——但是这个故事依旧有一些难以置信的部分。直到有一天，章志童不声不响消失了三个星期，回来的时候人居然开天辟地地瘦了一圈——郑小姐正在拍的一个玄幻戏，已经进组了才知道剧本根本无法如期完成——于是郑小姐紧急把章志童叫到横店去，三个星期，那个狗屎一样的电视剧终于有了狗屎一样的后十五集——章志童的名字第一次被打进“剧本统筹”那个分类里，第二年这个戏播出了以后，他强迫我和他一起收看，尤其是最后十五集。

在剧组里，章志童当然，必须，只能是郑小姐的一位临时救火的“老同学”，就像在片尾名单里，他只能是“剧本统筹”一样。

再后来我和徐丰要结婚了，我搬了出去，我和徐丰的住处在海淀，离他上班的地方近一点。那几年，拜“剧本统筹”的最后十五集所赐，章志童接工作的运气一直还可以——至少我打算搬走以后，直接把他的房租翻倍了，他也愉快地接受。收拾行李的那些天，我总是跟章志童说，这下好了，当郑小姐偶尔宣他进宫的时候，可以把地点定在花家地。他不置可否地笑，玩笑开得次数多了，我自己也有点当真。

当洪澄终于在此刻正式分享了这个秘密时，郑小姐已经从武侠剧里的女四号变成了偶尔也能在热搜上看到的女明星。所以，我能想象，当洪澄听说章志童的“女朋友”是郑小姐的时候，感受到的震撼远远胜过我当年。这些年里，据章志童说，他依然被紧急召唤去替郑小姐改过几次惨不忍睹的剧本，有一个是电视剧没拍，另一个剧是还没播出。还有一个是播出了并且播得还很不错的网剧，章志童那一次被分到的title是“策划”，那个戏的“策划”，总共有七八个人吧。

“章志童，你知道我觉得她哪里不地道吗——”洪澄已经醉意朦胧了，但是说话的逻辑却比平时清晰，“她已经是个大明星了——就算你是她的碎催，是她的奴隶，是她的杂役都好——她至少能给你争取一个‘编剧’的名头吧？这有什么难的……又不是让她承认她和你睡过。”

洪澄这个才搬来没几天的局外人，说出了我这几年来一直想说的话。

“你一个姑娘，”章志童放下了酒杯，“别张嘴闭嘴就是睡过呀打飞机呀这些粗话。”

“好，文明一点。”洪澄托着腮想了想，“那她现在还临幸你么？”

“她的意思是问，你醒着的时候……”我加了一句。

章志童回答什么完全不重要了，反正已被淹没在洪澄一连串笑声里。她笑起来的声音很好听，像个八九岁的小男孩。章志童尴尬地一转身，一个小小的酱油碟子被他庞大的身躯带得飞了起来，再无力地落在地上。我冲进厨房去拿抹布，不期然地，闯进一片橙色的灯光里。

厨房的灯泡应该是已经换过了，这个光线前所未有地舒服，无论是煤气灶旁边的架子，还是窗台，还是冰箱旁边那张矮凳，都满满地填上了调味品、水果、成串的大蒜、盛满了泡菜的罐子和不知放着什么的粗陶瓶子。就连那个瓷砖已经裂了缝的洗手台，被这满满的家当簇拥着，都有了股娇羞气。洪澄在门边探了个头，我发自肺腑地对她笑了一下。

“章志童怎么会有这么好的运气，”我关上了水龙头，“能时不时被女明星临幸，家里还搬进来一个田螺姑娘。”

“不会啊，平时都是我做我自己的饭，我吃的时候他看着。”洪澄打开了冰箱——冰箱里当然也是一副井然有序的盛况，“这盘中午的泡菜炒饭可好吃了，你要不要尝尝，我可以在微波炉里热一下下。”

“你是哪儿人？”我问。

“小地方，不值得一提，说了好多人也没听过。”她不太愿意谈论自己，即便是在半醉的时候。

章志童已经伏在一堆剩菜之间睡着了，脸上有种幸福的神情。

2019年的春节，章志童和洪澄两个人都没有回家。我嫉妒他们。因为去年春节，徐丰已经跟着我回父母家了；所以按照约定，今年我必须跟他回去。随着启程的日子渐渐逼近，我每天几乎是一睁开眼睛就想去花家地跟他们俩混在一起——那会让我产生一瞬间的错觉，我可以跟他们一样，哪儿都不用去。北京这个城市，一年到头，就是春节那几天最让人舍不得。整座城都空了——只要你不去庙会，如果那个关于“年兽”的传说是真的，那这头巨兽该是多么自由地奔跑在东三环或者三环辅路上，长驱直入，耳边掠过的风声遮盖了炸裂的鞭炮。

那晚我脸上敷了一张蜗牛面膜，靠在床上刷手机。徐丰坐在书桌前面，也刷手机。这样的安静其实挺好，我不在乎结婚五年来我们已经渐渐地没什么话题可说。朋友圈里，我爸和我婆婆几乎同时转了同一篇营销号的养生科普文，我给我爸留言“别信这些，都是胡说八道”，然后给我婆婆点了个“赞”——反正他们俩并没有加对方为好友。

“你看这个，”徐丰笑了，“有个社会新闻——一个医院的副院长，也是心脏外科专家，被他女儿举报了——因为他常年吃回扣，医院进的心脏支架好多质量都不合格……这都叫什么事儿，”他笑着摇了摇头，“这个王八蛋养出来一个可怕的女儿，也是报应。”

“我们公司状况不好，这几个月薪水都减半了，一半人辞了职。”我若无其事地说。

“实在不行你也别耗着了，该走就走，在家休息一阵子，我还养得起。”我听见他手指间的鼠标按键隐隐地响动。

“没事，工资减半，工作量减了一多半，正好休息。章志童的房租按时交着呢，没什么大问题。”

“明年我这边状况要是能好一点，咱们把花家地那里卖了吧——就能买个大点的——我是烦死咱们现在这个房东了，三天两头的，一点破事就要来敲门。据说她周一到周六，每天去不同的房客家里敲门。”

“咱们要是真的把房子换了，你妈就更得催着咱们生孩子。”

“说得也是，还是算了。不过好久没看见章志童了，他怎么样？还能接得到工作？”

众人都说行业惨淡，但章志童还真的接到了一个活儿——可能是因为他便宜吧，各家都在压缩预算，于是更容易地想到了他。他的工作内容是把一个原本长度为七十五集的剧本压缩成四十集，更妙的是，他现在有了个助手，就是洪澄。洪澄不工作，也几乎不出去玩，没有任何称得上社交的行为——因此，除去做饭，她这些日子以来就成了章志童的第一读者，以及，兴致来了她会照着章志童的剧本，一人分饰几角地演一遍，用力嘲笑写得过于尴尬或者荒诞的台词，章志童会默默地拿回去修改。洪澄好像突然发现了新玩具，热情异常，除了自愿帮忙试演，还主动提出建议，比如哪条情节线可以压缩乃至删除——当然，她的建议全部被制片人骂了回去。

“你不工作，靠什么生活？”有一次，章志童问她，彼时我正坐在地板上打开外卖比萨的纸盒。

“以前也存了点钱，从家里带出来了一点，花完了，就去死。”洪澄的语气像是在说，如果明天有太阳就去晒晒被子。

“你有没有想过试着学学写剧本？”章志童小心翼翼地问。

“等你名满天下了，如果我还活着，你招我到你这里来打下手吧。做你徒弟。前提是——我还活着哦。”

“你这么讨人嫌的人，才不会早死。”章志童悻悻地结束了对话，“喂，你过来，你把这场给我读一遍……”

“喂，要是节前他们不给你结算工钱，你怎么办？是不是得我来帮你买春节的新衣服？”

把这样的两个人丢在北京过年，我很放心。

令人欣喜的事情偶尔也会发生。徐丰他们公司春节假期内需要有技术人员值班，负责后台的维护，徐丰被安排在初五，所以我们初四就可以如释重负地上高铁。临出发前我迫不及待地打电话给洪澄，告诉她我老公初五会加班至凌晨，我们三人可以在花家地“破五”。

“好呀，吃饺子。”她笑嘻嘻地，“哎，我真的给章志童买了件过年的衣服。”

“速冻的就行，楼下超市应该开门。”

“这叫什么话！”洪澄像是在维护受损的自尊，“我会包，你不用管。”

那是我第一次看到洪澄出现在室外，她戴着一顶灰色的贝雷帽，裹着巨大的橙色围巾，在小区超市的门口极力地冲我挥手，脸上全是惊喜的笑意：“橘南姐，先别上去，咱们在这儿埋伏一会儿，看看等会从楼里出来的人是不是郑小姐。”

小超市里没有顾客，老板娘漠然地看着电视，电影频道在放一部喜剧片，可是老板娘完全不笑。我们站在一排货架后面，一人买了一罐加热过的雀巢咖啡，无所事事地盯着落地窗。

“章志童求我出去转两个小时再回去，还要我转告你晚两个小时再来——你不知道他都快给我跪下了。”洪澄瞬间就把脸上的表情调成一副可怜巴巴又有点迟钝的样子，惟妙惟肖。

我笑出了声音。

“你没看到有人进去吗？”

“章志童那个人鬼头鬼脑的，说人已经在咱们楼里了，非要我坐电梯下去以后，才放人进去——而且还亲手给我按了电梯——所以咱们在这儿等等，能看见咱们的楼里都有什么样的人出来……”洪澄皱了皱眉头，“女明星真的会自己一个人出门吗？我刚刚也没看到长得像保镖那样的人过来开道……”

“章志童肯定也给你看过那张照片吧？”我问。

“初中毕业集体照。”洪澄用力地点头，“可是那张照片上的姑娘——怎么说，说是15岁时候的郑小姐我相信，可是你说她不是，我也相信……”

漫长的等候可以让一切目标都失去意义，十五分钟以后，我已经开始完全不在乎郑小姐会不会走出来；半个小时后我开始产生幻觉，觉得推开单元门走出来的那位大妈一定是郑小姐乔装打扮的，反正她是个演员。洪澄已经离开了落地窗，到货架的另一端去打开了冰柜的门，她悠然叹了口气：“没办法，都怪郑小姐，真的只能吃速冻饺子了，不过还好——我提前三天就做好了吃饺子用的那种醋。”

“还存在那种东西？”我大惊失色。

“我用醋把蒜瓣泡起来，有点像腌咸菜那样，泡几天，蒜的味道全都进去了，到咱们的饺子上桌的时候，可以剁一点姜末进去，再加上一点点辣椒油……”

除了食物的烹制方法，她从来没有提过她自己的生活，只有在像对牛弹琴一般给我们解释什么菜怎么做的时候，我才能从她不小心的措辞里听出一点她往日的痕迹——做关东煮的时候她提起过她的大学宿舍，煲汤的时候解释过她吃过的最美味的火腿来自实习的时候办公室里一个可爱的姐姐的家乡……诸如此类，我和章志童早已有了默契，不再追问细节，比如“你学的是什么专业”“你在哪儿实习”——章志童是害怕她尴尬，而我则已经习惯了就当她是《聊斋》里来的。一阵寒风从我身体的侧面袭来，超市的门开了，老板娘不满地朝这边看了一眼，在埋怨来人破坏了好不容易积攒起来的一点热气。洪澄专注地盯着冰柜里那些色彩缤纷的袋子，无视那对走进来的中年男女。

“请问一下，这儿的物业——”男人的普通话比较标准，听不出来是哪里的口音，他身边那个女人的声音立即就把他的声音拦在了半路：“澄澄——这么巧？还正想着怎么找你住在哪个楼呢……”洪澄静静地关上冰柜的门，转身就跑，动作娴熟得就像她已经在脑子里演练过很多次，我呆呆地看着那个冰柜，柜门附近盘旋着隐隐约约的几缕白气，中年夫妻来不及反应，愣了片刻才想起来追出去，那个女人一边奔跑，一边叫喊，导致声音有种奇怪的凄厉：“澄澄，澄澄，你等一下——”我没能从落地窗那里看到郑小姐，却能看到轻盈得像只小鹿的洪澄，那两个追赶她的人完全不是对手，只是快要跑到小区门口的时候，洪澄自己停下了，鲜艳的围巾滑了下来，胡乱搭在她身上，那两个人笨拙地靠近她，我无法知道她脸上究竟是什么表情。我看着他们三人上了小区门口的一辆出租车，洪澄没有抗拒。老板娘继续面无表情地看电影频道，好像每天都会有顾客这样仓皇地从她的冰柜旁边跑掉。我不知道该做什么，于是重新拿出来那几包洪澄选好的速冻饺子，过去付了账。

那是一个漫长的夜晚，我和章志童一起等着洪澄回来，而我们俩也没什么话说。我终究没能看到郑小姐从我们的楼里出来，章志童说，她应该是直接按电梯下了地下停车场——我和洪澄太笨了，果然不适合盯梢。

“那两人是什么人？”章志童一边煮饺子，一边问。已经快要九点，我们决定不顾礼数先吃完我们那份——洪澄也不是计较这些的人。

“我觉得是她家的人。”我靠在冰箱门上，不小心碰掉了冰箱贴。

“我一直都怀疑，她是从家里偷偷跑出来的。”章志童笑笑，“不过这个小孩的厨艺真好，比好多主妇都厉害太多……”

我认为他是在暗讽我，不过我不在乎。

“郑小姐今天来干吗？”我故意认真看着他的表情，“又是有剧本紧急要你救火，顺便临幸一下？”

他静静地把饺子捞了出来，摆满了几盘，我故意不过去帮他——因为此时装作我什么都没问过地帮忙摆桌，也太尴尬。章志童按照洪澄的配方把酱汁调好，终于抬起头招呼我：“趁热吃吧。你要不要香菜？她是来找我改剧本的——不过实话和你说了吧，我的女朋友不是郑小姐。”

我也不好催他，只好看着他一连串吃了六七个饺子之后，再开始跟我讲来龙去脉。那个多年以来偶尔出现，常年奴役他的女孩确实是他的初中同学，那几个叫章志童去写的剧本也的确是真实存在的，只不过——女孩是郑小姐拍动作戏或者危险场景时的替身——俗称“武替”。仔细想想的确如此，章志童被叫去参与剧本的那几个戏，要么是古装仙侠，要么是民国谍战，还有一个是当代缉毒警——总之，都存在武打、格斗、爆炸这些场景，所以——这也解释了为何章志童总是不能正大光明地挂“编剧”的title，如果真是郑小姐推荐的“老同学”，怎么说也得给个面子——可是武替小姐只能凭靠自己多年来与制片人或者执行制片人相熟的关系，引荐一个物美价廉的熟人，能否顺利拿到这个工作，就全靠章志童自己。

“所以，你们俩在她介绍你去干活儿的时候睡两次，也是真的了。”我今天带来的“松竹梅”很甜，完全是照顾洪澄这种不懂酒的小女孩的口味——可是，这个小女孩在我眼前消失了。

他的眼睛四处搜寻着酒瓶，不看我。

“所以，原来不是她利用你，是你需要她。”

“也不能那么说，”他取下眼镜，额头上又是一层细密的汗粒，“她已经是郑小姐固定的武替了，她们长得确实还有点像——她是这么想的，如果剧本能有信得过的人来调一下，郑小姐的戏份出彩了，对她来说也是好事。你想啊，郑小姐越来越贵了，她的价钱也会跟着稍微涨一点的，我愿意为她做这些，没有关系——你知道吗今天她过来，是郑小姐本人要她来找我的——这是一个电影，郑小姐是女一号，郑小姐觉得一个纯粹的动作片里，她这个角色太花瓶了，所以才想找我，把这稿剧本润一遍，给她加两三场有点意思的戏就好……这是我第一次写电影……”

“你想跟她结婚吗？”

章志童看着我，我知道他被吓了一跳，然后他把眼镜戴回去，动作缓慢得像个老人：“她想嫁个更好的人，她也应该嫁个好点的人，我也这么看——不过她眼光其实挺高的，也没那么容易。”

“你这家伙，表面老实，其实蔫坏的。”我笑笑，“骗我这么多年，你是大明星的男宠——”

“没有！”他急了，“你还记不记得那时候我跟你说让你来看她，在树上飞来飞去挥剑的那个确实是她！你出来的时候镜头就给到郑小姐脸上了，你第一时间先入为主，我也就……没有纠正你。”

其实我知道他为什么将错就错地撒谎这么多年，因为如果那个对他招之即来、挥之即去，弃之如敝屣，想起来的时候才打个响指——如果那个女人是郑小姐本人的话，这个情节，听起来，或许就能合理一点，或者说，听起来会让他好过一点。这么想着我心里很难受，我对他伸了伸右手：“烟，也给我一支好了。”

“不好吧。”他为难的眼神特别像动画片里的小熊，“不是要备孕？”

“备你妹的孕。我养得起吗？”

于是他就乖乖地从烟盒里拿了一支给我。那支烟由他的手指传递到我的手指间，然后我就看不见它了，周遭突然一片漆黑，我只是凭借着手指间的触觉以为我还看得到那支烟在何处。章志童从桌子边上起身的时候带起来阵阵噪音：“可能是这一层跳闸了。”他往门边走。我坐在彻底的黑暗中，按下了打火机。

这其实是我一直以来不敢说的梦想——我希望世界末日能如此干脆利落地降临，就像是停电那样，一片漆黑突如其来，不要给任何人向任何人告别的机会，要是能有运气，给我多出来两三分钟的时间，我就安静坐在那片永恒的黑暗中，珍惜地呼吸一口自由的空气。若有一支烟就更好了，抽一半，我就去死，绝对不讨价还价。

章志童回来了，我听见门口那张凳子又被碰出了巨响。“橘南姐？”他像是要确认我是不是已经融化在了黑暗里，“应该是楼上某家人，不知道用了什么电器——很快就能恢复了，跳闸。”然后他默默地坐回桌前，我们二人的眼睛已经逐渐适应黑暗了，他拿起手机的手电，另一只手倒满了两个酒杯。我们静静地碰了个杯，谁也没再和谁说一句话。

我隐约听见他又开始吃东西了，我靠在椅背上把眼睛闭上，此时的寂静让我感觉真好。“章志童？”我的声音很轻，“你有没有幻想过，要是认识你的人全体一起死掉就好了，你就自由了？”

他不回答。任何正常人都不会回答这种神经病的问题吧。因为这静默，我觉得室内的空气都开始清新了起来。几分钟后，灯亮了，冥冥中，像是有声音在提示我：十分钟的休息时间结束，现在你该回去好好活着。

眼皮上弥漫着一种橘子皮的颜色，我总算不情愿地睁开眼睛，章志童面前的那盘饺子已经空了，他死死地望着那个一片狼藉的调料碟子，脸上全是眼泪。

“我想过，”他用力地拿左手的手掌在脸上胡乱抹一把，“有段时间，我每天都想。”

“你想过什么呀？”一个突兀的，清亮的声音，犹犹豫豫地从门那里进来。洪澄慢慢地靠近我们，“门怎么半开着？”

章志童这个笨蛋刚刚忘记了把门带上，洪澄在空椅子上坐了下来，没脱外套，浑身寒气，看起来就像是刚刚跋山涉水。

“没什么，他喝多了。”我站起身，“我去给你再煮一包热的。”

“不用，这个就行。”她也不拿筷子，直接抓起盘子里一个冷透了的饺子，狼吞虎咽，“过完年，我可能就得搬家了，橘南姐。”

“咱俩的这个戏还没写完呢，你搬去哪？”章志童傻傻地问。

“是因为今天那两个人找到你了？”我问。

“那是我舅舅和我舅妈，他们坐明天一早的航班回去。”她舔了舔手指，又抓起另外一个，“你们俩——这几天，有没有看过一个新闻？有个医院的副院长，他拿了不该拿的钱，用的都是质量不合格的支架给病人——然后这个人被他女儿举报了？”她再舔舔手指，热烈地一笑，“那个女儿就是我。”

有一天晚上，我们认真地讨论过，在我们三个人里，谁是最善良的，或者说，谁比自己善良。

章志童把他宝贵的一票投给了我，因为他觉得在今天的北京没有第二个房东会忍耐他拖欠那么久的房租，洪澄啐了一口：“这票是因为钱，不算数。”但是洪澄又把自己的票投给了章志童，因为她觉得章志童对武替小姐的爱恋太惨了，惨到她已经不好意思再去羡慕武替小姐。最后轮到我了，他们俩一左一右，认真地盯着我，洪澄补了一句：“请珍惜你手中神圣的权利。”我想了想，做了比较艰难的决定：因为章志童欺骗了我很多年，并且他的所作所为客观上已经影响了女明星郑小姐的名誉，所以他扣分很多，洪澄胜出。我们三个人难分胜负，各自得了一票，于是只好碰杯，一饮而尽的时候洪澄突然含了眼泪，当她哭起来，脸上没有半点委屈的神态，让人不知该如何对待她。她用力眨眨眼睛，说：“除了你，已经没有人觉得我是好人了。”

那个刚过去没多久的春天，真是一言难尽。洪澄没有搬走，因为她的问题已经不再是需不需要躲着家人。二月末的时候，一篇字数很多的“深度报道”突然之间席卷了我的朋友圈，那个作者用一种将煽情遮掩得很巧妙的冷静笔法描述了那对新闻里的父女。在那篇文章里，他采访过很多人，除了洪澄本人——他倒是澄清了社会新闻里的各种谬误，比如——洪澄并没有主动去举报她爸爸，而是在公安局开始调查取证的时候——说出来了她看见听见并且知道的事情，其中包含着一些实质性的证据吧。如果你真的相信这篇文字里的一切，那个父亲是一个常规的在小城市获得一席之地的中国父亲，那个女儿是一个随处可见的叛逆且人生挫败的中国女儿（所谓挫败指的是高考失利，然后无法适应父母给安排的工作）——父亲和女儿之间缺乏必要的情感交流，他就差直说出来巨婴女儿需要做点什么来引起父亲的注意了，但是字里行间已经表达得很清晰。父亲的奋斗与折戟酷似《红与黑》里的于连，女儿的反叛与弑父酷似某位我没记住的日本作家笔下的谁谁，文章的最后结尾落在女儿的母亲身上。“我问她：如果女儿明天回家了，你能不能原谅她？她什么都没说，她在流泪。”——非常好，他没有捏造任何事实，只是，他已经不需要捏造了。

我急急地发信息给章志童，想让他阻止洪澄去看这篇东西，可是已经来不及了。随着这篇文章的迅速扩散，那个“举报父亲的女儿”成为微博的热门搜索词条——身后没有任何团队的运作，凭自己本事上了热搜，也算洪澄人生里的一个勋章。至此，就连特稿作者亲自出来写声明说“我从来没有说过这个女儿是去主动揭发父亲的”，完全无用。各家自媒体已经开始就这个“举报父亲的女儿”推送了各种角度的解读；粉丝将近千万的大号痛心疾首地质问今天的年轻人为何跟几十年前的那群疯狂的年轻人越来越像；为“女儿”辩护几句的人立即在社交媒体被打成众矢之的，然后咒骂“父亲”的人和咒骂“女儿”的人在任何帖子下面都能迅速撕咬起来，就像两群野狗；洪澄旧日的照片成绩单都被人肉了出来，万幸的是他们没有人肉出来花家地的地址……

我让洪澄当着章志童的面，把她的手机交给我，寄存三天。我们把花家地小屋的路由器拔了，章志童也兴高采烈地放下了剧本，除了外卖小哥，我们约好不给任何人开门。那个星期徐丰出差去杭州，我躲进花家地的防空洞里，无限自在。网线一拔，哪管外面洪水滔天。自从薪水减半之后，我们公司原有的将近30个员工已经只剩下了七个——到九月，办公室租约到期，我们要么搬到一个小一点的地方，要么原地解散。我的意思是说，我无故缺席几天完全不是问题，反正我已经很久没有看到老板了。

我跟洪澄反反复复地保证，只要熬过这三天，最多一个星期，就能一切平静，因为那时候自然会有其他的热点供众人喧嚣，为了让她相信我，我拖着她出了一次门，我们到楼下那间小超市去采购，老板娘一如既往地没有表情地看综艺节目，对我们的出现无动于衷。只是对于洪澄来说，这样的无动于衷就是极为珍贵的馈赠。所以她一高兴，把冰箱里剩下的RIO全都买走了。每种颜色三瓶。

“姐姐，你有没有像章志童爱武替小姐那样，爱过什么人？”不知从何时起，洪澄对我的称呼从“橘南姐”“房东姐姐”，直接变成了“姐姐”。她抱紧了膝盖，蜷缩成一个球体，膝头那两块凸起的骨头，正好盛放她的下巴。

“她肯定没有，”章志童不知为何像是在跟谁生气，“她那么厉害，一看就是从小就一直有男生被她差遣得像狗一样的。”

“我有。”承认这个可真是有点叫人羞涩，但是我决定对洪澄说实话，“是我初恋。”

“我24岁了，”她把笑容埋在手肘里面，“我从来没爱过什么人，也从来没有跟谁谈过朋友，有时候我也想——谈恋爱是不是就像小时候去游乐场一样，是一件长大以后回忆起来也许没什么，可当时就是特别特别高兴的事儿。不过，像我这样，出卖爸爸的人——以后的日子没有特别特别高兴的机会，也是正常的吧？”

“这么说——你还是处女？”我恍然大悟地看着她。

“哎呀，很丢脸是吧？”她一边笑，一边脸红了。

“处女，大义灭亲，亲爹化为恶龙于是手刃他……太厉害了，这简直是‘冰与火之歌’。”章志童一条一条地数，滑稽地伸着三根手指头，“童贞女洪澄，请受在下一拜。”

“你怎么不去死啊！”洪澄顺手拿起一张坐垫冲着章志童的脑袋丢过去，我在一旁笑得肠子扭成了一团。他们俩喧闹地厮打持续了一会儿，突然安静了。我试着直起身子坐好，看到章志童头发很乱，神情茫然地在四周的地面上寻找着他的眼镜，洪澄像是一下子断了电，双手交叉着举过头顶，舒展地躺在地板上一动不动，感觉就像一只猫，在伸懒腰的时候突然被放倒了做成了标本。她用一种犹疑不定的语气，继续问我们：“那，你们俩有没有看见过，一个人在你眼前，从活着到死掉，全过程不超过一分钟，那种死法，你们见过没？”

章志童诚恳地摇头。

“我就见过。”她的眼神恍惚，像是野营的孩子在看星星，“那个人是我初中同学的婆婆，我小学里的老师，只不过没有教过我，我三年级的时候她教的是一年级，在我们那儿，好多人都能间接地搭上点关系。五六年前她找我爸做过手术，装了两个支架。她不知道那两个支架不好用。那天我们小学同学聚会，我那个初中同学送她过来，聚会的酒楼是我舅舅开的，那时候还是寒假里，没到正月十五，酒楼每天都很火爆——我就让我舅舅给她们专门预留了一个车位，怕她们找不到，我就到那个停车场去等。我同学倒车的手艺很差，歪歪扭扭倒不进去，那个老师也不急，她把车窗放下来看着我，她说哎呀澄澄都多少年没见了你长这么大……然后她的眼睛就突然睁得好大，说不出话来，脸孔颜色也深了，一只手死死地抓着车窗好像是想让我去拖她出来。我那个同学，阵脚全乱了，哭着让我赶紧打120，然后她就忘记了拉手刹，她的车慢慢地滑，慢慢地撞在了一根柱子上，那个老师的手就从车窗上垂下来了，那个时候我脑子里只有一件事——她还没问我后来去哪读了大学呢，她一定想要问的。”

章志童的手机屏幕闪亮了起来，他把这通电话按掉了。那个人再打，他又按掉了。

“那个写稿子的人说得不对。”洪澄笑笑，“我不恨我爸爸，我跟他的关系不好不坏，很多人跟自己的爸爸都是那样的——我知道他爱我，我也从来不觉得我从小到大被人忽略，我本来就不喜欢别人特别关注我……我就是觉得，就是觉得一个人不应该像那样死在停车场里。她以为自己已经治好了，她根本没怀疑过，让她那样去死，是不对的。”

“我懂你想说什么。”我深呼吸了一下，“你想说无论怎么样，导致她这样去死的那个人都该付代价，即使那个人是你爸爸。”

她用力地点点头，然后像是困倦袭来了那样，闭上了眼睛。

那天晚上有月亮，我和洪澄坐在飘窗上面，盯着那轮四分之三的月亮看了好久。远处“IKEA”的灯光亮着，月亮把自己的身体慷慨地借了四分之一给他们，好让他们切割出来这几个字母，月亮满意地打量着这片夜晚中幽暗的大陆，很久很久以前，有人问过她：江畔何人初见月，江月何年初照人？这个声音传递得很慢，当月亮听到的时候，已经是几百年后了。月亮淡淡地笑一笑，自言自语：能不能别烦我？也是在那天晚上，我第一次教洪澄尝了龙舌兰的味道。她有些紧张地伸出舌尖，颤巍巍地舔了舔，随即一愣，完整喝下去第一口的时候，难以置信地笑了。

“你记得，”我告诉她，“等你有天真的谈恋爱的时候，你脸上的表情，就会跟现在一样。”

章志童终于打完了那个长长的电话，从厨房里走出来。飘窗已经没地方了，他顺势坐在那张用来睡觉的沙发上，捡起身边那瓶被洪澄喝掉了一半的RIO，紧紧地捏在手里端详着。然后他跟我们说：“那个电影不拍了。就是郑小姐演女主角的那部。”

刚刚进入四月的时候，章志童死了。那个早晨我在半睡半醒间看见了窗帘缝隙透出的一缕阳光，我想今天的天气应该不错。然后徐丰推门冲进来，把手机塞给我：“这个人已经给你打了六个电话，可是你静音了。”他语气里带着埋怨，我知道他是嫉妒我现在可以睡到十点再慢吞吞起床去办公室。那一端，洪澄的声音带着奇异的颤抖：“姐姐，你快点来。警察来了，章志童在卫生间里，警察说他已经死了。”

非常简单明确的“自杀”的结论，章志童把自己吊死在了浴室里。一个阳光明亮的日子，我和洪澄一起坐上了高铁，去往一个我们都没去过的城市，是章志童的家乡，我们去参加他的葬礼。我也是因为章志童的死，才获得了一些新知识——比方说，北京是不允许任何人将遗体带出北京的，一个死在北京的人，必须就地火化。所以，章志童的这个家乡的葬礼，其实就是埋葬那个小盒子。

第二个新知识就是，葬礼也有司仪，而且葬礼司仪就像婚礼司仪一样，有一些套路的发言和串场词。我和洪澄都没哭，因为置身于四周此起彼伏的悲声中，我就突然间麻木了。章志童的爸爸——那个循规蹈矩的人事科长，在众人没有准备的情况下，突然走上去抢走了司仪的话筒，司仪瞠目结舌地看着他，他白发苍苍，穿了一身簇新的中山装，清了清嗓子：“今天我非常感谢大家来给章志童送行，所有的殡仪馆的同志们，你们也都辛苦受累了。”他朝向司仪深深鞠了一躬，导致司仪更加尴尬，然后他继续，“下葬之前，我有几句话要说，我非常惭愧，我的儿子给你们诸位添了这么多的麻烦。他是个一事无成的人。对社会没有任何有益的贡献，对自己的小家庭甚至做不到承欢膝下给父母送终，需要我们白发人送黑发人，他没有勇气面对生活的困难和波折，才走出来这懦夫的最后一步。我作为父亲，深深地感到抱歉，是我教育的失败……”

“我操你妈！”洪澄像个饱满的弹簧那样轻盈地弹了出去，我只好追在她身后抱住她，她奋力地挣扎，嘴里喊出来的话我已经完全听不清楚，我只记得周围人都用一种打量瘟疫患者的眼光看着她，那个司仪更加不知所措，保安好像冲过来了。我的耳朵里像是灌进了水，有一种奇怪而遥远的，隐隐的浪涛声。我记得我那时候翻过章志童的朋友圈，他总给他爸爸的书法作品点赞。那是他爸爸退休之后最大的嗜好。他说过，他爸爸最喜欢写的是两句陈寅恪的诗：“一生负气成今日，四海无人对夕阳。”这两句新鲜的行草就像是幻觉那样在我脑子里闪过，配合着耳边的浪涛声。一生负气成今日，四海无人对夕阳——你是认真的吗？你也配。

我应该是没有把这句心理活动说出口吧，我也不确定了，但我知道我的脸上露出了非常诡异且真诚的微笑，于是保安把我和洪澄一起赶了出去。章志童的妈妈和姑妈悠长的号啕声给这场混乱结了尾，我和洪澄狼狈地跌撞着出了墓园的大门，一走到外面，洪澄就恢复成为一个神色正常的人，我的听觉也渐渐地回来了。火车上我们没怎么聊天。洪澄靠着椅背假寐，在我途中从洗手间回来的时候，她和我说："姐姐，我爸的案子下个月开庭，检察院那边希望我上庭作证。"我说："嗯。"她接着说："我真的该搬家了，我不想让我家的人三天两头地找到我，也不想让他们麻烦你，我一个人待一段时间，我到底去不去出庭，我还没想好。那天我还想着，这个事情我得和章志童商量一下……可是我忘了。"

隔了一会儿，她又轻声细语地说："章志童那个家伙，最后留给我的信，就写了那么短的几行，可是给你写了那么多，不公平。"

章志童把几封遗书整整齐齐地放在客厅的书桌上。给他爸妈的那封只有一句"对不起"。给我的那封，写了满满两页纸，他的字很好看，他若能活得到退休，估计也会练习书法的。

橘南姐：

真是不好意思，不辞而别，给你添麻烦了。

有些话我只跟你一个人说。我不是一时冲动想要这么做的。早在我一直没法付房租给你的那十个月里，我就想做这件事了。我实在拿不出钱，我也没办法从拖欠我稿酬的制片方那里要到钱，最重要的是，我确实没有勇气再这样下去了，那个时候，我跟你说我去朋友家住，是谎话，我去了一个很破的小旅馆，我打算死在那里。

事情就是这么巧。我坐在那个又脏又臭的地下室里思考用什么办法去死痛苦最少的时候，有一个垃圾号码给我打电话，告诉我不需要任何抵押，就可以借到钱。我知道这后面都是陷阱，可是那个时候，看着我空了很久的账户真的一下冒出来几万块钱的时候，我感觉是有什么东西在鼓励我，要不要再努力尝试一下？不然就把欠橘南姐的房租还完再去死吧。然后我又去找到了过去带我工作过的一个编剧老师那里，跟他说能不能借我一点钱周转，我以后可以免费给他干活儿来还——就这样，一个本来打算去死的人，带着两笔借来的钱又回到了花家地，然后就遇见了洪澄，就有了咱们三个人那段非常愉快和开心的日子。

那个贷款公司当然是高利贷，但是，没有几天，我就接到了一个工作。跟洪澄合租的这大半年时间里，我的运气突然就好了起来，我一直能有刚刚够的钱来还贷款公司每个月的额度，我也替那位老师免费干了一些足够抵债的活儿，利息肯定是越滚越多的，我早就想好了，等到我还完我当初借的本金以后，我再去死，虽然他们是坏人，可是他们毕竟——算是救了我一命。

我不停地工作，洪澄也帮了我很多，这段日子可能是我成年以后过得最幸福的一段时间了。但是剧情居然还有反转——跟命运相比，我这个编剧真是输得心服口服。春节前，好像就是除夕的前一天，那家借给我钱的公司老板跑路了，好像有很多人去报了案，总之，我的债，到此结束。看到这个消息的时候我第一个念头居然是：我已经还完当初的本金了，我也还了不少利息，虽然还没达到他们的标准——那么，对于那些买了这家公司产品却损失惨重的人来说，我应该也不算是坏人，对吧？那么好像，留住我必须活在这个世界上的理由，又少了一条。

我把我最后的那个电影剧本也留给你，我觉得这是我写过的最好的作品。原本只是要求我帮忙加两三场戏，结果我不小心重写了一整个剧本。本来我还想好好润色一下，但是电影不拍了。武替小姐今后要怎么样才能活得更好，我也真的帮不了她什么了。更重要的是，这个电影不拍了，像是一个信号，在提醒我，生命里这段美好的福利时光差不多了。不要贪婪。谢谢上帝或者魔鬼，他老人家帮助我拥有了这么一段回光返照的日子，谢谢你和洪澄，当然我也得谢谢我哥——有他在，可能我爸妈那里会好过一点。

如果这是我自己写的剧本，我会让主人公在经历了和你和洪澄这段相依为命的生活之后，重新获得活下去的勇气。但是吧，世事难料，我从你们俩身上，获得的是此刻——因为忠于自己最初的选择，而带来的平静。

再见啦，你要幸福。

还有一件事，冰箱里的那瓶龙舌兰，还剩下一半，你把它拿走，洪澄这个熊孩子好像是对它上瘾了。

章志童

2019 年 4 月 8 日

但是他写给洪澄的那封，却是只有寥寥数语。

洪澄：

你现在深呼吸一下，数到十，再打开卫生间的门，然后报警。

以后千万别动不动就说你想去死的话了。你看到了，死是很可怕的。

请你相信，我永远都会支持你的，要勇敢一点，你一定会遇到更好的人和更有意思的事情。

不要和橘南姐学喝酒。

章志童

2019 年 4 月 18 日

回到北京的第三天，洪澄就搬走了。然后那个临时的号码也停了机。我再也没有她的消息。我想要把她在我这里的押金退给她，但是微信转账的时候，发现我已不再是她的好友。于是我把那笔钱通过银行转到了她写在合同上的那个账户，并没有被退回来，这让我稍稍放了心，她至少能安然无恙地活一阵子。

还有一件事我必须要去做，那个倒霉的，需要章志童从75集压缩到40集的剧本，章志童和洪澄一起完成了它。我已经通过我所有的关系，知道了这个电视剧的制片方是谁。我会一直地，不停地，非常有耐心地替章志童讨债，然后把这笔钱转给洪澄，这一定也是章志童希望的。

初夏降临的时候，我们公司奇迹般地迎来了一点转机。七年前，我们把雪夜的一个短篇小说卖给了一个导演，在这个六月，电影公映了，获得了非常好的票房和口碑，制片方赚到了钱，男主角据说一定会获得某个电影奖项的提名，而我们的雪夜，也重新开始抢手。我们仅剩的七个员工，再加上老板，一共八个人，今年唯一的任务就是把雪夜小姐伺候开心了，能换来一些为我们赚钱的机会。雪夜最终同意了我去年跟她提出的那个计划，她已经跟对方的制片人一起开了几次会，要着手写那个以拿去卖钱为目的的小说。

导演邀请了雪夜参加自己的私人庆功Party，我被雪夜拖着一起参加，对外的身份是雪夜的经纪人。导演住在顺义，天竺一带的某个别墅区。一栋说是托斯卡纳风格的三层小楼，我倒觉得，说是温泉度假村风格，也可以。但是那个小小的庭院被导演设计得很有味道。晚饭之后，人们三三两两地开始社交了，我就拿了一杯香槟，独自坐在了那个日式小灯笼的旁边，离人群略远。哦，对了，导演的夫人已经非常热心地科普过，这个严格地说只能叫起泡酒，因为并非来自香槟产区——管他的，其实我有一点眼馋那几个男人们分享的威士忌，好的威士忌喝下去，耳边真的听得见风的呼啸声。于是我想起章志童对洪澄的叮嘱：不要和橘南姐学喝酒。

来宾里也有郑小姐，因为是非常私密的场合，她的经纪人也没有紧盯着她。她此刻坐在离我很近的一把铁艺椅子上，对我一笑，遥遥举了举杯子，然后我们不约而同地拖动了身下沉重的椅子，坐得靠近了一点。

“雪夜的新书在写什么？”她问我。

“跟以前的也差不多。明天我把雪夜的全套书都寄到你工作室去。”

“好呀。”她笑了，轻巧如尘埃的飞虫慢慢地在我们身边的灯光那里聚拢，“导演的下一部电影正在跟我谈合作，不过我自己很希望有一天能演雪夜的作品——她的女主角都写得太可爱了。”

“我们求之不得。”我回答，“其实——我认识一个姑娘，她是您的武替。”

“武替？”她脸上的困惑倒不像是装的，“我拍的好多戏都有替身，她们来来往往的，我都记不得谁是谁。”

日式灯笼里的灯灭了，一片绝对的黑暗突然降临。我听见导演洪亮的嗓音从某处传来：“没事没事，诸位少安毋躁，一定是哪里跳闸了……”

日式灯笼突然闪烁了一下，映亮了郑小姐娇艳的侧脸，然后熄灭，然后重归黑暗。在黑暗中，我喝光了自己的杯子。好啦，章志童，我不问了行不行？反正郑小姐根本不记得她——我原本是想把你最后那个剧本拿给郑小姐本尊看看，算了算了，话题到此为止，我知道，你要面子的。

那晚我的睡眠很浅，天色微明的时候便睁开眼睛，身边的半张床铺已经空了，徐丰已经在浴室里开始盥洗。我能趁这短暂的几分钟躲到阳台上去抽一支烟。淋浴喷头的水声让我的意识表层逐渐模糊，我愣愣地凝视着指间那一缕烟雾，我问自己，洪澄究竟有没有回去出庭。真是太不像话了，就连章志童都知道用一片黑暗和突然闪烁的灯笼来给我报个平安，她一个活人，却能销声匿迹到这个程度。洪澄你这样真的好意思？

浴室里“嘭”的一声，随后徐丰隐隐地在叫我：“橘南，橘南——”我厌烦地深呼吸了一下，继续吸了口烟，然后水声停了。“橘南——橘南——”这一次他的声音里掺杂着痛苦。我慢慢地吸完最后两口，细心地把烟蒂掐灭丢进垃圾桶，然后转身走往浴室，直到推门的那一刻，才开始让自己的声音里带上惊慌：“怎么啦？出什么事了？”他半坐在浴缸里，手捂着肋下，费力地吸气：“没事，我摔了一跤，可能肋骨磕坏了，你别慌啊，扶我一下。”

医生拿着他的X光片告诉我们是肋骨骨裂的时候，我开始流眼泪，医生狐疑地看着我，可能是觉得这个家属的戏未免太多。走出诊室，我扶他坐下，我说我去药房拿药，眼泪持续不断地往外涌，我用力地拿手臂蹭了蹭脸颊。

“媳妇儿，你看你这是干什么……”徐丰的表情被疼痛撕扯得有点扭曲，我想他一说话可能会更疼，“别哭啊媳妇儿，没事的，大夫都说了没事儿，我正好休息两天不用卖命了，你看你这么傻——”他的语气虽然夹杂着因为疼痛导致的呼吸的混乱，可我听得出，充满了幸福与满足。

“对不起，我忘了把浴缸里那个垫子放回去，对不起。”哭泣的欲望像一头横冲直撞的小野兽，在我的身体里胡乱地奔跑着，想要找个出路。

“我媳妇儿是心疼我，我知道——”

对不起，我不爱你了。我的初恋，我的如意郎君。对不起，我永远不打算让你知道这个。

初秋的某日，雪夜打电话给我，她非常直接地说：“把你花家地那个小房子卖给我，怎么样？”

“你还看得上那个小破屋子啊。”

“便宜啊，已经是凶宅了，我知道你连租都租不出去，已经空了快半年了吧？我跟你们那里的房产中介打听过，凶宅比正常的市价便宜三分之一还多。我不怕凶宅，那个章志童我以前也见过的，不是坏人。”

“我替他谢谢你。”我笑了。

“我漂了这么多年，乱花了好多钱，现在打算安定下来了，你不应该祝福我吗？而且，就算按凶宅的价钱卖给我，跟你当年比，也还是赚的。”

“那好吧，找个时间跟中介约一下，我也不大了解这些手续。”

“我会好好把它装修一下，找真正有名头的设计师，装修成那种能上杂志的蜗居——不过这么一折腾，我可真的没钱了。必须努力写作。”

“非常好，”我心情顿时愉悦了起来，“好像是尼采说过的吧，人一生最幸福的状态就是保持适度的贫困——我不确定是不是尼采说的，可是我觉得有道理。你只有没钱了，才能安心地写好作品。”

“别提尼采，跟海德格尔那种真正的大师相比，尼采最多算是个豆瓣写书评的。”

怎么回事？肤浅的雪夜小姐偶尔也有金句。

我愿意把那个小屋转手给她，因为万一某日，洪澄回来了，开门的是雪夜，她也不会觉得惶恐，她知道雪夜是谁，她也能轻易地通过雪夜找到我。

可能天道如此，有人命中注定要在决定去死的那一刻才不再卑微，有人命中注定要辱没门楣，还有人命中注定要假装依然爱着她的初恋，他们最终都要回到那个身边全是陌生人的城市。这城市需要祭品的时候，会毫不犹豫地从他们中随机抽取一人，可是，也真的是他们最后的容身之处。所以我相信，洪澄一定会回来的，她必须回来。

我希望雪夜住在那里，最终会进化成一个比我善良的人。

所有住过花家地小屋的人，都应该比我善良。

两个世纪的牌友

凡一平

上世纪

我赌博输掉古敏华的第二天，韦春龙从监狱里出来。他像一头从磨坊里脱逃的公牛，在广阔的天底下奔跑。四年的囚禁或劳役使他迷失了方向。他站在一条笔直的公路上，找不着北。他望着公路的一头，心想前面如果是北的话，那么后面就是南。这样他将拦住从前方开来的车。但如果前面是南呢？甚至是西？晕头转向的韦春龙手脚盲动。他像一只笨重的陀螺缭乱地旋转。东西南北在他心目中像容貌相似的四胞胎难以分辨。最后他决定哪辆车先开过来，不管是往东还是往西、往北还是往南，他都要把它拦住。

韦春龙抵达南宁的时候，我输掉古敏华算起来已经四个月了。这四个月的时间里，一些事情的发生不可避免，它们就像厨房里的鸡鸭必然挨宰一样不出所料。

首先，我被迫把古敏华许给了陈国富。她就像某弱国的一座美丽岛屿在一次不平等的谈判后割让给了对之觊觎或侵占已久的强敌一样，从一种生活制度变成另一种生活制度，从祖国的版图上消失而在侵占国的版图上出现——

陈国富，你狠。古敏华现在是你的了。你们爱怎样就怎样，我不管了。我对翻出三张A和一对Q的陈国富说。

五张红黑和数目分明的扑克牌像一份庄严缜密的文告摆放或出示在陈国富胸前的桌面上，相比之下我胸前桌面上的五张牌逊色、弱小，像一封轻浮松散的书信。我的牌势比不过陈国富的牌势，就是说我的运气不如陈国富的运气好。他三张A带一对Q，而我是一对K、一对5和一张J。我斗不过陈国富，就是说我输了。愿赌服输，那么我就得把古敏华许给他，因为古敏华是我的赌注和筹码。我没有钱了。我口袋里的三万块钱全没有了，它们是我干了许多个日日夜夜挣来的，却在一夜之间输了个精光。它们像一军血气方刚的战士，被我亲手送上前线，去和陈国富等人的兵团作战。然后我眼睁睁看着它们一营一营、一团一团地被陈国富等俘虏和吃掉。它们在残酷无情的战场上全部叛变投敌。

天快亮的时候，我已身无分文，像一个光杆司令。这时候赌桌边只剩下三个人：陈国富、梁迪和我。其他的人都走了。吴宏一大概是凌晨走的，他老婆见他那时候还不回家，就猛呼他，况且那时候他正赢着钱。赢着钱的吴宏一当然懂得怕老婆，他一副坐立不安和心烦意乱的样子，不再继续下注。田平见他谨慎保守的阵势，知道从他身上夺回损失已没有希望，就说你走吧，你走了说不定我运气会好起来。吴宏一一听，像小学生听到老师喊下课或放学似的，拔腿就走。他走后，田平真的时来运转，连连得手。半夜三更，他点了点回收到口袋里的钱，一边点一边喘气。点完，他说不打了。再打下去我的心脏受不了。梁迪说屌，赢了钱都想走。田平说我赢什么钱？他拍了拍装钱的袋子，我带了两万块钱来，现在也是两万，打平。梁迪说打平你不会走的。田平说我就是打平，不信你可以点。梁迪说好好好，你打平，打平。田平说我主要是心脏受不了，再打下去我肯定会心肌梗死。梁迪说我输了那么多，早就心肌梗死了。田平说你和我不同，我有心脏病，而你没有。你就是有心脏病，输多少也不会有事，因为你有钱。梁迪说以后我赢钱，也说自己有心脏病。田平说骗你我不姓田。他掏出一个药瓶，说这是地奥心血康，你看！陈国富这时候说让他走吧。以后我们要规定时间，比如说三点，到三点谁想走就可以走。我说输的可以提前走，赢的到规定时间才能走。梁迪说输了谁想走，你现在想走吗？陈国富说别怄了，现在是我赢，我陪你们玩到天亮，行了吧？你们不就是想从我口袋里捞钱吗？我给你们机会。田平捂着胸口站起来，说那我告辞了。没人愿意搭理他。他离开了赌桌。

田平出门时顺便把门关上的声音吵醒了伏在我肩膀后昏睡的古敏华。她撑着我的腰把头抬起，慵懒地说还赌呀，都什么时候了？我说别吱声，睡你的。古敏华说还要赌到什么时候？我说天亮。古敏华说哎哟，那我不难受死了？我说谁叫你来？叫你不来，你偏要来。到沙发上去睡吧。陈国富立刻说这哪成，到床上去睡。古敏华说你没听见让我睡沙发呀？我不耐烦地说去吧去吧，你想上床上去睡就去吧。古敏华说那我去睡了。哥，你小心点，别输光了。我突然怒狠狠地说你嘴巴怎么这么臭？古敏华顿悟她说了赌徒忌讳说的话，吓得便跑了。

我妹妹古敏华去了陈国富的床上睡觉。我、陈国富和梁迪又继续赌。那时候我只剩下不到一万元钱，另外的两万元已像鲜肉被如狼似虎的吴宏一、陈国富他们生吞活剥。他们不仅吞我的钱，还吞梁迪的。梁迪说他带了五万块钱来，现在只剩下不到五千了，这群鳄鱼！他酸楚地说。陈国富说输了你不能怪别人，只能怨自己倒霉。梁迪说我会要你吐出来的。陈国富说那么来吧。

我们三人用摸牌的方式重新选定座位。我摸到的牌最大，于是我指定坐陈国富原先的位子。陈国富居第二，坐到梁迪的位子上。我原先的位子，非梁迪莫属，但是他不乐意。他说我申请坐刚才田平的位子行吗？陈国富说可以。我说随你便。我们像部队换防或士兵换岗一样在新位子上坐定。又一轮战斗打响。

不到一个小时，梁迪屡屡受挫，剩下的五千块钱，像国民党留在大陆企图颠覆新生政权或幻想复辟的涣散兵匪，很快就被清剿殆尽。他再也没有力量或资本赌。而我所剩无几的资本也像负隅顽抗的小股武装一样苟延残喘，危在旦夕。满脸沮丧的梁迪像一个痛失金牌而含恨从竞技场退下来的运动员，无心观战。但是他叫我顶住。他又像一个难得糊涂的教练一样，明知道大势已去或败局已定，也要鼓励队员拼搏到底。古天明，他直呼我的名字，坚持住，天无绝人之路。陈国富说对。林彪说红旗到底打得多久，而毛主席说星星之火可以燎原。这个时候你要相信毛主席的话，别听林彪的。陈国富的话煽起我的欲火。我说陈国富，你下注吧。陈国富说我只能下两千了，因为你只有两千。他把两千压在牌桌上，我把两千扔出去。

这一扔扔尽了我的所有，像拿最后一个肉包子打狗一样。我垂头丧气地靠在椅子上，像一只自投罗网或在劫难逃的食肉动物，在食肉的捕食者的陷阱里流尽了最后一滴血。

陈国富掂了掂膨胀爆满的一口袋现钱，然后顾视我和梁迪，说你们知道你们输在哪儿吗？不等我们回答，他就说你们输就输在位子上。上半夜你们的位子不好，但下半夜运气转到你们的位子上，你们又换了。尤其是古天明，你不该和我换位。我说我才不信这个邪。陈国富说那还赌不赌？我说没有钱了，拿什么赌？陈国富说你虽然没有钱了，但是你还有古敏华。我说去你妈的，你不是人我还是人。陈国富说有话好好说，骂人不能解决问题。我说我宁可拿我的命做赌注，也不拿古敏华做赌注。陈国富说你的命值个屁钱，我才不要你的命。我只要古敏华。我说你做梦吧你，长期以来你勾引我妹妹我还没警告你。陈国富说我喜欢你妹妹，真心喜欢。你妹妹也喜欢我。我赢钱她比我还高兴，难道你看不出来？我希望你不反对古敏华嫁给我。我说不行。陈国富说我们再赌一把，我拿三万块钱，你拿古敏华。我输了，对古敏华死心，三万块钱还让你拿走。我赢了，你同意古敏华嫁给我。怎么样？我说不行。陈国富说五万？我摇头。七万？陈国富涨价。我还是摇头。陈国富说十万，行了吧？我说这不是钱多钱少的问题。梁迪就说干吧，十万块钱还不干？你赢了，没话说，天意。万一你不赢，也是天意，说明古敏华该嫁给陈国富。陈国富说其实我除了离过婚这点缺憾外，有哪方面配不上你妹妹？我说你就是有几个钱，还有什么？陈国富说这就够了。我心一横，说操，你以为你准赢吗？你赢不了。陈国富说那来吧。他收拾起扑克牌，利索地整理。那唰啦啦翻动的扑克牌像钞票在点钞机上运转一样。然后他把扑克牌递给梁迪，说你来发牌吧。

梁迪即将发牌的时候，我说去把古敏华叫出来吧，万一怎么样，她要愿意才行。陈国富说这个你放心，如果她不愿意，就算我赢了，我决不勉强她。现在的问题是你。我说那好，来吧。

我输了。

古敏华从陈国富的床上起来后，我对她说敏华，哥哥全输光了，连你也输进去了。古敏华揉着惺忪的睡眼，说你把我输给谁了？我说陈国富。古敏华说是吗？她的眼睛忽然清澈透亮，睡意一扫而光。我说从现在开始，你解放了，爱跟谁跟谁，我不管了。

古敏华说是真的吗？

我说是真的。

古敏华喜出望外，像一个已被判处徒刑的人犯忽然被改判无罪释放一样。她扑进陈国富怀里。

韦春龙从监狱出来，一百多天才到达南宁。他像一只蜗牛或乌龟，慢慢地缩短和我们这座城市的距离。从他开始拦第一辆车到那辆满载山羊的汽车出现，没有任何一辆车肯为他停下来。他的招手像乞丐的跪拜毫无作用。事实上，乞丐的跪拜时不时还引人驻足停留，偶尔还有零碎的钱币投在浅薄的碗里。但是韦春龙的待遇不如乞丐。后来他终于觉悟是什么原因阻碍了他。他光秃秃的脑袋和灰溜溜的囚服像一堆硬屎和一团皱纸，使洁身自好或明哲保身的人们见而生畏，避之唯恐不及。

那辆满载山羊的汽车开过来的时候，韦春龙已藏在树后。他像一只懂得人性的猴子一样对人隐避。他从树后盯着愈来愈近的汽车。当车头从树前一过，他蹿了出来，纵身一跃，抓住了车厢尾部的栏杆，然后蹬足。他的跳跃飞快轻巧，使车头的人无所察觉，像一只飞蚁落在腾动的马屁股上。

韦春龙脚跟未稳，他看见了山羊。密集的山羊被围困在车厢里，像难民营里的难民。韦春龙钻进车厢，成为一只山羊。

山羊们为韦春龙让开或挤出了一块地方，它们就像公共汽车上为老弱病残让座的优秀乘客一样，使韦春龙能够坐下来。他感动地看着默默为他奉献的羊群，像多年以前他看见银幕上数以百计的民众为保护一名干部的安全而舍生忘死、惨遭迫害。

汽车像一名马拉松运动员，在公路上长跑。它从遥远的山区出发，说不定来自我的家乡上岭村，然后经过了无数的村庄和城镇，终于抵达它的目的地。它跑进一个杀气腾腾的地方，那是一个屠宰场。它的大门像虎口，吃进一汽车山羊后立即关闭。韦春龙看见长着利牙的铁门封锁了出路。他来不及跳车脱逃。

几个手上沾满鲜血的屠夫把韦春龙像拽猪一样拽下来。因为他不像山羊一样有角，他们就揪住了他的耳朵和肢体，还有一个人在后面踢他的屁股。那些一路上与韦春龙唇齿相依的山羊已一只接一只被拽下车。它们的稀疏和减少使韦春龙无法藏匿，身体暴露。

一阵拳打脚踢之后，韦春龙才有解释说明的机会。一个一手插在裤袋一手拿着手机的男人来到他的跟前。韦春龙开始向这个男人解释。他说对不起，我错了，不该爬车。但是我爬车不是想干坏事。我只是想回家。他一说话，从鼻孔里流出来的血就从他嘴巴里进去。我是个劳改犯，他继续坦白地说，但是已经得到释放。是提前释放的，因为我表现好。我在监狱里只待了四年，而判的是五年。我有证明。韦春龙从内衣的口袋里掏出证明，还有一百元钱。钱是夹在证明里，连带着出来的。他索性都递过去：我补票，这是监狱发给我的路费，我补票。拿手机的男人抽出裤袋里的那只手接过证明和钱。他看了后说，刚出狱就犯事，你胆子不小呀？韦春龙说我承认我错了，老板，我补票。老板说补票？没这么简单！你弄死了我几只羊，知道吗？他的手机指着车厢：你看看！韦春龙没有转头去看车厢，因为他知道里面有几只死羊。它们不是我弄死的！他申辩道，我上车之前它们就死了。它们是被闷死的。老板说是被你闷死的。你要赔，不赔就别想从这里出去。韦春龙说我赔，一百块钱全给你。老板一听就笑，说你在监狱里才待多久？一只羊现在值多少钱？装蒜还是怎的？韦春龙说可是它们真不是我弄死的呀。老板说你还抵赖！他的手机快点到韦春龙的额头上。我宰了你！他说。不，不，我不宰你，我把你送去当地派出所，说你劫车，让你再进监狱。韦春龙说我认了，等我回到家把钱寄给你。老板说你以为我是傻子呀？韦春龙说我把释放证押在你这儿。老板说不行。韦春龙说那怎么办？老板说你留在这里给我干活。按一只羊五百块算，四只羊就是两千块。你至少得干满四个月。韦春龙说好，我干。老板说你答应得这么干脆，我知道你想跑。我警告你别跑，释放证在我这儿，我不怕你跑。韦春龙说我不跑。

做了一段时间副手后，韦春龙拿起屠刀。第一只死在他刀口下的是一只生病的山羊。韦春龙敢杀它是因为看中了这只羊的软弱。它被连拖带抬架在一张长条凳上的时候居然不反抗和挣扎。一直劝韦春龙开杀戒的兰焕德说这只羊你再不杀，我就报告老板说你偷懒，让他叫你干五个月。他把屠刀交给韦春龙，像一名长官把武器发给新兵一样。韦春龙拿刀在手，像士兵被推上前线一样站到羊的前头。他扎好马步，单手抓住羊角，然后把刀尖抵在羊的咽喉。用身手在压制羊的兰焕德说对，就这样，用力捅下去，然后扭转一下刀柄，再拔出来。韦春龙在捅刀之前，看了一下羊的眼睛。他发现羊的眼睛阴冷哀伤，像无可救药的绝望病人，指望在医生的帮助下安乐地死去。韦春龙这才下了狠心，用力一捅。锐利的刀刺进羊的咽喉，只剩下刀柄在外。他依照兰焕德的指教，扭转刀柄，才把刀拔出来。鲜红的血迅速从豁口喷出来，像石油从井口喷射一样。一只塑料大盆在两步以外接着热乎乎的羊血，像酒店里的锅头，在为食客煮汤。

没过多久，韦春龙已和其他屠夫一样，手法熟练，技高胆大。他像是他们的高徒，很快学会和掌握了屠宰牲畜的技术。在这个私人的屠宰场，所有的宰杀，都是人工。刀便成为宰杀牲畜的主要工具。那些肥嫩的牛羊和猪狗，在韦春龙的刀下像农场的庄稼被收割得干净利落。

屠宰场的老板姓宋，叫宋桂生，但他的名字没人敢叫。韦春龙当然也不会叫他宋桂生。这天韦春龙见到宋桂生。他在心里骂日你妈的宋桂生！但是他嘴里却说宋老板，我求你，能不能现在放我出去？我已经在你这儿干了三个月了，而且我是很卖力地干的。宋桂生说不行，我这里又不是监狱，表现好就可以减刑，提前出去。我是做生意的，说四个月就是四个月。韦春龙摆头，说你看，我的头发都像羊胡子一样长了，你让我去理个发吧。宋桂生说你又想跑。韦春龙说要跑我早就跑了。再说我身上没有钱，释放证又在你手里扣着，南宁离这里还那么远，我怎么会跑呢？宋桂生说那就干够四个月。待在我这里总比你关在监狱里强吧？餐餐有肉吃，而且你又学会了一门技术。

当韦春龙在与我们相距二百公里的另一座城市屠宰牲畜的时候，我妹妹古敏华做了新娘。她像一个生怕嫁不出去的老姑娘一样，迫不及待嫁给了陈国富。而事实上，我妹妹古敏华如花似玉，年龄只有二十三岁。如果不是年轻貌美，陈国富怎么会娶她呢？就像如果陈国富没有钱，我妹妹又怎么会嫁给他一样。陈国富是离过两次婚的男人。两次离婚分别在他富了之前和富了之后，或者说一次是老婆抛弃他，另一次是他抛弃了老婆。他的婚姻像一部导不好拍不完的戏，扮演女一号的演员一再更换，不是演员觉得认错导演拂袖而去，就是导演觉得选错演员好生辞退，于是又选新的演员从头开始。那么我妹妹古敏华就像是被选定的女演员，怀着纯真而远大的梦想，进入导演的剧组，和导演上床。

婚后不几天，陈国富把那天我赌博输掉的钱如数退给我。他一手抓钱一手揽着蜜月里的妻子，说我们现在是一家人了，怎么好意思要你的钱。我说这是你劳动所得，有什么不好意思。常言道赌桌上无父子，何况我们的关系比父子隔得远着呢。愿赌服输，这点赌德我还是有。陈国富说不行，我必须退给你。古敏华说哥，拿去吧，本来这就是你的。我一边接钱一边说这好像没道理，钱本来是我的，这么多，没错，但是我已经输掉了，怎么又是我的了呢？古敏华说怎么没道理？这就好像我本来是你妹妹，现在我嫁给他做妻子了，但我还是你的妹妹呀。陈国富马上说好！他兴味盎然地看着他怀里的女人，像收藏家欣赏自己的一幅藏画。

几万元赌资回到手上，我当然高兴，就像失窃的财物回归原主肯定会让原主喜出望外一样。

我决定和朋友乐一乐。

在南宁我其实就几个朋友：陈国富、韦春龙、吴宏一、田平和梁迪。陈国富成为妹夫后不能算了，韦春龙在坐牢，那么就剩下吴宏一、田平和梁迪了。

我先给田平打电话，说今晚我请客。田平说赢啦？我说鸟，一定要赢才请？你什么时候见我赢过？田平说我以为我不在的时候，你又和他们干。我刚出差回来。我说算为你洗尘。田平说还有谁？我说梁迪。田平说吴宏一呢？我说算了，他那个老婆管得严，要叫你叫。田平说我叫他，另外，我可能还带一个人去。我说带吧。他说什么地方？我说富龙城，就是上次你请客的那个地方，六点。

接着，我找梁迪。先打他手机，竟然关机。而他平常是不关机的，除了还在赌博和做爱以外。我想梁迪肯定不在赌博，而是在做爱。那么这个时候和他做爱的必定不是他老婆。为了证实我的判断，我往他家打电话。我知道他老婆在家，因为他老婆是我们医院的护士，上的全是夜班。电话只"嘟——"响一下，我就听到了他老婆的声音。我说小钟吗？我是古天明。今晚我想请梁迪吃饭，他在吗？小钟说他不在，你打他手机吧。我说好的。然后我又把电话打到梁迪的公司。我知道他不在公司，因为他从不坐班，但我还是多此一举。接电话的是一位小姐。我说你好，请找梁副经理。小姐说梁副经理不在，请你打他手机吧。我说好的。

于是，只有呼他一条路了。我通过人工台呼他。我对呼台小姐说请呼8181508，我姓古。

打完呼机，我心里想我等半个小时。半个小时总该完事了吧？

我等了半个小时，我的呼机响了。我的呼机显示出梁迪的手机号码。我打他的手机，一拨就通。古大夫吗？梁迪开口先说，我知道他这么称呼我，其实是说给身边的人听的。于是我模仿他的口吻，说梁先生吗？梁迪说古大夫，你好呀。我说你在哪儿呀？梁迪说外面啦。我说你在外面干什么呀？梁迪说我跑业务啦。我说跑什么业务呀？梁迪说当然是公司的业务啦。我说我知道是什么业务啦。梁迪说找我有什么事吗？我终止调侃的语气，说请你吃饭。梁迪说你也想出国吗？我说富龙城，你来不来？梁迪说新加坡，好呀，那里的医院最需要像你这样的大夫啦。我说六点。梁迪说好，这事我一定给你办。马上。

六点，我准时等来田平。他带着一个陌生的秀气女子。这女子就像一种我不知名的花朵，把像瘦木一样的田平衬出些许阳气。田平先向这个女子介绍我，他说我的朋友古天明，第一人民医院主治医师。竺竺，他说出女子的名字，女诗人，文坛新秀。梁迪呢？他紧接着说。我说还没来。他说吴宏一说要晚一个小时到。

话音刚落，吴宏一到了。他匆匆忙忙、脚步生风，一到来就说，为了吃这顿饭，我把最后一节课给停了。学校离市区太他妈远了。我说为了你重视友情而不讲师德的行为，我再点一个好菜。吴宏一说田平说今晚喝茅台，我是冲茅台来的。我说没问题。我招呼一旁的服务员，说你听见这位先生讲的酒了吗？

然后田平对面面相觑的竺竺和吴宏一说，等梁迪到了，我一并介绍。

十几分钟后，我们等来了梁迪。他只身一人，一脸惬意的神情。我说出国手续给人办完了？梁迪一笑。田平说这次去多少人？我说你看他那表情，一副吃饱饭的样子，少不了。吴宏一说这里面有没有我的学生？梁迪说一般般，可有可无。

然后，田平对竺竺、吴宏一和梁迪相互介绍。他按照先来后到的顺序，先介绍竺竺：竺竺，女诗人，文坛新秀。然后他指吴宏一：吴宏一，桂邕大学青年才俊，中文系讲师。最后介绍梁迪：梁迪，国际劳务输出及人才交流公司副经理。

三个被介绍的人互相致意。竺竺说吴老师，你好，以后请多多关照。梁经理，你好，很高兴认识你。吴宏一说有田平关照你，我就放心了。梁迪说女作家长得漂亮的，还真少见。

服务员，上菜！我插嘴说道。

我们坐在富龙城酒店食客满堂的大厅里，像一个好逸恶劳的小团伙，接受侍者殷勤的服务。我们吃上我们点的酒菜，扯着滞留在肚子里的话。几日不见，如隔三秋，谁都有话要说。田平说天明，我出差去了，没能参加你妹妹的婚礼，不介意吧？我说跟我无关，介什么意？她的婚礼，我都没有参加。田平说可能吗？我说是不可能，但是……梁迪说古天明在婚宴上待得不久就走了。我看见他走的。吴宏一说我证明，他心绞痛。田平说何必这样？生米都已经煮成熟饭了。我说吃饱喝足就走，这有什么？田平说你这种态度不好。梁迪说要有个过程，慢慢接受。吴宏一说强扭的瓜也有甜的，何况我看不像强扭。竺竺这时候看着田平，用会说话的眼睛问为什么？田平说他妹妹嫁了个大款。我看见竺竺奇异的眼神像一道雨天的彩虹。我说不谈这个，喝酒！我端起装茅台酒的酒杯。田平端起酒杯。竺竺端起酒杯。吴宏一和梁迪端起酒杯。几个酒杯碰在一起，像一簇飘香的花。

四男一女共同干杯之后，四个男人又连干了几杯。田平的脑袋从耳朵红到脸，像一个成熟的苹果挂在树上。竺竺就问他还行不行？田平说没事。吴宏一说田平的红脸具有极大的迷惑性和欺骗性，看起来不得劲，其实是得的。梁迪说田平，这段时间干什么去了？田平说东奔西跑，组稿呗。出版社今年经济指标划到个人，重得像苛捐杂税，员工累得没个人样。我应该取个名字叫东西才对，可惜田代琳已经抢先一步叫东西了。吴宏一说那你在东西前面加个狗字呗，和正宗的东西有个区别。梁迪说再重再累也压不倒你，你能耐大，张贤亮的稿子你都能组到。田平抬手做了个赶的动作，说嗨，现在谁还组张贤亮的稿子？不组啦。梁迪说名作家的稿你不组，组谁？田平说演员、节目主持人。梁迪一愣，说演员、节目主持人，他们也……会写作？田平说哎，这些人一写起书来，一出版，不光作家，什么家的书统统都得往后靠，摆一边去，大折价！梁迪说我操，如此说来，写作天才全藏在影视或娱乐圈里，只要他们一动笔头，全惊天地、泣鬼神？

吴宏一就说梁迪，这你就不懂了。你以为演员、节目主持人写书是为了当作家？你以为出版社出演员、节目主持人的书是以为他们是写作天才？你以为他们的书要有艺术性和思想性才能畅销？你以为读者读他们的书是为了欣赏文笔和接受教育？他瞪着梁迪，就像你，你以为你千方百计把别人弄出国去，是为了为国家培养栋梁之材，而不是为了牟利？

吴宏一连串的“你以为”，把梁迪弄得莫名其妙又尴尬，说我问的是田平，又没有问你。

田平说吴宏一问得没错，我来回答。他顿了顿，夹起一块鸟肉咬后咽下，说隐私。隐私懂吗？广大观众想了解他们熟悉或者喜欢、崇拜的演员、节目主持人的内心世界、幕后生活，实际上就是想要窥探隐私。当观众看到写明星的书尤其是亲自撰写或口述的书，你说能不买来看一看吗？那么这样具有广阔市场和长远前景的选题或书稿，出版社能不开发吗？就像现在发现山中有金矿，哪能不挖？难道现在有哪个出版社不想赚钱？所以演员、节目主持人等这些大众偶像的隐秘世界或私人生活，可都是金子啊！隐私，归根结底就是这个，懂了没有？

梁迪说我懂了。

田平又说，至于吴宏一反问你的最后一个问题，你自己来回答。

梁迪笑笑说我拒绝回答。

竺竺闪着清纯的眼睛说我不太懂，一个人怎么能把隐私暴露给别人看呢？这多不好意思，谁愿意呀？我们是普通人都不愿意，明星们难道愿意吗？

田平说用钱买呀，你说他们愿不愿意？十万不愿意，就二十万。二十万不愿意，四十万、五十万。

梁迪说我操，值那么多吗？谁给我两千元我保证就把我的隐私卖了。

田平说你？你的隐私除了你老婆想知道以外，谁都不想知道。这主要是看谁。名人不同呀，名气越大，隐私就越值钱。×××那本还没写呢，就先炒，抬到一百〇八万，愿意了吧？卖了吧？这人我想你们各位是知道的。

我们都表示知道。

另外一些大名鼎鼎的演员、节目主持人，要价也不低啊。田平又吃了一块鸟肉后说。或一次买断，或吃版税，都是狮子大开口。我数几个给你们听。田平说着举起一只巴掌，五根手指像树木竖在我们眼前。×××、××、×××、××、××。田平每说一个名字，就扳下一根手指，像伐倒一棵树。我看见五棵树全倒下了，田平的手掌变成拳头，像光秃秃的山峦。然后他举起另一块巴掌，继续细数，×××、×××、××、×××。最后，只剩下一棵树不倒。它残留在山上，像一个坚守阵地的英雄。田平抬举他保留的一根拇指说，都是这个呀。他的这根拇指，像是表示夸奖，又像是表示数目。就是这样，我们搞出版的，还互相打抢，田平说，争先恐后，害怕抢不到。我这次出差，就是去打抢呀。抢到了吗？梁迪问。我的眼睛也在问。

抢到了，田平说，不过只是签了协议。稿子还没拿到，正在写。

吴宏一说你信协议这东西呀？稿子没拿到，什么都是空的、假的，就像你不把女人明媒正娶抬进家里，你就不敢说她是你老婆。

田平说但是订金已经付了呀。订金已经付了。

多少？我和梁迪问。

三十万。这只是一半，田平说，交稿时付另一半。

你去哪儿弄这么多订金？

筹呀，田平说，出版社垫一部分，我借一部分。

说老半天，这人到底是谁呀？这又是我和梁迪共同的问题。

×××，田平说，你们应该懂得的啦，他演过什么电影你们可能记不得，但他是谁的前情人，哪个不懂？×××，号称中国影后的前情人啊！我这么一说，你们就知道这书有写头，出版后有看头，作者和出版者更有赚头了啦！

那这书将来出版了，你能拿多少呢？我说。

田平说反正以后我看见你妹夫陈国富，不会再感到很自卑就是。

一百万，六十万，梁迪摇头，表示不可思议。通奸不付费，奸情抵万金，风流不作罢，还过出书瘾。梁迪信口吟出一首五言绝句。

竺竺扑哧一笑。

我举手，说我有个问题，问田平。

田平说你问。

我说既然现在作家不吃香了，演员、节目主持人吃香，我看了看田平身边还痴笑的竺竺，那么你为什么还和作家形影不离呢？

我看见竺竺的脸唰地变得绯红，我和田老师只是普通关系，她说。我说我知道，看出来了，目前是。竺竺的脸还是红的，她说我有男朋友的。我说田平还有老婆呢。

竺竺说我见过师母，她很漂亮。

吴宏一说你的意思是说家猫一旦养尊处优或锦衣玉食，就不会在外面偷腥了？

竺竺说田老师才不是那种人。

梁迪说我了解田老师，对田老师最有发言权，他一不偷二不抢，守株待兔，等女人投怀送抱，愿者上钩。

竺竺的脸变黑了，被我们几个毒辣的话抹的。

田平敲了一下桌子，说你们几个能不能不以小人之心度君子之腹？我是个出版人，虽然逐利，但依然是有情怀的，对好作家的好作品，还是要出，赔本也要出。他转而对生气的竺竺说，等 ××× 的书出版赚了钱，我就帮你把诗集给出了。

竺竺的脸又开朗起来。

我们又来了兴味。新鲜的欢快，是开始表演的模特掀起的。她们像一群下凡的天使，披挂着用森林的树枝、树叶编成的裙子，向着广大的食客走来。她们走过食客身边，在像石林一样的桌椅间绕来绕去。她们用性感的嘴唇、乳房、臀部和大腿吸引食客的目光，使食客放下筷子、杯子，停止进食，就像鸟用生动美丽的翅膀、羽毛和鸣啭，使猛兽目瞪口呆一样。她们越来越裸露地走着，像流水洗涤山丘和风卷残云，使食客轻浮的时间和金钱得到消耗和消遣。

我前妻把儿子从幼儿园骗走的那天，我遇见韦春龙。

我去派出所报案，而韦春龙去派出所报到。我们的重逢像戏剧中的巧合。

我从派出所的门走进，而他则从派出所的门走出。我们像两部进出关卡的车子，迎面相撞。

韦春龙？

古天明？

我们彼此称呼对方，带着疑问，尽管我们明知既不会认错人，也不会叫错名字。尽管我们隔了四年多不见。我们的疑问是事情怎么会这么巧？

于是我认为，我儿子在这一天被前妻骗走，是上天或命运的有意安排，用意或目的是让我与韦春龙重逢，而不是为了使我失去儿子，就像我和陈国富的那场赌博，最终目的不是要我输钱，而是迫使我同意古敏华嫁给陈国富。

我来派出所报到，韦春龙说，我被放出来了。

好，我说。我没有马上告诉韦春龙我为什么来派出所。你等一会儿，我说，我进去一下就出来。

在派出所值班室，我对值班的警察说我的儿子不见了。值班警察说你的儿子为什么不见了？我说他被我的前妻骗走了。值班警察放下手中的报纸，说既然你都知道你儿子被谁骗走了，为什么还来报案？我说我和前妻离婚的时候，儿子判给我。如今她擅自把儿子要走，就是侵犯了我的合法权益。所以我来派出所报案，请求帮助，把我儿子追回来。值班警察说你前妻把儿子带去哪里？我说深圳。她现在带着儿子正在去深圳的路上。值班警察说这事你应该上法院，不该来派出所。我说为什么？值班警察说因为我们职责有限，或力不能及，就像人生病就应该上医院诊治而仅向单位报告不起多大作用一样。我不明白值班警察所说的话，但是我说我明白了。我立马告辞，因为我知道韦春龙在派出所门外等我，他似乎比我儿子更牵动我的心。

我拉着韦春龙的手，像明目的人拉着盲人，在车水马龙的街市行走。他被动地跟着我，任由我牵引。他先是跟着我进商店，从上至下，当即换上我为他购买的衣服和鞋袜。再跟我进发廊，洗发剪发。然后我们进酒楼。

春龙，你受苦了，我说。这时候我和韦春龙是在酒楼里。吃喝的过程中，我们彼此把分隔后的经历告诉对方。一千多个日子，像一百两粮酿成一斤烈酒，浓缩成一个小时，高度地概括和表达。我们彼此沉浸在对方的经历中。我感受着韦春龙的痛苦和磨难。感念他没有出卖我，使我免于牢狱之灾。吃药品供应商的回扣，我也是有份的，科室的其他人也有份，但最后都是韦春龙一个人扛了。他感受着我的放浪和迷乱。我们动荡肺腑地吸纳和倾吐，像酩酊大醉的酒徒。

春龙，我又说，从现在开始，我要你好好生活。我会想尽一切办法，为你找份好工作。

谢谢，韦春龙说，工作我自己找好了。

什么工作？

我打算去屠宰场应聘，当一名屠夫。等条件成熟，我自己开一家屠宰场。

为什么？我诧异地看着这名前大夫说。哪怕你去私人诊所应聘也行呀！

我喜欢上了屠宰，韦春龙说，我觉得当一名屠夫比当大夫强。

那……你现在直接开一家屠宰场，行不行？

我现在资金不够。

我给你筹，我们这帮朋友一起帮你筹。

谢谢，我以为时隔了这么些年，你们已经不再把我当朋友了。

你永远是我们的朋友，我说。

田平还好吗？韦春龙说。

好，我说，他像狐狸一样刁钻狡猾灵活精明。眼下正在策划出版明星的书，快发了。

梁迪呢，也好吧？

是的，我说，他现在是公司的副经理了，源源不断地送人出国旅游和务工，像野猫一样逍遥快活。

吴宏一怎么样？

他还是讲师，始终评不上副教授。

你离婚之后，又物色上新对象没有？

没有。其实独身挺好的。

川萍又嫁人了吗？韦春龙说。川萍是我的前妻。

嫁了。

嫁给谁？

一个港佬，但住在深圳。

真好，韦春龙说。他举起酒杯，邀请我和他干杯。

接下来，我想韦春龙该问及古敏华了。因为装在他心里的几个人，我知道还有古敏华没说出来。她埋在韦春龙的心底，像枪膛里的最后一颗子弹。

我等着韦春龙问及古敏华，像在劫难逃的人等着终结的子弹射向自己。但是韦春龙就是不问。

古敏华，她嫁人了。我忍不住说，嫁给了一个有钱人，像水往低处流一样。我没有拦住。

是吗？韦春龙说。他努力地举起酒杯。抖动的酒杯刚举到额眉却很快搁下来，像运动员抓举的杠铃没有举过头顶就从手里失落一样。

春龙，对不起，我说。

本世纪

韦春龙送我一辆奔驰的这天，陈国富的检查结果出来了。我这位刚满五十五岁、比我大一岁的妹夫，患了肝癌。他像一所破败的房子，又被巨大的滚石砸中，真是太不幸了。

中午一点左右，我将奔驰S400从4S店开出来，在城里兜风。崭新霸气的车子开在路上，在涌动的车海里，出类拔萃，像一只骄傲的海豚。手挡上已套上的手串，散发着黄花梨的幽香和佛光。它是经过西山龙华寺的湛空法师开过光的，并且用已故虚云大师的舍利进行了加持，庇佑我五年了，现在我用它来庇佑车。我觉得车更重要，没有行驶的安全哪来生命的安全。何况，这是韦春龙送我的车，配上珍贵的手串，方显得我对友情的重视和珍惜。

车里的副驾驶座坐着我的儿子。这个我最终从前妻那里夺回来的儿子，此刻看着我这个有隔阂和代沟的父亲，眼睛里浮现着惊异和狐疑的神情。他问我，韦叔叔为什么要送你车？而且还是奔驰。我说因为我们是朋友呀，好朋友。儿子说我也有好朋友，他们就从没送我东西，跟我吃饭都是AA。我说那就不是好朋友。儿子说那是什么？我说不知道。

二十八岁仍游手好闲的儿子继续看着我，说爸，我们能不能成为好朋友？

我想都没想，毫不犹豫地说可以。

儿子打了个响指，看起来十分激动，就好像埋藏或隐蔽多年的愿望终于实现。事实上我何尝不是如此，我希望与儿子息息相通、亲密无间，这个愿望也已经藏在心里好多年了。自从我通过法律，把儿子从他母亲那里夺回来，他极少喊我一声爸，只有跟我要钱或我主动给钱的时候才喊。我多么想他多喊我几声爸。

我把车开到路边停下，对儿子说：我们换个位子。儿子迟疑着，像是没听清，或等我更明确的表态。我说：这车从现在开始，是你的了。

儿子大呼一声吔，迅速打开门，然后迫不及待地和我换了位子。

奔驰的驾驶员变成了我儿子，准确地说，是奔驰车的车主变成了我儿子。我的好朋友韦春龙送给我的车，不到十分钟，我就把它转送给了我儿子。原因很简单，因为这是我儿子，儿子想和我做好朋友。

儿子一面开车一面和我说话，内容和语气十分亲切、融洽、温柔、大方。

他不时看向我的眼神，充满了真情和信任。于是我相信，我们已经是好朋友了。

儿子把车开进一家酒楼，请我吃饭。因为我们还没吃饭。儿子点了很多菜，我随便他点，一切听从他的安排。我好享受和他在一起的亲密时光，忘了下午还要上班。

但是儿子没忘。离我上班还有二十分钟的时候，儿子说爸， 我送你去上班。

儿子的时间掐得很准，离上班还有五分钟，我就到了医院大门口。儿子边朝我挥手边说老爸，下班我来接你！拜拜。

我刚看完一个病人，陈国富的检查结果便到了我的手上。检查结果是综合内科的刘群主任带过来的，因为陈国富目前在他那儿住院。我事先交代过刘群主任，陈国富的检查结果出来之后先告诉我。

刘群主任带来的检查结果，果然证实了我的预感，陈国富得的是肝癌。

姓名：陈国富 性别：男 年龄：55

方法：上腹部 CT 平扫及增强对比增强。表现：肝右叶前后两缘和左叶前后两缘见团块状高密度影，大小约 12cm × 10cm × 9.5cm；边界欠清，增强后其内重度硬化；静脉期及延迟期低于肝实质密度；肝内见多发圆形高密度影，全部高度强化；胰腺及脾脏无肿大，其内未见异常密度影，双肾盂内见小点状高密度影，腹腔内未见明显肿大淋巴结及积液征象。诊断，肝癌。

检查的种类和方法还有好几样，结果都是一致：肝癌。

刘群主任说：古主任，这情况我们综合内科是无能为力了就转到你肝脏外科去咯？

我说好的。

诊断的结果是我们来告诉病人呢？还是你来告诉？

好的。

你先做做思想工作吧，铺垫一下，我们再告诉他。

好的。

好吧。刘群主任见我态度和神情麻木，走了。

我把诊室外余下的病人打发给了其他医生，关闭了诊室。我对其他病人和医生说，我接到一个紧急的会议通知，要去开会。我是肝脏外科的主任，开会要多于看病。病人们表示理解，而医生们肯定是服从和相信。

我在工作中第二次撒谎，没有去开会。上一次撒谎是二十七年前，调查组问我有没有拿药品回扣，我说没有。

我去见妹妹古敏华。她还是陈国富的妻子，至于她还爱不爱陈国富，那是另一回事。

我在妹妹家里见到她。她穿着睡衣，揉着眼睛接待我，刚起床的样子。看来昨晚是她看护的陈国富。

妹妹住的是别墅，枫林南岸的别墅是南宁区位最好的，在凤岭新区的中心，妹妹和妹夫就住在这里。除了别墅，他们还有很多套房子，但都已经卖了还债。别墅是他们最后的堡垒。尽管仍然欠着很多债，估计卖了这栋别墅都不够还，但宁可当老赖夫人，我妹妹坚决不卖这栋别墅。因为这栋别墅是陈国富和古敏华爱的物证，是陈国富对古敏华承诺的兑现，购置于2000年新世纪来临之际，陈国富生意的顶峰时期。然而住进别墅没几年，陈国富的生意就开始走下坡路，他买卖计划指标和投机倒把的营生，已经萧条和退出了市场。他开始吃老本，然后把剩余的钱投进股市。开始是赚了一些钱，在六千点的时候据说赚了五千万。但是后来跌到一千六百点的时候，五千万没有了，还亏本五百万。他借钱捞底，企图东山再起。的确慢慢有些起色，他融资做杠杆，眼看到2015年，他已资本过亿。在官方媒体称四千点是起步一万点是目标的鼓动下，他继续融资炒股。没想到股市在五千二百点的时候急遽狂泻，跌到两千点，他的融资盘被平仓，剩余的也割肉还债。债主还源源不断上门，他只好卖房。除了别墅，房子都卖完了，债依然还欠一千多万。他之所以没有被法院视为老赖，是因为这一千多万欠债，是欠韦春龙的。韦春龙没有告他。韦春龙之所以没有告他，是因为古敏华。尽管借据上借款人写着陈国富，但却是古敏华开口向韦春龙借的。因为古敏华，陈国富的信誉还有人尊重。但是他的身体却每况愈下，乏力、消瘦、腹胀、纳差、肝区疼痛……我劝他来我医院检查，他不来，而去了别的医院，说没事，是焦虑引起的虚弱症。这次终于来我医院，是因为医科大一附院没有病床了，进的还是综合内科。他拒绝与我及我的专业发生关系，因为他知道我对他没有好感。

我对妹妹说知道我今天为什么来吗？而且还是上班的时候来。

妹妹没有惊慌，像是已经知道或有所准备。是癌吗？她说。

是癌。

晚期？

晚期。

还有多长时间可活？不治疗的话。

三个月。

治疗呢？

那要看怎么治。他这种情况，化疗已经不起作用了，白花钱还活受罪。如果做肝移植，并且成功，可以活五到七年，甚至更久。

做肝移植，妹妹毫不犹豫地说。

你想好了？我对妹妹说。

这有什么好想的，什么方法能让他活着，就用什么方法。

肝移植的费用……

大不了卖别墅，妹妹打断我的话说。

而且供肝是个问题。

我可以把我的肝给他，要左叶或者右叶，都行。

左叶右叶都要，我说，那你就死了。他需要整体肝移植。

妹妹这才软下来，不再那么干脆和强硬。那怎么办？她说。

我说，既然你希望他活下去，那我们就共同努力吧。费用的问题，你多努力，供肝的问题，我多努力。

妹妹含泪望着我，她很少这么望着我。谢谢你，哥哥。

我说：我们一起去跟他说吧。

我给儿子打电话，叫他到姑姑家来接我和姑姑。

我妹妹看见我儿子开着崭新的奔驰来接我们，不敢相信自己的眼睛。她问我儿子这是谁的车？我儿子说我的。古敏华不敢相信自己的耳朵，说你再说一遍。我儿子说我的！古敏华看着我，说是你爸给你买的吧？我儿子说是我爸送我的。古敏华继续看着我，说你真舍得。我说不用我花钱，有什么舍不得的。古敏华说谁送的？我说韦春龙。

听到韦春龙的名字，古敏华便不吭声了。她在车后座上沉默着，像一个心事重重或追悔莫及的寡妇。事实上她离当寡妇的日子已经不太远了。她的丈夫患了癌症，在患癌症之前又已经破产。她真是个不幸的女人，谁想到一个富有和刚强的丈夫最后竟会贫病交加呢？而另一个本可以成为她丈夫的男人，当初她怎么就不看好呢？这个即使丈夫死了也不可能成为她丈夫的男人，现在真是富得流油呀，拥有五家肉联厂和两家超市，年利润至少一千万以上。他随手送给她哥哥的礼物就是一辆一百多万的奔驰，当然他借给她的一千多万目前看来也相当于送了，因为无论如何她都还不起。她还要救她的丈夫。

我、儿子和妹妹在综合内科住院部见了陈国富。他穿着病号服，骨瘦如柴，像一个单手完全可以拎起来的包袱。见我们三个亲人同时到来，并且表情凝重，他的脸色更加煞白，他像是一个死囚，看见法官、牧师和行刑官出现在面前便知死到临头一样。

未等我开口，陈国富就说：该来的还是来了。那就来吧。我已经做好准备了。

我说你准备好了什么？

陈国富笑笑说：不就是死吗？死就死呗，反正我今天这个样子，还不如死。

我说如果给你换肝，你就可能活下去。

陈富国眼睛一亮，说真的吗？

我说理论上是真的。

理论上是什么意思？

就是说肝移植是终末期肝病患者肝功能得到良好恢复的一种外科治疗手段。

实际上呢？

比较难。难在哪里呢？第一，供肝稀缺。第二，费用昂贵。

陈国富眼睛里的光亮消失了不少，像是夜晚中萤火虫飞散的田野。

这时妹妹古敏华对她丈夫说：这些都不要你管，我和我哥想办法。

陈国富说：你们有什么办法？办法在哪里？

古敏华说：我说了，这些都不要你管。

第一，别墅不能卖。第二，你的肝不能给我。陈国富抓着他妻子的手说，要动这两样东西，我宁可死。

我竟然莫名地感动，对情深意切的妹夫说：我掘地三尺、海枯石烂，也要救你。

我召集田平、吴宏一、梁迪和韦春龙来商议。在韦春龙开的鼎丰茶庄，我们五位老男人，加上已成田平正室的诗人竺竺、我的妹妹古敏华，围在一根巨木制成的茶桌边，商议救治陈国富的事情。古木幽香，茶水芬芳，七颗人心或七张人脸却愁苦不堪。

我们不是为钱发愁，因为韦春龙已经表示，陈国富所有的治疗费用都由他负责。

我们发愁的是供肝。

肝移植首先要找到供源肝，而且还要配型成功。供源肝本来就短缺，比稀土要稀缺很多倍，这很多人都知道。如果公开买卖，还好办。但供肝不能买卖，只能捐献。这就难了。到哪里去找愿意把自己的整个肝捐给陈国富的人呢？他或她必须是患不治之症或注定要死的人。虽然注定要死，但他或她的肝是健康的，这样的人倒是比比皆是。关键是，他或她愿意在死后，立即把自己的肝摘除，捐献给需要的人。这样的捐献者也是有的，就是太少了。医院有大量需要肝移植的患者，在排着队，等着捐献者配型成功的供肝。就算陈国富不需要排队，配型又是个问题。

最容易配型成功的是近亲属的肝，就是说捐肝的人和接受肝的人之间有血缘关系，是最容易配型成功的，这叫亲体肝移植。但亲体肝移植已经被我们否决了，或者说不适用于陈国富。他父母双亡，兄弟反目有仇。唯一有血缘关系的儿子，就是我的外甥，正在国外留学，他父亲的病症还被我们刻意隐瞒，让他供肝就是要全家人的命。他的妻子也就是我的妹妹古敏华，如果供肝就是死路一条，也是不可能的。怎么办?

如果只要一叶，而不是全部，我倒是愿意把我的一叶肝捐给国富兄。田平说。这位现任出版社社长，喝着自己携带的保温杯里泡着红枣加枸杞的药水，在没有征求身边结婚没几年的妻子竺竺的意见下，最先表态。但是全部就难了，他继续说，我是一社之长，全社二百多号人靠我养活。我小儿子年幼，他看了看竺竺，竺竺身体欠佳。我得活下去呀!

竺竺说：我有乙肝。

上个月组织部安排优秀专家例行体检，我各项指标正常，健健康康。吴宏一说。这位长江学者和大学教授，两边手抻了抻唐装的衣襟，也发话了。我如果有病，没治了，肝是好的，我是愿意把肝奉献给国富的，谁让我们是好朋友和老朋友呢? 可是……他把胸襟上的手摊开，像在赌桌上摊开自己的底牌，我没病。

我们看着梁迪，似乎是该轮到他表态了。

梁迪在使用手机，业务很忙的样子。的确很忙，他已主政的公司业务已经不仅仅是劳务输出，而重点是输入了——如今遍布南方的几十万黑人大军，合法的少说有一万是他引进的。发现我们都注视他，他关上手机的保护皮套，顿了顿，说：人种不一样的供肝行不行? 比如黑人?

这其实是在问我，因为我是医生。

我说只要配型成功，什么人种都行。

梁迪说：我知道南方的黑人中，有贩卖人体器官的组织，但是是非法的哦。

我们面面相觑，像是在一个艰难的抉择前，互相鼓气。

田平说：我看可以。签一个表面上是捐献的合同，私下照样交易。

见没有人响应，他进一步说这其实跟一些出版社出书是一样的，现在不给买卖书号，好，签一个正式的出版合同，然后把钱都打到出版社账户来，出版社给你印，书你全拿走。合法了吗？合法了。

吴宏一说：这跟某些大学里买卖文凭也一样。有些在职读硕读博的人，一节课都没有去学校上，只要交学费，找人帮写论文，到时间答辩一下，走一走程序，就能拿到文凭。拿着这文凭去提拔和评职称，照样管用。

我反对。沉默许久的韦春龙说话了，他捋着长在右脸痣上的几根毛，像爱护荒漠中的一丛草。非法的事情不能做，我是坐过牢的人。我不希望我们在座的人，做违法的事。

田平说：买肝的钱，我、宏一、梁迪和天明来凑，你负责手术费用就行。

韦春龙说：这不是钱的问题。我不是在乎钱的人。只要用途合法，我一分钱都不要你们出。何况我今天有钱，是当年你们几个朋友凑钱，支持我办的肉联厂。你们是体制内的人，生活现在非常好，既功成名就，又妻贤子孝。所以，我不希望因为违法买肝这件事情，你们把美好的生活给毁了。

吴宏一说：说到底，或准确地说，梁迪、天明、田平和我，才是你的朋友。但陈国富不是，他是你的情敌。

我们都愕然了，因为吴宏一突如其来的这句话，尽管他说的是事实，或合乎情理。

韦春龙说：所以，你以为我巴望他早点死，是吗？

吴宏一说：那你是希望他活着咯？

韦春龙说：是的。

为什么？

韦春龙看都不看古敏华，说：因为古敏华希望他活着，他是她的丈夫。

吴宏一说：那就应该全力以赴救治敏华的丈夫，哪怕不择手段。

韦春龙这才看着古敏华，他对陈国富的妻子说：你来决定。

一直被冷落一边的古敏华成为大家关注的焦点或重心，她忽然像海上的冰山一样突出，被人重视。只见她冷眼看着面前的一杯冷茶，冷冷地说：让他死吧。

陈国富没有死。

我们在努力让他活着。

那天在鼎丰茶庄的茶话会，虽然不欢而散，但是我们谁都没有放弃努力。寻找供肝的捐献者，成为我们每个人的当务之急。我们人人快马加鞭，仿佛与死神赛跑，一定要赶在死神夺走陈国富的生命之前，找到捐献者并且配型成功的活肝，给他换上。

不到半个月，竟然找到了七个捐献者。

田平找到一个。那是他远在湖南湘西土家族苗族自治州凤凰县的亲戚，准确地说是他表弟。田平的表弟在两个月前被诊断患了肺癌，他居然不知道，直到数天前他打电话给父亲询问家乡有没有患不治之症者时才知道。父亲说你表弟就是呀。放下电话，田平立马就朝凤凰赶去，在表弟家见到了已放弃治疗回家等死的表弟。他先向表弟表示歉意，然后给表弟一笔钱，希望他重回医院继续治疗。表弟没有同意，表弟的家人也没有同意。他们认为决不能在医院花那个冤枉钱了，之前已经在医院花掉了十三万，这是自费的部分，加上国家支付的那部分，总共将近五十万。他们想给家庭减负，也给国家减负，一死了之。这是给家庭做贡献，也是给国家做贡献。表弟和表弟一家视死如归的态度和无我为公的精神，让田平感觉到了捐肝的可能。他在表弟家足足住了三天，不失时机地给表弟和表弟家人畅谈人生的价值和意义，甚至谈及了佛教的生死轮回。一天早晨，田平在电话里跟我说，我表弟和表弟家人都同意了。我说先稳住，往后的关键是配型。

竺竺找到一个。这个我上世纪就认识的女诗人，我原以为她只是貌美，本世纪发现她还心灵美。田平抛弃前妻娶了她，看来是值得的。她找到的捐献者是她某女同学的丈夫，那人患了直肠癌。当她兴冲冲报告我的时候，我说直肠癌的生存期比肝癌要长很多，不过谢谢您。

吴宏一找到两个。这两个全部是他所在大学的大学生，一个是淋巴癌，一个是AIDS（艾滋病）。淋巴癌患者到了晚期，AIDS患者已引起并发症和药物的不良反应。为这两位捐献者，吴宏一可没少费心。淋巴癌患者是吴宏一的崇拜者，正在美国治疗。吴宏一加了他微信，昼夜颠倒地和他聊，直聊到他同意并征得家长的同意，而吴宏一因为昼夜颠倒，患了失眠症，已十天睡不着觉了。我看到他的时候，他浮肿的黑眼圈像是被捉奸的男人暴打了一顿。AIDS患者是吴宏一与学工处长吃饭的时候无意中听到的。学工处长说现在AIDS防治的形势很严峻呀，据传染病防疫中心通报，我们学校的AIDS患者就有不少。说者无心，听者有意。吴宏一像“踏破铁鞋无觅处，得来全不费功夫”的情报人员一样，要求学工处长把AIDS患者的名单提供给他。学工处长摇头，说保密，保护AIDS患者的隐私和权益，这是规定。吴宏一不再问，只是一个劲地给学工处长敬酒。末了他还亲自把醉了的学工处长送回家。在家门口，学工处长张大嘴巴，问吴宏一：想要几个？吴宏一在学工处长泄露的AIDS患者名单中，选定了一个。他是河南人，是吴宏一的老乡。老乡见老乡，两眼泪汪汪。在老乡后悔不迭的哭诉中，吴宏一把他的演讲天赋发挥到了极致。两人从抱头痛哭到开怀大笑。最后，患AIDS的学生说：老师，需要肝移植的是什么人？坏人我是不捐的哦。吴宏一说：是我的好朋友、老朋友，我以长江学者的名誉发誓，是个好人，是一个菩萨心肠的大慈善家。当吴宏一把他找捐献者的经过告诉我之后，我说这个情况，你要亲自跟陈国富说，尤其你说他是一个菩萨心肠的大慈善家的评价，一定要说，不要漏了。

梁迪找到两个。一个黑人，一个黄种人。这两个捐献者需要打双引号。地下人体器官组织表示，表面签捐献合同可以，但私下必须按价码付钱。他话音未落，这种做法就被我毙了。

韦春龙找到一个。其实不用找，捐献者是他的员工。他在签署员工重大疾病报销单的时候发现，有一名叫李洪的员工的报销单背面写有一段话：“敬爱的春龙老板，这是我最后一次报销医药费了。我知道我的病已经治不好了，请您帮个忙。我打算在我死后把我其他健康的器官，比如眼角膜、肝、心脏，捐献给需要的人，以报答社会对我和我家庭的恩情。我小孩小，老婆没文化，请您帮我办手续。”

真是瞌睡遇到枕头，走到断崖来了搭桥的人，这不是陈国富命不该死吗？韦春龙立刻去医院看望了打算捐献器官的李洪，他握着李洪的双手问寒问暖，当得知李洪还欠着银行七十万的房贷时，立刻说：明天，我给你把房贷全部还清。

这七个中有五个合法且有意向的捐献者，没有一个是我找的。我也没有找。我忙着准备肝移植手术的前期工作，比如将配合我做手术的三名医生、六名护士，选好并进行集训。我们医院肝脏外科已经有小半年没有做肝移植手术了，就是因为没有供肝。而且本医院能做肝移植手术的主刀医师只有我一个人，肝移植对象又是我妹夫，说实话我有些小紧张。我曾经想从上海请一个专家来做主刀医师，陈国富知道后却不答应，非要我来做。他这么做不是信任我，而是考验我和锻炼我，因为他知道我爱我的妹妹，我给妹夫做手术要比别的人来做更保险。除了集训，我还得给陈国富做各种检查——测量身高、体重；备皮、清洁灌肠、消毒液洗澡； 置胃管、导尿管；血液检查：血常规 + 血型鉴定、凝血机制、肝肾功能、血糖、电解质、血气分析、病毒全项、血氨和血乳酸等；肿瘤标志物检查；血、尿、痰等体液细菌，真菌培养 + 药物敏感实验；胸片、心电图和肝……我时刻准备着一旦有了配型成功的供肝，待捐献者确定死亡，就立刻手术。

经过对捐献者逐个进行检查，最后与受捐者陈国富配型成功的，只有一个。他是李洪。

我第一时间又去看望了李洪，和李洪的老板韦春龙一起。三十五岁的南宁琅东肉联厂职工李洪，得知五个捐献者中只有他一个人与受捐者配型成功，十分高兴，就像众多的彩民中唯独他中奖一样。他当着我和韦春龙的面流泪，迫切地想知道什么时候把肝捐出去。我说你生命自然终止的那一刻。但是，你要顽强地活下去，我希望你活得越久越好。他说为什么？早点让受捐者活命不好吗？我说不好。他说为什么？我说因为人的生命是平等的。他更加不明白了，说生命是平等的吗？韦春龙就说是的，你是人，不是猪牛羊。

然后我去看了陈国富，韦春龙没去。韦春龙不去的原因他没说，就说不去。

陈国富这次看见我，可能看见了我脸上刻意掩藏但还是流露了几分的喜色，知道生的希望来了，他的眼睛活泛，像是吹进了春风。成了吗？他说。

成了，我说。

什么时候手术？

捐献者去世那一刻。

他什么时候……去世呀？

不知道。

陈国富的眼睛又变呆了，像是刚出土的禾苗被霜打了一样。

快了，日子不多了，我说。

多快？一周？

不止一周。

两周？

也不止两周。

一个月？

不知道，难说。

陈国富彻底蔫了，说一个月我就死在他前面了。

我说所以你要挺住，祈祷奇迹发生。

陈国富摇摇头，说：这恐怕比摸到三张一样的牌都难。

为了稳定陈国富的情绪，化解他对死亡的恐惧，田平和竺竺、梁迪、吴宏一，周末或下班后，便来看望和安慰陈国富，总之每天都有人来到他身边。我是每天早晚都要看他的，因为他既是我的病人，又是我的妹夫。

周六这天，看望陈国富的人非常多，不仅田平和竺竺、梁迪、吴宏一来，连韦春龙都来了。陈国富一看这阵势，非常害怕，吓得浑身哆嗦，以为是临终关怀。我对他说你不要胡思乱想，今天是周末，大家都有空，所以人来得比较齐。陈国富还是不相信，说连春龙都来看我了，这不是什么好事。韦春龙说我应该早点来看你，对不起来晚了。陈国富歉意地看着向他表示歉意的人，悲伤地说我欠你的钱，只有下辈子才能还了。韦春龙从手包里掏出一张折叠的纸，将纸展开。这是你写给我的借据，他说，现在我把它撕了。

我们目瞪口呆，看着韦春龙当众把陈国富写给他的一千三百万借据给撕了。撕碎的纸片合拢在韦春龙的手上，像雪片，他转身丢进了垃圾桶里。

为什么？陈国富说。

因为钱和命相比，我觉得还是命重要，韦春龙说。

陈国富笑笑说：我的钱早没了，命也快没了。

一旁的古敏华便瞪着她无比悲观和沮丧的丈夫，说：那么多人为了你这条命，全力以赴，慷慨解囊，你应该感到三生有幸。

陈国富说：如果有来生……

古敏华打断他说：你闭嘴！

吴宏一说：今天难得人凑这么齐，不如打牌吧？

田平说：对呀，几十年的老牌友，一个不少。

梁迪说：大家年纪都大了，打一次就少一次。

韦春龙说：我加入。

我说：想打的话，我们医院有棋牌室。

那我观战吧。陈国富说，他坐了起来。

吴宏一说：你参战呀！什么观战？缺你哪成！

陈国富看着我，说：我行吗？

我说：你只能打一个小时，最多两小时。

我们前呼后拥去了医院的棋牌室。棋牌室里有四个身穿病号服的老干部气质的人，在搓麻将，每人的面前都放着现钱，多少不同而已。见我们来了，他们急忙把钱收起来，干脆不打了，走掉。

棋牌室被我们独享。我索性去把门锁死。我回头的时候，田平、梁迪、吴宏一、陈国富、韦春龙已经各就各位。古敏华和竺竺在烧水和备茶。

打什么？田平边拆解着扑克牌边说，梭哈还是三公？

梭哈是你的强项，你肯定想打梭哈，吴宏一说。

田平说：强中更有强中手，国富兄才是强中手，是梭哈王。

梁迪说：我少数服从多数。

韦春龙说：我随便，重在参与。

我说：听我妹夫的，他是病号，迁就他。

陈国富说：梭哈充满了尔虞我诈，既伤神又伤感情。还是三公吧，三公比较公平、简单和放松，主要看运气。

三公。我们每人依次表态。

我们商定：轮流坐庄；押注封顶二百元；八点翻倍，九点翻三倍，小三公翻四倍，大三公翻五倍；统一微信支付。

我们还做了一个最重要的决定：输钱就是输了。赢的人赢的钱不能归自己，而是当抚慰金或爱心款留给陈国富。陈国富输的钱不收，赢了要给他钱。

陈国富说：这输赢规则不公平，那我不打。

于是其他人做了部分妥协，陈国富如果输钱，赢的人还是照收。

我们开战。

摸牌、翻牌、比点数、支付、收款，周而复始，有输有赢，有说有笑，不亦乐乎。

想当年，我们年轻的时候，打牌，国富兄是最大的赢家。赢了钱，还赢得了夫人。田平说，他的话既像调侃，也像是活跃气氛。

陈国富看了看倒水的古敏华，回过头来说：但最后的赢家却是你们。

吴宏一说：爱拼才会赢，你要拼。

陈国富说：我再怎么拼，也拼不过你们了。

梁迪说：现在你是庄家，你先翻牌，几点？

陈国富翻他的牌，六点。

梁迪偷偷看了看自己手中的牌，说比我大。他直接把牌塞进了桌上剩余的牌中。然后微信付款。

田平、吴宏一、韦春龙和我也相继表示比陈国富的牌小，不翻牌就微信付款。

陈国富通吃，赢了所有人的钱。

牌局结束，陈国富的微信账上，多了五万块钱。

其他人不服，表示下周再来。

陈国富说：我活到下周的话，来就来。

他果然又活到了下周，而且又赢了五万多。

古敏华发现了问题或者说识破了陈国富赢钱的奥秘。在她家里，她问我：哥，当陈国富坐庄的时候，我发现了，其实很多时候你们的牌都比他大，但你们都说比他小，然后把牌扔了搅乱，谁也不许看。为什么？

我说：油腻的男人都这样。

贤人庄

尹学芸

一

风在草梢上打滚，草场子在太阳底下泛着金黄，像摇曳的水面一样。水面就在马路对面放着粼光，那一湖水，被人称作金盆。太阳忽而照到东，忽而照到西，那些粼光就跟着太阳走，寸步不离。这沿线傍水的村庄几十个，两万多口人，都为这一金盆水，两三年的时光呼啦啦搬走了大半。有欢天喜地走的，有哭天抹泪走的。总之都去城里住高楼了。那些大瓦房、二层三层的小楼，都被长胳膊机器捣碎，挖坑深埋了。地底下的土翻上来，在地上铺了一溜平，种上花草树木，那些植物就可劲地长。但再长也长不过那些老土上的作物。庄稼地，果树园子，坡上坎下，没了农人拾掇，那草就长得像菜板子一样瓷实。各有各的家族领地，这边是拉拉万，那边是起起牙，都是有我没你的阵仗。它们虎视眈眈看着那些后来者，伺机侵蚀和围剿。那些娇弱的花朵干不过野生族类，一张一张营养不良的脸上，写满了忧伤。

这是被人称为一期工程的地方，已经有了一望无际的意思。房屋推倒，果树拔了，栽了一水的银杏和木槿，苗木还小，但整齐划一。二期工程的建筑尸骸还没来得及掩埋，山墙林立，椽子檩条横七竖八。偶有几株榆树、桑树突兀地矗立，没了遮挡，能被人看出惊慌来，似偷偷从地底下钻出来窥探。三期工程的房屋和主人都还在，临建搭得乱七八糟，瓦屋上接出了奇形怪状的建筑，大风刮来乱晃荡。墙壁上都留下了清点过的痕迹，大大的一个“拆”字坐在红圆圈里，神采飞扬。人们脸上的惶惑与祈盼交相辉映，只有狗的叫声透着绝望。

贤人庄在二期工程的中间地带。前面是小水村，后面是二十里庄。这二十里是指到埙城的距离。也就是说，贤人庄离埙城，比二十里的路程还少一点。

这一带的村庄都是明代建村。相传贤人庄建村最早，村名是御赐的。但究竟是哪一个皇帝御赐，却有不止一个说法。

说法太多，不如不说。

但贤人庄的人好是公认的。从古到今路不拾遗夜不闭户。姑娘嫁到外村，都是孝顺媳妇。就如这次大规模拆迁，远远走在了小水村和二十里庄的前头。政府的人都说，老百姓要都像贤人庄那样，会少很多麻烦。他们有一个数字做比喻，贤人庄最困难的钉子户，政府的人最多去了五趟就解决了问题。而二十里庄的一个钉子户，让政府的人跑了九十九趟。九十九趟是什么概念？会哭的孩子有奶吃，他们是想连产奶的娘一起吃了！这个比喻够形象，是拆迁办的人实在伤透了脑筋。贤人庄却由此饱受诟病。左邻右舍都说贤人庄的人傻，在赔偿问题上，吃了老大的亏。

先来了一辆大卡车，又来了一辆大吊车，停在路边上。进村的路早就不成样子了，从坎上掉下的砖头瓦块叽里咕噜，把路都要封严了。有些粘连的墙体像大石头一样，就在路上横陈，小轿车根本开不过去。当然大卡车和大吊车不在话下，司机下来彼此借个烟点着火，商讨一下路径，大吊车率先往里隆隆地轰，不经碾的砖瓦一声一声嘶鸣，都碎了。

他们一共来了七个人，六男一女。女的是从卡车的副驾驶走下来的，穿着高跟鞋。她甩着胯骨走过来，围着村中心那块碑转。小齐，是不是这个？小齐跟另几个人从车厢里下来，掐腰围住那碑。小齐是个戴小圆眼镜的年轻人，米色的夹克敞开着，兜风。这让他的瘪胸脯鼓胀了不少，像产奶的女人一样。他在更大的范围转了转，手机不时拍着照片，嘴里却“啧啧”地打轧板儿，遗憾得不得了。村庄面目全非，这块碑的周围环境也面目全非。过去这里曾经有一棵老槐树，树冠斜过来笼罩那碑，像故意打起一柄巨大的遮阳伞。如今连树桩都不见了。小齐丈量了大概的位置，用脚荡了下，原来掩埋在一块墙皮的底下了。那块墙皮是白的，仰面朝天，粘着丝丝缕缕的麻刀，过去不知贴在谁家的墙体上。翻过来，那上面甚至有油笔写的“好吃”两个字，像蜘蛛爬，一看就是孩子写的。

不知是啥东西好吃。字体中映下了孩子满足的样儿。小齐找好角度，把这两个字也一并拍了。

有啥好拍的，到处都是烂兮兮的。女人不满地咕哝，问你呢，碑是这块么？

小齐直起腰，镜片在太阳底下熠熠放光。小齐说，碑是这块，可这是谁的主意，非要移走？文物在属地是活的，移走就死了。一股风刮来，小齐的声音被刮走了大半。要不就是他的声音透着虚，没底气一样。午后刚一上班，所长喊他下乡。他问下乡干啥，所长说，拆迁队一会儿来车，你跟他们走。他在车上才知道是来移碑，下了车才知道是移贤人庄的碑。各村其实都有碑，是上世纪八十年代普查地名的产物。都是毛茬茬的水泥制成的，描成红漆字。但贤人庄的碑是清代立的，在全县绝无仅有。清代以前叫河套地，后改称贤人庄。是因为这村里的村风好，名声远播。也就是贤人庄的碑，才没被当石材砌猪圈。那碑半人高，是大理石的。有底托。下面刻有莲花和祥云，长了许多苔藓。小齐用手心去擦那些苔藓，石碑沁凉的感觉直抵心底，像大冷天吃了冰棍一样。

文物在属地是活的，移走就死了。小齐反复嘟囔。

啥活的死的？女人皱起眉头说，明显有些不耐烦。女人是噘嘴，塌鼻梁，长了两只凌厉的大眼睛。就你事儿多，移走已经不错了，要是我能做主，就就地挖坑埋了。

女人用胜利的姿态看着周围的人，那些人都赞同地对他笑。

小齐却像没有听见。继续用手心搓石碑上的苔藓，说一块碑就是一段历史，上面有许多信息依附着。政治的，经济的，文化的，哲学的。一块碑就是一段活着的历史，能行走，能穿越时空。

你躲开。女人不想再费唇舌，她看着小齐这样的人就费劲。这种不识时务的人哪都有，除了让人厌烦一点用处也没有。都到这个时候了，你还说风凉话有屁用？不想移碑你早说，我们就不来了。她指挥工人干活，你干这他干那，干脆利索。一根撬棍在手里掂了掂，差点闪了腕子，一个年轻人赶紧接了过去。先在周遭清理泥土。毕竟是老碑，那些泥土也都生根了，用铁锹根本挖不动，撬棍和钢镐派上了用场，翻动了一堆碎石。还有老槐树的根须也在周围缠绕，锋利的锹刃此刻化成了刀，高高扬起，又一下一下往地下戳。那些毛须如同微小的血管，一下就崩断了。但那些供养主干粗壮的根脉却坚硬且柔韧，它们有功似的盘亘，坚定地护住那碑，一次一次若无其事地把锹镐弹起，自己却只受一点皮外伤。于是换人换手换家什，直把人累得四抹汗流人仰马翻。到底它们战不过人和铁器，胳膊粗的根脉露出了白森森的茬口，真的是承受了千刀万剐，断裂时甚至发出了嘶鸣。太阳弹跳了一下，眨眼就收敛了光芒。秋天就像一个咏叹调，气力不接，什么都不长久。就像那白光光的日影，刚才还在西山上，忽而一跳，就散成了一片火烧云。那碑终于自己摇动了一下，像老年人的一个踉跄。就是这个踉跄带来了希望，大家欣喜起来，多上去几个人，站在背向村庄的那一面，躬起腰背，伸出两只手臂，脖颈使劲往下抻扯，女的喊了声，一、二！“轰”的一声，那碑终于倒下了，沉重的身躯匍匐在地上，此刻那里有新挖上来的土埝，石碑翘起了脚，可真像一辈古人哪！人们长出了一口气，左手右手互相拍一下，掸土。摸兜，掏烟。陶醉地吸一口，就有人轻蔑地说那碑，小样儿，你倒是站着哇！

他们用铁链把碑套牢，吊车卡车都就位，女的一喊号子——突然，有个人不知从哪里窜了过来，手指那碑激烈地喊，放下放下放下！这是文物，你们盗挖文物犯法！大家一起看那人，就是个农民么。肥腿蓝裤子，皱巴灰上衣，粗眉大眼，骨骼皮肉都像风干的老树枝杈，更显出了生活的底色。他的身后跟着一条黑狗，也是一条丧家犬的模样，在外围扯着嗓子穷嚷。大家的眼神像风一样从那人头上掠过，该干啥干啥。那人却像惶急的老鹰张开翅膀，一下匍匐在碑上，嘴里说，贤人庄的碑，我看你们谁敢动，我看你们谁敢动！吊车试探地抻扯了两下，那个巨大的吊钩勾起的锁链咔啦响，像是穿越了他的肩胛，听上去心悸。那碑上的人却无动于衷。女的走过来，气急败坏地嚷，天都快黑了，你捣什么乱？快下来，快下来。那人说，这是贤人庄的碑，你们无权拉走。女人不屑地“喊”了声，说，什么贤人庄，这里哪还有贤人庄？这地上地下的文物都属于国家。那人说，那你们就更无权拉走。女人尖起嗓子说，我们怎么无权？我们是代表国家来的你知道不知道！那人不说话，却用坚硬的后背表达了不信任。小齐此刻走了过来，围着那人转，伸手拍了拍他的肩背，叫了句“老赵大哥。”

那人偏头一看，嘴里叫了声“齐馆员”，从碑上滑了下来。他捉住小齐的手来握，小齐慌忙应对，两只手握在一起颇不容易。那人像是见了久别的亲人一样，再叫了声“齐馆员”，竟呜咽了。旁边的人都有些不好意思看，朝远处闪躲了几步。女人找话说，倒好像有人咋着了他是的。我们咋着了他么？大家都摇头。老赵抹了一把脸，问小齐，你跟他们是一伙的？小齐笑了下，说是一伙的。女人在背后指点小齐，对他的回答不满意。小齐介绍说，这是贤人庄的赵庆福，当年村里的干部想把这块老碑卖掉，是老赵大哥拼命护住了。赵庆福问，你们要把碑弄到哪里？听说放到博物馆统一收藏，老赵难为情地咧咧嘴，露出了一口不洁净的牙齿。他讨好地对女人笑了下，女人把脸扭到了一边。

小齐不止一次来过贤人庄，每次来都跟老赵聊会儿。第一次见到老赵时，老赵正在摘红果。那些明艳艳的红果不吃先倒牙，小齐从那里过，直嚷嘴里都是酸的。果园里八卦阵一样地摆了许多果筐，有的已经装满了。老赵问小齐来谁家串门，小齐说，随便转转。老赵喜欢随便转转的人，停了手里的活计招呼小齐进到果园来。老赵喜欢显摆贤人庄的历史，旮旯角落哪里有属于历史的信息都了如指掌。只要是陌生人，老赵都喜欢跟人家显摆。听说小齐是博物馆的，他拉着小齐去了家里。他家有很多古旧残破的书，倒不是多有价值，就是体量让小齐叹为观止。从交谈得知，老赵并不是多有文化的人，他只是喜欢并崇尚文化。他从河滩地捡来的石凿、石斧以及各种稀奇古怪的石头，都像战利品一样在窗台上陈列。这些石头有些与历史有关，有的与时尚有关，不一而足。让人觉得老赵像个痴子。小齐第二次来直接去了老赵的家，他们已经能坐在炕头上喝两盅了。

小齐问，大家都去住高楼了，你还在这里干啥？老赵往南山指了指，说啥都搬了，大黑还在这里呢。小齐就明白了，他认识那头驴，说以后也不用种地驮果筐了，卖了吧。赵庆福点头说，我也这么寻思，还没容空儿呢。石碑装到了卡车上，女的指挥大家上车，司机把大卡车轰着了，要走的架势。赵庆福又去捉小齐的手来握，这次小齐急于上车，没来得及。他们过去见面根本不用握手，所以小齐没那个准备。赵庆福眼巴巴地嚷，贤人庄的家没了，以后咱哥俩再见面也不容易了。小齐登上车门仓促说了句，我去新家看你。

两辆大家伙轰隆隆朝村外开，狼烟地动。赵庆福脑里闪过新城的一片楼房，每栋楼房都有三十层高，排着一模一样的小窗户。他又喊，你也不知道我在哪个窗户住啊！

二

后车座上拴着缰绳，奔波二十多里，赵庆福和大黑一起进了城，后面还跟着一条狗。在外环线上过马路的时候遇到红绿灯，狗把它们跟丢了。狗在马路那边急得跺脚，赵庆福趁机拐了弯。这条马路四通八达，人车奔涌，狗闻不着他们的气味，自个回了贤人庄。

当然，这是老赵的想法。

大黑拴在山里整整四天。四天前赵庆福最后一个举家搬走，把大黑藏到了山坳里。这四天，赵庆福没有哪天耳根子清净，老婆何玉新只要见着他，手不闲着嘴也不闲着，一边干活一边磨叨。她用抹布来回擦脚印。地上的瓷砖洁净得能照镜子，稍微有一点灰尘她就不依。每一个新搬家的人都这样，别的可以不管，就是地上不能有脚印。她说早就让你把大黑卖了，你就是不听话。说什么要卖也不卖给杀驴的，你以为驴金贵。除了杀驴的，现在谁还要驴？

赵庆福狡辩说，使驴的人家多着呢！北面搞旅游的，用驴拉车，还有人专门骑驴呢。

玉新说，人家骑马！也就你瞎掰，把驴一个拴在山里，如果让狼掏了，你后悔都来不及。

赵庆福说，你竟说没边儿的话，都多少年没见着狼了。

玉新说，人比狼更可怕！现在的驴肉这么贵，谁看见那样大的一头野驴都会动心。

赵庆福说，大黑明明是家养的，咋会是野驴？

玉新说，庄子都废了，狗成了野狗，驴可不就成了野驴。

这话让赵庆福心里一动。左右邻村的狗都卖给了狗贩子，小的十块，大的十五、二十，一车一车地往外拉。贤人庄的人不忍心让狗挨一刀，可又不想带走，便放任了。他回村里，家家的狗都在叫，可它们都没了主人。狗成了野狗，驴可不就成了野驴。他心里明白，玉新的话没错。可他嘴里含糊，说那地方隐蔽，没人能轻易看见大黑。

玉新说，不怕一万就怕万一啊！眼下闲人多，总有逛野景的。万一让人得了手，你哭都找不着坟头。

玉新这话说出来已经到极限了，让赵庆福的脊梁长了毛刺。想那片山洼里的荒草径，是偶有人出没。现在的闲人也叫“驴友”，还真有手贱的，偷个桃摘个杏的人多了去了，保不齐会对一头驴动心。想到这里，他一刻也不耽搁，放下手里的活计就往外走。玉新问他去哪，他头也不回地说，去贤人庄。

没想到正好遇见那群人来挖石碑。如果不是看见小齐，赵庆福还真以为那是群盗碑的人，他豁出命去也不会让那些人挖走，他会扎个帐篷守在这里，老赵就是这样一个一扑心的人。

石碑上的字是清代知州刘念拔题的。当初还有人想用新碑换旧碑，说是喜欢刘念拔的楷书，搁自家庭院当摆设。真实情况谁知道呢。一卷票子都过手了，赵庆福联合村里人把事情挡下了。后来才知道，这块碑原来还是文物，倒卖文物犯国法。当时的村长叫胡大生，因为这个事儿，很多年见了赵庆福爱答不理。后来胡大生在路边开鱼馆，赚了大钱。有一次请人算命，说他命中有贵人相助，否则早些年有牢狱之灾。胡大生如雷轰顶，惊出了一身冷汗。料想是当年见财起意想卖村碑的事。再见赵庆福的面，胡大生拱了拱手，叫了声“恩人”。

大黑这头驴，不是普通驴。

贤人庄挨门挨户数，从两个轮子到四个轮子的机动车，家家有。但驴只剩下了这一头。自从贤人庄有了拆迁的信，贩子就走马灯似的来打探。他们耳朵尖，知道这里有头好驴，可以配两匹马肉。听出来了么？不是驴配马生骡子，是驴肉配马肉。也就是说，两匹马一头驴的肉混在一起，可以卖三头驴肉的价钱。马肉又叫死马肉，远不是驴肉可比。天上龙肉地下驴肉，驴浑身是宝，马跟驴不是一个行市，这，是另一层意思。

无论贩子出多少钱，赵庆福就两个字，不卖。一点通融的余地也不留。大黑的身世不寻常。大黑的妈是黑脊背，却长了个白肚皮。“白肚皮”是一头沉默寡言的驴，干活下死力气做。它生大黑时年事已高，有点像人的横生倒养。总而言之，“白肚皮”死于难产。大黑被生拉硬拽扯出宫腔，不睁眉眼，看着像生了软骨病，站不起来。正是秋霜下来的时节，人穿着夹袄都冻得打哆嗦。赵庆福来不及多想，抱起大黑就上了热炕头，大黑的一身胎衣黏糊糊，腥膻得厉害，赵庆福也顾不得，被子围在了它的身上，用自己的毛巾给它擦小脸。村里人说，赵庆福恨财不起，恨家不发，把自家的炕当成了驴圈。

那年山坡上的谷子遭遇了大旱，产量低得可怜。赵庆福自己舍不得吃，留着给大黑滚米汤。那年儿子赵乐七八岁，村里人见了他就开玩笑，你爸又给驴喂奶了？赵乐说，是喂米汤。村里人说，你不懂。驴在你家住炕头，盖棉被，吃人奶。赵乐说，我家没有人奶。村里人说，你爸就产奶，不信你回家问问他。赵乐大声说，我爸不产奶，我妈才产奶！

喂养大黑是一段艰苦的历程。稍大一些，把黄豆炒熟碾成面，冲成茶汤给大黑喝。整个一个冬天，大黑像女人坐月子，连屋都没出。赵庆福发现，一吹冷风它就打哆嗦，那身毛皮就像穿在了狗身上。赵庆福也奇怪，两三个月以后，大黑已经有了一头驴的俊朗样子，腿骨挺拔，小脸娟秀，两耳尖尖，大眼睛水汪汪。可它就是怕风，死活不肯去屋外。它就像这家的一口人，跟着赵庆福这屋那屋地转。村里人又说，没见过这样养驴的，比孩子养得都娇气。直到转年春天，花开了，草绿了，空气香喷喷，它才战战兢兢走出屋，翻蹄亮掌像风一样跑，拉都拉不回来。

转眼就是十几年过去了。赵乐长大了，在省城考上了公务员。小黑也长成了大黑。这些年，它可没少卖力气，再苦再累也不尥蹶子。赵庆福看它，从来也不用看牲口的眼神，眼里都是情愫。他还开玩笑，说你要是个女驴就更好了，我要让你儿孙满堂，多子多福。

赵庆福进到城里，已经掌灯了。天还没有黑，马路边上的灯就长成了葫芦串。赵庆福一边走一边心疼电费。照他的想法，这一条街有一盏灯就够了，稍微能借点光，看清道就行。根本没有必要把灯杆栽得像高粱地。他住的楼在边上，是最后一排。他早就相看好了，楼房不远处就是绿草地，草地上新栽了梧桐树，都有胳膊粗，拴驴是再好不过了。那样鲜嫩的草肯定也对大黑的胃口，看上去比韭菜都齐整。没想到，城市里还有这么好的地方，自己进了城，大黑也跟着沾光。想到这些，赵庆福很高兴。他的脑子里，已经有了一番图景。城市人都喜欢遛狗，他遛驴。看着他牵这样一个大家伙，估计会把城里人乐坏的，城里人就爱看稀奇，他们生活得都太平淡了。大黑又有免费草料吃，要说这日子，不比在贤人庄差。他借着路灯的光亮寻找草茂密的地方，蹲下身去，用手摸了摸。

那些草苗苗从手心滑过，沁凉，散发着一股好闻的纯净气息。赵庆福很满意，把大黑拴好，拍了下驴脸，说你这回可是过年了。这些草，随便你吃，你今天吃了明天它还长。大黑也通人性样地打了个响鼻，伸出舌头舔了下他的手掌，算是依依不舍告别。

圆桌是从老家搬来的，桌面开裂了，使胶带打了补丁，靠在了侧卧的外墙上。上面摆着两只倒扣的盘碗，碗底油汪汪的。这屋那屋没有何玉新，赵庆福就知道，她这是看人跳舞去了。小区挨着街景公园，进城的第一天，两人不顾一天的劳累，先到公园转了转。公园栽了许多奇怪的树种，在山里从没见识过。竖着许多奇怪的石头，其中一块大石头上有“大地史书”几个字，是描绘北部山脉中上元古界的，说有八到十八亿年的历史。一块石头这样古老，赵庆福一下就痴了。他在石头旁坐下，侧耳听那石头，似乎能听出整座村庄发出的嘈杂。有个小老头从里钻出来，稀疏的白发，在脑后挽个髻，披一身粗麻布衣，扛一柄锄头下地。这是先祖，赵庆福经常在心里描摹。他文化不高，但喜欢那些久远的未知的历史。家里的老旧残书都是他四处搜罗来的，装满了整整一屋子。就是因为太多，反而无法搬运。赵庆福一狠心，任那些建筑垃圾埋了。反正迟早都得埋，什么都得埋，还在乎什么！赵庆福一直坐到腿麻了，屁股底下凉得受不了，才站起身，却找不见何玉新了。都十点多了，那些扭秧歌、跳舞的还不散伙，城市人的劲头可真足，就像上紧了发条的钟表。何玉新从打年轻的时候就羡慕城市，幻想着有朝一日能成为城市人，如今这个愿望终于实现了。她是村里的文艺骨干，不爱干家务，甚至不爱做饭，但爱参与公共文化活动，赵庆福从来都支持她。她从公园的一头走到另一头，打球的，打拳的，舞刀弄剑的，她挨个场景看。最后选中了一支跳广场操的队伍，偷偷跟在人家背后比画了半天。

然后，每晚都去。

最后一口饭还没咽利落，敲门声响了。

赵庆福往城里搬家时特别不开心。说良心话，不开心的人不多，但他算一个。他是最后一个搬走的，说政府动员了五次才解决问题，指的就是他。赵庆福经常蹲在一处山冈上，望着毁坏的村庄出神。房子搬走一户捣毁一户，村子逐渐千疮百孔。他经常自言自语说，这是贤人庄啊！这里有先人的骨血啊！艾特马以为他说给别人听，站起身来左右看，并没有什么人，只有山峦黑黝黝的影子。艾特马是一只老狗，十三岁了，后背上的毛都磨秃了。眼球浑浊而疲惫，眼角堆了两窝屎。它卧下身去，把下巴放到两只前腿上，侧着头，是在听赵庆福说话。是赵庆福以为它在听自己说话。赵庆福站起身，眼前是蓊郁的丛林，像一片黑压压的人的脑袋。他比画说，这村原来叫河套地，赵姓哥仨从山西挑着担子一路走了来，开荒种地，诗书传家，把河套地变成了贤人庄，远近都有名。眼下贤人庄变成了 6 号楼，就在城边子上占那么一长条的地方。前边是 5 号楼，小水村。左边是 10 号楼，二十里庄。这下好了，贤人庄跟他们没区别了，没区别了！可这样地连根拔，我舍不得，舍不得呀！他像作报告一样说完，呜呜地哭。仰面朝天，鼻涕眼泪一起往下淌。嘴巴最大限度地张开，像一只圆口的喇叭发出嗡鸣。艾特马闭着眼，有些羞愧地不敢看主人。赵庆福是个足智多谋的人，他有法子对付拆迁队。只是，赵庆福心太软，三招两式，赵庆福投降了。因为拆迁队的人说，你是贤人庄的人，要给其他村庄做表率，全镇人民都看着你们呢！得，赵庆福恨不得自己去钻水窟窿眼，给政府添麻烦的事，祖宗三代也没有过！只是这村的景致实在是好，前边是湖水，后面是山峦，一到春天满山满谷的桃花杏花，香得狗都打喷嚏。艾特马带着别家的狗在树行子里穿行，经常忘了回家吃饭。

三

赵庆福小心地把门拉开了一道缝。这可不像乡下，房门随时可以四敞大开，广迎远方宾朋。这话说得有点大，其实就是左右的乡亲，串门子，数扁担，前五百年，后五百载。车轱辘话今天说明天也说，从来没听腻过。你关门闭户要遭人笑话，以为你干啥见不得人的事呢。儿子赵乐一再叮嘱，搬到城里来，第一件事就是关门关门关门。要紧的事情说三遍，关门是第一要务。赵乐威胁说，你要是不关门，卖保险的，卖菜刀的，卖化妆品的，推门就进，就像推自己家的门一样，来了就不走。还有那非偷即盗的，损失财物是小，还要人性命，这样的案例多了去了。要说贤人庄离埙城也还不到二十里地，这听起来怎么像回到了旧社会？比旧社会都不如！赵乐威吓索性就威吓到底，举了很多网上看来的例子，强盗冒充查水表的上门，用胶带把人的嘴封上，手脚捆在一起，像捆粽子。要银行账户和密码，还有恶人把人大卸八块，用硫酸溶解灌了下水道，总之只有你想不到，没有他做不到。赵庆福的心紧着跳了两下，才看清门外是个胖女人，一手拿着笔，一手拿着本，正煞有介事地记着什么。她用拿着的笔挑了下头发，说，我物业的。3002是你吧？赵庆福站出来瞅门牌，发现自己真的是3002。分房的时候其实就知道，可总是记不住楼牌号。他问啥事。胖女人嚷，还好意思问啥事，西边的草地都让你给破坏了！这话赵庆福不爱听。我又不吃草，我咋会破坏草地？那驴是你家的吧？我跑楼跑得腿都细了，还好找到了你……你知道草坪多少钱一平，气得我直打哆嗦。你们这些农民啊，能不能让人省点心……赵庆福窝着背靠在墙上，总算明白了，那地方草好，但不能放驴。可女人的话他不爱听。他看女人的腿，穿紧身裤，模样像个萝卜。女人说，看什么看，还不赶紧想办法。他问女人咋办，女人叹了口气说，还能咋办，罚你你不会出钱。恢复草坪你又不会，你说说，还能咋办？赶紧把驴处理了！

女人让赵庆福签字，赵庆福把手背到后面，他可不能随便签，这也是儿子赵乐告诉他的。签字就意味着履行责任，而有些责任是你根本履行不了的。女人苦口婆心说，咱是城里人了，要懂些城里的规矩。那么美的草坪，你真舍得放驴？吃些草还是小事，那驴蹄子一倒腾，好好的草坪就破坏得没法看……政府为了让咱们农民过好日子，真是方法用尽……咱不帮忙，不添乱行不？赵庆福说，不是，大姐……女人说，叫我谢主任！赵庆福不满地说，咋句句都像吃枪药似的。女人把本子丢过来，说立马签字，把驴的问题先解决了。赵庆福问怎么解决。女人说，要不你给我，我给你解决。城里那么多驴肉馆，还解决不了一头驴？

赵庆福这回签了字，他不能让女人把驴拉走。女人其实也就是吓唬他。回手一摁电梯，立马就开了。门一合，把人变没了。

赵庆福出来才发现天已经乌蒙蒙了。这城里的天就是这个鬼样子，一天到晚乌烟瘴气，像闹妖怪一样。山里人把这种天气就叫妖怪天，妖怪携风带雨。城里的妖怪却啥也不带，就带一股呛鼻子的煤烟味。自打搬上来，也没见过透亮天儿。他像贼一样瞅好了才往西边走，却没提防，艾特马在车棚旁边蹲守，刚要往这边扑，赵庆福比它发现对方早几秒，嗖地退回了楼道。他的心怦怦地跳。艾特马是有这智商的，它一定知道他住在这里。可知道又怎样，他是下决心不要它了。他让自己静静神，大步往外走。艾特马果然欣喜地跑了过来，叼他的裤脚，舔它的脚面。他不理会，两只脚左蹬右踹。其中一脚蹬到了艾特马的耳根，艾特马疼得大叫一声，终于死了心，站着眼巴巴地看他。他没回头。他从贤人庄回来的时候艾特马就一直尾随着他，不走大路走小路，在公路下坎腾挪。他知道却假装不知道。进城的时候车流多起来，他跟大黑抢了个红灯，周围一片急刹车声。好歹总算过来了。艾特马没跟过来，他以为它不会来了。

狗是儿子赵乐的玩伴。赵乐曾经说，将来艾特马死了要给它送葬，把它埋在核桃树下，就像这家里的一口人。说这话时赵乐才十五六岁，会背很多唐诗。家里那些古旧残破的书赵庆福喜欢，赵乐也喜欢。他经常扎到书堆里几个小时不出来。搬家之前，赵乐打电话问起过艾特马，但也只是问了下，没下死命令让爹带它进城。情况摆在那儿，村里家家都把狗撇在了贤人庄。大家都不带，大家都主动放弃了。这已经算是厚道了，小水村和二十里庄的狗，早就变成大粪被人排出去了。有啥办法呢，虽说只卖十几二十几块钱，可那也是钱啊！城里的生活贵，一把葱，一把蒜，一把韭菜，都贵得让人心疼。哪像过去房前屋后随便撒种子，种啥长啥。道理是这道理，但贤人庄的人不卖狗，遇到偷狗贼就像打仗一样团结一心。城里的狗都不像狗，像熊，像羊，像鹿，像狼，像狮子。总之都不像狗。来的时间不长，赵庆福就闹明白了一件事，不像狗的狗才体面，瞧他们牵在手里，像是拉着一捆子人民币，那叫一个闲庭信步！村里的狗都纯得像狗，啥都不像，只像狗。能逮兔子，能捉小偷，能看家护院。可在贤人庄看着好看，放到城里自己看着就不上点儿。我们本来就是庄户人，人家看着你已经戴有色眼镜了，你再牵那样一条土狗，不用别人说，自己就觉得不体面。一个“土”字，城里人其实都喜欢，土猪肉，土狗肉，土鸡蛋，都是美味。但那是吃，人土就不行了，不招人待见。既然做了城里人，还得有个城里人的样子。再说，在城里生活也不比乡下，粮食蔬菜都金贵，也没有多余的东西喂狗啊！

父子俩在电话里讨论来讨论去，最后达成了共识。既然村里人都不带狗进城，那他们也别例外了。艾特马在村里还有伴呢。

他刚出现在大黑的视野，大黑就咴儿咴儿地叫，鼻翼一扇一扇，有共鸣。那些草也看不出吃了多少，都让驴蹄子给踏翻了。赵庆福不心疼，地上的草，哪有那么金贵。女胖子谢主任也就是吓唬乡下人，以为乡下人没见识。赵庆福紧跑两步赶过去，先摸大黑的鼻梁，又拍了拍大黑的脊背，大黑把头扎到他的怀里，一拱一拱的。那意思说，你可来了，我以为你不要我了。赵庆福自是懂的，解开了缰绳，说我知道你在这里受委屈了。那个胖女人，训你了吧？咱回家，咱回家他们就管不着了。大黑抵住了赵庆福的屁股，喷出的气暖和和。脚下的草坪简直成了烂泥塘，赵庆福愤愤地说，又不是庄稼，刨了又能怎样！

大黑打了个响鼻配合，那意思是在说，怎样！

电梯有点小，赵庆福伸出两只胳膊丈量过，若是站成对角线，刚好能装下大黑。就是大黑得受委屈，尾巴塞进角落里，鼻梁骨要贴在夹角处，像戴上个箍子。好在只是一会儿的事。一忽儿上去了，一忽儿下来了，像腾云驾雾一样。世界上，也就孙悟空有这本事。赵庆福连说带比画，不管大黑听得懂听不懂。电梯门开了，下来娘俩。小男孩有四五岁，开心地站着不走，说，嗬，这个大猪！妈妈说，这是驴，猪没有这么大个儿。

小男孩说，嘿，这个大驴！妈妈说，宝宝真聪明，这回说对了。有人对驴感兴趣，赵庆福很高兴，搭话说，那你们说说看，这是公驴还是母驴？妈妈弯下腰去看，驴的器具正好扬出来，好大一根。妈妈的脸腾地红了，剜了赵庆福一眼，嘴里嘟囔了句，啥人啊，这么大岁数了！拉着孩子匆忙走了。赵庆福看着他们的背影得意地笑，说你别跟牲口一般见识。说完这话才咂摸过滋味，有点像骂自己。他更开心了，像捡了钱包一样。电梯合上了，一个封闭的世界。这个世界真真好，只有他们俩。赵庆福抱住了驴脖子，用脸蹭它的鬃毛。电梯壁上映出了他的影，他对影儿说，你真贱。你说谁？就说你。今晚你跟大黑睡？睡就睡，又不是没睡过驴棚。真安静。世界如果总是这样安静就好了。电梯在三楼停了下，一个小女孩“嗷”的一声叫，像被电梯夹了手。赵庆福拍了拍大黑的脸，说你吓着人了，没人见你坐过电梯。今天可是开洋荤了。这要还在贤人庄，你见都没处去见。是坝城好还是贤人庄好？坝城好！赵庆福自己竖了下大拇指。大黑张不开嘴，不能说话，大眼睛一眨巴一眨巴，特别解风情。电梯已经停在了三十楼，赵庆福把驴尾巴撩起来往外拽，说艾特马不定咋恨我，有好事我先想着你，我总不能把你丢在贤人庄把它弄到城里来吧？

赵庆福忽然有些气愤，说，你是啥贡献，它是啥贡献，它不能和你比。你在山上驮果筐，它在树行子里搞对象。年年让小花怀孕，孩子都生好几窝了！

对面的门吱扭开了，胡大生往外搁垃圾。他奇怪地说，你这是在跟谁叨咕？赵庆福心虚地说，你听差了，我没叨咕。胡大生狐疑说，你明明叨咕了……你这是干啥？咋让驴上楼了？赵庆福不解释，把驴拽出来，拧开了自己家的房门。胡大生提着笤帚追了过来，说你咋把驴拉家来了？楼房屁股大的地方，你往哪搁它？赵庆福说，这样大的地方，哪搁不下它？胡大生口里“啧啧”，说赵庆福，你咋这格涩呢。这么大个贤人庄，顶属你格涩。赵庆福说，我咋格涩了？胡大生说，你说你在村里，整天捡点子破烂，家里连插脚的地方也没有。好不容易住楼房了，你又把驴弄上来……赵庆福说，这儿没你的事，你甭管。胡大生说，好，好，我不管。黑夜你可别让它叫唤，瘆得慌。赵庆福说，你怕驴？才几天不使驴，你别这么快就忘本。胡大生气得举起笤帚拍了下桌子腿，走了。赵庆福赶紧关上门。

客厅也没有多大。赵庆福的这套房子九十多平方米。把家里的大小柜子拉了来，客厅只能装下驴了。赵乐反对他往楼上搬旧家具，赵庆福骂了儿子半天，说他嘚瑟，忘本。刚吃几天公家饭，就看不上家里的旧物件了。大黑一进来，就像庞然大物一样把屋子装满了。玉新刚拖完地，去楼上串门了。回来一看地板，急得嚷，你咋让驴进来了？快出去，出去！赵庆福也扯起脖子起高音儿，上哪去？哪也没地方去！世界这么大，却没有大黑待的地方。玉新一甩袖子去了里屋。赵庆福拍着大黑的脖颈让它趴下，可驴蹄子打滑，大黑差一点驴失前蹄。大黑终于趴下了，蹄子往里收得紧。赵庆福看着心疼，搬着身子想让驴卧舒坦，驴蹄子又一打滑，"咣当"一声摔趴下了。这回动静有点大，地板呼扇呼扇像闹地震。不一会儿的工夫，房门又被敲响了。赵庆福打开门一看，还是那个谢主任，身板比一扇门都宽。谢主任一侧身子，才跨进门来，转圈看那驴，又看赵庆福，点着他的脑门说，行啊，你。脑子没毛病吧？赵庆福说是头好驴，没毛病。谢主任说，别说它，说你。赵庆福谦虚地说，我没啥好说的。谢主任睃起眼睛看他，有半分钟，说，别兜圈子了，这驴你到底要养到什么时候？你有点全局观念行不行？你这里驴一摔跟头，整幢楼都跟着摇晃！

赵庆福赶忙说，楼摇晃是质量问题，你应该去找开发商。

谢主任说,放肆！这么好的楼哪有质量问题？你别红口白牙瞎咧咧！

赵庆福说，你以为我愿意楼有问题？是你先说楼摇晃。

谢主任倒憋了一口气，跟这样的人真是没话好讲。过了好半天，谢主任才把那口气顺下去，苦口婆心说，这样好的房子，一会儿尿一摊驴尿，一会儿拉一摊驴屎，你不心疼？

赵庆福说，放心，它在贤人庄就不在棚里拉屎，这不是一头普通的驴。

谢主任斜起眼睛说，金驴？

赵庆福“哼”了声，说，比金驴值钱。

谢主任终于忍不住了，断喝了一声，这是城市，不是你们山沟沟！你在楼里养驴影响其他人！这——不——行！

赵庆福也提高了声音，说，你这话我就不爱听了。我养我的驴，碍着其他人啥事？我拴外面树上不行，放我家里也不行，你告诉我搁哪行？

谢主任说，搁哪儿也不行，你必须处理掉！

赵庆福上来了驴脾气，我就搁了，你爱咋地咋地！

谢主任气得直转磨，说，你们这些，这些……人啊，放着好日子都不会过。这样好的楼房，让你们住成驴棚……给你们住真是糟蹋！

赵庆福气哼哼地说，不是我想住，是你们非让我来住。我老家可比这四海，十几只鸡，十几只羊，耗子都肥得像猪崽子。这地方，哼！

谢主任冷笑了一声，说，怪不得这么不通气儿，敢情是养耗子出身。

赵庆福恼了，瞪起眼睛说，你这是咋说话呢？谁是养耗子出身？耗子大小也是个性命，你能养啥？轻蔑地扫了一下谢主任，更加轻蔑地说，你大概只能养虱子。

谢主任知道他在影射自己身上的肉，心说这山里人说话还挺鹞鹰。谢主任摆了摆手，拿出手机在手里掂，说，这驴一天也不能待在小区了，再待下去我这饭碗都保不住了。刚才几分钟的工夫，就有好几个电话打来投诉，说电梯里一股驴味。老哥，咱是城市人了，讲点公德吧。明天早晨你就处理掉，你没空就交给我处理。别因为你的驴让我丢饭碗，行不？我找个饭碗也不易。

人怕见面树怕剥皮，人家一个劲说软和话，赵庆福就没奈何了。他点头说，好吧。

谢主任的眼睛却有些痴，飞快地睃了那驴一眼。浑圆的屁股，两只招风耳朵，真是头好驴。她试探地问，这驴好卖么？用不用帮忙？赵庆福警惕地问她买驴干啥使，谢主任不耐烦，说还能干啥使，该干啥使干啥使。

想起她曾经说过驴肉馆，赵庆福急忙说，免谈。

那支笔在谢主任的指间就像金箍棒，耍得上下翻飞。刚才的那一点和颜悦色瞬间就没了踪影。她把眉心皱起来，用手在鼻子前扇风，说，这屋里味真大，你们闻不出来？

赵庆福说，闻不出来。

谢主任说，抓紧时间处理。这是业主告到我这儿，我能给你兜着，这要是有人打110报警，警察就没有我这么好说话了。

赵庆福拧着眉毛问，谁告的状？

谢主任说，这个可不能告诉你。

赵庆福继续问，是贤人庄的人？

谢主任嘴里像含了热豆腐，开始打马虎眼。说，你问这干啥？抓紧时间把驴处理了才是正事，别再给人添膈应。

玉新从里屋走了出来，说，领导你就放心吧，他不卖我去卖。我不能让他把好好的房子弄成驴棚。

谢主任赞许地看玉新，一下就找到了女人之间相通的感觉。还是大姐明事理。说完，她剜了赵庆福一眼，你好好向女人学习。

四

小花在山巅上一声叫，整个贤人庄的狗就都听到了。

大家从四处朝那棵花桑树下聚齐，把岑寂的村庄闹出了很大的动静。小花在一块大石头上长长地伸了个懒腰，先蹬右后腿，再蹬左后腿，又把脖子朝高处仰了仰。做了几回母亲，小花仍显得婀娜和优雅，水汪汪的眼睛里盛满了情愫。

小花的主人是第一个搬走的。说搬走不准确，他们几乎没有在贤人庄住过。他们是城里人，觉得这里民风淳朴山清水秀，便花很少的钱买下了一座民宅。买下了却一直没有装修，后来就有了拆迁的信儿。他们欢天喜地签了协议，拿走了一大笔现金，把房子里的一切都抛弃了，包括小花。

过去小花被关在院子里，他们定期来送水和食物。有一天，他们突然发现小花的腰身粗了，乳头凸显。原来院墙被从外面掏了个洞，这院子被里勾外连了。他们气坏了，站在外面骂了半天狗，就像骂人一样。贤人庄的人都被骂笑了，说狗的事，管它干啥。他们果真不管了，把小花放了，关到了门外。从此也不再送水和食物。院墙外不远处有一棵野桑树，树下有个洞，小花就住在那里，下雨能打湿半个身子。

但小花还是守着这所宅院。不管房子在不在，有生人从那里过，它都会汪汪几声，以示警诫。

从某种意义上说，小花最早失去了家园和主人，然后看着别的伙伴失去了主人和家园。风浪见得多了，小花显得从容和淡定。它生的孩子都好看，被形形色色的人抱走了。起初小花也玩命地保护自己的孩子，可它能保护今天，保护不了明天。一个卖香油的走到这里，说这小狗没人要？没人要我要一只。他大大方方把小狗装进箱子里，又敲梆子去卖香油了。

那个里勾外连的洞，在房子没拆之前一直长在那里。当初为在墙上掏个洞，艾特马磨秃了两排牙齿。那可真是浪漫岁月啊，农历三月桃红柳绿，空气里都是温暖暧昧的气息。艾特马有天从这里过，闻到了一股特别享受的气味，比花香都好闻，是从院子里散发出来的。隔着厚厚的院墙，艾特马一鼻子就闻到了。艾特马围着院墙转，扯着脖子往里传递信号。小花呻吟着回应，那声音有幽怨有委屈，那意思仿佛是在说，闷死我了！艾特马几乎疯了。它找到了墙的薄弱环节，一点一点用牙齿抠开了砖缝，敲开了通往小花的路。小花眉目含情看着它，娇羞得眼睛都红了。

这种红有毛发遮着，别人看不出来。但艾特马一眼就看出来了。它从洞子里钻进来，身上披了很多土，汗水又让那些土混成了泥。可它们谁都不在乎，四只眼睛相遇，艾特马的胸脯剧烈地起伏，小花优雅地走过来，用鼻子顶住了它的鼻子。

薄雾从水面上飘了过来，丝丝缕缕像云絮缠绕。小花的声音撞过那些云絮发出哗泠泠的水音，像水波荡漾一样。

夜里下了场雾，山峦树木都湿漉漉。山路上跃动着一个一个的身影，黄脊背，大郎，二郎，娘娘，华妃，张瑞先。华妃是一只小狗，才五个月大。张瑞先则是条老狗，快满十七岁了。它们站在一起，像极了祖孙三代。黄脊背最先跑过来，先闻小花的屁股。它对小花总有莫名的好感。小花让它闻。但也只限于闻。黄脊背闻够了会主动离开，即便是在春天也如此，贤人庄的狗都讲规则。越来越多的狗在往这里奔，小花有些焦急地看，没有艾特马，还是没有艾特马。昨晚艾特马从城里回来，小花不放心，过去看了它一眼，却没有让艾特马看见自己。艾特马坐在布满砖头瓦块的院子里，垂着头，两只耳朵耷拉着，面对着一大堆瓦砾，眼神茫然无措。艾特马这个样子让小花寒心，印象里，艾特马永远是有所作为的。小花知道，艾特马去城里没带来好消息。这一段，艾特马一直在跑埙城，身形越发消瘦。小花不忍对它说什么。它知道，迟早有一天它会让城市彻底伤透心，那样它就不会再往城市跑了。小花从城市来，城市什么样它有记忆。那些钢筋混凝土的庞然大物，除了整齐没有别的优点，不像草木含情，甚至不像山上的石头有活性。它们统统显得浅薄而僵硬，就像小花的那两位主人。

那两个人，是机关的公务员。他们从市场把小花买了来，就是为了占领那所宅院。他们说，我们不住，你住。你看住房子，不能让别人进来。小花在这里待了五年，也没能与他们建立感情。他们每次来，把食物和水扔下就去逛山景。回来女人手里会掐一大把花。贤人庄的人批评说，花是用来结果的，你把它掐下了，让那些果坐在哪里呢？可女人振振有词，一挥手说，漫山遍野这样多的花，哪会缺这样几支，贤人庄的人真小气。一句话，就封堵了贤人庄人的嘴。贤人庄的人就怕别人说自己什么，被女人说了声小气，贤人庄的人就觉得很丢村里人的面子。

小花总是怯生生地看着他们，亲近他们的愿望实施得很艰难。它总伺机往他们身上扑，就像小孩撒娇一样。小花果然扑到了一次，被女人狠狠蹬了一脚。女人说小花踩脏了她的萝卜裤。没有比你更讨厌的了！

女人尖叫的声音像是在拉汽笛，一下绝了小花的念想。

赵庆福来到埧城以后做了第一个梦，梦见了全村所有的狗。

小花率领浩浩荡荡的一支队伍往村北走。每天早晨大家都到花桑树下集合，然后才分头去找吃的。小花不识数，可它像将军一样巡视一眼，就知道谁来谁没来。没来的，大概遇到了偷狗贼，他们用弓弩、毒药、绳子、木棍，要了许多条狗的性命。小花不厌其烦地提醒大家，睡觉灵醒点，张开一只耳朵，若是遇见了贼，就拼命地喊救命。这里是上山的必经之路，山环里有个空场，土是暄的，密密麻麻排满了爪子印。自从最后一户人家搬走，这村整体一下就矮了。大树伐了，房子倒了，视野里变得光秃秃，似乎与对面的水域成了一个平面——当然这是错觉，怎么可能呢。越来越多的狗自觉到小花这里来，就因了小花的不张皇。小花淡定的脸，起到了稳定军心的作用。它是一只小白狗，有着杂交以后的诸多特征，大脑门里都是智慧。小花忧心地说，艾特马会不会生病了？黄脊背说，不会。人家跑了几次城里，傲娇着呢。小花瞪了黄脊背一眼，不喜欢它的阴阳怪气。小花说，我去看看它。黄脊背说我也去。大郎、二郎也说去，于是呼啦呼啦都跟在了小花的身后。艾特马在房岔子上匍匐，眼脸都是湿的。看得出，艾特马一直都在哭。小花一看就火了，它汪汪了两声，艾特马置之不理。小花走了过去，突然尖声叫道，你也叫个爷们！跟孩子骨肉分离也没见你这样！不就是人家不要你了么，你去死吧，去死好了！艾特马把脸埋下了。泪水汹涌，十分委屈的样子。小花的心软了，走过去，近到不能再近，用冰凉的鼻尖触它的鼻子，耸起上唇吻了下。小花说，贤人庄是人的，也是狗的。这些我都懂。我们留不住他们，有什么办法呢。艾特马无动于衷。小花软声说，死心眼，你真是个死心眼。主人走了你就不能活了？你还有我呢——艾特马突然抬起头，仰天发出了一声长嚎。那种凄厉让天空都跟着打战。小花的眼里涌出了泪，扯开嗓子跟了上去，声音又细又尖。所有的狗都发出了啸叫，高的低的粗的细的各种声音混合在一起，声震寰宇。马路上有车停下了，一男一女走出车子，侧起耳朵听，这是什么声音？男的问。女的答，好像一群狗在哭。男的说，村庄都没了，哪来的这么多狗。会不会是狼？女的说，不是狼，是狗。

它们争论贤人庄谁最有本事，有说书记的，有说村长的。黄脊背坚持说胡大生，理由是，胡大生是村里第一个经营鲜鱼馆的人。他家做的锦鲤糖醋鱼，吸引了附近大城市的吃货们，节假日浩浩荡荡来这里，能把这进山的路堵严。大郎、二郎都点头，它们是亲哥俩，住在餐馆附近，都得过餐馆的好处。可艾特马说，他家的鱼是怎么来的？湖边一条小船，船舱里有水，水里有鱼。顾客看着胡大生把鱼从水里提出来，都以为这是刚出水的金盆锦鲤。其实呢，一大早，早有鱼贩子从远处把鱼贩了来，分装到几条船内。金盆水库里不是没有鱼，是有鱼也供不上那样多的食客。胡大生只得作假，他把养殖的鱼放在水库的水里吐紫泥，养上十天半月，就能以次充好。至于味道，从山上多采些青花椒，连叶子放进去，那些食客不仅吃不出来，还能吃出特色。他的事，贤人庄的人其实都知道，只是没人往外说罢了。娘娘、华妃都点头，说这些大家确实都知道，那些食客也奇怪，跑几百公里来吃条作假的鱼，还能吃得心满意足。艾特马又说，要说有本事还得数我家主人。那年夏天，张瑞先的主人那个老张瑞先，摇着芭蕉扇来赵庆福家串门，一屁股坐在了院子里的葡萄架下，就听“哎哟”一声，原来他坐在了一只愣青头大毒蝎子身上。蛰得老张瑞先嗷嗷叫，腿脚抽搐，动弹不得。不一会儿，就嘴角淌白沫。赵庆福喊人打着手电捉蜘蛛，放在了老张瑞先的屁股上。离毒眼还有一寸远，蜘蛛嗖地爬过去，把嘴插进毒眼里吸毒液。一共毒翻了三只蜘蛛，才保住了老张瑞先的性命。这样的事，别人打死也想不起来做。

张瑞先佝偻着腰身咳嗽了两声，它有哮喘。老张瑞先也有哮喘，一过立秋喉咙里就拉风箱。淘气的孩子说它跟主人得了一种病，主人死了，就把名字给了它。

张瑞先点头称是。说赵庆福的本事都是从书中得来的，我家主人在世的时候经常夸他，说他是个聪明人，只是文化少。若是文化高些，可以做翰林。

黄脊背说，他的书都是从废品收购站背来的。人家卖书，它买书。嘻嘻。

狗群一阵嘈杂，把黄脊背的声音淹没了。

小花坐在圈外看着艾特马。朝霞越过山巅洒下来，金黄一片，艾特马的忧郁愈发深了。说完那些话，它似乎用尽了气力，恹恹地看着远处，两只前腿似乎难以支撑身体，它一下趴下了。小花哭叫，艾特马——就像小孩哭叫一样。

五

天似亮非亮，赵庆福一激灵就醒了。他摸索着坐了起来，不知身在何处。玉新咕哝说，你做噩梦了，一宿又喊又叫，咋跟狗似的。赵庆福摸了摸后脖颈，凉森森的，都是冷汗。他说我梦见了全村的狗，都说人话。那些狗都成精了。张瑞先家的狗像张瑞先，黄脊背像胡大生，艾特马总替我挣口袋，它居然知道我用蜘蛛给张瑞先排蝎子毒。玉新翻了个身，不耐烦地说，快别魔怔了，先把驴的事办好了，麻溜的。赵庆福下床穿鞋，玉新问他起这么早去干啥，赵庆福赌气似的说，还能干啥，卖驴。

玉新从打年轻的时候就被赵庆福惯坏了，地里的活计再忙，她从不下地。赵庆福也愿意看着她穿得干干净净、利利落落的。他说女人是装钱的匣子，男人才是搂柴的耙子。他不愿意看见女人的操劳样。玉新是一个受惯了娇宠的女人，此刻又进入了梦乡，含混地说，早卖早省心——你到外边买个早点吃吧。

赵庆福请示说，照你说，卖多少钱合适？

玉新说，现在驴肉贵，你好好合合。

赵庆福说，大黑是劳动力，吃它的肉还早点！

玉新说，快别放屁了，这样的话我早听腻了！

赵庆福来到了客厅。大黑已经起来了，头朝窗外站着，垂着眼皮。沉默，冷静，像在屋里加了一面墙。赵庆福过去摸了摸它的鼻子，大黑马上伸出了舌头，舔赵庆福的手心。那舌头也不滑溜，像小钢锉一样。这是上火了。赵庆福掰开它的嘴，看舌苔。上面一层白，要长白口糊的样子。赵庆福端来一盆水，先饮它。住在这么一个上不着天下不着地的地方，不上火才怪。赵庆福拍拍它的长脸，说我也没法儿，我只能卖了你。给你找户好人家，你就跟人去过日子吧。大黑打了下响鼻，把脸扭到了一边。玉新在屋里说，赵庆福，快别磨叽了。让我多睡会儿行不？赵庆福去了厨房，有昨天剩下的半碗粥。赵庆福兑了些开水，喝了。穿上一件褂子蹬上鞋，牵着大黑下楼。刚出楼梯口，大黑又是屎又是尿，好大一摊。看看左近没人，赵庆福拉着驴做贼似的跑远了。

路上有零星遛早的人，赵庆福绕着他们走。一直向西，走到草地的边缘地带，赶紧对大黑说，这里的草好，快吃点儿！

可大黑还没吃几口，几个老头从天而降。他们布满老年斑的脸上都是愤怒，指着赵庆福的鼻子说，乡下人怎么这么不懂规矩，这样好的草地你怎么能放驴。你这是侵犯大家的利益知道么？赵庆福哪里敢分辨，他怕这些老爷子给他耳刮子，看上去，他们都七老八十了，说不定还有离休的，赵庆福可惹不起他们。他拉着驴在前边走，几个老头不依不饶跟在后面，唾沫星子四溅。说你别以为到别处放驴就没人管你，城市是大家的城市，每个人都应该关心和爱护。国家有好政策，让农民进城了，你们就应该多学习，提高思想认识，尽早做高素质的文明市民，别给城市抹黑。那些聒噪声让赵庆福要起羊毛翻，这种病可不好治，得用荞麦面搓成面掬子，在后背来回滚，把心里的芒刺粘出来。此刻他就是要得羊毛翻的感觉，还在想家里有没有荞麦面。心火一阵一阵地往上蹿，浑身都要打摆子。他用缰绳抽两下驴屁股，撒丫子跑起来。那些老头一起追，到底不是赵庆福的对手。他像艾特马，一启动至少四十迈，脚力都是在山里坡上坎下练出来的。那些老头在远处骂，王八羔子，跟你说话是瞧得起你，你跑啥？跑得了和尚跑不了庙，知道你就在这儿附近住，早晚逮住你！

城西三元里有骡马市，赵庆福二十年前来卖过牛。那骡马市不大，在杨树行子里。牲口都拴树上，经纪人穿着长袖袄，手窝在里面，捉住卖家的手问价。这些话都不在嘴上说，防止漏风跑气，而是靠袖子里的手比画。几个指头一撮，是七；食指一勾，是九；大拇指一伸，是十。经纪人都是火眼金睛，一眼就看出你是山里来的，没见过世面。赵庆福说八一八。经纪人说六一六。那是一头病牛，瘦得只剩下一副骨架。可瘦死的骆驼比马大，牛跟骆驼的腰身差不多，赵庆福就知道自己卖亏了。哪怕来个七一七呢。再不该一口价就给人家。这件事，赵庆福后悔了很多年。赵庆福思谋当下，这样的事再不能发生了。

关键的一点，那人不能是屠夫。屠夫给多少钱也不卖，这是底线。

那些树还在，似乎是变小了。但看上去不小，跟赵庆福当年的感觉差不多。只是中间这二十年呢，去了哪里？细一观瞧才发现，有些树是新栽的。赵庆福的心里有些慌，就像住高楼一样，上不着天下不着地。他就怕这种感觉，一想起来就胸闷气短。回身抱了抱驴脖子，让自己的心踏实下来。他跟一个打拳的老头打听骡马市。老头闭眼蹬腿，一招一式柔中有刚。两片嘴唇用着力，根本没打算回答赵庆福的问题。赵庆福往树行子深处走，有人在调琴弦，调假嗓。赵庆福问，请问骡马市是不是换地方了，过去就在这里啊！那人看也不看他，说哪还有什么骡子马，你是外星来的啊。赵庆福说，那……市呢？那人说，东河井菜市，小毛庄狗市，你找哪个市？

骡马市原来取消了。赵庆福想了一会儿才明白。这二十年，大牲畜越来越少，攒不起集市了。这下他有些慌，见人就问买驴么？还真有人对大黑感兴趣，这么看，那么夸，但都不买。有人给他出主意，让他自己去找屠宰场，这样还能卖个好价钱。赵庆福就像挨了马蜂蜇，拉着大黑赶紧走了。有个老头从后面撵过来，原来是那个打拳的。说一看你就是个善良人，不想让人杀了吃肉是吧？这附近没有农人耕田了，所以你卖驴的想法不符合实际了。今天正好是太和洼大集，不行你就到那里看看，洼里的农人也许还使驴。赵庆福恨不得给老头磕一个，这话说得多暖人啊。可三十里地的路程难煞人。老头又给他出主意，说前边三角地有出租130的，你租个车把驴拉去，卖了驴再给他钱。赵庆福千恩万谢，心想这真是一个好法子。结果，他白跑一趟。洼里的人说，我们这里种庄稼不假，现在插秧都用机器，哪有使驴的啊。白搭几百块车钱，驴却没卖出去。赵庆福特别上火，他不能让大黑再上楼，回来的路上他就想好了，驴不卖了。还回贤人庄。艾特马都能待在村里，大黑为啥不能。

赵庆福和大黑出现在贤人庄的村头，一村子的狗都惊炸了，汪汪声响彻云天。连张瑞先都能把身子扭出花来。小花起初冲到了最前头，往赵庆福身上扑。一回头，发现艾特马坐在瓦砾上，眼睛望着别处。小花心一颤，悄悄退了出来。那些狗还在跟赵庆福亲热，赵庆福抽身不得。他也在看艾特马，那个熊样，假装不瞅他，眼角却朝这边斜，那些个狗心眼，比个司马昭还多。那些狗撺掇够了，赵庆福走到了艾特马身边，摸了摸它脖子上的毛。继而俯下身去，想抱抱它的脑袋。艾特马身子往下一缩，从他的怀抱里退了出去。

手上沾了狗毛，赵庆福用指头搓了搓，讪讪的。拇指和食指一弹，狗毛朝空中飞去，在银亮的天空底下漂浮。再看艾特马，扭着屁股往一片瓦砾上走，背影充满了忧伤。

赵庆福鼻子一酸，眼泪差点掉下来。他想，艾特马这是恨上我了，这个狗娘养的。

大黑拴到了山坳里。那是一棵柿子树，黢黑，皮肤上满是细小的裂纹。在整个春天，它都像死了，久久都不发芽。桃树杏树开够了花，它才像突然睡醒似的，匆忙在老枝杈上鼓出芽。眼下几个柿子在枝头吊着，示威似的。它们都有先见之明，长得高远，让人无论想些什么办法，都无法摘到它们。山里的树，只有柿子树有高度，适合拴驴。桃、杏、李子、苹果都生养得低矮，人站到树下，头能钻出枝杈，像古人戴了枷一样。大黑身边堆积了许多树叶和柴草。如果不是刻意走到这里，外边的行人和车辆都看不见。赵庆福搬来了一个缸岔子，里面放满了水。他一边干活一边发狠：就在这儿过了，就在这儿过了。他用树枝给大黑搭了一个简易窝棚，上面蒙上了塑料布，可以挡些风雨。一村子的狗都看着他。它们站在山坡上，呈扇形。像被施了魔法一样，许久都不动一动。里面没有艾特马。赵庆福知道，艾特马隐藏在那棵核桃树后，也在看他。那是棵大核桃树，也是爷爷辈了。树冠能遮半亩地，树下都不长别的灌木。艾特马很会隐藏，只把半张脸探出来，还是让赵庆福扫着了影儿。这个狗娘养的，还跟我斗上了。赵庆福忙了满头满脸的汗水，想抽支烟，才发现没有带火。看了看林木，有油松，有侧柏。没带火也是对的。他把烟捏碎了，朝那些狗走去。想起夜里做的梦，小花穿裙子，艾特马穿西装，都人模狗样。赵庆福说，我也给你们盖个房子吧，以后天气冷了，你们就不用睡在外面了。那些狗似乎听懂了，一起嗷嗷叫。房子盖在了赵庆福家的宅院里，就着过去的瓷砖地面，上面铺了一捆一捆的陈年谷草。除了低矮些，有一间房子那么大，足可以让全庄的狗都住进来。可艾特马不进来，所有的狗就都不进来。它在远处兜兜转转，似乎对什么都没有兴趣。它恹恹的样子有气无力。赵庆福吃惊地说，你是不是病了？

赵庆福越来越频繁地来往于埙城与贤人庄之间。他的自行车俗称铁驴，铁骨架是自己焊接的，一点多余的零碎也没有，已经跟了他许多年了。他飞身刚要上车，被邻居胡大生喊住了。胡大生把车停在路边，问赵庆福去干啥。赵庆福说，艾特马病了，我去给它送点药。把胡大生气笑了，问他送啥药。他也说不清。反正是玉新吃剩下的，对消化系统有好处。胡大生数落他，说你的样子哪像个城里人，给狗送药，亏你想得出，传出去都是笑话。赵庆福说，我原本也不是城里人。胡大生说，既然住到了城里，就是城里人。你就别犟了，跟我去过城里人的日子吧！赵庆福狐疑，说啥是城里人的日子？胡大生神秘地说，知道我去干啥么？我去挣钱。我昨天一天挣了三千多，比开饭馆来钱都快。赵庆福就知道他去赌博了，否则身后得跟着轧票子机器。赵庆福说，我不去，你也别去。贤人庄自古就不出嫖赌的人。胡大生说，还贤人庄、贤人庄。我们现在是住在加州小区。懂不？加州是哪里？美国！美国赌博都是公开合法的，你就别老土了！

胡大生上车，关车门，车门关得砰砰响。扎好安全带，他又摇下玻璃窗，朝赵庆福招了招手。胡大生说，饭馆那几十间烂房子，国家赔了我一千多万，我撒着欢儿花也花不完啊！我每天就是想怎么花钱，一想到那么多钱躺在银行，我就烧得慌。你跟我去玩一票吧，长长见识。赢了算你的，输了算我的，咋样？赵庆福摇了摇头，说在贤人庄，祖上有规矩，掷骰子要剁手。胡大生哈哈大笑，说现在已经没有贤人庄了，还规矩个屁啊！

自行车扔在草丛里，赵庆福拣砖瓦石块搭了一个高灶，还准备了些油盐。给狗盖房子的时候，他去山环里抱陈年谷草，发现了一个问题。那些玉米棒子叽里咕噜，漫山遍野都是。不是没有秋收，是秋收过了。那些人家只是把大的好的玉米棒子收走了。或者，连大的好的玉米棒子也丢下不少。住上高楼，拿了大把的拆迁费，他们都不把粮食当回事了！赵庆福气得一边捡拾玉米棒子一边嘟囔，都是饿不到，这是多造孽啊！一九六〇年吃食堂，树都啃去了一层皮，野菜刚出地皮就被扒光了。这才过去多少年，又把挨饿的事忘了，忘性可真大！他先是嘟囔，后来大声说出来。再大声，简直是嚷。这山谷寂静而又空旷，他的声音在空中盘旋，然后像鸟儿一样飞走了。翻过一个山梁，就是凉水寺村。那里没有拆迁，村里有小钢磨，可以把玉米粒磨成玉米渣和玉米面。赵庆福第一次去，老板问这问那。城里好不？住得惯不？解手真就在屋里？屋里臭不？满脸都是艳羡。赵庆福心里隐隐地疼，嘴上仍说城市的好。住三十楼，乘电梯，忽儿上，忽儿下。出了门就是大马路，又平又宽。公园都是花草，修剪得比菜板都整齐。老板认真地问，听没听说我们这里什么时候拆迁？赵庆福愣了一下，说等着吧。赵庆福从家里拿了两个蛇皮袋，几天就把口袋捡满了。赵庆福很高兴，老婆玉新也很高兴。这是新玉米面啊，以后再吃到新粮食不容易了！玉新以为这是赵庆福全部的胜利果实，其实远远不是。更大的一部分，赵庆福留在了贤人庄，他给全村的狗做狗食。高灶的烟囱一冒烟，那些狗就知道该吃饭了，成群结伙地往这里奔。尤其是黄脊背，总是第一个冲过来，吃得又快又多。嘴里发出胡噜呼噜的声音，它这是护食呢。赵庆福用棍子别住它，让它给别的狗留点，可这个吃瞎食的玩意儿，力气大得惊人，一根棍子根本别不住它。赵庆福气得嚷，你咋这随胡大生呢，一点撩人儿的地方也没有！

艾特马总是很矜持，它留在狗群外边。东西丢在地上它才肯过去闻，若是放在手心里，艾特马便别着头，拒绝走过来。赵庆福骂，个狗东西，还有完没完。可心里却很不好受。他知道，这是艾特马记仇了。他觉得，村子弄没了，连狗都嫌恶他，他过去对艾特马说过，即便所有的人都搬走了，他俩也坚守。他不走，狗也不走。后来，他背叛了自己的誓言。有啥办法呢，他没办法呀！艾特马的心情他当然知道，可他的心情狗却不能理解。他不知道怎样才能让它理解。他居然很难受。小花抢不过别的狗，赵庆福便给它吃小灶，边喂小花边留意艾特马。他在间接打溜须。狗是直肠子，不知能不能理解这种曲里拐弯。赵庆福气笑了，骂自己贱。喂完了狗，他才记起药还在自己口袋里。赵庆福特意拌了食端给艾特马，这回艾特马吃了，只是吃得很勉强。

六

也多亏小花的身量小，才能把半个身子委在树洞里。这株花桑树也有几十年了，赵庆福小的时候，它还只是个苗木。花开时一种淡淡的香气，不结果儿，它只开谎花，要不咋叫花桑呢。眼下树皮皴裂得不成样子，已经老迈了。这里是上山的必经之路，拐上左边的那道坡坎，就能看见大黑。赵庆福照料大黑回来，偶然想起应该给小花也修个房子，树洞的下边呈坡型，便于雨水流出。可小花把身子攒进去也难。想起小花曾经大腹便便的样子，赵庆福的心甚至有些柔软。小花看护的那家院子里有砸烂的家具，柜子，椅子，床腿。给小花搭个窝真是不费吹灰之力。小花就在不远处看着，睁着两只毛毛眼，似乎是在说，你这样照顾我，这是要闹哪样？哪样也不闹，赵庆福越忙乎越上瘾，搭了一层不行，又想搭二层。他忙得满头大汗，坐下歇息时，见一个女人拄根棍子从山路上下来了。赵庆福一惊，马上想到了大黑的安全问题，大黑隐身在山坳里，应该是一个巨大的秘密。

赵庆福一直看着女人走过来。女人身量高，皮肤白，腰间系着外衣，手里的棍子更像道具，在地上“蜻蜓点水”。看上去她岁数不大，最起码没有自己年龄大。也许城里的女人细皮嫩肉，不显年龄？赵庆福主动打招呼，逛山呀？女人说，逛山。赵庆福问，从哪边走过来的？赵庆福期待她说右边，右边通向凉水寺，那样她就看不到大黑了。可女人停下脚步，用棍子指了指，左边，柿子树上拴一头大黑驴，不知是谁家的。赵庆福慌忙说，我家的，我晚上就拉走。女人却狐疑，她觉得，眼前这个男人有点可疑。女人说，这村的人都住高楼了，你不住？你把驴往哪拉？赵庆福干咳了一声，说有人住的地方就有驴住的地方。这话听起来有些费劲，你住床，驴难道也住床？女人不愿意就这个问题掰扯，她并不关心这些。她蹲下身来，研究这个小房子。小花看她没有恶意，站起身走过来，匍匐在离她很近的地方，嗅了嗅她的脚面。女人丢下棍子，摸了摸小花的头，说，这小狗模样真俊，你是不是为它盖的房子？赵庆福说，它跟我家的艾特马相好。女人一下有了兴趣，说艾特马难道是条公狗？谁给起了这么洋气的名字？

赵庆福说起儿子赵乐，在省城的大机关当公务员，业余时间写诗。他说自己是个诗人。他说艾特马每天带着女朋友在树行子里穿行，也是个诗人。

女人笑着说，你们都好有趣！

接下来，女人把腰间的衣服解下来挂在了一棵小树上，把T恤的袖子往上撸了撸，说大哥，我给你打下手，这房子是不是要往上盖？四根柱脚支起来了，赵庆福解释说，雨天一层容易灌水，我给它搭个二层楼，它以后再生孩子也省得受罪了。女人嘎嘎地乐，夸赵庆福有爱心。可提出意见说，既不用卯榫，又不用钉子，盖起的二楼容易坍塌，抗不住三级风。不如把一层垫起来，垫得比路基还高，再大的雨水也流不进来。人家说得有道理，赵庆福点头同意。他把整个建筑毁掉重新翻修，女人给他递这递那，他心里美滋滋的。他问女人姓啥，女人说，我姓俞，榆钱的榆少个木。赵庆福张口就叫俞姐，他觉得，人家虽说比自己年龄小，但却显得有见识。女人问他姓啥，他说姓赵，女人开口叫他赵表兄，把赵庆福叫得一愣。女人笑着说，我姥姥家是小水村的，跟贤人庄房连山地搭边。

俞姐的话说得怪好听，也是个有趣的人。

房子搭完了，俞姐说去村里看看。他们一边走一边谈论狗。赵庆福知道全庄狗的名字，边走边给俞姐做介绍。俞姐就在后面跟着他，臂弯里搭着自己的外衣，但两只手一会儿也不闲着，举着手机拍照片。俞姐说，她小的时候住姥姥家，经常到贤人庄来玩。小水村的人谈起贤人庄，都好羡慕。说贤人庄家家和睦，邻里相亲相爱，生产队的年月，也从没丢过一个麦穗。有一次，外面来了个贼，偷了村里一头猪。走到村外，看到贤人庄的村碑，把猪拴在了碑上，没好意思带走。偷贤人庄的东西会遭报应。左右邻村的人都这样认为。俞姐还记得大庙改成的学校，柱子都是红油漆的。还有村头的老槐树，那上面挂着钟。钟声一敲，社员都来树下聚齐。那块石碑也好玩，“賢”和“莊”两个字都是繁体的，怎样学都不会写。她们曾经在那里玩老鹰捉小鸡，围着石碑跑来跑去。夏天的蝉多得出奇，站在树下，要放开喉咙喊，才能让对方听到声音。沧海桑田，真是沧海桑田啊！俞姐感叹。赵庆福默默地听，他说不出那样的话，但能感受到俞姐的气韵和自己相通。那种忧伤会传染，让心一波一波地悲凉。俞姐停顿的空儿，赵庆福说，自己本来造了个大房子，能住全庄的狗。可这些狗夜里都不来住，他们就守着自己的家宅。俞姐说，这是狗的品性，忠诚。它们守在家里，会觉得有一天主人会回来。赵庆福叹了口气，说谁还记得它们，早把它们忘了。俞姐说，你不是回来了么？赵庆福说，我是没事干，闲的。俞姐说，你不是闲的，你是秉承了贤人庄的血脉。我打小就知道，贤人庄不是普通的村子！

赵庆福热血沸腾。一激动，赵庆福说起了大黑的事。他觉得，他终于找到了可以说话的人。小的时候有人给两千四，现在一张驴皮值四千。可却不能卖，是找不到真正使驴的人，所有想买大黑的人都是屠夫，可大黑是壮劳力！听说大黑曾在客厅过夜，俞姐感动得眼圈都红了。她拉着赵庆福去山坳里看大黑，夕阳正好越过山岚投射到那片山坡，大黑在悠闲地吃草，半个屁股染着夕阳，几只蚊蝇追着它，大黑的尾巴一甩一甩。俞姐倚在大黑的身上拍了很多张照片，还把自己的脸和驴脸并在一起，笑得特别灿烂。俞姐拍完，暮色把天空渲染了。俞姐问他要不要搭车回县城，她的车就停在马路边上。赵庆福说他有自行车，他骑车回去。两人走到路边上，一回头，村庄的废墟上站着一群狗，齐刷刷地看着他俩。俞姐忙不迭地把手机对准了它们，嘴里说，太好了！太好了！这哪里是狗，这是一群精灵啊！赵庆福眼睛一睃，就发现里面没有艾特马。他的心慌了一下，等汽车开走，赶紧返回了自家宅院。发现艾特马躺在新盖的那间房子里，似乎连站起来的力气都没有。

你咋啦？赵庆福问。

他想把它掫起来，费了半天劲，它的四条腿直挺挺地打出溜，就是不肯起身。赵庆福摸了摸它的额头，没摸出所以然。这可不像人的脑瓜门儿，一下就能摸到皮肉，搞清凉热。赵庆福在它身边蹲了下来，一筹莫展。艾特马觑着眼，似乎连闭合的力气都没有。

赵庆福来到了外面，给儿子赵乐打电话。说艾特马好像是病了，不想吃东西，现在连站起来好像都困难。赵乐有些奇怪，说不是说好了不要狗了么，你怎么又回贤人庄了？

赵庆福哽咽了一下，说魂在这儿啊！

赵乐说，把它弄回城里吧，让它给你和我妈做个伴。

赵庆福说，现在想弄也弄不了，自行车驮不了它。

赵乐说，等我休假回去，我把它拉回去。

赵庆福说，这狗东西，又小性儿又娇气……比你妈都不好对付。

赵乐嘎嘎地乐，说我妈也忒大镜面儿……它生而为狗是没办法的事，你叫个车带它进城算了，给它瞧瞧兽医。

赵庆福心里却不情愿，他越来越矛盾。他给自己找辙说，还有小花呢，还有全村那么多狗，都眼巴巴地看着我呢。

赵乐不说话了，他知道老爸在纠结。他也曾经动过心思，把艾特马带到大城市来，想是这样想，实施起来却非常有难度。牵着这样一条土狗上街，还不让整座城市的人笑掉牙？所以，他理解父亲。这个时代需要美容美貌，土狗是一个悲催的群体。那就先这样吧。他只能说，由它去吧。

赵庆福又给玉新打了个电话，说今天晚上想住在外头，凉水寺磨玉米的小钢磨坏了，他要等等。玉新吃惊地说，天气凉了，外头也没被啊。赵庆福瓮声瓮气说，你别管，我冻不着。

玉新说，你别给我感冒啊。

天是湛青的颜色，星星密密麻麻驻扎在天上，声色不动。周围没了遮挡，赵庆福从没发现天空这么辽阔高远。小时候的天空就是这个样子，就是这样多的星星，都待在自己的位置上。后来不是这样了，他以为是自己长高了。七月初七看牛郎织女，三星朝南要过年。如今人老了，啥都变了，但那些星星还是俏眉俏眼，一点不显老。也不知天上有没有贤人庄，如果有，会不会被拆迁。赵庆福的想法跟赵乐说起过，赵乐总是笑话他，说他像诗人一样多愁善感。分房时，赵庆福选择了小平米。他跟胡大生住对面，人家的房子比他家大很多。余下的拆迁款，给赵乐还了房贷。赵乐起初也不接受拆迁，村南村北到处走，留下了很多影像资料。后来拿到了拆迁款，赵乐也喜滋滋的。关键是，赵乐的媳妇也喜滋滋的。更关键的是，赵乐媳妇的婆婆也喜滋滋的。她从打年轻的时候就讨厌地里的活计，媒人领着她来相亲，她摆弄着自己的小白手说，我可干不了庄稼活。她是老丫头，爹妈都宠着。赵庆福接茬宠，不宠有啥办法呢？去地里薅苗，她连苗和草都分不清。有一句话这样说：干一个大子儿的活，要俩大子儿的工钱。说的就是玉新这种人。当然后来分清了，可还是付不出辛苦。摘一天果子，她能在炕上趴三天，连饭都做不了。一到晚上就说，赵庆福你给我捶捶腰、背、肩、腿肚子。赵庆福说，你就说哪不用捶吧。一捶就能捶俩小时。贤人庄的女人说起玉新就赞叹，人家那是好命，天生就不会干活。关键是，赵庆福干活一个能顶仨，老天爷就是这么会搭配。你能干，就多干呗，还有啥可说的。

住在村里的念头赵庆福从出来的时候就有，或者，从打搬到城里就有。可怎样住，是个问题。念头就像水里的鱼，经常在水面蹿一下，提醒你。今天，这个念头强烈了，是因为艾特马病了。其实，他知道艾特马有心病，它觉得自己被抛弃了，拐不过这个弯儿。可全庄的狗都被抛弃了，也没见谁像它那样。还有，小水村和二十里庄的狗都被拉去屠宰了，它咋不和它们比呢。没办法，这狗就像玉新，身上都是毛病。还能咋说？也是宠的。这一天，赵庆福的心里乱糟糟。在城里是空落落，回来是乱糟糟。他自言自语说，你是狗，丢下不会有人说啥，若你是人，哪怕一半是人，你也能跟着去住高楼，这里的道道，你咋就不清楚呢！

即便没有艾特马生病，赵庆福也想在村里住一宿。听听秋虫叫，沾点露水花，听听地底下的声音，那是先人在说话呢。这样的日子屈指可数，不定哪天就没有机会了。“挖个坑儿，埋点儿土，数个一二三四五……变变变”，就把一只手变没了。原来是插进了土窝里，在手背上夯实，上面都是小巴掌印。小心地把手抽出来，那里就剩下了一个土房子。这是赵乐小时候玩的游戏，真的一样。说，爸，你看我把手变没了。其实他是背到了身后。赵庆福也假装看不见，大惊小怪说，你的手去哪了？真的变没了啊！赵乐哈哈大笑……房子虽然没有了，房址还在，砖头瓦块还在。那些书……被一铲子端起来，翻到了一个坑里，又扒拉下去很多石头……赵庆福不心疼，是因为，心不会疼了！他存了那么多的书，其实不咋有空看。村里人就说他做样子。对，那人就是胡大生。有一次，赵庆福从别人手里买来一筐旧书，胡大生就是这样说的。你买了这样多的书，一本也没看吧？他咋不看，看的。有一本名叫《奇技淫巧》的书，他就从里面学了知识。老张瑞先让蝎子蛰时，他找来三只蜘蛛吸毒液。结果，三只蜘蛛都给毒翻了。他喜欢所有有字的书，就是天生的劳碌命。赵庆福迅速把那些平整的砖瓦搬进了临建房里，在艾特马旁边，给自己铺了个炕。再把秫秸铺上去，还挺平整。玉新又把电话打了过来，说把玉米面磨细点，她喜欢吃细玉米面，可以把粥熬得像牛奶。赵庆福应了。

一拍玉米秸，哗啦啦地响。玉新敏感地问，啥声音？

艾特马朝这边看了下，眨了下眼，一副无动于衷的样儿。屋顶上窟窿眼里是清湛的天空，露出了几颗晶亮的星星，周身感受到了一股寒气。赵庆福往玉米秸秆里委了委身子，自言自语说，狗日的，这下你满意了？

七

赵庆福没打算睡着，他心情有些激动，就像住新婚洞房一样。他和玉新订婚一年才结婚，这一年，赵庆福连手都没捞着摸，要不咋说玉新有毛病呢。结婚好几年了，也不跟他并肩走，嫌寒碜。他俩整个前半生都客客气气的。大地好像有心脏，和着他的心一起怦怦地跳。他把四肢打开，身下是各种交响。可不知怎么一下就睡了过去，又做了个梦。梦见艾特马追野兔，野兔跑“之”字，一次一次闪开艾特马。赵庆福又攥拳头又蹬腿，全身都在使劲，仿佛追野兔的是自己。一道黑影像风一样掠过，把赵庆福呼扇醒了。他一下坐了起来，身下的玉米叶子哗啦哗啦乱响，像发大水一样。他怔忪了好一刻，才想起身在哪里。借着微弱的星光，打量这个临建棚，艾特马不见了。外面突然出现了大面积激烈的狗吠声，仿佛世界末日到来了。赵庆福一激灵，从屋里窜了出来。远处是山峦厚重的阴影，近处的黑色凝成了一坨，雾状般地漂移，撞得眼球都是疼的。天似乎高远了许多，星星显得又瘦又小。赵庆福深一脚浅一脚往狗吠的方向走，膝盖被树墩撞痛了，脚趾被石头硌了下，两条腿都有些不听使唤。没奈何，他停下了脚步。耳朵支棱起，听四下的动静。贤人庄从没这样喧闹过。狗吠声似乎是在下移，声音细小了许多。却偶尔有悲惨的哀号，把天空撕开了一条缝。黎明来了。曙色在幕后弹跳，忽然就蹦了个高，挣出了一片蛋青。赵庆福想起了大黑，心忽地揪了起来。他一瘸一拐朝那个方向疾走。天地陡然安静了，赵庆福不由愣住了，心中生出一股不祥来。

小花的房子里没有小花。赵庆福从那里过，着重往里面看了一眼，小花似乎还没在新房里面卧过，填进去的茅草上连一点轧痕也没有。窄窄的山路都被露水打湿了，石子光滑，赵庆福走得心急，几次都差点滑倒。柿子树下有一摊驴粪，却没有大黑。那条缰绳还在，却只剩下了半条，像蛇卧在草丛里，被齐牙牙斩断了。赵庆福解下那半截缰绳仔细看，知道这是碰上正牌贼人了，是带了快刀的。查看周围的痕迹，草茎有被拓宽的地方，是一直朝南朝右的方向，那里有汇向凉水寺的路，可以出山。

赵庆福缓缓蹲了下来，屁股碰到了一块带尖的石头，他蹭了下，找到了可以接受屁股的平面，坐了上去。眼窝是凉的，有泪似淌非淌。他用手背摩挲了一下，似乎是疏通了泪腺，泪水喷薄而出。

艾特马顺着山路跑了过来。它更瘦了，夹起的肚子像一张薄饼，脊背也像刀削的一样。可它精气，精壮，病容都无影无踪了。它的身后陆续跟着几条狗，溃不成军。艾特马几乎栽倒在了赵庆福面前十几步远的地方，那里有大黑的一团粪便。它大口喘着粗气，身体剧烈起伏，汗水把毛发都濡湿了。一只耳朵耷拉着，赵庆福凑近一看，耳尖被削掉了一块，暗红色的血顺着耳岔流到脸上来了，与汗水混合到了一起。赵庆福吃惊地问，谁把你伤成这样？大黑被谁偷走了？艾特马塌着眼皮，一副悲伤羞愧的模样。它把下巴放到了一条腿上，侧起脸。赵庆福就明白了。贼人偷大黑，艾特马追贼人。贼人有防备，艾特马被贼人伤了。他站起身，顺着山路噔噔往前走了几步，又折回了身。他去骑那辆铁驴，找一把镰刀别在了裤腰带上。赵庆福顺着马路绕向凉水寺，他是想去截住贼人。不管是谁，只要是贼人让我逮住，我就剐了他！

赵庆福无功而返。

这一个夜晚还有许多改变。天光大亮后，野桑树下聚起了零星的一支队伍。赵庆福跟在艾特马的身后也来了，他搭一眼，就发现少了许多狗。小花，黄脊背，张瑞先，大郎，二郎，都没在队伍里。小花的房子孤零零地矗立，艾特马走过去闻了闻，就转向了那个树洞。树洞里面有茅草，艾特马忽然疯了似的撕扯那些茅草，用爪子往外刨，前爪刨完了用后爪。赵庆福明白，它这是在找小花，它不相信小花就这么不见了。它觉得，是这些茅草把它掩埋了。赵庆福不愿意看这一幕，别过脸去，缓步往村里走，他捡到了一截绳索，一支羽箭，甚至还有两个白面馒头。他拿起来闻了闻，一股呛鼻子的药味。他找个低洼处，把两只馒头埋了。先是用土埋严实，用脚踩平整，然后搬起一块石头压了上去。

村南村北转了个遍，赵庆福看明白了，贼人不是一个两个，也许有十个八个，是为狗来的。贼不走空，把狗掳走了不少，没想到遇到了大黑。这是中大彩了，这些……他想骂句狗娘养的，想了想，他觉得不能侮辱狗。

疼痛的感觉渐渐减轻了。他在心底叹了口气。想，他和大黑的缘分总算尽了。牵走大黑的是强盗，但未必不是农人，就当它是去了好人家吧。我没本事给你找个好人家啊！他痛喊了一声。

腕子粗的葡萄藤绊了他的脚，他看了下四周，断定这是张瑞先的老房子。土坯墙，土坯炕，半个影壁上画着梅兰竹菊，如今已经塌掉了多半块。这都是老张瑞先的杰作。他没事儿就戴着小圆眼镜坐在门口，手里端着本线装书。院落里的那片小菜园，都是古老的种子。白菜都是小包头，帮儿又绿又薄。是一代一代自己繁育的。老张瑞先经常说，这种子是打前清的时候传下来的。而前清的时候，他家有人在宫里的御膳房传菜，专门伺候皇上。这些话，有人信有人不信。摔碎的小灰瓦上长满了苔藓。上马石、拴马桩，都是历史遗迹，他爹，以及他爹的爹都是文化人，知州刘念拔从打垻城坐轿过来就与他家的祖上把酒谈诗，这些州志上都有记载。包括那块村碑，也是那时候留下来的。老张瑞先活着的时候，不让儿孙动他院子一个指头。大家都在空地上盖房，好多得些补助款。老张瑞先经常扯着风箱嗓子喊，谁敢动一根指头我就跟他拼了！他九十六岁了，留一撮山羊胡子。嘴里就剩两颗又大又老的牙齿，像大象牙一样，都豁到嘴唇外来了。谁能跟他一般见识呢。家家都进拆迁队，做工作。那些公家人却绕着这座老房子。大家都知道，甭去做工作，做不通。村子开始清点那天，他忽然死了。许多人奔走相告，拆迁办的，镇政府的，村干部，都长出一口气。儿孙也长出了一口气，他们都知道，他活不过清点以后的那些日子。赵庆福曾想过，和老张瑞先一起当“钉子户”，没想到老先生识时务，先过了奈何桥。拆房那天，赵庆福就站在不远处，抱着膀子看。他比那些儿孙心里都不好受。绳索围住房身，牵引车轻轻一拉，房子“扑”的一声就趴架了。就像马蜂蜇了的烂柿子，内里早烘了。

赵庆福小的时候经常来这里听老先生讲古，那个时候，他就觉得张瑞先已经是老人了。

没有老先生在前边当挡箭牌，赵庆福受不了拆迁队的轮番轰炸。五轮过后，他就缴械投降了。

从那院子里出来，赵庆福发现艾特马就在外面坐着，眼巴巴地看着他。削掉的那半只耳朵很打眼，都有点像毁容了。他蹲下身去，招了招手，艾特马踌躇了一下，别着头，摇着尾巴，万分不好意思地走了过来，把下巴放到了他的脚面上。

眼下流行各种群，埙城也不例外，俞姐一共加入了六个群，好友两千多。炒股是一个群，瑜伽一个群，文友一个群。俞姐喜欢填词赋诗，从机关退休以后，就成了专业“坐家”。从贤人庄回来的晚上，她就把微信里的照片捣鼓到了电脑里，文图并茂，做出了一篇好文章。文章的题目是《表兄的家园》：

> 这个名叫贤人庄的村落，人都搬走了，剩下了一村的狗，一头叫大黑的驴，以及叫赵庆福的表兄。表兄漫山遍野去捡玉米棒子，背到凉水寺磨成面，给全村的狗做饭。他还搭了一间大房子，梦想让全村的狗入住。可那些狗忠于职守，都住在自己的家门口，等候主人归来。那些狗都有名字。艾特马、黄脊背、小花、张瑞先、大郎、二郎、娘娘、华妃。有大狗有小狗也有老狗。其中艾特马与小花是一对夫妻，他们生过三窝孩子，长得好看，都被人抱走了。因为主人没有带它进城，艾特马一直在跟主人怄气。我遇到表兄的时候，他正在给小花盖二层楼，他是在间接讨好艾特马……泪奔，我从没见过如此有情义的汉子……表兄说，房子盖高些，下雨天不会灌进

水，这样它以后再生产，就不会受罪了——谁知道还有没有以后呢？我是说这片叫贤人庄的家园，早晚都会像小水村和二十里庄一样，被挖坑深埋……表兄说大黑是劳动力，所以不忍卖给屠夫。他曾经牵着大黑去遥远的下洼子，找能接受它的农人，可表兄失望了。现在，没有任何农事需要一头驴……他家住九十多平方米的房子，大黑跟他睡过客厅。眼下，大黑被他藏在了山坳里，过着隐居的生活。一头隐居的驴，该有多古典的情怀……

俞姐没想到，她的这篇文章在网上被疯传。

赵乐给赵庆福打电话。

爸，我有个表姑我咋不知道？

啥表姑？

发微信的表姑。

我也不知道。

你几天不回家了？

我忘了。

再这样下去你就成野人了。

我开出了一块地，种秋麦。争取明年能吃新白面。

爸。

嗯？

收手吧。

啥意思？

政府已经把地收储了，不会容许你再种粮食。

政府没管。

那是还没到时候。

管了再说。

你干点啥不好，哪怕去商场做保安呢。

我喜欢种地。

那个表姑是不是也喜欢?

你说啥?

我妈说你不要她了，拿着钱跟人家私奔了。嘻嘻。

我没有钱。

卖驴的钱呢?

赵庆福一下沉默了。他默默挂了电话。他不想说驴丢了。倒塌的废墟里有两领苇席，过去是苫木头的。他把苇席抽出来，拍打拍打土，遮到了棚子上头。

一个。两个。三个。四个。忽然有许多人来到了贤人庄。他们举着“长枪短炮”到处拍照，还有一个女的尖声辣气喊表兄。那是一个小面人儿，脸像敷了一层霜雪白得吓人。赵庆福正在埋锅造饭，小面人儿把他拉起来，说我要跟表兄合个影。立时就有一个镜头晃过来，咔嚓摁动了快门。赵庆福说，我不是你表兄。小面人说，你是俞姐的表兄就是我的表兄。你是我们大家的表兄！照相的是个小胖墩，笑眯眯地解释说，我们都是俞姐的微友。俞姐的朋友也是我们的朋友。一面绿色的旗子飘了起来，上面写着一行字：动物保护协会。小面人儿说，表兄不知道我们是怎么找到这里的吧？你现在是网络红人了，等着吧，会有更多的人来到贤人庄帮助你。赵庆福吃惊地问，帮我什么？盖房？打井？种地？小面人儿不好意思地说，这些帮不了。赵庆福抱起一摞砖去砌坝台，他得让土地能存些雨水。小面人儿追着问，大黑呢？艾特马呢？小花呢？快让我们见见吧。赵庆福闷了半天，才想起俞姐是谁和有关表兄的典故。他说，我不是俞姐的表兄。小胖墩推了推鼻梁上的眼睛，说，你就别客气了。现在，你是全体网民的表兄，推都推不掉的。

俞姐是坐越野车来的。后备厢里，两只木桶装满了剩菜剩饭，是从饭店收集来的。还有若干纸箱盛了矿泉水和各类罐头，小面人儿抱了一抱过来，说表兄就别做饭了，跟我们一起吃这个吧。赵庆福有些不知所措，他问你们来干啥？小面人儿说，来帮你啊。喂驴，喂狗。你没看见我们的旗子？我们是来和你并肩战斗的。你的事迹感染了很多网友……人群一波一波往上涌，他们都戴着相同的帽子，穿得花花绿绿。俞姐指挥他们卸物资，搭帐篷。还有人支起了烧烤架，各类海鲜的味道窜了出来。小面人进到了临建棚子里，一惊一乍说，你就住在这么简陋的地方啊，八面透风。为了保护动物，你付出的代价太大了！俞姐跟人把两只木桶抬了过来，俞姐说，回头我们送表兄一顶帐篷，带轱辘的。

她钻到里面看了看，说，表兄，狗呢？

八

大黑失踪了。贤人庄那么多的狗不知所终。俞姐眼窝浅，一颗一颗掉眼泪。她让赵庆福报警，一头驴七八千块呢。赵庆福摇了摇头，说不找了。找到了我也养不了它。俞姐却不管赵庆福说什么，又一条微信发出去，配照片。大黑的，自己和大黑的合影，两张脸并排。俞姐气愤地质问，贤人庄的驴你也敢偷，还有良心么？贤人庄的狗你也敢吃，吃了会坏肠子的，你知道吗？俞姐号召全城搜索和抵制，有相关消息迅速报警。更多的图片上传的速度比风还快。残砖上的一幅浮雕。瓦砾间的一朵野花。荒草丛中的被谁丢下的一个编织物，上面是一个“福”字。古树巨大的伤口。砸扁的小书架藏在屋梁下，都是小学和中学课本。表兄的临建房。忧郁的艾特马。更多的是各个角度拍的废墟，触目惊心的废墟，不知掩藏着多少血泪故事。俞姐两只手啪啪打字，每一条微信瞬间就有几百个人转发。该吃饭了，饭桌能折叠，专门为野外宿营准备的。啤酒、白酒、红酒都倒满了，各取所需。罐头打开了盖，烤肉串的香味在空中蔓延，烤蒜、烤土豆片、烤圆白菜，瞬间就摆满了桌子，把十几条狗吸引了过来。木桶里的食物它们吃完了，各个吃得肚儿圆。可烧烤的香味还是难以抵挡，它们朝天吸着鼻子，散在空中的那股香气都聚拢到了它们的鼻孔里。

三杯酒下肚，赵庆福话就多了。他从没像今天这么高兴过，那么多有身份的人围着他，喊他赵表兄，敬他酒。他是最后的坚守者，像有功之臣一样。俞姐把微信上的照片拿给他看，他正撅着屁股给小花搭房子。俞姐说，瞧这点赞的，都几百了。赵庆福问啥叫点赞，俞姐说，都是支持你夸奖你的人。喝完酒，赵庆福领他们去参观山上的一眼泉，那泉水一年四季不干涸。鸟窝搭在石壁上，那里生长着一株紫荆，从打赵庆福小时候，紫荆和鸟窝就都在，他打柴打累了，就坐在这边看鸟儿衔柴草回家。一块房子大的巨石，躺在蜿蜒山路很远的地方，游人根本找不到。大家一起惊呼：这么大，多像一艘船啊！赵庆福解释说，他年年到这里来祭山神。天有天神，水有水神，山有山神。旧历三月二十七是山神庙日，是大节日，家家杀鸡宰羊，让山神保佑果木繁茂，山民出入平安，不滚石砬，不被蛇咬。后来，祭山神的只有村里的老人。再后来，就只有他和老张瑞先了。他们不带供品，只带一壶酒。老张瑞先用小楷写篇《山神颂》，站在巨石上，对着远山深谷大声朗读。三杯酒敬洒向空中，规规矩矩磕三个头。老张瑞先死了，到这里磕头的就只剩下他一个人了。他背着草筐，带陈年的四样果蔬。梨子、栗子、柿饼、核桃。先祭拜磕头，他不会写《山神颂》，但会把村里的事情念叨给山神听。保佑老人长寿，年轻人学好，做生意的顺风顺水，误入歧途的改邪归正。小面人儿插嘴问，贤人庄的人，也有误入歧途的么？赵庆福说，开鱼馆的胡大生，就经常把别处贩来的鱼当作金盆锦鲤，卖大价钱。大家一起惊呼，我们都在那里吃过，原来是假的！山风送来远方瓜果成熟的香味，应该来自清凉寺那边。村上自从开始清点，果树就没人施肥打理了，不剪枝，果树就长疯条。花开得稀，果就坐得少。一两年就成柴树了。若在过去，这样的景象是会让人心慌的。人们呼啦啦搬走，就眼不见为净了。

胖墩问，你以后还会再来祭山神么？

赵庆福说，不会来了。没人可保佑了。山神不保佑住楼房的人。

这话题就没趣了。大家都不接下言，场面就显得冷清。俞姐一挥手，大家返身下山了。都在向俞姐表露，今天不但过得有意义，还有收获。来到马路边，各上各的车。俞姐上了那辆越野，朝赵庆福挥手说，赵表兄也早点回家吧，山里风凉，要多保重。赵庆福满心不舍，问你们啥时再来。俞姐说，有空就来看你。

贤人庄，贤人庄！

打开网页，满屏都是有关贤人庄的消息。还有人晒出了贤人庄旧日的容颜，村头写有古字的石碑、古槐，翘起的飞檐斗拱，是那座关帝庙，早在“文革”时期就毁了。不知什么人把资料保存了。古朴干净的街巷，每家门口都种花草。矢车菊、白玉簪。不是名花名草，却把村子衬得雅致。老张瑞先家的庭院、影壁、上马石和拴马桩都是热捧对象，眼下贴满了各大新闻网站，与俞姐的文字图片形成了强烈的视觉反差，有很多网友激烈地留言：强拆！古老村庄遭血腥强拆！查查埙城的官员收受了多少贿赂！转发形成了铺天盖地之势，不但吸引了眼球，还让很多人深思。有人统计了一下资料，有关贤人庄的词条每天以十万递增，赵庆福甚至成了品牌，有人在埙城抢注了第一家“赵庆福狗肉馆”。倒好像，赵庆福不是保护狗的，而是专门做狗肉生意的。

一大早，俞姐还在床上翻微信，家里的座机突然响了。座机响除了诈骗的就是通知欠费停机的。所以俞姐走向座机时百无聊赖，边走边打哈欠。她拿起听筒，先让自己在沙发上坐舒服，才把听筒拿到离耳朵十公分的地方，喂了声。里面的声音很热情，是俞清秋大姐么？我是咱局的小万，万国良啊。虽然已经退休了，俞姐对万国良的名字仍如雷贯耳。她赶忙把听筒贴在耳朵上，是万书记啊，这么早打电话，您有什么吩咐？万国良三十几岁，但俞姐仍用敬语，同时心里咯噔了一下，她觉出了这个电话不寻常。万书记新年以后才走马上任，俞姐还没见过他。万国良说，这样早打扰俞姐是因为情况紧急，我现在不是代表我自己找您，希望俞姐认真理性地对待这件事。俞姐赶忙问，啥事？万书记快说吧，只要我能做到的，一定不给组织找麻烦。万国良说，俞姐是有三十年党龄的老党员，相信能以大局为重，我是对最高行政长官拍胸脯打保票的。俞姐愈发急了，说到底是什么事，万书记快说啊。万国良这才说，你写的有关贤人庄的文字，产生了极大的负面影响。这场舆情还在发酵，会给事业造成不可估量的损失，镇长非常着急，连夜开会研究解决办法。所以当务之急，就是请俞姐删除有关贤人庄的所有文字，为这件事情降温。自己删除，而且要说服别人删除，把负面影响降到最低。俞姐的后脊梁都冒汗了。她心里有抵触，但嘴里说她就是喜欢文字，写着玩。没想给组织找麻烦。万书记开始打哈哈，说我们知道俞姐是好意，可现在，网上都是别有用心的人俞姐冷汗淋漓，握话筒的手不由自主地抖。她赶忙说，万书记放心吧，我马上删除，一秒钟也不耽搁。万国良说，我这里还有个名单，小猪哼哼、老鼠杰瑞、福美人、小赵飞侠……这些人俞姐都认识吧？俞姐说，小赵飞侠不认识，他发的图片有贤人庄过去的场景，似乎是一个熟悉那座村庄的人。万国良说，那就不管他了……俞姐就先照我说的做——不会有情绪吧？

一觉睡到大天亮，赵庆福醒来先洗了个热水澡。玉新平时不爱与他呛呛，昨晚却战斗了大半宿。大黑丢了的事，赵乐先在网上看到了，第一时间告诉了玉新，玉新哭得眼睛像烂桃一样。大黑不是一头驴，是万把块钱的钞票，玉新想起来就心疼得受不了，一度怀疑赵庆福把钱私吞去做坏事了。从贤人庄回来，赵庆福满肚子的兴高采烈，他一下子认识了那么多的人，交了那么多的朋友，那些朋友又都赞成和支持他，他都想好好跟玉新说说。没想到碰上了玉新的连环炮。女人失去理性就语无伦次，老实的玉新也不例外，没有哪条能够分辨和解释。玉新哭一阵说一会儿，说一会儿哭一阵。很多罪行是以前的，或者邻居的，她也能给赵庆福安在脑袋上。说一千道一万，她不是心疼驴，是心疼赵庆福把驴弄丢了。这是大宗财产啊！没回家之前，赵庆福也没觉得大黑丢了是多伤筋动骨的事，面对玉新的眼泪，他发热的脑袋一下凉快了。想到了手里基本没有积蓄，以后窘困的日子，有个天灾病变，都是要命的事。想到这些，他有些顾不得颜面了。煮了碗面端给玉新，嘘着声音说，快趁热吃了。玉新却犯了死猪心，说啥也不吃。她这回是真生气了。他给赵乐打电话，想让赵乐劝劝他妈，赵乐的电话却关机了。

一宿觉睡得皱皱巴巴，洗个澡好受多了。

从洗手间出来，赵庆福自言自语说，还是当城里人好，这澡洗得，真舒服。他是说给玉新听的。过去他从没说过城市的好话，惹玉新不耐烦。房门推开一道缝，一顶蓝布帽子从里面飞了出来。玉新说，快滚回你的贤人庄，别在这磨嘴皮子！赵庆福接到怀里，顺便戴在了头上，说这话可是你说的，我走了啊……我去种秋麦，争取来年能吃新麦面。玉新说，走了你就别回来。赵庆福贫嘴说，不回来怕你想我……外面忽然吵吵嚷嚷，赵庆福打开了房门，楼道里却没人。打开了窗户通风，这才发现马路上一片小黑点，分明是聚集的人群。赵乐把电话打了进来，说爸快去楼下看看，好像有人要跳楼。加州小区6号楼，就是咱家那栋楼么。赵庆福问他是咋知道的，赵乐说，微信朋友圈都传疯了，警察和救护车都出动了。赵庆福把脑袋伸到窗外，睁大眼睛使劲看，可惜啥都看不真切，这楼实在是太高了。赵乐又说，爸，你记住几句话。若有人问起，你就说你叫小赵飞侠，微信上的那些照片都是你发的。赵庆福说，我不叫这名字，我不会发照片。赵乐说，明天回家我就教你发微信，一学就会。赵庆福说，你明天回来？赵乐说，贤人庄的事闹大了，这又有人跳楼，我担心有人找我麻烦。赵庆福吃惊地说，跳楼的事跟你有牵连？赵乐说，这件事跟我没牵连……赵乐欲言又止，他没告诉老爸自己是网红，有一大批粉丝。他不耐烦地说，有些事跟你说不清楚，你照我说的去做就是了。赵庆福有些紧张，我叫啥虾？赵乐说，小赵飞侠。赵庆福说，我说话人家会信？赵乐说，你是贤人庄的文化人，最不愿意搬迁的就是你！

玉新披着衣服出来，问发生了啥事了。赵庆福朝窗外指了指，赵乐说有人要跳楼，家跟前的事我不知道他倒知道。玉新一惊一乍说，不会是胡大生吧？赵庆福问，他咋了？玉新说，他跟人家赌钱，听说连输带骗被人弄走了几百万。赵庆福连忙趿拉着鞋子往外走，要了电梯，电梯却半天没有动静。估计正处在繁忙阶段。有几级楼梯通往楼顶的小天窗，赵庆福刚要往上爬，胡大生从上面钻了下来。几天没见，胡大生像个大烟鬼，焦黄精瘦。胡大生说，我刚才想明白了一件事。赵庆福问啥事想明白了。胡大生说，钱是王八蛋，输了再去赚。赵庆福说，对。胡大生一把抓住赵庆福的脖领子摇了摇，说我不是输了，我是遭人暗算了……我胡大生精明了一辈子，却吃了这么大的哑巴亏……话没说完，一屁股坐在了地上。电梯门开了，两个警察冲过来，一下就把胡大生摁住了。赵庆福张开两只手要护住胡大生，被警察一掌推开了。赵庆福哀求说，放开他吧，他想开了。警察说，他把人家的脖子砍断了，你说放开就放开？警察没让赵庆福一起坐电梯，他们护着电梯门不让他上。胡大生把谁的脖子砍断了？赵庆福使劲问了句，声音钻进了电梯缝里，却没人回答他。赵庆福止不住浑身发抖，地下湿了一块，冲鼻子的一股尿骚味。他意识到是胡大生尿了裤子，而且里面有尿蛋白，否则不会如此腥臊。尿液淋漓得就像水波浪，一直淌进了电梯里。赵庆福愣了好一刻，顺着木梯爬上了楼顶，一块砖头上叠放着胡大生的外套，蓝底上有小红暗格，胡大生的衣服都是名牌，看着就是好料子。他把外套提起来看了看，两只口袋鼓囊囊，里面都是撕碎了的纸条，撕得那么碎，真是花了不少工夫。赵庆福留神看，那纸条都是白的，没有字迹。赵庆福那也用手兜着，唯恐纸条让风刮跑，又塞进去时使劲往里摁了摁。他小心地走到了楼边上，底下乌泱乌泱的人群，被警车冲出了一条线。警车一鸣笛，楼似乎都在晃。他摘下帽子朝楼下的人群晃了晃。估计没人看见他，骑车的，开车的，走路的，潮水一样眨眼就散没了。他想，这要跳下去可真省事。输了钱，又有命案，胡大生也没舍得往下跳，好歹他也是当过老板的人。突然一个踉跄，赵庆福感到头有些晕，他一步一挪地离开了那里。

瞿镇长主持会议，主题仍然是贤人庄。二期工程没有一期工程进展顺利，不能到最后了还出大纰漏，否则三期工程会更困难。因为涉及贤人庄，不得不谨慎对待。这样早开会也是从来没有过的，因为情况紧急，出现了胡大生跳楼的事。瞿镇长一直与前方热线联系，指示说，想尽一切办法，禁止胡大生跳楼。他不跳楼就是刑事问题。他若跳了楼，很多事情就复杂了。因为眼下贤人庄的事情太敏感，搞得全地球都知道了。

稍有不慎，就可能翻盘。血案是早晨四点发生的，受害人刚从外面回来，在楼梯口，被胡大生劈手砍了一刀。一刀就砍断了脖子上的主动脉，血窜了出去，把对面的墙壁都喷红了。据说犯罪嫌疑人擅长杀鱼，大概他把人也当成鱼了。介绍案情的人用的是调笑的口吻，他是想让氛围轻松些。瞿镇长不时焦急地看表，看手机。手机终于响了，前方传来捷报，两名英勇的公安人员突击上了楼顶，从背后扭住了犯罪嫌疑人，把他拖到了楼下，化解了一场可能发生的公共安全危机。人抓住了就好，我们可以继续开会了。

会议的主题是，迅速掩埋二期工程的拆迁废墟，不给媒体或相关人员大做文章的机会。从中间的贤人庄动手，要干净，利落，不留一丝痕迹。听说那里不但有了建筑，还复垦，复耕，有人居然种了冬小麦。这个情况各部门知道么？瞿镇长威严地看了下在座的人，说我们动员拆迁费了九牛二虎之力，一不留神老百姓又搬回去了。那还了得！镇长话音未落，工程总指挥报告说，镇长放心吧，我们的工程车连夜进了现场，已经连夜开始工作。他把微信视频给镇长看，现场的挖掘机正联合作战，形成了合围之势。镇长连连说好，好好好。大坑挖得像鱼塘，新鲜的泥土堆积如山。几十辆推土机正往里填埋，场面像打仗一样。

有些黑影在镜头里窜动。瞿镇长一怔，怎么还有活的？

听说是狗，瞿镇长的神情一下放松了。

九

因为安抚胡大生家的人，赵庆福几天都没有下楼。胡大生家一直没动烟火，渴了饿了他家的人就过来找吃的喝的。玉新每天忙得任劳任怨，再也没有工夫提大黑的事。把家里的剩饭收集一些，赵庆福又去贤人庄了。二十几里的山路走走停停。铁驴的链条总掉，再不就绞了裤脚。他一次一次下车打理，心里烦躁得不行。他想这几天俞姐他们不知有没有来，艾特马它们有没有饿肚子。动物保护协会的人就是好，如果不是偶遇俞姐，赵庆福做梦也没想到埙城也有这样的组织。他还想，如果这次艾特马追着他，他要把它带到城里来了。他带不走全村的狗，但有能力带走艾特马。狗如果睡在草地上，估计就不会有人管。因为它不吃草，也不会把草地蹬翻。这个想法让他隐隐有些兴奋，也有些不安。这个季节山上能寻些干果，冬天怎么办呢？下大雪了，山上连一粒粮食都找不到，总不能让它饿死。至于小花，黄脊背，大郎，二郎，我管不了那么多。就像我管不了胡大生一样。赵庆福叹了口气，嘴里发散着一股腥气，自己都能闻得到。他和胡大生同年，两人上学的时候就要好，胡大生比他点子多，但学习成绩不如赵庆福。两人都参加了高考，都是落榜生。胡大生经常奚落他，你成绩好，你成绩好咋也考不上大学？胡大生一直做生意，在湖里打鱼卖鱼，后来开了饭店，是村里的能人，还当上了人大代表。就是当人大代表那年，俩人有了间隙。赵庆福说他不够格，胡大生说赵庆福妒忌。说世上有花痴，花痴还能踅摸女人。你是个书痴，能踅摸个啥？还不是出大力流大汗。这次搬迁胡大生占了老大的便宜，他在原先饭店的基础上，又接出来一层楼。没想到最后落了这样一个结果，成了杀人犯。

路长得没有尽头。赵庆福看左边湖水边的参照物，明明是熟悉的，可一看到右边，又觉得陌生了。一大片光秃秃的黄土，碾压得平整广阔，像一眼望不到边的打麦场。这是哪里，他有些拿不准。他又往前走，直走到有房舍的地方。他问路边的人，贤人庄在哪？人家说，你早走过了。他继续往回走，还是没有找到贤人庄。他就这样在路上走过来走过去，走了几天几夜自己都不知道。有一天，博物馆的小齐从这里过，正好看见了他。小齐吃惊地发现这不是他认识的那个老赵大哥了，像在山里住了几年的野人。问他在干啥，他迟缓地说，在找贤人庄。小齐说，你脚下这块地方就是贤人庄。小齐拉着他走上了一处高坡，看远处的山豁口，说那里是岔道，右边通清凉寺，左边通往山谷。赵庆福辨别了半天，一屁股坐在了地上。

小齐也坐下了。他用手划拉了一下土，那土像松软的蛋糕一样，拍一拍，能印上五指印。小齐说，这里就是立村碑的地方，可惜村碑也丢了。

原来，博物馆的人有慧眼，发现那碑的底座居然是老玉，那样完整的一块老玉，谁看见都会动心。所有收集来的村碑都堆放在院墙外的空场，到底怎样安置，还要等上面的决定。有一天早晨，小齐发现那块村碑丢了。馆长吓了一跳，嘱咐他千万别说出去。可小齐想，告诉老赵一声总是可以的。他是贤人庄的人，应该知道真实情况。

赵庆福突然灵醒了。这几天，他就像猪油蒙了心一样。他想起了艾特马，以及全村那么多的狗。赵庆福问，它们去哪了？

小齐没有回答。他站起身，拉着赵庆福朝湖边走去。秋风打着响亮的呼哨，那金盆湖水微波荡漾。

主持人：梁鸿鹰

梁鸿鹰，文学批评家，《文艺报》总编辑。

短篇

推荐语

裘山山作品《航班延误》讲述两代人的故事：一个是草根创业者大起大落的江湖故事，主人公平常做得最正确的一件事就是离婚时把三千万全部给了前妻；一个是讲三线建设国企大厂党委书记“文革”时期为青年工人擦净尸体换上干净衣服用白布单裹好并为他们送葬，这是目睹这一切的小李叔叔此生最刻骨铭心的事情。两个不相干的故事并置于此，警醒人们，但愿人们懂得其中的很可玩味的深意。全篇舒缓有致，如静水深流般的叙事，给人回味无穷的感受。

田耳的《瀑布守门人》以沉稳含蓄的叙事讲述了两段有着隐秘关联的故事。三十年前，处于青春期的学友外出瀑布游玩发生的故事造成的伤痛，像深藏地底的震波，震荡着郁磊阳。三十年后，郁磊阳开办观光点，充当“瀑布守门人”。跨越三十年的两个时间被“欲望”穿越、并置，“瀑布守门人”做出“弃守”与“坚守”的不同选择，喻示着人性的两端。郁磊阳对偷窥事件的独特处理方式，也正展现了他执着的“自我”检视与探究。“守门”不仅是守住“瀑布”之门，更是守住人心之门。作者田耳将一个沉重的主题化隐在不露声色的讲述中，小说暗流奔涌的艺术质感和丰富渊沉的思想内涵具有很强的冲击力。

江洋才让作品《仲萨聆听》写的是西藏一个村庄里的日常生活，着笔于主人公仲萨阿妈对失踪的儿子根嘎的思念。儿子三年未归，成为她日思夜想的牵挂，她担心儿子像丈夫离别人世那样不辞而别……将一位母亲对儿子的回归期盼写得感人至深，即使当这种期盼已经变为再无期盼的时候，仍然念念不忘，决绝中的这份执着殊为可贵。小说将作家对生活和生命的感悟融入其中，通过这一事件里鲜活呈现了老母亲无私忘我的内心世界。作者为卓有成就的藏族作家，向来善于揭示民族心理，而多种文化的熏陶，使作品有一种很特异的叙述腔调，值得反复回味。

人生在世，谁都会认识各色各样的人：亲戚、同学、朋友、朋友的朋友，可随着时间的推移和环境的变换，有谁还会记得那么多，尤其是去联系那么多的朋友呢？刘建东作品《删除》从一个不易被觉察的角度，通过一桩案件调查唤起主人公董仙生的记忆，由此萌生并展开对手机通讯录旧人的寻找，以及方丹、项明辉、王军等的陆续出现，反映了作者以小说揭示当下被遮蔽的种种症结、探寻人性深处之幽微的努力，既激发读者的好奇心，又给读者设定了重重迷雾，令人回味无穷。

张柠作品《玛瑙手串》把主人公一次丽江泸沽湖之旅所见所思所感，与梦境中同逝去的父亲的对话放在一个文本里，具有生态文学写作的特质，又显然并不囿于此一领域的表达范畴。小说写出了本为洗肺之地的丽江，现在已无可避免地进入现代文明进程的重围，一个看似陈旧的题材空间被作者以沉着的幽默，探讨了现代性语境下的伦理嬗变。主人公内心深处的追索和创伤，故事发生地丽江、泸沽湖、筑梦居那些带有无厘头色彩的见闻，刻意为之的庸俗化处理，充满反讽的情境，必定无法得到的抚慰，使得作品具有很可玩味的意味。

航班延误

裘山山

空姐把我引到座位旁，帮我把箱子放进上方的行李架，然后微笑着示意我在第二排靠窗的位置坐下，座位上已经摆好了靠垫和毛毯，前方插袋还有一双拖鞋。虽说我已经不是第一次坐头等舱了，心里依然有点儿受宠若惊的不适感。

刚坐下邻座就来了，一个五十来岁的男人，他把手里的一瓶水和手机往座位上一扔，举起背囊搁进行李架，然后一屁股坐下，动作幅度很大，登机牌一下掉到了我的脚下。我捡起来递给他，他噢了一声，随即往前面袋子里一塞。我一眼瞟到登机牌上的名字：平常。有意思，这个人居然叫平常。

很快，一股酒味儿飘过来，很难闻。运气不好，居然遇到一个酒徒，我还以为头等舱都坐着彬彬有礼的绅士呢。我扭头看窗外，天空正下着细雨，是本城很常见的那种毛毛细雨，湿度很大。

空姐送来托盘，上有一杯水和一条湿毛巾。这位叫平常的，拿起毛巾就盖在脸上，几秒钟后，上下左右地一阵猛擦，之后咕噜咕噜地把水喝光。再之后，抽出前面插袋里的拖鞋换上。从一整套顺溜打滑的动作来看，他显然是头等舱的常客了。

我也用湿毛巾擦了手，也喝了水。但我没换拖鞋，不是怕自己脚臭，而是觉得不过就三个小时，何必浪费一双拖鞋。我们这代人，节俭的习惯已渗入骨髓。

舱门关了，嘈杂声渐渐消退。但这位平常先生还在讲电话，而且声音很大，是地道的四川话：上飞机了上飞机了。谢谢哈，今天简直喝好了！兄弟的情义我是记在心头的，有机会一定报答……要的要的，等我回来我们再喝哈，我还有两瓶十年前的五粮液，真资格的哟。哈哈哈……

我忍不住皱眉。幸好空姐走过来了，示意他关机，系好安全带。他终于结束了通话，关了手机，往前面插袋里一扔。然后取出报纸，翻得哗啦哗啦响。能看报就好，我稍感心安，我真担心他一直亢奋着。

我很疲倦，昨夜没睡好，上午又急着去托管家里的小狗小猫。一离开就是三四天，只能去托管了，但心不定无法入睡。我也拿起报纸打发时间，我略过前两版，直接看社会新闻，但还是看不进去。

飞机迟迟没动静，一直在原地待着，连引擎声都没有。这么小的雨，不至于影响飞行吧？过了一会儿，机上广播说："我们很抱歉地通知大家，由于航空管制，本次航班起飞时间待定。"

完了，航班延误。运气真不好。我看了下时间，两点半了，我们的航班本该一点五十起飞的。看样子起码得延误一小时。胡阿姨和思齐该着急了，说好今天晚上我和他们一家人吃饭的。

又过了半个小时，飞机还是不动，已经三点了。机舱里开始出现烦躁的情绪，我也焦虑了，报纸已经翻完，我也没带其他书。即使有书，烦心的时候也看不进去呀。如果是在候机厅等待，还可以走动走动，去买本书什么的，可是关在这狭窄的机舱里等，真是熬人。我一会儿看看舷窗外，一会儿看看机舱内，一会儿拿出手机，准备重新打开，给思齐发条短信，告诉她飞机晚点了。

忽然，那位在胡乱翻看报纸的平常说，大姐不要着急。

我有点儿窘，照理说我应该更沉得住气才是。我掩饰说，我倒没什么，主要是接我的人会着急的。

他说，有人为你着急是你的福气。他把报纸往前一塞，气定神闲地说，再晚也晚不到哪儿去撒。你想嘛，明天你们总要在一起吃饭的撒，对不对？一想到这个你心里就可以踏实了撒，又不是苦海无边。

他一口一个“撒”，川音浓重。

我忍不住说，你这个口气，简直像个七八十岁的老人家。

他笑了，坐直了身子，凑过来小声说，因为我才从里面出来。

我怀疑自己听错了，愣在那儿。于是他重复了一遍，我才从里面出来。这回还配上了十分诡异的笑容。

我不说话了。无论如何，我也想不到自己身边会坐着一个“才从里面出来的人”。难怪喝酒，是不是庆祝出狱啊？刚才他讲电话的那一端，会不会是狱友啊？航班还偏偏晚点。这下够受了。

他显然看出我的心思了，笑道，大姐，不是你想的那样，我是做生意栽了，自己关了自己一段时间。真的，我没进那里面，我是进山里躲了一段时间。但是和坐牢也差不多撒。

我还是不能理解，进山躲了起来？是被通缉了吗？

他打开自己带来的那瓶矿泉水，喝光，酒气依然在我们之间缭绕。他抹抹嘴巴说，大姐你猜我有好大？

初见他时我觉得他五十多了，现在认真看了一眼发现有误差。虽然他头发花白、面容憔悴，但以我阅人的经验，他应该不到五十，这和白发皱纹都没关系，他的整张脸还没有被地球吸引力拽垮。

我说，你是七〇后吧。

大姐，你好厉害。他惊叹地朝我伸出大拇指，我是七一年的。但是我这个样子，是不是像六一年的？昨天有个娃娃喊我爷爷。

我笑了，心想还好，往后靠了靠。他这副样子说六〇后绝对有人信，喊爷爷也没问题。比起同样是七〇后的思齐，那可是差太远了。

但他有些不服地说，如果你去年看到我，我还不是这个样子。主要是这年吧太受罪了，一下整老了。大姐，反正等起很无聊，我给你讲我的故事嘛，有点儿传奇哟。

我没吭声，感觉他有点儿唐突。不过我也知道，喝酒喝多了的人，要么倒头睡，要么就控制不住想说话。我曾经半夜三更的，接到过朋友酒后打来的电话，兴奋莫名，却不知要说什么。

果然他说，中午，就是上飞机前，我前妻和她老公请我吃饭，我一高兴就喝了半斤，可能都不止，估计有八两。那个兄弟太会劝酒了，我招架不住。不好意思哈，酒后可能有点儿冒昧。不过你这个大姐一看就是个好脾气的人，肯定可以理解撒。

我心想，我不理解咋办，又没处跑，我是个被安全带拴在椅子上的听众。不过，他前妻？前妻和老公请他吃饭？我有一点儿好奇了。

他一直朝向我，完全不知道自己一嘴酒气，他冲过来：我跟你说，我前妻还是很够意思的，就是娃儿他妈，在我最惨的时候帮了我一把，不然的话，我现在还出不来。

我突然有点儿想听他讲了。是吗？我这么应了一句，那意思是说，那就讲来听听吧。

他真的就讲了起来。

我原来是个很平常的人，我名字就叫平常嘛。长相普通，个子中等，丝毫不引人注意。所以我不说，哪个都看不出我经历过那些事。有个算命先生说我一生平稳，小富即安。嘿嘿。

我不知道我老汉儿（四川话，父亲）为啥子给我取名平常，他自己叫平全顺，我两个姐姐，一个叫平红果，一个叫平红霞，凭什么轮到我就这么随便呢？我问他，他老人家很有城府地说，我好不容易盼来个儿，多少人盯着看，如果我取个平光宗、平耀祖，那些人肯定要撇嘴巴说，当真是没见过儿哦。不得了了。所以呢，我一定要淡定。

好嘛，淡定。我老汉儿的观点对我还是产生了很大影响，我一直就不显山不露水的，读书中等，找对象中等，还不如我两个姐。我大姐嫁给了军官，二姐嫁给了县里的公务员，在外人面前提起来还是脸上有光的撒，就我一直默默无闻。

我十九岁中专毕业后，亲戚介绍，在县邮局找了个工作，虽然一个月就几百块钱，也比在家种地强多了，而且，也是可以让父母在外人面前说道说道了。接下来我把婚结了，我老婆比我还平常，既不漂亮，又没什么文化，但是老实厚道，脾气也好。

我在单位上属于哪个都可以使唤的。有一天，一个破差事大家都不想去，就派给我了。就是去成都送个邮件，送到火车站就返回。

我坐火车到成都北站后，完成了差事，距离返回的火车还有两个小时的时间，我就在火车站广场上溜达。这个时候有人靠近我说："小伙子买一张嘛，好看得很。我绝对不骗你。"那人拿了张光碟，朝我挤眉弄眼的。我那个时候好单纯哦，从没看过光碟，更不晓得黄碟，从来不晓得那薄薄的一片东西里有一堆丰乳肥臀（我笑了，他这个表达还挺准确）。

我虽然没看过光盘，但我很好奇，为什么小贩说"你看了肯定还要找我买"，这么好卖是不是很挣钱哟。我就递了支烟给小贩，和他聊。聊了几句后小贩说，我看你这个兄弟是个做生意的料，你来和我一起做嘛，我可以拿到很多货，根本卖不完。

我在一瞬间决定，丢掉铁饭碗，加入小贩。回家后，我让老婆带着几个月的娃儿回村里和爹妈住，自己卷起铺盖就到了省城。头一个月，我拜小贩为师，和他一起干。我帮他设计广告词，改进取货拿货的方式，除了电影电视剧，我还喊他进了很多歌碟，港台的，也有欧美的。我还建议他把价格搞灵活些，多买的就便宜些，有时候还赠送那些滞销的……

每天晚上我都熬夜看碟，第二天一边卖一边给顾客介绍故事梗概，专讲刺激的。如果遇到看上去有文化的买主，就介绍那个片子得过什么大奖。生意太好了，每天可以有上百元的收入，除去给师傅"纳税"，我自己也可以得七八十元。第二个月我就离开师傅单干了，我直接进货，直接销售，并且扩大市场，进城销售。

我一个农村娃，吃苦是没问题的。我不租房子，夜里睡澡堂或者茶铺的长椅，整个家当就是两个行囊：一个装碟，一个装换洗衣服。挣的钱全部都用来进货。半年后我买了辆二手三轮车，推着车卖，车上支了四个竹竿，丁零当啷挂满了热播的海外剧、港台剧、国产剧，下面的纸盒里，就藏着那些不能公开的黄碟。我一眼就能分辨出哪些人是需要黄碟的，哪些人是追热播剧的。

一边听他讲，我脑海里一边浮现出那些场景。那是我熟悉的场景。

曾经有一段时间，我们家菜市场旁边就有个推三轮车卖光碟的，我去买菜，总会顺便买个一两张，花个一二十块钱就行，有时是热播剧，有时是电影。我那时偏好侦探片和谍战片，常常还没走近，小贩就冲我说，嘿，有谍战片哦！

看来那个小贩和眼前的平常是一个队伍的。

我们的很多经典电影，就是以这种方式看的——那时我还有个“们”。从二十世纪八十年代末开始，最先开始是录像带，托出国回来的朋友买了个录像机，到处去翻录电影，效果很差，但也如饥似渴的。很快 VCD 出现了，光盘出现了，我们就到处买碟。很快，DVD 出现了，压缩版出现了，一张光碟可以放十几集电视剧。更新真的是非常快。

这些年网络普及，光盘不知不觉悄无声息地就隐退了。

平常还在讲——后来市场上开始打击盗版碟了，街上经常有城管来抓。我不敢上街了，就租了个一室一厅，很老旧的房子。我在角落里放了张单人床，一张桌子，其余全部用来堆碟子，一箱一箱的。然后买了个便宜手机，把号码和地址印在名片上，四处散发，每天都有人到我那个黑乎乎的屋子里来“淘碟”。也有人先打电话来预约某某片子，我找到后他们就来买。生意火爆到我都没法出门，一天到晚吃泡面。对了，我在名片上给自己取的名字是老常。

不管有多辛苦，每天夜里数钱的时候，心情那个爽啊……不摆了。

我的存款马上到了一百万，那是一九九八年哦，我记得很清楚，香港回归一周年。我那年才二十七岁。二十年前的事了。

二十年前我在干吗？我又开始由彼及己。

比较确定的是，那时我已经从科室到了院办，当主任了。一个月加上奖金，也不过三千来块钱。至于存款，好像就三五万。有个刚上初中的儿子，还有年迈的父母，过得很辛苦。

而我身边这个人比我小十几岁的人，在那时候已经发财了。当然，不只是他，思齐那个时候也很厉害了。或者说，比他还厉害。

人发财总是有道理的。身边这个，是很会做生意，思齐呢，是去美国拿了金融管理的博士学位。

这时，机舱内忽然响起广播，飞机马上要起飞了。空姐们开始穿梭在客舱内，检查安全带，检查手机是否关闭。引擎轰鸣，飞机马上要张开翅膀了。

我很高兴，终于要飞了。看看表，已经三点半了，推迟了一个多小时呢。虽然这个人的故事好听，但我毕竟不是来听故事的，我是来赶飞机的。我还是希望飞机赶紧起飞，然后睡上一觉，到了那边，才有精力应付要应付的事。

但是平常正在兴头上，有点儿刹不住车。即使在我们的飞机爬高、我有点儿耳鸣的时候，他的声音依然响在耳边。我只好似醒非醒地，继续听他讲。

飞机很快升上了万米高空，把平常的故事也带入了云端。

卖碟挣到百万时，我决定转行。毕竟是偷偷摸摸卖盗版，随时可能翻船。我便宜处理了剩下的碟子，开始卖墨镜，就是太阳镜。

我跑到广州去进了很多墨镜，都是些假名牌，那个时候市场很松，我也是浑水摸鱼。我还用那辆三轮车，每天在一个比较固定的街角，戴红袖标的人来了，我迅速塞点钱给他们，他们就睁只眼闭只眼，生意也很不错。

但是半年后，墨镜也烂大街了，到处都是卖墨镜的，连那种卖报纸杂志的小亭子都挂着墨镜在卖。我再次决定转行。

卖墨镜时，我认识了一个卖教材的，和他聊过两回，我晓得卖教材也很赚，有可能比碟片还赚，因为家长是最舍得“投资教育”的，只要听说哪个教材对高考有益，就舍得扔钱，我卖了半年的“黄冈教材”。

人发财总是有他的道理，这人显然天生会做生意。

大姐你听说过黄冈吗，就是湖北黄冈，高考很厉害的，那时候他们的教材特别火。

我点头，我哪能不知道黄冈。我也没少给儿子买复习资料啊。除了黄冈，还有这个师大的、那个附中的，家里都堆不下了。

我说，说不定我都买过你的教材，我儿子那时候正读高中。

他嘿嘿一笑，是不是哦？不好意思大姐。

我说没什么，很正常。

其实他并没有不好意思，而是有点儿得意。

空姐为我们送来了果盘，又送来饮料。平常连要了两杯橙汁喝下，我索性要了咖啡，准备打起精神，不睡了。

平常润了嗓子，接着讲他的发家史：卖了一段时间教材之后，我发现代售人家的教材盈利太低，要卖自己独家的才行。我就开始做教材了。我跑到湖北，找到编教材的老师，一番游说，跟他们合作，这个过程很复杂，我就不细说了，反正那个时候市场比较乱，不像现在管那么严，我出了一套我们独家的教材。

这下子生意好到爆，我一个人完全招架不住了。我只好把老婆叫出来，把儿子丢给我爹妈。我和我老婆起早贪黑，吃苦受累，干了三年，真的发了大财。嘿嘿。我们在成都买了房子，迁了户口，把儿子接过来。可以说，我吃苦受累想要得到的一切，我都得到了。

平常已经讲到“从此过上了幸福的生活”了，但故事肯定没完，如果到这里打住，他就不会躲起来，就不会有前妻。

我这个人呢，虽然不笨，用成都话说，脑壳打得滑（反应快），但是缺少定力，可能是书读少了。不像大姐你，一看就是文化人。

为了接着往下说，平常先自我批判了一番，然后恭维了我一番。

我含含糊糊地嗯了一声。

他说，大姐，你是个教授吧？

我说，哪里，我就是个退休大妈。

他说，不可能。你的气质一看就是个专家啥的，你还坐头等舱。

我说，我这个头等舱是朋友帮我买的。

他咧嘴笑了一下，意思是说，你骗我哟。

忽然，机舱广播响起一个略显焦急的声音："哪位乘客是医护人员，本次航班有一位乘客身体不适，需要帮助。"

连续播，连续播……

平常停下了讲述，我们都有些担心。是不是起飞前待机时间太长导致的？我刚才都有些心慌的感觉。

这时空姐走过来，我连忙问，找到医生了吗？空姐说还没有。我站起来说，那我去看看吧。

空姐很惊喜，您是医生？

我说不是，但我在医院工作了很多年。

平常说，看嘛看嘛，我就说你是个专家嘛。

空姐带我过去时，平常也跟了过去。在机舱靠后的位置上，我看到一位六十多岁的男人，闭着眼，脸色很差。一位空姐在旁边端着水，他的老伴儿很焦虑地握着他的手。

我俯下身，摸了一下脉搏，问他什么感觉，他说胸口有点儿闷，有点儿疼。他显然属于胖子，肚子高高隆起，膀子也很粗。

我掏出随身携带的速效救心丸，倒出几粒让他含着，然后和空姐一起，把他扶到头等舱我们的座位上，打开座位顶上的两个小通风口，然后让他平躺。

我问平常，可以吗？

平常连连点头，应该的，没问题。

我在旁边又观察了一会儿，小声对空姐说，我觉得他需要马上进医院，不能等飞到香港后再去医院，会有危险。

空姐急匆匆地去向机长报告，过了一会儿机舱广播再次响起："各位乘客，很抱歉地通知大家，由于本次航班一位乘客突发急病，我们的航班需要备降长沙机场。"

我和平常换到后面的位置上坐下，等待飞机降落长沙。

机舱内很安静，所有的乘客都没说话，大家都很配合。毕竟人命关天。

平常说，这下你肯定赶不上那边的晚饭了。

我说没事儿，你不是说了吗，再晚明天总会一起吃饭的。

对的对的，不用担心。平常说，我那时候，躲在山里的时候，完全不晓得什么时候才能重见天日。那不是航班延误，那整个儿就是航班取消。

大约四十分钟后，飞机终于降落到长沙机场，大概备降也不是件容易的事。机场方面已提前做好了准备。我从机舱窗口看到病人躺到了担架车上，旁边医护人员马上给他插上了氧气枕，终于觉得安心了很多。

我赶紧打开手机，给胡阿姨打电话。她一定很着急。

昨天我和思齐通电话时她告诉我，这次她一定要见见我，上次我去时她在美国赶不回来。我知道她是个大忙人。这次订好我的票后，她就把她下午的航班改到了夜里，以便和我一起吃晚饭。

现在看来又要错过了。

思齐是小李叔叔和胡阿姨的小女儿，虽然小时候我们两家住一个大院，但我和她差十来岁，所以很不熟悉，我连她的样子都不记得了。

我知道思齐忙，直接打给了胡阿姨。电话响了很久，胡阿姨才接。声音有点儿嘶哑，她上来就说，你到了？我说没有，航班延误了。这会儿备降长沙呢。看来我这次又见不到思齐了。

胡阿姨说，思齐不去日本了。

我问，怎么了？

胡阿姨迟疑了一下说，你小李叔叔，情况不太好。今天晚上见贤也过来了。

我心里咯噔一下。见贤是他们的儿子，在深圳，原本是每个周末去香港看他们的。显然是小李叔叔的病情恶化了。

上次我离开的时候，小李叔叔虽然被病痛折磨着，但精神尚可。那几天我每天都去医院陪他聊天。尽管他已经是一位年过七十的老人了，我还是习惯地叫他小李叔叔。小李叔叔看到我心情好了很多，连胡阿姨的心情都好了很多。他们说他们在这儿什么都不缺，就缺说话的人。我答应他们，至少半个月去看他们一次。小李叔叔当即眼睛就亮了。

没想到才几天时间，病情就恶化了。

电话里我无法多问，只好说，我落地后，会直接到医院的。

胡阿姨没有客气，她说，好的。

半小时后，我们的飞机再次起飞。

机舱广播里，空姐亲切地感谢大家的配合，我和平常又回到头等舱我们原来的座位上，并一再被空姐感谢。

我想着刚才胡阿姨的电话，有些焦虑。为了转移心情，我对平常说，你的故事很好听。接着讲吧。

他说，还讲？你不烦吗？

能这么问，说明他的酒劲儿已经过去了。我说没烦，挺有意思的。我感觉你的故事还没完，讲一半多难受。

你咋个晓得没完？我的愿望都实现了。平常怪笑。

我说，你一开始就说前妻如何如何，又说你躲在山里才出来，那后面肯定还有故事嘛。

他愣了一下说，有文化的人就是不一样。

我笑着说，老底兜不住了。

平常说，好嘛，我接着讲，反正都打倒了，就干脆倒完。

有钱以后，我就不想那么辛苦了，我不做生意了，开始炒股。我专门去学习了炒股，上手很快。钱生钱，是比较爽的。不瞒你说，到地震前我已经有两千万了。

我忍不住啧啧了几声。

平常笑了，可能我这个人有财运吧。当然我还是比较低调的，当年我从老家出来——我是达县那边的，就穿了一件灰夹克蓝裤子。有钱以后，我还是原来的行头，灰夹克蓝裤子，只不过质地好点儿而已。我还是那个一走进春熙路就会被淹没的人。我出去谈事，从来不拿那种亮晃晃的公文包，我就是背个帆布挎包。

你可能不信，我今天是头一回坐头等舱。我一直舍不得坐，今天还是娃儿他妈非要给我买的，她说我这段时间太辛苦了。

这让我意外，我看他那么油，还以为他常坐头等舱。

反而是我，我已经第二次坐了，依然有些忐忑。

所以，不要被表面现象蒙蔽。看到的不一定是真实的。

钱一多，我就跟所有男人一样开始花心。平常很坦率。

有些小姑娘发现你有钱，会主动往前靠，很难抵挡的。不是我推责任哈。我和一个小妹儿要到一起了，那个小妹儿确实漂亮，才二十岁，是我在KTV唱歌的时候认识的。我老婆呢，还是老老实实在家带儿子、做家务。我经常不回家她也不问。

大地震后股市开始走下坡路。我赶紧收手，退出了大部分资金，可是又想不好做什么，就买房子，买铺面。真的是撞上了，买的房子铺面都升值。

前些年，我听说了民间贷款这回事，很多民营企业从银行贷款不易，需要找民间贷款。我感觉这是个新路子，有奔头。于是注册了一个公司，号称财富管理公司，其实就像旧社会的钱庄，集资。当时不知出于啥子考虑，公司董事长我用了我老汉儿的名字。

最开始真的很火，由于利率高，投资的人挤破头想进来。你想银行一年定期才一点几，我给他们十，差距太大了，人都是有贪心的。加上那一行才开始出现，缺少规范。我这边集资到钱，马上就可以投出去，回报很高。几个月时间我的资金就开始翻番。我在市中心写字楼租了一层办公室，雇了五六个员工，感觉形势一片大好，自己马上要成银行家了。

也是在那个时候，和我一起的小妹儿非要我娶她，非要我离婚，她说她怀起娃娃了。我只好同意离。唉，我提出要离婚的时候，我老婆哭惨了，啥子话都不说，就是哭，眼泪擦都擦不完。我心里面觉得太对不起她了，她啥子都没做错，错的是我，当时儿子还在读小学，我也不可能带过来让小妹儿去养。

我一狠心，就把现有的钱全部给了老婆，本来也是老婆和我一起创业的嘛。我把三千万都给了她，三千万哦！我还给了她一套房子。我老婆都傻了，真的，她咋个也想不到我会这样做。我跟她说，有这笔钱，你和儿子这辈子都可以生活无忧了，我也就放心了。我反正还可以再挣。

那个时候我觉得挣钱很容易。

后来我才知道，把钱给老婆，是我一生做得最正确的一件事。

一生做得最正确的一件事？

这话很耳熟，好像前不久才听到过。对了，就是小李叔叔说的。是在他给我讲了那个让他刻骨铭心的夜晚之后说的。他说，那个夜晚陪着你父亲，是我一生做得最正确的一件事。

我相信小李叔叔一生做过很多正确的事，他这样说，只是为了强调那个夜晚的重要。

那个小妹儿听说我把钱全部给了老婆，就跟我急了起来，大吵了几回，就跑了，她根本没有怀娃娃，骗我的。跑的时候，还强行拿走了我两百万，还到处说我的公司是骗人的，坏我名声。不说了，我也是活该。

跟着，我开始倒霉了，我们公司的资金链断了，而且是最大的一条。我投出去的一大笔钱拿不回来，没了，说没就没了，几百个投资者不但拿不到高回报，连本金都拿不到。当然就开始闹，里面还有好多是我的亲戚朋友，还有我两个姐姐，唉。

幸好，真的幸好，我这个人历来胆小，所以即使在最容易融资的时候，我也一直控制着公司规模。胆小还真是个护身符。你看网上说的那些出事的公司，都是缺几个亿，我当时的缺口就是四千多万。

亲戚朋友们都骂我，说被我带进坑里了，我根本不敢接电话。这都算了，关键是其他投资者跑到我们公司去闹，连抢带砸的，还报警，说老板卷款外逃了。警察就把我老汉儿抓起来了，因为法人代表是他呀。我老汉儿也是个神经病，公司已经出事了，他还跑到办公室坐去，不抓他抓谁？

果然精彩的还在后面。我带着看热闹不怕事儿大的心态，期待着他风起云涌，大起大落。

他说的这种投资平台，我也参与过，我就是他说的那种指望高回报的贪心的投资者。幸好我参与的是我一个很可靠的朋友做的。那段时间，每个月月初，我就会收到朋友打过来的利率，相当高，超过他说的百分之十。后来市场不好了，朋友很谨慎，马上撤回资金，退回给我们，并从此不再涉足。所以，我体会不到钱忽然不见了的那种焦虑，但那样的焦虑，完全可以想象。

平常说，老汉儿一被抓，我赶紧躲起来。不是我不孝，是我必须保全自己才能救老汉儿，你说是不是嘛。

我必须先借钱。那个时候我还是认识几个做生意的大佬的。但是，你完全猜得到，没有一个人肯借给我，各种理由，我也可以理解，借给我很可能就打水漂了。我走投无路了，抓脑壳想了半天，唯一可以求的，就是娃儿他妈了，就是被我抛弃的老婆。

我后来总是想，就是在山里躲起的那段时间，我反反复复地想，我老婆才是我的福星，我老婆虽然不好看，但是她旺夫，我和她在一起的时候，一直很顺，一离开她我就开始走霉运了。

我给她打电话约她出来，那个时候她已经再婚了，毕竟她是个富婆，再婚也不难。娃儿他妈听我讲完后只问了一句，你要多少钱？我说，你能拿出多少？她说，估计可以拿出两千万。

我大吃一惊，眼泪都要下来了。如果她给我一两百万打发我，我也是没话说的。但我老婆，居然舍得拿出两千万给我。她很淡定地说，我相信你，会还我的。

她把一些定期提前支取了，把一些理财产品抵押了，把基金也提前赎回了，真是损失了不少。又把股市上的也退出来了，还把之前买的黄金也卖掉了，用了四五天时间，给我凑了两千万。关键是，她那个丈夫也没有跟她闹，同意她帮我，两个都是好人。

我拿着这些钱，躲回到老家大巴山里，潜心炒股。我用了八个月的时间，把资金翻了两倍多，有了七千万。

我忍不住惊叹，天，你太厉害了！

他不以为然地说，嘿，有一半是运气吧。老天爷还是帮我的。我命不该死。

然后呢？现在轮到我催他讲了。

然后嘛，我还了前妻的钱，拿着四千多万去派出所投案，全部还清了投资人的借款，利息当然就算了。然后把我老汉儿接回家。

你老汉儿怎么样？我眼前莫名其妙地出现了刚才那个病人。

我老汉儿淡定得很呢，看到我就说，嗯，比我想得快些。

你们一家还真是大气。我笑了。

派出所那几个警察居然很感动，他们说他们辖区出了好儿起类似的案子，我是唯一去还钱的。他们给我送了一面锦旗，上面写着“诚信是金”。呵呵，有点儿搞笑吧？

我很认真地说，不搞笑，我也挺感动的。

平常搓搓脸颊，略有些尴尬地说，嗨，我简直没想到我会把这些讲给你听，是不是有点儿瓜稀稀的?

我说，哪里哪里，故事很精彩，不要后悔。

他笑了，一开始嘛，是因为酒喝多了，特别想说话。后来嘛，就打不住了。不过我是觉得大姐人好，没关系的，对不对。

我说，谢谢你信任哦。从这个故事看，你本质上是个好人。

他居然有些羞赧，过了一会儿说，我要重新开始。这回我要规规矩矩做生意了。你不晓得，躲在山里那八个多月，日子太难过了。真的，和坐牢没什么区别。每天夜里都睡不好，每天都担心发生什么事导致股市大跌。真是度日如年，不晓得好久才能熬到头。我一天到黑都想，如果翻不了身怎么办?我寻短见吗?我连寻短见的资格都没有。我的白头发就是这八个月长出来的，我这八个月比八年还老得快。

酒色褪去后，他的面颊呈现出青黄色，白发也更加醒目，都在印证他的感慨。人生的加减法，往往不在同类项里。财富的增加，减去的一定是财富之外的东西吧。

空姐送来了晚餐。

虽然事先问过我们，要鱼肉米饭还是鸡肉米饭，我们分别要了鸡肉和鱼肉，但实际打开后，都是一个味儿，甚至一个长相。我勉强吃了一点儿。本来也不太饿。平常则迅速地吃了个精光。看来他是饿了，或者，他比我更适应环境。

吃的过程中他问了一句，大姐你去香港几天呀?

我说，四五天吧。

他说，你是去做客吗?

我犹豫着要不要回答:我是去做客。回答显然不正确。我不是去做客。回答虽然正确，需要解释的却太多了。

他主动说，我是去看我儿子，我娃儿居然考上了香港大学。我得到消息的时候还在山里，我娃儿真的很争气。他爹都遭起了，他还能考那么好!我去看看娃儿，再顺便考察下香港市场，看接下来做什么好。

我去看一个濒死的长辈。我突然说。

他看看我，没吭声。也许他没听懂“濒死”这个词的意思。或者是他已完全清醒，知道不该问的不要瞎问。我脑子里忽然冒出那句话，有人星夜赶考，有人告老还乡。

其实他如果追问，我也许会讲出来。

他吃光了盒饭，又吃了水果，又吃了小面包，又喝掉酸奶，完全是一副啥都不能浪费的样子。

我放弃吃了一半的饭菜，盖上盒盖。

我说，其实我也想给你讲讲我的故事，讲讲我为什么去香港。但是讲起来太费劲。不是说你听不懂，而是发生在那个年代的事，总有很多需要解释的，甚至是解释不清的。我说的是二十世纪六十年代。

他笑了，有些幽默地说，红军爷爷讲的故事我都能听懂。

我也笑了。好吧。

我小时候，父亲是一家国企大厂的党委书记。那个厂有几千人，属于三线建设的项目，在山里头。我父亲和其他老革命不同的地方是，他还是个大学生。新中国成立初期，组织上选拔一批年轻的有文化的干部到高校学习。父亲虽然只读过高小，也算是有文化的了。他被送到清华大学汽车系。一年后他深深迷上了汽车制造，他向上级领导再三请求，继续读本科。领导同意了，于是他插入本科生班，发奋刻苦，四年后顺利毕业，还是他们班的第一名，获得了清华大学的毕业证书。

父亲作为专家型人才，进入机械工业部任职。但父亲一心想为新中国造出自己的汽车，主动要求离开北京，到一线汽车厂工作，于是在我两岁时，我们举家入川。放弃了北京的舒适生活，来到山里。

也许我该快进，像看碟片那样。

我八岁那年，“文化大革命”开始了（这个你应该知道吧）。我父亲和厂里的其他头头，厂长副厂长总工程师等，每天都要去开会，挂着大牌子站在台上……

哦，我扯远了。我并不是要讲这个故事。这个故事和我现在要去看的长辈无关，还是回到我为什么去香港吧。

半个月前，我忽然接到一个陌生电话。

在我确定回答了我是谁之后，她说，她是某某的女儿，是我父亲老同事的女儿。当她说出她父亲的名字时，我马上就想起来了，我不可能忘记他，小李叔叔。小时候他常来我们家，他一来父亲就很高兴。因为他当时才二十多岁，父亲便要我们姐弟两个叫他小李叔叔，这一叫，就一直叫到老了。

我马上说，哦，你是小李叔叔的小女儿思齐。

她很高兴我能说出她的名字。她父亲曾是我父亲的下属，比我父亲小十几岁。而她和她哥哥，也比我小十几岁。除了名字，我对他们几乎没什么记忆。

我父亲已经去世十五年了，母亲也去世五年多了。随着亲人的离世，我与世上的许多丝丝缕缕的联系，就此中断。或者说，一些丝丝缕缕的联系，就此埋入地下。

但记忆不会。

从思齐那里我得知，两个月前，小李叔叔查出了癌症，是比较麻烦的胰腺癌。思齐马上把他送进了香港最好的医院，请了最好的护工，一天一千港币。小李叔叔面对癌症倒是很坦然，他提出不手术，不化疗，不放疗，顺其自然。但他说，他希望能在最后的日子，和老朋友聊天。

这个希望让思齐很犯难，比给父亲买房子买车请菲佣都难。但她还是让父亲开出一张单子。她按单子上的名字一个一个去找，有的已经去世，有的身体很差无法远行，最后终于找到了我。

毕竟二十年没联系了，找到我也是很不易的，七拐八弯。

思齐说，你能来看看我父母吗？

我二话不说，答应了她。因为我知道，如果父亲在，一定会说，快去看看你小李叔叔和胡阿姨。

今天是第二次了。我答应小李叔叔和胡阿姨，隔一周去一次。我想我能做到，应该做到。

每次去，都是思齐给我买票，往返坐头等舱，她坚持让我坐头等舱。当然她事业很成功，生活富裕。最重要的是，只要能让她父母高兴，她愿意做任何事。

那几天，我和两位老人聊得很愉快，真的很愉快。虽然很多次，我们热泪盈眶，我们长长地叹息。

思齐说，大姐，我真不知道该怎么谢你，让你飞那么远过来陪我爸妈说话。但是，真的没有人能替代你，我给他们再好的条件，请再多的人照顾他们，他们也不开心。

我说没事儿，我也想和他们说话呢。和他们说话我很开心。

我说的不是客气话。我这一生如此平淡，仅有的财富，便是经历。那些和父母相关的经历，那些如今想来如此遥远，却刻骨铭心的经历。可是看重这财富的，只有拥有共同经历的人。

我想，我是在替我爹妈和他们聊天。

正是在小李叔叔的病床前，我听到了那个夜晚的故事。

小李叔叔说，那个晚上我和你爸爸待在一起，是我这辈子做得最正确的一件事。

那时候工厂很乱，已经停工。那个晚上，父亲本已回家了。晚上八点多时，突然又被叫回厂里，说有紧急任务。

父亲去了才知道，下午厂里发生了激烈冲突，双方拿着棍棒甚至菜刀打了起来，死伤不少，其中就有几个父亲厂里的年轻工人。当时厂革委会头头就把几个人叫去，让他们上山把尸体运回来，又命令父亲留在车间，处理运回的尸体。具体说，就是把尸体擦拭干净，用白布单包裹好，以便入土埋葬。

运回来的尸体一共五具。父亲看到那些尸体，那些完全失去了血色的年轻面孔，突然红了眼圈儿，为了掩饰，他转过身去拿桶打水。

但这个细微的动作，被一个人察觉到了。这个人就是小李叔叔。

小李叔叔大学毕业分到这个厂，就赶上了“文革”。那个晚上，他被叫去监督走资派们处理尸体。他一眼瞥见了父亲伤心的神情，不由得吃了一惊，心里涌起一股陌生的情感。在此之前，他就听说这个党委书记是清华大学毕业的，暗地里有几分佩服，但此刻的情感不是佩服，是什么，他一时厘不清。

他故作严厉地对父亲说，要做事就认真做，先把牌子取下来！

他走过去，动手取下挂在父亲脖子上的两块牌子。父亲看了他一眼，默不作声。父亲把毛巾打湿，蹲下去，开始擦拭那些年轻人的身体。他先从脸庞开始，那一张张年轻的甚至是稚嫩的脸，被他擦净后苍白如纸。

父亲一点点地擦拭，血迹、泥土、草籽、蚊虫，凡是沾在他们身上的不属于他们的污迹，都一点一点地擦去。他甚至还用五指当梳子，替他们梳理了头发，拣掉头发里的脏东西。

很快夜就深了。小李叔叔对那个头头说，你们回去休息吧，我一个人看着他就行了。

头头觉得父亲一直老老实实的，的确不用监督，加上他也确实困了，走之前他厉声说，明天早上七点我来检查，必须全部弄好。不许磨洋工！

等头头和另两个人一走，小李叔叔就轻声对父亲说，不用擦那么仔细了，简单擦擦，赶紧包裹好就是了，不然来不及的。

当时已经子夜一点了，父亲才包裹好一个尸体。按他的速度，早上七点是弄不完的。

可是父亲说，不行，不能马虎。他们的父母都不在，我是替他们的父母为他们送行，我要让他们干干净净地入土。他们都还是孩子。

小李叔叔愣了，他原以为父亲是不得已做这事的。因为这几个青年，他们甚至扭着父亲的胳膊，把他按倒在地，拳脚相加。他们从没把他当作过长辈，他们只把他当作阶级敌人。所以，无论如何，小李叔叔也没料到父亲会这样想、这样说。

小李叔叔没再说什么，挽起袖子，蹲下来和父亲一起擦拭。他当时也才二十多岁，从没见过死人。但他不再感到害怕了。他学着父亲的样子，很认真很仔细地擦拭，把那几个年轻人从头到脚地擦洗干净，换上干净衣服，再用白布单裹好。

两个人一直没说话，也没有任何交流，就这么默默地干到天亮。七点之前，终于全部完成了。但在小李叔叔心里，已经发生了翻天覆地的变化。

天亮后，头头带了几个人来，用卡车装运上尸体，去山里埋葬。父亲要求一起去。到山里后，他一直在旁边默默地看着，用目光为他们送行。直到五位青年全部入土，他才回家。

小李叔叔陪他一起回家。等了一夜的母亲，见父亲摇晃着走进家门，扑上去问，你上哪儿去了？你怎么了？父亲默默无语。小李叔叔说，您先给他倒杯水吧，他累了一夜。

母亲去倒水，父亲看着傻傻地站在一边的我和弟弟说，快，叫小李叔叔。

这就是那个夜晚。

五十多年后，小李叔叔在病床前一遍又一遍地慨叹：你爸爸这个人哪，真是太善良了。

我默默地点头。我知道，我深爱我的父亲。

小李叔叔说，从那以后，我和你爸爸就成了忘年交。我们的交情持续了三十多年，直到他去世。他去世的时候，我真的是太难过了，就好像是我父亲去世了。

小李叔叔说，每次说起那个晚上，你爸爸总是说谢谢我，说我帮了他大忙，救了他。其实不是的，不是的！

小李叔叔眼圈红了，是我应该谢谢他，我应该谢谢他！是他救了我。那时候我已经掉到泥淖里了，心都是脏的。是你爸爸给我擦掉了那些脏东西。不然的话，我会稀里糊涂活一辈子，活成一个让自己都厌恶的人。你爸爸才是我的恩人。

我心里一阵发热。小李叔叔，你也是个善良的人啊。

只有善良的人词典里，才有“恩人”这个词。

飞机终于降落在香港机场。

疲惫不堪的乘客们，纷纷起身，急于离开这个困了他们六个小时的航班。我身边一直呼呼大睡甚至打鼾的平常，也猛然睁开眼，快速换好鞋子，起身取下自己的箱子。当然，他也帮我取下了箱子。

总算到了总算到了。他嘴里咕噜着，已然没有了一开始劝慰我时的那种淡定洒脱。

我默默起身，拖起箱子往舱门边走。一位空姐低声跟我说，谢谢您女士，刚才我们和地面联系了，今天下午那位乘客很危险，大面积心梗。幸好及时送到医院，现在已经脱离危险了。

我说，哦，太好了。

我转头想看看平常的反应，可是舱门一开，他就大踏步地走了出去，仿佛刚才什么都没发生。一切都已回到出厂设置。

不过也没什么。我默然往前走。刚才我并没有把那个夜晚的故事讲给他听。

不是我不想讲，而是在讲到父亲带着我们一家人来到四川时，他就睡着了。

瀑布守门人

田　耳

我准确记得初次去飞水洞的情形：是五月初，村庄地势高陡，梯田层叠，插秧比别的地方晚。杨媚确乎是条件最困难的同学，也曾发奋读书，成绩始终对不住自己吃过的苦，最终我们沦为同窗。此去以帮她家插秧为由，其实我们都没下过田，上午每人踩两脚泥，人家要重新侍弄秧苗。到中午，太阳没现面，但溽热缠身，人有一种正在发馊的错觉。杨媚带我们去她早已提到的瀑布，而我们此来也与这瀑布有关。她不愿谈及这村庄，但有几次提到瀑布，仿佛是唯一拿得出手的东西。据说瀑布悬起来很高，一条白练飞泻直下，在中部散开如雨。当地人并不以瀑布指称，那地方命名为飞水洞，六十年代建有小水电站。“……而且，我们都到那里洗澡。”彼时我们都还未有远行，假期只能在附近几个县份穷游，杨媚的讲述有那么点蛊惑人心。

一行六男四女，沿河而下行到一处水汊口，五尺宽一线溪流在这汇入，溪水清澈，河水阴绿，溪水渗入河水稀释了一方水面的颜色。汊口只一户人家，男主人听着狗叫出门，跟杨媚打招呼。沿溪流往里走，两百米后见到那处水电站，只安装一台小功率发电机。再往里，唯一的路经过机电房，墙体斑驳，守厂房的是一个女人，她躺在竹床上，最大面积敞开衣襟，一个全裸的婴孩趴在女人身上自行找奶。女人没有醒来的意思。一只黑狗吠两声，便对杨媚摇尾巴，让我陡觉乡村的热闹，一片地域的人与畜生都彼此相熟。我们次第穿过一道栅栏门，门锁着，中间一根铁条故意卸掉，最胖的刘维俊通过时有些困难。后面的冯既光及时通报："卡住了。"

郁磊阳扭头说："来，我们一起拔萝卜。"

刘维俊赶紧自己钻过去，追着要给郁磊阳一个熊抱。

往里走，瀑布的声音渐至清晰，果然有如暴雨。山谷越收越紧，空气里水雾渐重，往上看是一线天。"真是一条会吊胃口的瀑布。"是郁磊阳的声音。我们愣一会儿才笑，他讲话总有这种冷不丁的效果。瀑布离机电房一里多地，实际走起来尤其悠长。前面有钝白的光，走过那道逼仄如门的豁口，陡然开阔，是到了一处天坑的底部。半个足球场大小的天坑。瀑布自上端挂下，无数水滴在明与暗的光线中晃动，四壁阴生植物油绿如漆。鲁南星带有相机，拍两张，嘀咕一声拍不出效果。底部水潭并不深，中间那块豆绿，水能漫过头顶。下水都已迫不及待，我们男生脱剩短裤一头扎没。洛婴备有泳衣，三点式，其他三人和衣下水。欧玉和杨媚是穿长裙，裙摆的褶子还紧，打湿以后犹如两把墩布。

洛婴在那块豆绿游泳，我们显然都看向她，鲁南星又拍几张，又是嘀咕没效果。我们臆想中男女凑一起戏水的场景并未发生。在那由职高升级的职专，恋爱虽未禁止，但会遭受老师的敌意。平日一个班的男女交往总是点到即止，临近毕业，我们班硕果仅存的一对恋人已打狗散场。

男生退出豁口，女生在里面更衣，杨媚把在豁口，盯紧我们，包括背对着她换裤衩的时候。接下来的蓄谋已久的午餐，是在瀑布一侧的一块平地，食物早已备足，免不了有酒。酒是在职专喝起来的。没谁在志愿上填写这座学校，但最后都因补录聚到一起，像河流归于大海而污水归于涠凼。校址在远郊一处山脚，周边是锯木厂、屠宰场、水泥砖厂、红薯酒酿造坊，还有城乡接合部藏污纳垢的一切。在那个环境，三年待下来，不喝酒简直不可想象，一喝酒，我们作为被回收的垃圾，彼此会萌生一种同甘共苦相濡以沫的快意。

那天一喝就多，沱牌大曲很快喝完四瓶。杨媚说不能喝了，忽然又说再喝一瓶。一共买六瓶，最后还剩半瓶，被洛婴倒入水里。这时，不声不响的罗湛不声不响地从背包里拎出两提听啤，这临时添加的内容，引发一阵狂欢。即将到来的毕业是种解脱，我们忽然少了许多忌惮。

“这地方真好，瀑布真好。”乐静婷把啤酒罐捏出碎裂的声音，又说，“我决定脱光了游泳。”

“我也要！”欧玉眼睛几乎睁不开。

“那你们出去！”杨媚喝了不少，但说话时，就像一点都没喝。她又紧紧地盯着我们一帮男生，两道目光将六个男生都一一锁定。

“我们其实可以……”刘维俊喉结汩动一下。他人胖，脖颈已开始吞噬下巴，平时喉结难得一见。

“赶紧滚出去！”

几个女生在杨媚身后咻咻地笑。杨媚把脸绷着，像午夜场的守门人开始清场。

电视上演圆笼格斗，那个日本格斗士牛皮糖一样黏人，不是跟对手打，而是把对手缠倒在地，强奸女人一样搞人家。搞到对手怀疑自己是男是女时，他就赢定了。电话打来，一接，是洛婴。她的声音以前很嗲，现在既嗲又不失干练，这是两种难以融合的腔调。我不记得多久没见她，五年或是更久，奇怪我们都一直待在这个城市。我当然知道她所为何事。一如既往，她仍是同学中的活跃分子，没她以及另几个，同学不可能一次次聚起来。说她关心着郁磊阳，莫如说每个同学都牵动她慈祥的心。她是这样的人。

我把所知道的情况大概一说。事情也正在调查，人探视不了。

“……我们碰个面。我把联系多的几个同学叫来，看能帮他什么。”

我认为没这个必要。她说：“难道我们美女老得你都不想见了吗？”

到约定的时间，我开了车去。这十来年，佴城一如别的所有地方，摊饼一样四面扩，新城将旧城箍了一圈。以前城郊某个村寨，现变成楼盘或者商业广场，而以前破败的鱼塘大都翻盖成农家乐，塘里养了肥硕的锦鲤。这种鱼像狗一样跟人亲，总是让我感觉妖异。在她的召唤下，一些同学陆续赶来，估计一大桌，女多男少。女同学次第的到来，引发阵阵异常雷同的喧哗。男同学只来两个，同我坐在角落抽烟。此前洛婴也要我再叫几个男的，比如刘维俊、鲁南星或者冯既光。我说那年三月八号之后，他们也都失联了。“难道他们也搭上了马航 MH370？”她惊讶。我赶紧说是彼此失联，一直没来往的意思。她说：“你怎么打这样的比方，巴不得人家出点事似的。以前不是天天一起吗？”我怎么说呢，除了两口子，谁也没义务天天在一起，甚至两口子都没这义务。

凑一块儿声浪渐起的女人堆儿里，我看见乐静婷，看见欧玉。我记起当年那一幕，模糊却又切近。

“……就是杨媚以前带我们去过的那个瀑布？”

“佴城能有几个瀑布？”

“那次我在水里不知道怎么就晕了，后来听说喝了酒忌下水，容易窒息。”乐静婷陷入回忆时脸上现傻，我更清晰地记起她当年的模样。她又说：“当时都说还要再去，却从来没去。其实只要有谁组织，打个电话，我们还会去……”

“那里不是郁磊阳承包下来了吗，搞成瀑布浴场，还装有监控视频。你们去裸泳，他看得清楚。”我对面的毛胡子说。我只记得他姓李。我说：“事情还没查清楚。”他闭了嘴。

欧玉说：“视频就算是他装的，也不是为了看我们。”

女人们晃着开始走形的身体，喷笑起来。洛婴是不会笑的，作为活动的组织者，她提醒大家今天是为帮郁磊阳做些什么。“能做些什么呢？”另一个女人问。洛婴叫我先讲讲了解的情况。

我把电话里跟她讲过的掰细了再讲。她们确实不了解，郁磊阳毕业后很少碰见，同学约聚从不来。我能见到他，是我父母跟他父亲都还住在地质五三七队的宿舍楼。宿舍楼建在山腰，没被开发商盯上，保存至今。房改时我父母把宿舍变成私房，这辈子是搬不了。郁磊阳的父亲郁工早就搬出，自建了楼房，后又将楼房改成民宿租出去，掏不少钱把以前住过的宿舍买回来。郁工说，两个人，住六百平方米，瘆人得很。这里六十平方米正好。

毕业后他出外跑车，见面自然就少。再后来，我看父母，他看父亲，偶尔在那个院里撞面，一年顶多两三回，一般是过年时候。他从没找女友，从来都是一个人，做起生意，生意做大，从不唤一个小弟开路拎包什么的。车是自己开，那辆赭色奥拓成为我判断他是不是回来的证物。见面，我们聊近况，他尽量概括，不像以前跟我有许多话说，甚至会奇突地加一些文学性的语言。寒暄几句，我们相约以后多联系，其实并不联系，像现在大多数人大多数逢场作戏的约定。

有时我想，为什么会这样？我应该主动做些什么，让我们的关系再回到从前？哪怕过年见面，聊天时的语氛更熟络一点也好。但都是暗自一想，我知道任何补救措施都适得其反。从前像倒进井里的水捞不出原样了。

还有一年春节，他带个女孩回到破院子。女孩年轻漂亮，是他的旅行社的小导游。进院子之前，他把女孩定住讲了一番话，完全是领导布置工作。我敢肯定那是为敷衍或者宽慰父亲。那年郁工心率过速，坐下来就感觉自己分分钟猝死，成天在院子里一圈一圈遛自己，时不时扶墙抖索一阵，咬牙不坐。年后，郁工心率稍显正常，他也用不着带女孩装样子。

“……他毕业以后他爸可以帮他搞进地质队，他不干，去帮他叔叔开车，说是全国先跑一遍再说。只几年工夫，他有了一辆大卡，还买了一辆奥拓，大卡拉货，奥拓代步。有一年过年碰面，我喊一声郁老板。他说什么老板唷，扔我一条九五至尊，真是我抽过的最好的烟，绵柔丝滑，吸进肺里往外吐心子都疼。他毕业没几年就变得有钱。那时候我还在为月入一千望眼欲穿，不够他一条烟。听我爸说，地质队散伙，他爸郁工手里有以前探矿的图纸，这个很容易变成钱。但郁磊阳自己说，我还用不着啃老。”

“说他一直不找女朋友。”毛胡子又插一句。

“好像是这么回事。有一次我也问他，是不是司机的老婆都在路边？他只说，这种事情，我也是有口难辩。听郁工说相了几回亲，他很客气，请介绍人还有妹子去天中酒店狂搞一顿海鲜。那是他的定点，是个吃货，一叫整桌菜，一样夹一筷头。这么客气，妹子以为还有下一次，从来没有。”

乐静婷又插话：“这又是为什么？难道他不行吗？”她语气极坦诚，眼里有天真的疑惑，让别人把笑声闷回嘴里。

“我怎么知道，也许是心里有人，错过了，就没打起精神找另一个。每个人心底喜欢的力量和惯性都不一样。”

“是谁？我们认识？”

“既然错过，说出来有什么用？”

欧玉说：“那就是认识的人咯？是不是洛婴？”

我看看洛婴，我们都看看洛婴。洛婴放下筷子说：“今天不是来说这个的，没意思了啊。”

我想起十来年前那次打电话给她，告诉她郁磊阳是这号闷驴，闷死自己十次，也不会把话讲出来。“……他现在挺有钱的，真的，应该是同学里面混得最好的。”电话里，我本想委婉提及郁磊阳近况，说出又变成最直接。洛婴一时变得愤怒，吼着说：“占文你什么意思？”她把电话挂了。当时她已有男友，就是现在的老公。电话之前的几天，她主动把他叫来和同学们见面，我也在。她对他显然满意，姓庞，外经委的，长相自是不错，开口就说“那次去巴伐利亚”“上次去日本”……当时，我心里暗接一句，“这次去你妈的”。那次见面我感觉这回洛婴要搞真的，就认为有必要给她电话，想跟她仔细聊一聊郁磊阳这个人，而她没心思听。

这些年来，事实证明洛婴的婚姻算是幸福，那个讲话虚头巴脑的家伙，哄她十来年，还将一直哄下去，也是难能可贵。如没有上好的心情，洛婴又怎能随时关心每位同学？我又想，洛婴若是和郁磊阳在一起，又指定幸福？

佴城旅游搞起来没几年，是我介绍郁磊阳买下泺水湾那幢七层的烂尾楼，事成我有辛苦费。郁磊阳也对这笔交易满意，说要送我一成干股。“要不折成现钱吧。”我并非不相信他，实在是等钱急用。“到时你不要后悔。”他说了一个数字，但说眼下正在借钱，不能现给。我说不急，也不能太久。三个月后他把一半款额打到我账户，又过半年付完所有，还有付息和酬谢。

那时手正紧，因为女人的事。年轻时，总有一次，你会觉得你和亲爱的女人之间就差一堆钱的距离，这很要命。我把身边的朋友想一想，有能力买烂尾楼的也就他，于是主动去找，看见奥拓知道他在里头。我说你不能老在外面赚，迟早要扎根的，现在佴城旅游的形势大好，旅馆怎么开都不够。去年五一节，有游客街头露宿，于是就发生一起乞丐强奸女游客的事情。昏黑的夜色中，女游客睡至迷糊，把乞丐当成男朋友，竟然主动了一小会儿……这事说明开旅馆多么迫在眉睫啊，要用钢筋混凝土的盒子把天下的有情人框定，让他们不要搞乌龙。既做好事，又顺便赚得盆满钵满，机会能错过吗？

郁磊阳说那去看看。看过以后决定买，付了定金再去找朋友筹钱。那时候我不知道郁工已经私下赚了不少。当天我嘴里讲一堆旅游的大好形势，心里并不这么认为，游客是四处流淌的洪水，谁也不知佴城发生涝灾或是旱灾。幸好，旅游起势以后，黄金周游客水泄不通，旅馆酒店的床位一直供不应求，可就地起价。郁磊阳的泺业大酒店七层有近六十套房，一个黄金周能赚十几万。我暗自松一口气，又肉疼那一成干股。当年变现的钱都给了那女人，之后便不知道她去了哪里。我不是诉苦，我是说兄弟们都碰到的破事我也从未独自幸免。

旅游生意全方位，他入了行也不能单打一，后面酒店一楼附设旅行社，本店顾客参团有折扣，或者本旅行社的顾客住店给优惠。这样他便真正入了旅游业，雇一帮导游妹子，长相不差。这时候我以为他可以歪着脑袋挑她们中的一个，起码以备不时之需。我这么问他，他浅浅地笑，反问：“是你看中哪一个？”

那个瀑布，飞水洞，佴城旅游搞起势后一度成为乡村游的景点。当地农民土法上马，弄得不伦不类，很快把生意做死。之后飞水洞被一个姓乔的老板承包，接下来的两年成为臭名昭著的土匪景点。他们的车停在城里各处，以极低的费用招徕游客，拉到地方强迫消费。价目表有一阴一阳两张，饭后出示的那张，一盘野菜卖一百多块，一煲蛇汤两千打底。游客一次次把舌头像蛇信一样吐出来老长，必然不从。乔老板手底一帮马仔出面“维持秩序”，每个人的神情，都是“我的地盘我做主”。这地方曾有百年匪患，现在不敢公然为匪，但不少家伙浑身流淌的仍是土匪血。游客纷纷举报，乔老板一次次摆平。

有一年严打，乔老板及手下被定名为“乔大炳黑恶势力集团”，公捕公判会时作为成果上台展示。当年他们在景点“维持秩序”，每人都有专属造型，发型也绝不撞山，像焰火晚会上的摇滚天团，现在都削光头发统一着装勾起脑袋，看着全是老实孩子。瀑布荒废在那里，小水电站也早已撤掉。没人接盘，一是那里已然声名狼藉，二是乔大炳迟早放出来。若见有人接盘，乔大炳脑袋一抽，也许满心都是自己女人被狗搞了的伤感。

郁磊阳偏要把那个景点接下来，也不马上运营，装修搞了差不多一年，就像装自家别墅。弄好以后，竟然不是景点，而是浴场，名字也改为“花洒瀑布”。他对瀑布改动的力度极大，整体环境重新设计施工，天坑的顶部装有穹顶，一摁电门，进口的透明篷布罩随时开闭。瀑布水温可调控，冬天出热水，一年四季经营。花洒瀑布主打的一个项目，是单日下午专供女宾，男士禁入，里面可以裸泳。这有别于其他浴场，男的泳衣女的比基尼，千篇一律，味如鸡肋地相互打量。投入如此巨大，宣传也铺天盖地。好几次，我走在路上被人横塞“花洒瀑布”的小广告。“美女，你多久时间没在大自然的怀抱里自由裸体了？”主打的广告语是这样，画面是裸女和锦鲤一同遨游水底。在广告背面，郁磊阳自封为“瀑布守门人”，郑重承诺了安全与舒适。这些年我在佴城写广告词也攒下口碑，他不可能不知道，但没叫我。印在广告纸上那些屁话，我听着倒牙，据说效果不错。用一个广告公司老总的话说：你不知道怎样的鬼话能够钻进游客结构错乱的内心。

瀑布守门人有专用的logo，郁磊阳找人用动漫处理了自己头像，着重突显他的憨态可掬，是为增强女客的信赖。配图是他肩扛火箭筒，对付坐着飞机前来偷窥的色鬼。火箭筒像是六零式，飞机是“飞机侠乐迪”里的一款。他守护她们变成一尾尾锦鲤，水中自由翱翔，或在瀑布下面任飞泻的水流按摩，力道遒劲。这跟家里的花洒绝不一样，水飞流直下三百多尺，其中蕴蓄的能量，以前是用来发电的。

我相信这都出于他的本意。如此大的手笔，一枚针眼摄像头就可能彻底砸锅，他比任何人都了然。

“……是的，情况有了新的进展，报案的反倒成了作案的。”

“到底怎么回事？”

电话里，我大概跟洛婴讲一讲。郁磊阳被带进去询问，只说摄像头不知被谁安装在那里。这玩意儿佴城没有，应是网购，郁磊阳的网购记录被调取，的确没有相应的购物单。相反，警察查到报案人报案时所在位置，摄像头一对比，很容易将人找出来。其人姓肖，无业青年，爱好在各网站发布视频，多次违规。在肖某的网购记录里，明白地显示着购有这款摄像头，原装正版的一桩“贼喊捉贼”。稍加盘问，也是肖某偷偷安装在浴场内一处不易觉察的崖壁。瀑布之下，毕竟有这么大的空间，一枚依赖锂电池、无线发射信号的摄像头，很容易藏得不露痕迹。但郁磊阳细心，第一时间就发现问题。

“肖某怎么能进去？”

“除了单号的下午，男士也可以进，买张票的事。”我告诉她，现已问得清白，肖某蓄谋此事，先进去几次，探好位置，再找一个傍晚来客稠密之时动手安装。保安把肖某带到办公室，郁磊阳叫保安出去，两人单聊。“这事情，你知道我知道就行。你不要给我惹事。”郁磊阳跟肖某这么说。肖某一开始不认账，郁磊阳说那就只好报警。“刚才看见你拆包，接收器还在你的背包里面，警察来了，再打开你的贮藏柜。好不好？”肖某质问：“更衣室里安装有摄像头？”郁磊阳保持着微笑，说我们有别的措施，不侵犯隐私，但也不会漏过恶意的行为。“我跟来这里的女客保证过的，这个你应该知道。我的行为合不合法，等下警察判断。”肖某将接收设备交出，郁磊阳便将其放走，算是私了。郁磊阳自以为这样处理，会有相安无事的回报。没想，过了几天，肖某在网上报警，说花洒瀑布浴场安装有摄像头。

“……这怎么告得响呢？”

“问题是，事后他没有将摄像头拆除。当然，也没有将接收设备安装在自己电脑上，没有任何视频拍摄和观看记录。警方刑侦手段现在非常专业，事情调查得很清楚。”

“那他又是为什么？”

“他说是还没来得及，但拆摄像头就几分钟的事，这么说糊弄不过去。”我顿了顿，又说，“还在调查，我和你一样想不明白。我们并不了解他，不是吗？”

“你都不了解我怎么了解？你们还是邻居。”

洛婴又提出见面聊，我说不必要，这事情那一堆同学帮不了。作为一个专盯政法新闻的比记者还低一级的通讯员，我不能为他做些什么，只知道眼下唯一帮得了他的，就是他本人能否对此作出合理的解释。

他和我们不太一样，虽然认识三十年以上，也不敢说了解。摄像头应该拆，他没有理由不拆，但他没拆。

我和公安有联系，算不上有关系，没法和他见面。作为通讯员，我也要采写法政新闻或通讯，比如乔大炳无法无天的那段日子，接到消息我去了飞水洞，简直就是匪巢，一帮马仔就在我眼皮底下“维持秩序”。我能干的，无非用长焦远远拍几张照片，趁他们发觉前离开，写了情况通报交上去。

当时我想，换是郁磊阳，他干我干的事，遇到同样的情况会怎么处理？

我们读小学是八十年代末，整个县城乱糟糟，街上成天有架打。我们曾被霸凌，就在酱油厂背后的巷子，上学必经之路。人人要交过路费，一角钱管一个星期，每次收一个月的份额。“一星期一角，一个月三角钱，会算吗？每个人都给优惠。”他们的大哥是卢召实，绰号阴孩，全城人都知道阴孩惹不得，过路费认了，三角钱倒也不痛不痒，还说人家流氓都懂聚少成多的道理，不容易。那时候院里小孩相邀一起上学，都交过路费，就他没交，第一次是说没钱。“好的，明天到家里撮一斤米，听到吗？”很多小孩不敢问家长要钱，他们变通为交大米，小孩可以偷偷从家中米桶里撮。阴孩手下一个光头扯着一个足以把自己装进去的布袋，里面全是一斤一斤收来的米。第二天郁磊阳叫我们先走，我以为他交过路费怕熟人看见。我们不在一个班，中午才知他挨打，打得不轻，自己捂着，放学去到卢召实家，找他老父亲。他认得卢家是哪个门。“……我管不了，我怎么管得了他？他连我都打。”老卢冷笑。那以后他似乎故意避开我们，上学放学各走各路。第二月他又挨打，又去找老卢告状。第三月依然如此，伤得更惨，买了几块钱的膏药和跌打油才将伤势捂好。其实，他的零花钱比我们都多。第四个月，老卢操一把榔头站在巷子口，目送着小孩一个个经过。他跟阴孩发了话，要是他的小弟还收过路费，他就用榔头敲自己脑门儿。阴孩心里明白，自己的一身狠劲儿和泼皮功夫，都是遗传来的。

他本就不怎么找人玩，就喜欢独来独往。在那个小孩放养的年代，他安心宅在家中，成绩比我们强一头。五年级，也就是他抵制过路费一年以后，郁工和老婆闹离婚，郁工的问题。他跟母亲去广林县，往后有两年多我没见他，过年也没见。他转学回来是初二，跟我一个学校，另一个班，但成绩大不如前，全年级一百五十名之后。他母亲给广林酒厂处理锅炉故障时，遇爆炸意外死亡，尸体都凑不了整。这事情当然也闹得人尽皆知。郁磊阳的成绩一落千丈，我想最主要的原因，是他自己认为读书没什么意思了。

他再回到佴城，平时碰面远远地打个招呼。有一天第三节课的课间，他主动找我聊天。那个课间有半小时，广播体操停掉了，我忍着不上厕所，一直陪他说话。第二天第三天他还来我所在的班，我便注意到他眼神总是落在别的地方。“你是看上我们班谁了？”我问他。中午的时候他找我一路回家，告诉我，是的。我一猜就是洛婴。那时候长得好的女孩少之又少，我们班基本就洛婴长得亮眼。他叫我不要讲，“看她几眼就好。”

到初三他成绩又好起来，我知道这是必然，时间会稀释许多东西，他读书的底子还在。高中时他进一中，我和洛婴不出意料地去了城郊松溪庙中学。他经常过来，我也负责把洛婴聚拢来，他肯掏钱请饭。那时候掏钱请饭是少数人能做的事。洛婴当然知道郁磊阳的心思，顾及同学情面偶尔也来，对他并不感兴趣。我就批评他，你啊其貌不扬，难搞定。他说你讲我相貌平平，讲我貌不惊人都好，不要讲其貌不扬。我说不是一个意思吗？“其貌不扬，就是长得丑。我长得丑吗？”我一查辞典，真是他说的这样。

高中时大家都在蹿个头儿，郁磊阳奇怪地停止长高，只是长横，对此他也不以为意，没有发愤图强投入锻炼管理身体。他好吃，说自己胃口肯定是进口的。洛婴变得对交际感兴趣，她人气旺，成绩又上不去，经常组织大家搞一些很青春很阳光的活动，比如郊游、野炊或是读书会。她最爱汪国真，转眼随着风向变成余秋雨。郁磊阳不喜欢这两个人，我也差不多。但大家乐意团聚在美女身畔，郁磊阳更是积极参与者。她对他态度不会很差，也没变得更好。她开始和校外的家伙谈恋爱，男朋友用野狼摩托将她从我们眼皮底下接走。她屁股后头绑了音箱，摩托一路飙着歌开远，飘来的声音有时候是 Beyond，有时候是郑智化。

“换一个吧。”我这么劝他。

“为什么要换？”

“都这样了，你也看到。”

“我没什么的。”他说，“我也就是经常看看她。”

职专时我们又撞到一个班，不得不说，我非常意外。后来知道他的志愿只填了本科和服从分配，似乎对自己去处有先见之明。“《上升的一切必然汇合》。”他晃了晃手里奥康纳的小说集，又说，“老天自有安排。”高考落榜，我心底那点隐隐的失落迅速被他的态度荡平。“真的，来这里不挺好吗，该玩的时候狠狠玩三年，都不好意思有什么压力。”他还说，唯有在最后批次录取的破学校，青春才不被耽误。

洛婴用开桑塔纳的新男友甩掉旧男友，新一轮严打以后她又恢复自由之身，这些经历没让她阳光开朗的表情打任何折扣，还是热衷于把大伙儿组织起来一块儿活动。头个学期班主任脑子进水，指派我当班长，半年以后全班公开选举，我被洛婴替换，这才松了口气。除了读书不行（反正全班谁也不行），她在其他方方面面都表现出模范带头作用，是个热心肠的人。虽然我觉得她讲话做事和她的嗲嗓门总有些假里假气，但听习惯了就好。当时我们月生活费三百左右，她家条件不错，四五百都有。杨媚的父母每月只能掏一百五和一袋大米。她主动表示结对子帮扶，两人的钱合在一块儿用，并由杨媚保管。“……我不是一个精打细算的人，我要向杨媚同学学习怎么精打细算地过生活。”她获表彰时，在校会上作这样的发言，下面有人嘬起冗长的呼哨。一旁的校长脸一变，抢话筒喊话：“哪个杂种吹的哨？有种站出来。”

杨媚成为她的跟班，形影不离，两个人都算美女，走在路上都有回头率，但在我看来，小姐和丫鬟的区别也是如此明显。临近毕业时，去帮杨媚家插秧只能是洛婴的主意，杨媚起初还不答应，是洛婴做通她的思想工作。洛婴说即将分手之际，更要加深彼此的友谊。“难道不是吗？”

杨媚几乎一碰面就盯上郁磊阳，微妙且妥洽地示意，不让别人知道。我看出来，是我跟郁磊阳走得近。职专僧多粥少，往届生，还有刚到来的男生都用焦渴的眼神打量女同学，都想先下手捞一个女友，往后三年日子好打发。杨媚也是被重点追逐的目标，她谁都不睬。开学才一个月，国庆节，她主动约的郁磊阳。

“你不至于嫌人家家庭条件吧？要这样，兄弟请容许我默默地鄙视你。”我提醒他不要错过机会。

“我还是每天看几眼洛婴，就安心了。”

“洛婴这么多年一直不理你，有这必要吗？她好像就喜欢街上那些妖怪。”我说，“杨媚倒是有眼光，这么多帅哥当中，百步穿杨地盯住你这么个货。有眼光的人必然汇合。”

“我说过要洛婴理我吗？我就喜欢看洛婴没心没肺的样子，每天看到就好。”稍后又说，“我怕看杨媚的眼睛，她眼神毒。”

“不好这么夸自己，分明是欲拒还迎。”

“戴哥，我跟你讲过反话吗？”

张队是洛婴叫来的，坐我对面抽烟，脸上挂起职业性的冷漠。张队我自然认得，平时有事也不是他跟我对接，我未必请得动。洛婴在佴城混得很开，说谁她总有办法联系上。“你和世界上任何一个人之间，顶多隔着七个人。”这是聚会时她爱引用的句子，几十万人的佴城，在她看来自是小菜一碟。

“这个事情不大，也查明了，肖老四贼喊捉贼。问题是……”他习惯性停顿一下，“现在这事情竟然上了网。”

跟张队同来的启明也说：“现在我们就要一个解释。大家对这事感兴趣，都知道郁老板没有撤走摄像头。”

“郁磊阳什么都没说？”洛婴问。

“知道是你们朋友，怎么说呢，他态度有问题。起先他连肖老四都包庇，只说不知道谁安装在那里，但我们在他办公室查到了接收器。虽然接收器没有启封，没有连接上电脑，但这已经说明他在撒谎。”

启明补充：“我注意到，报案是网络匿名，还说郁老板每天在办公室偷看，这有点画蛇添足。他既然是洗浴时无意中发现摄像头，又怎么知道谁在哪里偷看？再一查报案是在网吧里，肖老四以为这样很隐蔽，其实一查ID再对监控就把人找出来。不出所料，他的网购记录里有这一笔，型号对得上。”

“郁磊阳自己怎么说？他总要说些什么。”

这是个烤吧，可以搞点酒和烤串。电视里正播我一直追的综合格斗，现在是两个女人先垫场热身。一年前，这档节目每期都把女人的比赛放到压轴，想以此强调男女平等的观念，但收视率断崖式下跌。男女有别，要说平等不在于打拳。稍后，日本格斗士会和一个韩国拳王争夺次轻级金腰带。

启明说：“他先是说事忙，忘了拆。后来他承认，接收器摆在办公室，给他一种很奇怪的感觉。他每天免不了想起这事，只要将接收器插入电脑，就会看见画面。他说他需要这种感觉，每天想到，每天忍住。”

“是的，他说这就像一种挑战，一种折磨，他喜欢一天一天扛住这样的折磨。他相信自己扛得住……”

“他是不是被你们打了啊，讲这么古怪的话。”洛婴一急，嘴巴更快。

“小洛，你这么讲就不对了。我们也有摄像头，现在都是文明执法，透明执法。”

烤鱼和烤串这时弄上来，还有汽锅蒸什锦螺。我啪啪地打开啤酒，先灌了自己一口大的。啤酒要冰，第一口总是最好，上顶脑门儿下冲屁眼儿。第一次去瀑布那天的事情瞬间又随气泡涌上脑门儿。

杨媚从豁口走出，朝我们来。

“别过来，我们也裸泳。”刘维俊这么说，我们一齐笑。

“有什么了不起，让我看看长短。”她已走到我跟前。我第一反应是杨媚是不是喝多了，这实在不是她的语言风格。但她到底什么风格？

“……想不想看里面？”

我们互相觑几眼，以检验是否听错。不可能六人全都听错。一时很静，她的声音更清晰地冒出：“要把握机会。”

“不好开玩笑。”郁磊阳说。

“谁跟你开玩笑？有谁不想看？”她手一指，指着进入瀑布那条小路的另一侧。通向机电房的那根巨大的水管，从山顶一路斜下，上面潭里的水走水管发电，盈余的才化为瀑布。“爬上那里，看得很清楚，她们绝对发现不了。村里男人都这么搞过，女人也都知道。”

那时候，我还在关注小说里性描写的段落。据说，学校里某个家伙藏有一本人体艺术画册，给人看了封面封底，往里翻要用白沙烟换。

转眼间，我们每个人都像金庸小说里的高手大战三百回合，呼吸一齐沉重，需要调整。罗湛脸太瘦，甚至暴出青筋。当刘维俊脖子率先一歪，朝杨媚手指的地方张望，所有人也都顺势扭头。定睛一看，山的腰际，水管旁边是有个窟窿。“现在，我守门。”她换一种循循善诱的表情。

“你喝多了，坐下来洗洗脸。”郁磊阳去拽她。她身体一抖，将他甩开。

“你硬了。”有人说。“你也一样。”有人回。他们开始往那边走，步态必然机械且吃力。“你们要搞什么？”郁磊阳递我一个眼色。我抢几步挡在道上，而他们，不是被我挡停，倒像是僵尸被法术定格。

“一群白痴。”杨媚把手插进口袋。她湿漉漉的长裙有口袋。

“郁磊阳，凭什么听你的？”鲁南星说话喷起酒嗝，也喷出委屈。

“我们都是同学，不是吗？”

罗湛说：“你不看自己到一边去，不要管别人。”轮到郁磊阳扭头，罗湛不知哪时绕到他的身后。罗湛跟郁磊阳一样矮，很瘦，晚上在校外打通宵牌，白天趴课桌上睡。同学三年，罗湛基本算是陌生人，这次不知谁把他叫来。

两人不知怎么就动起手来，我扭头时，他俩滚在地上，自然是罗湛把郁磊阳骑在身下。“不要打架……”我过去想把罗湛拽开，这时，刘维俊打橄榄球似的一个斜扑，将我弄倒，并压我身上。这么大一堆肉，压得我嘴皮都往里凹。好不容易拧转脑袋，脸颊贴地，不远处郁磊阳的脸也贴在地面。我俩都只能腾出一只眼相互张望，瞳仁涣散，眼白辽阔，眼色都使不出来。罗湛正在反别他一只手，冯既光别另一只。刘维俊不这么搞我，他只是压住我，要命的是他胯下之物顶着我屁股，这时硬得起劲儿，仿佛还在拔节。

“不要这样。”我又挪了挪，才能艰难地发声。刘维俊没吭声。我试探着动几下，看他会不会松动，这样我自己钻出去。“不要动！”刘维俊咬着我耳朵说。“不然呢？”我问他。他说：“我喝得稍微有点多。”

郁磊阳呛咳几下，大声地嚷，叫他俩放手。“要呛他几口水才好。”罗湛这时还打商量。冯既光说：“都是同学，不好吧。”“就这么搞。”鲁南星赶紧过来，拎起郁磊阳双腿，三人把郁磊阳抬起，往前几步就到水边。仍是罗湛，拧着郁磊阳脑袋往水里浸。

“罗湛，我操你妈！”我趁我还能发出声音，就要发出声音。刘维俊也不多话，躺在我身上搞一招鲤鱼打挺，砸夯似的，我脑袋里火星蹿出一片，叫声都闷在嘴里。隐隐听见，罗湛指挥若定。他说：“你快上去，别浪费时间。”

他们把郁磊阳脑袋准确地摁在水里，时不时拎上来换口气。缺氧这种事，最考验革命意志。鲁南星稍后返回又替下冯既光。

郁磊阳脑袋不知被浸了几回水，再拽出水面时就剧烈地呛咳，像是肺泡迸裂。

“不要这样搞他。”

“死不了。”

刘维俊心神不定，老是说：“怎么还没轮到我？”这时，里面传出女生杂乱的喧哗，仿佛出了状况。杨媚不得不往里面去，扭头丢来一句：“抓紧时间！”当她跑进里面，又大声朝外面喊：“你们要自觉啊！”

罗湛适时地替下刘维俊，先反别我的手，刘维俊才从我上面腾空。一丈之外，鲁南星和冯既光把呛水呛到昏厥的郁磊阳扔到地上。他趴着吐水，苦于吐不出来，身体一阵一阵痉挛。“你他妈放开我，”我说，“快给他拍背，让他吐水。”

“死不了。”罗湛仍然说。他一手别着我，一手点烟。后来我发现他手头松动些，顺势一扯，竟然扯脱。我要走过去。罗湛身形一长，忽然抽我一耳光。我没反应过来，又挨一耳光。“你也爬上去看。”他说。我看着他的小个儿，一拳朝他面门砸去，身体却止不住趔趄，不知怎么被他撂倒。他踢我的股沟，踢在刚才刘维俊顶过的地方，有种撕裂的疼。当我翻身，他们都围过来，罗湛发话叫我别起来。我想了想，就没起来。稍后，罗湛蹲下来。我以为他又想到新花样搞我，他只在我胯裆上面一摸。

"也硬了。"他们异常开心地笑起来。

我这时怎么就硬了呢？

"还有时间。"罗湛说。

我爬起来，罗湛接着踹我屁股。我踉跄地往那边走，仿佛并不情愿，之后又往水管上面爬。水管很粗，表层涂有沥青，能够直接踩上去。我听见郁磊阳在身后猛一阵暴咳。云层一厚，这时山谷暗如黄昏，我盯着水管上面的窟窿变大。刚才被刘维俊几乎搞昏，我不知道里面喝醉的女生现在是否还在裸泳。我有怀疑，接着我便看见：乐静婷刚才溺水，洛婴正在施救。乐静婷的溺水延长了待在瀑布下面的时间。洛婴搜寻着记忆施救，变换手法，把嘴凑上去，她情急之下没来得及穿衣服。欧玉身体也发软，正穿衣裤，要杨媚帮忙。我最后一个爬到这窟窿眼儿，没人催我。我看见洛婴胸脯的起伏，但她慌乱间没记准人工呼吸的步骤，本应往别人嘴里吹气，她用力往外吸。她俩一个躺着，一个趴着，胸脯按同一节律起伏。乐静婷忽然暴哕，洛婴及时把脑袋一偏。

我体内正翻江倒海，几乎同时哕起，憋不住哇的一声。她们发觉动静，欧玉和杨媚都循声张望。我赶紧低下脑袋，瀑布流泻把别的声音都削得若有若无。

"……事实上，他什么也没看。"

张队说："但这样的理由，讲出去，有人信吗？"

启明习惯于补充："他强调自己只是需要自我控制的感觉，就算这是真话。当时我问他，你不能否认，一旦插上你就能看到画面。这种可能，你能说没有？"

"他怎么说？"

"他有些颓丧，点点头，稍后又说不会，绝不会。他一直镇定，这时候也有些歇斯底里。"

"也许他说的是真的。你们要相信他。"

"相信？要是相信嫌疑人自己讲的话，我们不要干这一行。"张队叹一口气，“小洛，我们哪有不帮忙？但他的解释这么不靠谱，我们退出，工商的人马上接手，限令整改难免。那是更大的麻烦。”

电视里，我的新款偶像，日本格斗士好似一条麻绳，从背后捆住了体积大他许多的韩国拳王，一条腿锁紧对方一条腿，把脸别进对方的反手拳够不着的地方，再源源不断地用拳挠人家肋排。虽然每一拳都轻，但我知道，他离金腰带只是倒数秒的问题。

我松一口气，眼光放回对面的警察，知道郁磊阳无法由自己讲出缘由，无法讲故事一样，讲述他为什么成为瀑布守门人。也许在他们看来，这两件事并无必然的联系。

让我头疼的是，怎么让这嗲嗓子歇一歇，以什么理由打发她先行离开。而我又要怎么讲述这事，毕竟我要提及当时的我。我再次记起罗湛的瓦刀脸，陡然清晰。他踢着屁股叫我加入他们一伙，真是狠招。他那时候就想到，要用每个人的脏裤头堵进他自己的嘴。

那个午后，当我从水管上面下来，郁磊阳坐地上，一手撑地缓缓站起，把外衣外裤搭肩上，拿脚找鞋，并往外走。这时没人拦他。我呆了好一阵，冲他跑去，却不知是要跟上他还是叫他别走。我心里涌起的是别的情绪。当我手搭上他的肩，他抽搐般地甩开，冲我说：“别碰我！”他钻进栅栏门，消失在机电房。

我一直怔在那里，慢慢回过神来，知道我失去了这个朋友。或者，我们还能见面，还能讲话或者同桌吃饭，但有些东西无法复原，就那么眼睁睁失去。随时间推移，我叫我忘记当天的事，在我每一次记得最清晰的时候。当然，最清晰的从来不是我在窟窿眼儿里看到瀑布下面的一切，而是郁磊阳甩开我时，他脸上的神情。我也需要自我原宥，从这角度出发，经过这些年，我日益地明白：我哪曾失去什么？我们从未失去任何我们配不上的事物。

仲萨聆听

江洋才让

如何让手指间的念珠像一股活水，在手中哗哗流动，这取决于你的心够不够真，如果真了，那结果是必然的。

可有人问了，我的心够真，怎么没这样的事发生呢？

每当有这样的话冒出来，仲萨麻甘（老阿妈）总是以惯有的那句——“等我儿子回来答复你好不好，我儿子最擅长给人解疑释惑。”

可儿子到哪儿去了？！好久没回家了。儿媳总是回一句：他该回来时自然会回来。仲萨听了，就点点头。好长时间，她不再继续这难缠的问题了。她知道，每天问一次是对儿媳的打搅，也是对孙子及亲戚们的打搅。每次问起，回答者语气各异。有的会迟疑那么一阵，而后，用诚恳的声音说，他有他自己的事要做，所以，要理解一个男人不回家。是啊，一个男人为什么不回家？难道他死掉了？呸，想到这儿，仲萨总是要往地上吐口唾沫。即使全世界的人这么说，她也不会这么认为。她记得儿子最后一次和她说话是三年前，是啊，儿子离开家已经三年了。儿子那天和她碰了好几次额，而后，在她的耳畔轻声细语。儿子说，阿妈，你儿媳这人咋样？仲萨没料到儿子会这样问。她愣了一会儿，细细回忆儿媳自进家门以来的一些事。总是有干不完的活儿，不管是地里的，还是照料牲畜、家务，可从没听到她有什么怨言。即使自己眼睛瞎了，她也能感觉出儿媳是好样的，不是那种能把话柄留给别人的女人。因此，仲萨夸起了儿媳。

她说，我儿媳，你老婆是好样的。

她还说，我儿媳进门的那天，唱的那支歌真好听。

仲萨耳朵好，夜里听到儿子和儿媳对情歌。她想起哪茬就说哪茬。儿子听了，哑哑的，好像在沉思。于是仲萨又把话题更进一步。

她说，媳妇不好能给你生那么好的儿子吗？

仲萨在这个家最喜欢孙子。自孙子降生那天起，她就骂自己眼睛瞎得不是时候，能看上孙子一眼，再瞎也没什么关系。她一听到孙子哇哇哭，心里就像猫挠了一样。她真想看孙子的哭样。眼泪汪汪的。以前，她的眼睛还好，她真是没明白看一眼少一眼的道理。她只有用她的手去摸。她摸到孙子的“小鸟”，一只手拄着拐杖，一只手轻柔地捏住，脸上显现从未有过的和她极不般配的调皮和被幸福击中的感动。你说，她还能不赞美自己的儿媳？！

她又说，我儿媳是菩萨赐给我们家的宝贝。

儿子听了她的话，又和她贴了贴脸。

仲萨不明白儿子那天为什么三番五次和她碰额贴脸。现在，她觉得那就是一个兆头。儿子要离开自己的兆头。可当时，她完全沉浸在畅快中，脑海里还能掠过什么念想？不会。仲萨每次想起这件事，她都会摸索着拄着拐杖出门，她用拐杖敲打着地面，嗒，碰到了门槛，于是，她知道走两步就可以跨过去。而后，拐杖继续敲下去。咚，拐杖碰到一个盆子，那是她的尿盆，常被儿媳搁置在花园边。夜里，孙子会在一声“把你艾依（奶奶）的尿盆拿进来”的叫唤中，蹦蹦跳跳把它拿进来。孙子会把尿盆咣当一声放地上。儿媳就会骂他，小心轻放，摔破了，让你艾依用你的碗尿。孙子嘻嘻笑。仲萨就会循着声音摸摸他的耳朵，柔软的耳朵，她想孙儿的耳朵真像是酥油捏的。她一想到孙儿的耳朵是用酥油捏的，就又想起了儿子……她拄着拐杖不断地触碰着地面，她知道再往前就会碰到一块刻着六字真言的玛尼石，当，让她感到奇怪的是拐杖碰到玛尼石总是发出钢铁一样的声音。而后，她会用拐杖直直戳过去，院门就会被捅开，一股风就会吹到她脸上。她再次跨过门槛，来到了院外。好凉快。儿子走的那天，天气也是这样。听儿媳说，那天他做了一番精心的装扮：亮亮的尖头黑皮鞋，藏青色的袍子，白色花领的衬衣。总之，打扮得很是精神。可偏偏手机落在家里了。他和媳妇也说了几句话。都说了些什么，仲萨恍恍惚惚地居然不记得。

那天，天快黑时，仲萨听到六岁的孙子说，阿爸该回来了，他会给我带一匹玩具马来。说着，在她面前像马一样跑来跑去。

仲萨说，别跑了，当心摔着。

仲萨又说，当心，摔倒了让石头碰了你的眼。

她一激动，就会让拐杖脱手，当啷掉在地上。她蹲下身捡起拐杖，就听到儿媳在自言自语，怎么还不回来。儿媳那天出去站在村头的路口等，斜阳拉扯黄昏的幕布沉沉地落下去，扯拽着她的心也掉落下来。她回来时，语气是那么不快。孙子也说，阿爸说谎，别人家的阿爸都回来了，可他连个影子都不见。

仲萨忙说，你阿爸不回来，一定是有他自己的事。你是他亲人，难道你还不相信自己的阿爸！

仲萨这句话说给孙子，实则是给儿媳听。儿媳听了，哑哑了一阵。而后，仲萨听到她又在干活儿。过了一阵，她给她倒上奶茶，拌上糌粑。仲萨的脸上掠过一丝不易察觉的笑意。她知道儿媳消气了。消气就好呀，气鼓鼓的怎么能睡得好！她一只手接茶，一只手拉住儿媳的手腕，手腕上的手镯冷冰冰的。可是，儿媳的话却是热乎乎的。

她说，阿妈你放心吧。

仲萨点点头，耳畔传来孙子的自言自语。孙子坚信阿爸明天一定会把玩具马带回来。他甚至想象那匹马是什么样子的。肚子里装上电池，不但会跑，而且还会嘶鸣。

可第二天，儿子还是没回来。到了第三天下午，仲萨拄着拐杖出门了。她知道出了院门应该朝哪个方向走。即使现在什么也看不见，可心里的那只眼睛却是睁开的。朝南，不是朝北，更不是朝西。朝南的方向，只是需要把拐杖伸出去，说出来有点离谱。只要拐杖碰到土块的声音噗地钻入耳孔，那就是行了。仲萨沿着那堵土墙往前走，她走得异常小心，拐杖总是一点点地探出，土路上那小小的凹坑难不倒她，她的拐杖如实把消息传到了手心。因此，仲萨慢慢地挪，缓缓地，不细看真不知是在移动。但到了平地，她会快一些。当然，也没多快。这条路，她从小走。瞎了，还走。烂熟于心，没问题的。她突然想起到了石墙这边应该有狗叫了，因此，她大声地咳嗽几声。果然，一只狗在院墙里狂吠起来，连带着好几只狗在不同的院墙里狂吠。越往前走，越宽敞。仲萨走到村头，她已经站在了路口，她就这么站着等人走过来。

她站累了，便坐在地上。地上的几块石头，极不老实地顶着她。

仲萨慢慢地把石头取出，扔掉。而后，听到有人骑着摩托车过来了。那人显然是看到她，刹车。仲萨闻到了一股尘土在弥漫。

那人说话了，麻甘，你坐到这儿干啥？

哦，仲萨听出是谁。她说，我在等我儿子，在县城你见过他吗？

没有。

仲萨就这么坐着，或者站起。她坐着的时候，拐杖平放在膝盖上。她站起，拄着拐杖。可是，她问了一个又一个从县城回村的人，没有一个人见过她儿子。

仲萨突然有了不好的预感。她感到天旋地转，身子一歪，她想自己会摔个鼻青脸肿，一只手突然伸出扶住她。是儿媳。孙子也来了。孙子好像一点也没注意她。仲萨听到他在捡石头，而后丢出去。丢了一块又一块。啪，啪，啪啪，每一块石头落在地上发出的震动好像从拐杖处传到了手里。仲萨握住了这震动。她叹了口气，就听到儿媳说，阿妈，咱走吧。天要黑了，回家吃饭。

儿媳一直盯着丈夫落下的手机看。仲萨怎么猜到的？她听到了滴滴的按键音。她知道这部手机对于儿媳来说有多重要——也许，那个不回家的人随时会打电话过来。还有，他的朋友也会打电话来，这样，有可能拓展出一些问询的范围。有几次，手机铃响，儿媳激动得像是通了电，她颤抖着，喂，是你吗？哦，打错了。还有，就是找她丈夫的，却一点也提供不了线索。后来，儿媳对手机失望了。

她对仲萨说，阿妈，我得去县城找他。你由我妹妹来照顾，她明天就过来。

仲萨问，我孙子呢？

儿媳说，我带他去县城，没有我，他会闹腾。

仲萨认为只有如此了。她一个人静静地待在家里。是的，仲萨常常认为耳侧的有声世界像疆措（海）时静时喧，这世界对于她来说必须细心聆听才能体悟，懂吗？一次，仲萨对孙子讲起这套理论，她听到孙子在挠头。挠头代表孙子有疑问。仲萨笑呵呵地用多皱的手摩挲着孙子的头发，她想把他的头发搞乱。她想象孙子顶着乱蓬蓬的头发，有疑问的表情越发地凝重，她就笑出了声。可是，儿媳妹妹的来到却加重了她的忧虑。她听出这是个笨手笨脚的女孩，一点也不像儿媳。她听到她摔破了好几个碗。每摔破一个，女孩就会尖叫。而后，把碗的碎片哗啦啦地扫到屋角。而后，发一通不好听的牢骚。

仲萨不想听。她起身顺墙走，推开佛堂的门。她来到那个放酥油供灯的铁皮桌前，这是儿子专门定制的。他说，阿妈，铁桌子可是不怕烧的，你就放心点你的供灯！儿媳早早地往铜盏里插上灯芯，灌满灯油，一溜摆在桌上。仲萨不知自己为何此时想点供灯！她用手摸索着，取过一盏，从铁皮桌的抽屉里掏出一次性火机，打着，她感到灯芯着起来了。火苗晃动着。这一盏，让她想起了老头子，自己的丈夫，一个整天嘻嘻哈哈的家伙，毫无征兆，在多年前的午睡中脑溢血离开人世。火苗，扑啦啦响动。仲萨轻声说，老头子，知道你早就轮回成人了，愿佛保佑你能在今世，此刻，帮到我们的儿子。

仲萨又点了第二盏，第三盏。

她听到三盏供佛的酥油灯，火苗扑啦啦像在议论什么！

她不敢再伸手，怕火苗舔了她的手。但心里头的愿望刚开始窝在角落，现在出来了，在心里走来走去。仲萨自己也没想到一句六字真言会脱口而出。

唵嘛呢叭咪吽。她开始编排这三盏油灯的议论。每想到一句脸上就会严肃起来，最后，足够形成一个大大的伤悲占据她的脸。儿媳和孙子回来后，孙子就缠着她讲故事，仲萨把三盏酥油灯的对话说给孙子听。她说，第一盏酥油灯的火苗是橘黄的（这当然是她的想象）。它晃动着，时不时跳几下。它在说，仲萨麻甘的儿子既然能离开，就有办法隐藏起来。孙子听了，连忙说艾依真是这样，我和阿妈在县城的大街找啊找，还请人打了寻人启事，贴上墙。那长长的街道根本就不见阿爸的踪影。阿爸在和我们玩捉迷藏。阿爸这坏东西，阿妈说长大了，我可不能像阿爸这样让人生恨。仲萨听了一愣，她不明白儿媳为何会对孙子讲这些。即使心里有了，对孩子也不能这样说。她有些生气，但不愿让孙子看出来。她没发表自己的看法。只是，轻描淡写地把第二盏第三盏酥油灯的谈话讲出来。

第二盏第三盏酥油灯，火苗闪动着幽蓝、赤红。它们窝在灯芯上，努力想变大，可就是变不大。所以，它俩只能认为，你阿爸，我儿子无法完成某些事，这就是局限。比方说，他无法带回你想要的玩具马，但我不会生他的气，你也不会。孙子听了，一阵沉默。但这沉默没有持续得很长，就听他小声说，艾依，我在县城的商店里看到玩具马了，阿妈竟不给我买，我在玩具马前站了好长时间，最后把眼一闭，玩具马就消失了。仲萨听到这儿，哑哑了一阵。她不知接下来该给孙子讲什么。孙子默默地等着她说话，仲萨不说话。她只是静静地那么坐着。院子里，传来一阵鸟叫。急促的叫声说明鸟儿在争夺食物，有两只。仲萨从它们扑扇翅膀的声音听，一只，翅膀扇动有力，而另一只则没多少气力，它俩斗久了，便落在盆子上休息，仲萨的尿盆盆底朝天，要不怎会被它俩用尖喙啄得嘟嘟响，像在敲一面鼓！

仲萨突然听到院里传来脚步声，儿媳的脚步声。她知道两只敲“鼓”的鸟会飞走。果然，扑啦啦啦，它们不在仲萨的耳朵里了。儿媳的脚步声碎，踩住石头，呲呲。踩住牛圈外的牛粪灰，噗噗。儿媳踏上门槛，邦邦。儿媳用铜勺从水缸里舀水，哗哗。儿媳的嘴一定是对在铜勺上喝水，咕嘟嘟。儿媳抹嘴，她已经坐在仲萨的对面。儿媳是要和她谈谈去县城找丈夫的事。她挑重点说，阿妈，我到县城找公安局报案了。仲萨好像被定在了那里。这让人看上去多少有些古怪。她知道自己被儿媳的目光注视。她只有这么待着，才显得是聆听。

阿妈，警察作了记录。他们认为，根嘎失踪不外乎三种可能：一、自己走了，不愿回来；二、被人扣了，陷入传销窝点或其他地方；三、不说你也知道。当然，我认为不是第三种。儿媳说着，拿着铜勺又喝了口凉水。

仲萨不知这些话对自己来说有多少分量，但每一条都是抽向她的鞭子。

晚上，她睡不着。睡不着自然会多想。多想就会离睡眠越来越远。仲萨翻来覆去想一个问题：为什么离开是人世永恒的主题?

自个儿的丈夫多年前离开人世。前年，家里卖掉了一头牛，牛离开了村子。村外的老土房倒塌，也算离开。儿子失踪，更是离开。你说，仲萨不知自己在问谁，还有什么比离开这主题更让人懊恼！她想到，人一降生额头就用羊水写了离开，只不过我们看不见。到了这把年纪，仲萨也快了。想到这儿，她开始琢磨儿子的事。她突然记起，儿子小时候有一次没回家，当时，仲萨的眼睛好好的，她找遍整个村子，整个村子都找不到儿子的踪迹。仲萨只好喊着儿子的名字，往村外走。根嘎，你在哪儿，阿妈找你来了。她喊得嗓子都疼了。太阳迟迟不肯落下去，它挂在山尖，像被钩住了。

正当仲萨无计可施，儿子突然从树林里跑出来。林子里有路吗？树与树的缝隙就是路。儿子说，对不起阿妈，我追一只小兔子，追着追着迷了路，还好我回来了。仲萨想，难道这次不回家他也是去追一只兔子？仲萨的脑海里浮现儿子追着兔子越跑越远的画面。她站起身，不知为何要穿上袍子，腰带系得潦草，套上鞋，所有的一切都是摸索着完成的。她拄上拐杖，推开屋门走出去。对她来说，夜晚和白昼一个样。她的嘴里不住地呼喊，似乎每迈二十步就有一句话。

儿子，回来吧。

阿妈知道只有我的呼唤，才会使你回家。

那一次，不正是我的召唤让你从树林里走出来吗？

阿妈等着你哪。还有你媳妇和我孙子也等着你哪。

如果你逮着了那只兔子，把它也带回来吧。

仲萨把这些话重复了多遍。重复到耳朵里全是回声。她意识到多年前的一个下午，年轻的自己是何等幸运，竟然把儿子喊回来了。伟大，真够得上伟大。可现在，她察觉这样的喊叫只是为了衬托夜晚的静。静，真是静啊。她躺在床上，脑海里浮出年轻的自己拉着年幼儿子的手回家。这场景，连续出现。她微笑着，儿子扬起脸看着她，就这么手拉手一直走下去，好像有始无终，地老天荒。

第二天，仲萨醒来……儿媳突然对着她的耳朵说，阿妈，你昨晚梦游了。什么？仲萨吃惊地喊了起来。儿媳说，你梦游去村口，一路上不停地呼喊。我一直打着手电跟在你身后。人们说，不能把一个梦游的人从梦中叫醒。所以，我一直没敢打搅你。阿妈，你现在可有感到身体不舒服？仲萨不说话。她用手摸摸额头，不烫，也没发晕，更不像是在做梦。所以，她怀疑自己是不是真的梦游了。她一想到梦游就害怕。她想无论什么原因，梦游中干的事情算不得真。可她又想，怎么会这样，如果不是儿媳跟上来，就没有梦游这一说了。没有梦游这一说，事儿就是真事。仲萨需要验证自己到底有没有梦游。

她站起来，拄着拐杖在屋里走了个来回。仲萨知道自己的这间屋有多宽，从这头迈向那头需要七步。一个来回，不管脚印是否叠加，这十四步足以让她想清楚自己该怎么办！现在该做的是夜里再去那儿一趟，可这次必须要让儿媳陪同。只要去之前想到要叫上儿媳就不是梦游。

仲萨开始在院子里找儿媳。她拄着拐杖，喊儿媳的名字，没人应声。仲萨开始呼唤自己的孙子。

孙子应了一声，从门外跑了进来。

仲萨问，你阿妈呢？

孙子回答，和我阿爸在青稞地里。

仲萨一惊，你阿爸回来了？

孙子就笑，你想我阿爸，那跟我一起走。

仲萨把拐杖伸出，孙子牵着她的拐杖往前走。孙子拉着拐杖，时不时会说，艾依，当心脚下。艾依，前面是一个坡。青稞地就在一面坡上，不像村里的那些平路难不倒仲萨。可是去这儿就得当心了。仲萨嘴里也说着慢点，再慢点。孙子就会在前面喊，你快要到我阿爸那儿了，如果太慢，他会跑掉的。孙子说完就笑。仲萨不明白这孩子在说什么。儿子说回来就回来了，她心里一阵高兴。即使儿子回来了，梦游那件事还得验证。这对于她来说是原则问题，来不得假。

仲萨耳里突然传来一阵山羊的咩叫。她侧耳极力分辨，觉得自己可以听出山羊是公是母。她猜测已经到达青稞地了。因为听见儿媳驱赶山羊的吆喝。仲萨像是要打断儿媳一样，朝她喊，我儿子回来了吗？他在哪儿？我怎么听不到他说话？

儿媳显然愣了一下。过后，她又像是明白了过来。她拉着仲萨往前走。仲萨听到青稞苗擦着袍子下摆发出刷刷的响声。很快，儿媳就拉着仲萨的手让她摸。这是什么？木头。怎么这木头会扎在青稞地里？还穿着衣服？继续摸。还戴着帽子？儿媳等她摸完了告诉她，阿妈，去年秋天我钉了个木头架子，让它穿着你儿子的衣服，戴着他的帽子，让“他”这户主替我们家驱赶麻雀，今年，他依然守着我们的青稞地呢！

仲萨立刻明白了。她用手扒拉了一下孙子的头，嘴里说，这就是你阿爸？孙子回答，阿妈说如果想和阿爸说话，对他讲也是一样的。仲萨听到这儿叹了口气。她被儿媳搀扶着走出青稞地。她的耳里传来孙子对木架子的说话声。

孙子说，阿爸，你回来的时候，可别忘了给我带玩具马，千万别忘了。孙子说完从青稞地走出来。他慢慢把自己的声息隐蔽在仲萨的身后。于是，仲萨便对儿媳说关于梦游的那件事很可能是误解。儿媳说，阿妈，这重要吗？仲萨说，重要，因为梦游会让一件真事变成假事。儿媳说，那又怎样？仲萨说，今晚我还要去，只是走之前我得喊上你，你会证实那不是梦游。儿媳说，阿妈，今晚我没空，明天，我得早早上山挖虫草，得休息。仲萨问，你要带上我孙子？儿媳回答，不，他得留下来照顾你。

仲萨几乎一夜没睡。她支起身子，又躺下。这个动作反复多次使她担心是不是要病了？肯定是这样，上次生病时，也就是五年前，对，没记错。那夜，她翻来覆去，心里像是有什么东西在不住地挠。她觉得自己越变越小了。躺在床上，像是要变回个婴儿。烧，额头烧得厉害。儿子连夜叫了一辆拖拉机把她送到县城的医院。急诊。住院治疗。可这次，尽管睡不着，额头一点也不烧。因此，担心哗啦一声散去。

她听到儿媳很早就起来了。她搬开牛圈的木门，木门很重，吱啦，开门的声音像是儿子定制的。是的，就是他干的。木门是他亲手做的。儿子说，把能用的木头都钉上了，不用计较好看不好看，实用就行。对于露天牛圈，要那么好看的门是浪费。吱啦，仲萨每天早上都会听到儿子制作的木门发出声响。而后，她听着儿媳挤完牛奶碎步踏地。而后，总是她把牛赶出牛圈。可今天，牛是村里人合伙雇来的放牧员从牛圈赶走的。儿媳在院子里喊，阿妈，我上山了。记着，茶在暖瓶里。我还烙了白饼，已给你孙子交代了，晚上我就回来。

儿媳真的天快黑时才回来。她兴冲冲地说，阿妈，你猜我挖了多少根虫草？仲萨想，等你证实了我不是梦游，我再猜。但这想法在她的脑子里绕了一圈，缩回去没变成话。她还没猜，孙子就先猜了。孙子说，三十根。儿媳说，再猜。孙子说，九十根。儿媳说，一百根呢！仲萨突然听到纷至沓来的脚步从自家门前经过。好多人，想来是村里人挖虫草回来了。她静静地听着儿媳和孙子说话。如果儿子没走，这时候，应该是他们夫妻俩对话，没孙子什么事。儿子通常会夸自己的媳妇。有时，于瞎眼的阿妈前做出亲密的举动在所难免。儿媳总要说，你不要在阿妈跟前这样。儿子会说，阿妈不想看这俗世，她早早就把自己的眼睛关了。你这样，很像是告我的状呀！仲萨想到这儿，她的脸上终于有了笑。晚上，她躺在床上，嘴里嘟囔着，儿子你快回来吧，不要让你的好媳妇守活寡。她想着儿子，竟然睡着了。她睡得如此香甜，就连儿媳什么时候走的都没听见。换上往常，只要牛圈的木门一拉开，她就会醒。她一醒，她那灵敏的耳朵就打开了。

又一夜，她居然梦到了儿子。仲萨不知如何是好。儿子穿戴得很精神，但脸上的表情异常严肃。他蹲在屋角。仲萨坐在床上。她突然看到儿子站起来，急匆匆地跑过来。他看上去很着急，拉着她的手不住地晃。阿妈，我不在的时候，你可要做好你儿媳的伴儿。仲萨感到儿子的手很有力，她想说话，可怎么也说不出，一着急，就醒了。

怎么会做这样的梦？

仲萨问自己。

孙子听了就说，艾依，你做什么梦了？

仲萨没把梦到的事告诉孙子。她静静地喝着茶，有时把掰下来的饼子伸到碗里蘸一下，而后又塞到嘴里。她不明白这有声的世界为什么总是变着法子在梦里演绎一番，为啥这番演绎总是让做梦的人沉思。仲萨陷入沉思。她不明白自己为何要深究梦早不来晚不来偏偏那时候来。这问题她想不明白。想不明白，无形中会使她再次忧虑起来。仲萨看上去特别忧虑，她一手扶住拐杖，另一手捻动念珠，可嘴里却没有声息。

她听到胸膛里的心脏跳动，说白了心脏就是块肉。她还听到伴着心跳的声音，脚步声也从外嗵嗵嗵传来。仲萨分得出这是一个男人的脚步声。吱，他推开院门。推开院门后的停顿，显然是在瞅院里的情形。而后，他迈动双腿，脚步声震荡的涟漪传到仲萨耳里。那男人说，麻甘，你儿媳左腿和腰部受伤，我把她背回来了。接着，她听到儿媳疼得在倒吸气。仲萨用拐杖使劲儿地捅地，嘴里喊开了。怎么这么不小心，你受伤可让我们担心了。仲萨连连叫喊。孙子也感到难过。那男人听从吩咐，把背着的人放到她自己的床上。他开始瓮声瓮气地讲话。

麻甘，你儿媳让人抢了。

仲萨说，抢劫？可谁会抢一个弱女子，他们还要不要脸！

他又说，在挖虫草的山上，人只分会挖虫草和不会挖虫草的。而你儿媳显然是那种特别会挖的。这样，就被两个外地人盯上了。他们在山里抢你儿媳装虫草的布袋子。你儿媳不撒手，他俩就对她拳打脚踢……儿媳听到这儿，在床上喊了起来。阿妈，多亏贡布大哥来了。大哥突然跳出来，大喊住手，而后就这么一拳一个，把他俩打跑了。

仲萨听着儿媳的说道，猛然意识到儿媳受伤需要躺几天。这几天，家里的活儿谁干？仲萨心里想到了，脸上很快挂上了焦急。那男人没说话，可接下来家里的活儿都让他包了。这是一件说不明白的事儿。说不明白是指男人好像不管他自己的事了。仲萨知道贡布是单身汉，家里就他一人。可即便是一人，自己家难道就没什么活儿要干吗？肯定有。她听到他在牛圈里出现，挤奶。她还听到他把牛从牛圈里赶到放牧员那儿。还听到他上房修屋顶。他的脚步声如一个下坠的力道上扬，很瓷实。他说话的声音则显得沉稳，听了觉得靠谱。他对儿媳说，你要好起来，你好了，孩子和老人都高兴。他还说，等你好了，我一离开，你会觉得身边少了什么。

儿媳好了。

即便这样，仲萨也没听到他的脚步声走得有多远。

仲萨不知道这是什么状况，她听到孙子从屋外走进来。孙子嘴里学着马嘶。他绕着仲萨跑，嘴里还说，艾依，你猜我手里拿着啥？

仲萨说，我猜不出。

孙子跑过来，蹲在地上，把一个玩具塞给她。艾依，贡布叔叔给我买的玩具马。

什么？你说什么？

孙子又重复了一遍。

仲萨自言自语，难道是儿媳把孙子喜欢玩具马的事告诉了贡布？

仲萨觉得事来得太突然。这时候，总归得好好想想，捋出个头绪才行。她发现自己越想越糊涂，干脆不想了。

仲萨把玩具马还给孙子，觉得日子对她来说平常得就像喝一碗茶。

不是吗？仲萨端起茶碗喝茶，故意用嘴弄出很大的声响。这声响显然是诱因，她听到另一个声音浮上来。屋外响起放牧员赶牛的吆喝。他还嘘嘘嘘地吹口哨，把手里的抛石绳甩得叭叭响。夜的脚步近了。只要夜来了，耳中的声音就会变。这的确是一个转移注意力的好办法。不去想其他，只是静静地听着。她不知听了多长时间，村里的狗叫声一一洞开。还有自己在尿盆里撒尿的声音，哗啦啦，带着泡，细听真能听出尿泡在迸裂。不知过了多久，她听到一阵杂乱的脚步从牛圈传来。狗叫声在那一刻只作为背景音存在。仲萨好像被什么震慑了。她从床上支起身子，细细分辨。对，一个是贡布的，脚步声依然瓷实。而另一个就更熟悉了，是儿媳的。仲萨相信自己的判断。

果然，牛圈里传来儿媳的声音。

贡布，不要这样。

而贡布像是不愿放弃，靠近了想抱住她。仲萨甚至想到，那杂乱的脚步声就是在这种境遇中产生：一个往前凑，想搂住对方。而另一个在躲，推开，脚步在那种推力的作用下是后退的。甚至，一个用脚踩住对方的脚。对方把脚挣出来，往后躲。

贡布，你这样做对得起谁？走开。

我不走。我知道你在等什么，可我要告诉你，他回不来了，你不要再做梦。

仲萨听不下去了，她用手指堵住耳朵。一切就此安静。耳朵里只有丝丝的声响，像是什么被截断。仲萨不愿移开堵住耳朵眼的两根手指。她知道自己听不下去的原因有两种。她不愿有人那样说自己的儿子。她更不愿听到接下来发生的一切。她突然意识到自己错了。她拿开手指，外面已经平静。仲萨想儿媳到底有没有干错事？她在床上用手拍拍额头，真笨，如果亲耳听到儿媳把贡布赶走，自己就成了证人。可现在的情况是什么都不知道，即便儿媳干了错事，也不能这么猜！

她到底干没干错事？仲萨不住问自己。

问自己就等于问一个山洞，一块石头，哪有答案。

仲萨陷入了自责，好多天不说话。儿媳以为她生病了。或者，老年人总有古怪的情绪，说生气就生气。她以为最合理的解释应该是太想儿子了。儿媳说，阿妈，根嘎会回来的，你不要想太多。仲萨终于开口了。她说，你真这么认为？儿媳说，阿妈，你说什么呢，我俩不都是这么认为的吗？仲萨想说，那天在牛圈里发生了什么？可她忍住了。她知道有些事只能丢掉，不能再提。

既然这样，她决定不被这件事困扰了。她坐下来，听到屋外有风在涌动。风呼啸着，吹拂着万物……仲萨听孙子说下雪了。她推开屋门，雪花从门里冲进来打在她脸上。雪白花花地盖住了整个村子。整个村子就像玩起了捉迷藏，藏在了雪底下。孙子兴奋地说着。而后，跑到儿媳的那一边。

仲萨竟然睡不着了。那双永远眯着的眼，不会再闪亮。她觉得屋外那纷飞的雪似乎落在了心里。她知道这么多年了，没听谁说过雪下到了心里，自己算是头一个。这就是话题。尽管她并不以此为荣，更不会认为这就是耻辱。很快，她发现在下雪天村里的狗叫都少了。难道很多声音都被大雪捂住了？

仲萨侧耳聆听。突然，耳朵里有了拖拉机的突突声。那拖拉机显然是从县城开来的。突突突突，拖拉机吼叫着，冲上土坡。仲萨认为这样的吼叫配得上土坡。仲萨还认为上了土坡，拖拉机头就对着村口了。可拖拉机竟然熄火了。怎么回事？仲萨心里这样想，车上下来的人也这么问。好像是儿子的声音！仲萨虽不敢肯定，但她认为只要再听一句，她就能作出百分百的判断。她的心一缩，嘴里吐出一口长气。

拖拉机师傅说，出毛病了，离你家只有几步路，要不你走回去？

好的，我走回去，谢谢啦。

儿子的声音。仲萨激动地喊了起来。这时，她听到村里也有人吃惊地喊，根嘎，怎么是你，这几年你跑到哪儿去了？

儿子用沧桑的声音回答，一言难尽，真是一言难尽啊！

他没停下自己的步伐，咯吱咯吱地踩着脚下的雪。

仲萨一骨碌从床上爬起，嘴里喊着儿媳的名字。永羊，永羊，你丈夫我儿子回来了。她光着脚丫，脚底的冰凉算个啥。她探出拐杖，竟然碰翻了尿盆，自己也摔倒在地。仲萨看不见金黄的尿液在地面流淌。

删　除

刘建东

他们身着便装，态度和蔼。这让董仙生稍稍放松了戒心，却仍然对他们的突然到访，心存不安。他说："我从来没想到，会和你们打交道。"

两人都很年轻，大约三十岁，一男一女。男的姓梁，女的姓于。小梁说："这就是我们和您的区别。在我们眼里，每个人都有可能成为我们调查的对象。"

小于说："您别紧张，只是找您了解一些情况。"

董仙生故作镇静，说："我不紧张，我又没犯法。"

"是这样，前天在五洲大厦发生了一起命案。"小于说，"您别紧张，真的不用那么紧张。现在还无法确定是自杀还是凶杀。死的是一个中年男子，五十岁，名字叫徐德文。"

小于在介绍案情的时候，小梁一直在观察着董仙生的表情变化。当提到死者的名字时，董仙生没有任何反应。小梁便问："这个人您不熟悉吗？"

董仙生摇摇头，"不知道是谁。从来没听说过。"

小于说："他可认识您。"

董仙生眉头紧锁：“怎么可能？我可一点印象都没有，你们一定是搞错了。”

小于诚恳地说：“没有搞错，是真的，我们查阅了他所有的通话记录和短信记录。他单身，几乎没有亲人。说实话，他生活的范围很窄，通话记录和短信记录很简单、很少。由此可以猜测出，他是个内向而不善交际的人。我们整理后发现，他每年元旦这天都会给您发一条短信，问候您新年快乐，持续了有十年。当然您也从来没有回复过。他每年都问候您，而没有如此殷勤地问候别人，那肯定是和您特别熟悉的人。所以我们想通过您了解一下徐德文这个人。”

董仙生大吃一惊：“你们说的是真的吗？”他掏出手机，翻看着，令他感到震惊的是，手机联系人里居然真的有徐德文这个人，短信中也保留着今年元旦早晨八点的记录：“新年快乐！”他没有回复。他摇摇头苦涩地笑着说：“我真的忘记他是谁了。我想，我之所以没有回复他，就是因为我不知道这个人是谁。”

“可他每年都问候您。”小梁说。

董仙生无言以对，停顿片刻才说：“我也搞不懂。你们想要从我这里了解这个人，恐怕让你们失望了。无论如何，我也想不起来这个人是谁。你们总不能让我随便编一个假的信息吧，对你们、对我，都没有什么意义。”

两位年轻的警察失望而归。呆坐在办公室的董仙生，眼看着屋内的光线暗淡下来，黑暗包围着他。他陷入深思，他的手机里怎么会有徐德文的号码，而这个陌生人又为什么如此执着地问候于他？直到电话声响起，他才陡然意识到，黄昏已过，夜晚如此真切，而黑暗并没有打消他的疑惑。电话是妻子肖燕打来的，问他怎么还不回家。他问肖燕：“徐德文是谁？”

肖燕被他问愣了：“是谁呀？”

他说：“我也不知道。”

没有人知道徐德文。那几日这个名字始终萦绕在他的脑海中，他每天都要打开手机联系人，找到“徐德文”，盯着那个名字看，越看越让他后背发凉，越让他感到恐惧。在翻找“徐德文”中，他才震惊地发现，自己的手机电话本有一千两百多人，重新审视那些人的名字，竟然有一多半都想不起来他们的模样，想不起来他们的职业。他出了一身冷汗，这些从来没有联系过的人，会不会成为另一个徐德文？这些陌生人是他手机里潜藏的一份危险。这让他很不安，于是他开始给那些从来没有联系过的人一一打电话，以便确定他们到底是谁，确定他们还有没有必要继续留在自己的手机里，继续留存着一份随时可能爆发的危机。

有些人也早已经忘记了他。这些人对他来说是一个福音，他毫不犹豫地把对方从电话本里删除。而那些似熟非熟的人，却令他犯了难。方丹就是其中之一。

这是个陌生的名字，甚至他不清楚是男是女。电话里十分嘈杂，对方的声音很大，像是处在一个人声鼎沸的商场之中。是个女的，她激动万分，大声说：“我从来没有想到会有这一天。”

这令董仙生感到十分疑惑：“你说什么？”他的声音随之也大了，像是他自己也处在那样的一个杂乱的环境之中。

对方更换了多处地点，但通话的背景始终无法改善，她有些语无伦次，但大体上董仙生还是理出了头绪，原来这个叫方丹的女人是他的小学同学。他依稀记得多年前，有一次回邯郸时，与一帮小学同学有个聚会，人很多很乱，他回忆不起来方丹的模样，也许就是那次乱哄哄的聚会，他们互留了电话。方丹仍在喋喋不休，她感谢他给她打电话，感谢他在她人生的低谷给她打来一个振奋人心的电话。其实董仙生什么也没有说，他打去电话的唯一目的就是想确认一下，她是谁，还值不值得留在自己的电话本里。

当他终于下决心挂断了电话后，那嘈杂的声音仿佛还在。他没有拿定主意要不要把她从电话本里去掉，犹豫了片刻开始打下一个电话。

他很快就忘记了方丹，就像忘记了打过电话的其他人一样。他们暂时浮现在他脑海中的形象，很快就沉入了记忆深处，只不过，他得到了片刻安全的安慰。意想不到的是半个月之后，方丹竟然不期而至。

没有任何征兆，周一的上午十点，方丹突然敲门走进了董仙生的办公室。董仙生一时想不起这个不速之客是谁，中年女人笑容可掬，主动伸出手来自我介绍：“不认识我了？我是方丹。”

茫然显露在董仙生的脸上，他惊讶地看着伸过来的手，竟有些手足无措。

方丹说：“怎么，不欢迎我啊！”

董仙生急忙给自己找台阶：“哪里哪里，我只是感到幸福来得有点突然。”

“我到石家庄办点事，顺路来看看老同学你。”方丹没有电话里那般拘谨和语无伦次，显得落落大方。

方丹坐下来和他聊天，她并没有说她来的目的。她说得最多的就是他们共同的那些同学，而大多数人，董仙生都已经忘记了。他有些不好意思地说：“我都忘了他了。”

方丹善解人意地说：“你上大学就离开邯郸了，不在一个城市，见面少，联系少，你当然就想不起他了。”

在董仙生来看，早已不再熟悉的小学同学方丹是一个善解人意的人，她分寸掌握得很好，令他感觉自在而舒服。她也没有说她现在做什么工作。后来她提到了一个人，她像是言谈中突然想起来一样，提醒董仙生：“在石家庄，还有一个咱们小学同学。”

董仙生说：“我知道。”

“你们常联系吗？”方丹随意地问。

“不经常，有时候在酒场上会碰到，都不是刻意的。算是不期而遇。”董仙生回忆着说。

“他一定特别忙。”方丹是一个能从对方的立场考虑的人，在董仙生看来，这是难得的一个好品质。

董仙生说：“我想是的。所以我很少去打搅他。”

“但是见见老同学总是有时间的吧。”方丹试探地看着他。

“那应该不成问题吧。你大老远来的。”董仙生不假思索地说。

方丹脸上露出一丝兴奋，满怀期待地说：“那你联系一下他，我请客。一起吃个饭。”

董仙生笑着说：“哪儿用得着你请客！你不用管，我来。”

在董仙生的办公室，方丹全神贯注地看着董仙生给老同学发了短信。等待的时间有些漫长，一直没有等到回信，他们有一搭没一搭地聊着天，都有些言不及物。眼看着到了中午，董仙生带着方丹在单位附近吃面，而方丹抢着付了钱。董仙生觉得在饭馆里两人拉拉扯扯地争着付钱有失体面，便随了她。两人一边吃饭一边闲聊，其实是等着短信。

“平时都这样吗？”方丹忧心而直爽地问。

董仙生愣了一下：“怎么会呢？毕竟，我们还是同学，这一点是不能更改的。他是看重我们之间的同学情谊的。”

方丹长长地舒了口气。她的眼睛不停地看着他的手机，仿佛她能看到手机的响声。

吃完面，期待的短信仍然没有到来。方丹说：“要不，你再给他发个短信？”

董仙生说：“不用了吧。他一定会回的。”

“或者，”方丹又用商量的口吻说，“你给他直接打个电话？”

董仙生犹豫了一下，还是拿起手机，拨通了电话。方丹盯着他，他感觉方丹能听到手机里长时间的等待提示音，脸上有些发烧。过了会儿，他挂断了电话，摇了摇头：“没有人接，我估计肯定是在开会，或者有其他重要的事情。你也知道，领导们日理万机。他手机里肯定存着我的电话号码，他知道我是谁。”言外之意，他的电话是不会被拒接的。

他们走出饭馆，不知道要去哪里。方丹建议去西清公园走走，董仙生默许了。他们边走边百无聊赖地闲扯。董仙生问方丹：“你有多久没见他了？”

方丹心里默算了会儿说：“三十八年。小学毕业后我就没见过他。”

这时候电话响了。董仙生看了看她，急忙接通：“是的，是我。我们的小学同学方丹来了，我们晚上一起吃个饭吧。”

董仙生在耐心地听。方丹攥着拳头，略显紧张。

“是的，她吃完晚饭就回邯郸了。”董仙生说。

“是的。”董仙生说。

“好的，好的。”董仙生说。

他挂断电话。方丹忐忑地问：“约上了吗？”

董仙生轻松地笑了，略显一丝得意：“当然。”

方丹又长出一口气。她说：“我不耽误你时间了，饭店我早就订好了，我发给你，你发给他。我们晚上六点，不见不散。”说完，也不等董仙生表态，就轻盈地转身离开了。

董仙生盯着她的背影，突然意识到，她好像不是专程来看望自己的。他摇摇头，解嘲地笑笑，不管什么原因，同学相逢总是令人感动的。

推掉了早就约好的一个饭局，董仙生早早地就来到了饭店。方丹比他到得更早。她换了一件外衣，雅致而不失艳丽。他说：“我都忘了你小学时的样子。”

方丹笑着说：“那不重要。我也不记得你的样子。可我们记得现在的样子。”

董仙生也跟着笑了：“对，记着现在就好。”

两个人可谈的内容并不多，毕竟，将近四十年的时间，已经使他们成了路人，成为彼此都不熟悉的陌生人。所以两人聊着聊着就无话可说了，时间便凝固住了，两人都觉尴尬。他们都不约而同地看手机上的时间，都在拼命找个话题能维持住这个令人有些压抑的场面。董仙生突然想到了跳楼的那个人，于是他把那件事绘声绘色地说给方丹听。方丹有些心不在焉，所以听得并不认真，她不停地问他已经讲过的内容，而且会问些莫名其妙的问题，她问：“为啥他要跳楼呢？”

董仙生愣愣，他并没有给她讲那个叫徐德文的人为什么跳楼，他只是在向方丹陈述这个发生的事实。他说：“我也不知道。也许是他自愿的，也许他是被人推下去的。这都说不好。”

“要是那样得有多惨。”方丹说。

“谁说不是呢。”董仙生回答。

“那个楼高不高啊？”方丹问。

董仙生一时没搞清楚她在问什么：“哪个楼？”

方丹说：“当然是他跳的那个楼。”

董仙生想了想：“还是挺高的，大概有三十层吧。”

她还会问：“警察为啥找上你？”

董仙生只得又重新解释说：“因为徐德文给我发过短信问候我。每年的元旦这天，他都会给我发一条短信。前后持续了十年。”

“时间可够长的。”

“谁说不是呢。”董仙生回答。

“那你到底认识不认识他？”她问。

董仙生觉得她的腔调与警察的几乎一样：“我也不知道，或许见过，或许只是见过一面，或许根本就不认识。”

方丹显得有点紧张：“那你说，他还认识我吗？”

“谁呀？”董仙生没明白过来。

“他呀，老同学。”

董仙生说：“这是两码事。当然会认识你，虽然这么多年没见过了，但是共同拥有的岁月是无法改变的。”

直到晚上七点四十，他们等待的人也没有现身。在方丹的催促下，董仙生第三次打电话询问。对方用很小的声音说，正在开会，无法脱身。董仙生说：“他建议我们改天再聚，因为他无法预测，会议要开到几点。”他补充道：“一定是个重要的会议，不然，我约他，他从来都是很准时的。”

失落的方丹并没有完全放弃机会，她说：“要不我们边吃边等他？”

饭吃得肯定索然无味。董仙生觉得这是一场毫无意义的饭局，而方丹的心思完全在没有到场的那一位。董仙生后悔推掉的那场酒宴，今天晚上如果去那里，好歹能让过剩的酒精兴奋一下自己。

九点，等待已经没有结局。执着的方丹也放弃了。她甚至放弃了回邯郸的打算，她说，她既然来一趟，干脆就不要留任何的遗憾，她要等着和老同学见上一面。董仙生打车把她送到酒店。他百思不得其解：为什么她非要见他？

第二天，方丹早早地就订好了饭店，给董仙生打电话，让他约对方。董仙生打过去电话，项明辉接了电话，上来就为昨天的爽约而连声道歉。董仙生说：“我没关系的。我们什么时候见面都可以。可是她大老远来的，她是真想见见你。”

项明辉爽快地答应了，而且强调说：“老董，小学同学，多遥远而美好的回忆呀。就是有天大的事儿，我也要见的。你安排吧。”

方丹的担忧完全没有必要，项明辉如约而至，他笑容可掬，像是昨天才和她见过一样，上来就给了她一个大大的拥抱，然后说了句暖心窝子的话：“没变，你还是小时候的模样，就是比小时候更漂亮了。”董仙生看着那一幕，想起自己见到方丹时的一脸茫然，真的由衷地佩服起项明辉随机应变的能力和水平。

那天晚上的气氛很活跃，项明辉说出了许多小学同学的名字，说起他们当年的一些趣事，甚至是一些调皮捣蛋的事。这着实令董仙生和方丹惊讶万分。他超强的记忆力令人惊叹。甚至他还说出了方丹在操场上练习翻跟头的情节，说得栩栩如生，仿佛昨日。方丹眼睛湿润了，脸上挂着羞涩。董仙生是丝毫想不起有过这样的场景，而方丹的表现却让他也不得不确凿地相信，三十多年前，在那个叫胜利街小学的操场上，有个叫方丹的小姑娘，天天在那里练习翻漂亮的空翻，她上下翻飞，如同燕子一样矫健轻盈。

但是项明辉待的时间并不长，半个多小时的时间，已经足够把他们遥远的记忆寻找回来，把他们的距离拉近。项明辉和方丹互相留了电话、微信，然后匆匆地赶往下一个酒场。临走，他又和方丹热烈地拥抱，并叮嘱她，一定要常来，来了一定要给他打电话。方丹感动地说：“好好好，就怕你烦我呀。”

项明辉说：“怎么可能，我求之不得。”

看着饭店包间的门，方丹仿佛还沉浸在刚才项明辉带给她的喜悦和感动中，她说：“他真好。”

留下来的两个人再叙旧已经失去了意义。董仙生提议他们也好聚好散，他问方丹什么时候回邯郸。方丹说，现在。他把她送到了车站，然后挥手告别。在送站口昏暗的光线中，他记住了她告别时满意而兴奋的表情。

这是一次温暖而令人难忘的聚会。在接下来的几天内，它可以把董仙生带回到天真无邪的童年，短暂地抛弃眼前的种种烦恼。所以，一度他感觉到，从手机潜伏的那些号码中，还是能够找回一些美好的东西的，它们不光是潜伏着危机，同时也孕育着希望，孕育着温暖与感动。这给了他些许的信心。他接着从手机电话本中寻找那些僵尸号码。此时，想要删除多余号码的想法似乎已经退居到第二位，意识深处竟然有点想要寻找抚慰的念头。然而事实再次重重地打击了他，他几乎没有找到温暖和安慰，更多的是一些失落、感伤。他知道了一个叫黄东君的人已经进了监狱，一个叫宋娜的人已经移居加拿大，一个叫马明扬的人正在为自己的职称而烦恼，一个叫王宇宙的人已经瘫痪在床，一个叫童庆祝的人对所有人充满着仇恨，一个叫黄辰的人得了不治之症……他发现，那些看似差不多的号码背后是一个个不同的人生，而那些千差万别的人生，让他抬头看到的窗外的风景，每时每刻，似乎都有着别样的感觉。

方丹开始往来于两地之间，邯郸与石家庄，一百六十多公里的路程，在高铁的帮助下，就像是一个城市的两个方位。她一来，就让董仙生约项明辉吃饭。有时候能够约到，大多数情况是无法成行的，毕竟项明辉比他们每个人都忙，是可以谅解的。即使约到了项明辉，每一次，项明辉都是点个卯，喝两杯酒就匆匆地赶往下一个酒局。这样的局面大约延续了有半年。直到有一天，董仙生接到了项明辉的电话。

项明辉的口气听上去并不愉快，有些生硬：“如果方丹再约我们吃饭。你就替我推了，编任何理由都行。天天开会，哪有时间见她呀！”

他没给出任何理由，为什么不想和方丹见面。董仙生也不便多问，他只好说：“好的。”

和项明辉通话后没多久，方丹便打来了电话，说她明天来石家庄，他们三人一起吃个饭。

董仙生其实还没想好怎么拒绝她，可是却张口说道："你别来了。项明辉出差了，可能要挺长时间的。"

方丹的语气里透着失落，说道："好吧。"

她失落的情绪瞬间感染了董仙生，突然间感到了羞愧，他忐忑地问她："你是不是遇到了什么困难？想请他帮忙？"

方丹略微犹豫了一下，便立刻否认："不，没有。"

董仙生无法再追问下去，他知道，每个人内心的隐私是脆弱的，自尊也是强大的。他安慰方丹："他真的很忙。我见他一面都很难，他现在的社会地位，不是由他自己说了算的。"

"我知道，我理解。"方丹的声音变小了，"好的，谢谢你呀。那我明天就不过去了，但是你要是回邯郸，一定要给我说一声，一定啊。"

在随后的一个月之内，方丹来过石家庄两次，她都没有提前打招呼就兴冲冲地出现在董仙生面前。每次都以来看董仙生的名义，顺带请董仙生约项明辉。而每一次董仙生都经过激烈的思想斗争之后，替项明辉找出各种借口——开会或者学习之类，回绝了方丹。他看着方丹眼神中一闪而逝的失望，就有点自己做错了事的感觉，非常内疚。他也屡屡尝试着想要打开方丹的内心世界，让她敞开心扉，可方丹总是笑呵呵地顾左右而言他。

之后很长时间，方丹再没有消息，董仙生隐隐地有些不安。在一次全省大会结束后，他急忙跑到主席台前，等着项明辉从主席台上下来，和他友好地打个招呼。项明辉拍拍他的肩膀，笑意盎然地问他最近有什么大作出版，也不给他送一本。项明辉说："你别忘了，我也是个爱读书的人。"董仙生说："我的书不值一读。"两人说了几句无关紧要的玩笑话，董仙生便急着把话题引到方丹那里，他说："方丹又和你联系了吗？"

项明辉说："她再来，你们聚，就别叫我了呀。"

董仙生还想说什么，项明辉就拍拍他，去和其他人打招呼去了。董仙生等了一会儿，见他没有要回过头来继续和自己聊天的意图，便放弃了，随着人流走出了会堂。

之后，董仙生与项明辉又零星地见过几面，大都是在开会期间，他坐在主席台下，而项明辉坐在台上。他们再没有说起过方丹，仿佛，方丹从来没有在他们习以为常的生活中出现过。

董仙生似乎也渐渐地忘记了方丹，直到有一天清晨，六点半，他接到了方丹的电话。那是在邯郸，他昨天晚上刚刚结束了在此地的一个讲座。今天上午要乘车返回。方丹怪罪他说，来了也不和她打声招呼，她想表达一下老同学的情谊都不给机会。不容分说，方丹果断地说："今天中午不能走啊，你不能不给我这机会啊。"董仙生只好改签了下午的高铁，在宾馆里静候着方丹。

中午，方丹招呼了一帮同学，为董仙生送行。大部分人他都忘记了他们的姓名和模样。席间，大家共同追忆儿时的时光，他发现，自己早就遗忘了的往事，却那么清晰地印在他们的脑子里。方丹活跃而兴奋，她频频地与董仙生喝酒，并鼓动其他人敬他酒。董仙生本来就酒量不大，那天喝得多了，身体有些飘，所以后来坐上去火车站的轿车时，他竟然一时叫不上送站的同学的名字。

同学微胖，憨厚地说："我叫王军，小学时我们一起去滏阳河游过泳。"

"嗯。"董仙生说。

王军没喝酒，快到火车站时，一路上都少言寡语的他突然说："是我们鼓动方丹去找项明辉的。"

董仙生脑子昏昏沉沉，反应了一会儿才问："为什么呀？"

王军停顿片刻，说："我想她一定没有跟你说。她是个特别要强的人，如果不是遇到解决不了的困难，她是不会听我们的劝告去找项明辉的。"

董仙生一头雾水，刚要问仔细时，车已经到站。王军最后叮嘱董仙生说："我们都见不到项明辉，你要是能帮上忙，一定得替方丹说说好话呀。”

这是唯一的一次能够接近方丹真实目的的机会，可是它在董仙生迟钝的意识中，瞬间就消失了。等回到石家庄，睡了一夜，他才意识到，自己错过了一些什么。他急忙拿过手机，在手机电话本里翻找王军的号码。手机里有两个王军，一个是石家庄的，一个是广西的，显然，从来没有存过他的小学同学王军的号码，这是个早被他遗忘的人。他只好给方丹打过去电话。令他惊讶的是，方丹的电话号码已经停机，明明他昨天才与她通过电话，她热情的声音如今还回荡在他的脑海中，怎么可能这么巧她的手机就停机了？他隐隐感觉哪里有些问题，可是又想不明白。他只好求教于手机的电话联系人。一千多个电话号码，他想不起来哪个有可能会与方丹有关系，能够知道方丹新的电话号码。最后他的目光停留在项明辉的名字上。他略为犹豫片刻，还是打了过去。

“老董，有事吗？”项明辉问。

董仙生迟疑了片刻：“我找不到方丹了。”

“方丹是谁啊？”项明辉漫不经心地问。

董仙生愣了，项明辉事务繁忙，一时想不起来倒情有可原：“我们的小学同学啊，前一段我们还经常在一起吃饭。”

项明辉似乎是突然想起来：“噢，对，似乎有这么个人。怎么了，她怎么了？”

“她好像失踪了。”董仙生忧心忡忡地说。

项明辉轻描淡写地说：“她和你有什么重要关系吗？”

董仙生略作沉思，然后说：“那倒也没什么关系。”

项明辉宽慰他：“兄弟，别自寻烦恼了，我们这个年纪的人，还是不要给自己增加不必要的负担了，有空闲时间了，去打打球、散散步，出门旅游。要不我给你安排一下吧，浙江有个好朋友，一直邀请我去，说他那里山清水秀，空气宜人。我给他说一下，你去那儿散散心吧。”

董仙生感觉这话不大自在，好像是他自己出了什么毛病，需要去风景秀丽的地方缓解一下。他态度生硬地说：“我不去，我又没有病。”

如同项明辉所说的那样，方丹的消失与他们的生活并没有太大的关系，她彻底从他们的生活半径之中失去了踪影。这像是生活的常态，就是董仙生和项明辉，也并不是经常能够见到，他们就像是奔跑在两个不同场地中一样。直到一年之后，方丹的名字才重新被提起。

深秋的一天，接到电话的董仙生匆匆赶到医院时，已经是傍晚时分，躺在病床上的项明辉完全没有了主席台上的风光，他神情恍惚，气若游丝。这是他脑溢血手术后的第十天，他让妻子把董仙生叫来。一路上，董仙生都在不安地想，平时看着身体强壮的项明辉怎么会突遭厄运？项明辉看到他，眼珠转了转，泪水溢满了眼眶。项明辉摊开的手软绵绵的，董仙生几乎感觉不到一点力气。项明辉的意识已经恢复，他请董仙生去找个人。

董仙生问："谁啊？"

"同学，"项明辉说话有些困难，"忘了叫啥。"

董仙生提了几个名字，项明辉都闭下眼，否定了。他似乎也在努力想那个人是谁，脸憋得红红的，可就是想不起那人叫什么。

董仙生求助地看着项明辉妻子，她也摇摇头，悲伤地说："也不知道是怎么了，为什么那个人如此重要。"

"吃饭……"项明辉想到了与那人有关联的一件事，他用手指指自己和董仙生。

"方丹？"此时，这个久违的名字也才突然地冒出来，仿佛，那是很久以前的一个人，他都忘记了她的容颜。

项明辉强作出一丝欢颜，兴奋地眨眨眼。

看着项明辉请求的目光，那份渴望、那份期待，董仙生无法拒绝。他答应项明辉一定要找到方丹。

要找到方丹，可不是他答应的那么爽快。他专程跑了几趟邯郸，没有人能够告诉他，方丹究竟在哪里，或者去了哪里，她就像是许久之前的一件往事，在董仙生熟悉的那些人的记忆中，已经人间蒸发了。

有些人想找找不到，而有些人，并不想见却偏偏遇到了。董仙生在公园里散步，这是他唯一的锻炼身体的方式，听到有人叫他"董老师"，停下来，侧对面站着一个身穿警察制服的年轻女子，在对着他笑。董仙生问："是叫我吗？"女警察说："您不记得我了？我是派出所的小于。去年找您了解过情况。"

董仙生拍拍脑门："想起来了，对了，那个案子后来怎么样了？查出他是自杀还是他杀？"

警察小于说："查清楚了，自杀。他有严重的抑郁症。对了董老师，后来您想起来是怎么认识他的吗？"

董仙生皱着眉："没有，到现在我也想不起来。我早就把他从我手机里删除了。"

小于说："删除掉好。因为他也不可能给您发短信了。"

看着小于的背影，他想，要是方丹能这么巧遇到多好。

正当他一筹莫展之时，有一天接到了一个陌生的电话。电话里的声音也很陌生："我是王军。"

"哪个王军？"董仙生一脸茫然。

"小学同学，"对方说，"我听说你在找方丹？"

董仙生立即愁眉舒展，急迫地说："是呀，王军呀，她在哪里？"

"在她该在的地方。"王军平静地说。

方丹并没有离开过她生活过的城市，只是，她躲开了其他人的目光。在王军的引领下，他们来到了郊外一处非常偏僻的小区内，王军说："12栋2单元7号。"

"你不一起上去吗？"董仙生诧异地问。

"不，她不想看到太多的熟人。"王军说。

董仙生下了车，问车内的王军："你为什么帮我？"

王军叹口气说："我想让她不再悲伤。"

董仙生揣测不出王军的真实想法，站在方丹门口时，他能够清楚自己此时的内心感受——忐忑不安。他无法预知自己这次相邀的结局。他知道，等待他的也许是失望。

方丹的家简朴，很整洁。方丹对他的到来还是感到意外，她说："我没想到你们还记得我。”

“没有人忘记你。”董仙生说了句言不由衷的话，然后补充道，“你还记得项明辉吗？他想见你。”

方丹紧咬着嘴唇，把嘴唇咬成了紫色。

董仙生说：“他病了，很严重，是突发的。脑溢血。他的头脑还清醒。但他的政治生命可能就此结束了，这对一个那么热爱他的工作的人来说，是致命的打击。他现在最想见的人是你。”

方丹问：“为什么？”

董仙生被问愣了，他没有问过项明辉为什么。他愣了会儿，为了避免尴尬，解嘲地说：“也许他只想表达一下歉意。”

“我从来没有怨恨过谁。他也没做过对不起我的事呀。”方丹说。

董仙生想了想：“或者，他只是想见你一面。我也不知道，我只是来完成他的请托。”

她低下了头，泪水奔涌而出。

这让董仙生始料不及，他连忙说：“如果你不想去，不勉强。”

等她抬起头时，用纸巾擦了擦挂在脸上的泪水，挤出一丝笑容：“对不起，我想起了另外一个人。”

董仙生没有问她想到的那个人是谁。他沉默着，等待着她的回答。他已经意识到，这会是一个不出意外的拒绝。

五分钟，他们都没有说话。当时间在猜疑中度过时，显得悠长而紧张。时间像是一个影子，越来越重地压在董仙生的心头。

她站了起来，长舒了口气：“我跟你去见他。”

这是个意外的结果，董仙生喜出望外。坐在王军的车里，董仙生由衷地说：“谢谢你。”

“不必了。我知道，当一个人面对困境时，有多么煎熬和绝望。”她忧伤地说。

汽车载着我们，一直向北，向着方丹并不熟悉的那个城市奔去。他们都不知道，项明辉要对她说什么。

玛瑙手串

张　柠

一

七月中旬的一天下午，我坐在昆明飞往北京的飞机上等待起飞，右手握着一串彩色玛瑙手串，拇指和食指一颗颗地挨个儿数着。中间一颗略大，是带暗火焰纹的朱红色玛瑙，旁边十一颗略小，色彩斑斓。据说数数儿有催眠效果。可我也在数数儿啊，不但没有瞌睡，反而精神抖擞，清醒异常。

早晨还在丽江的一家客栈。回忆一周的泸沽湖之行，心里颇多感叹。我给远在宁蒗的摩梭导游阿罕·扎西打了一个告别电话。没想到扎西抓住电话不放，一直在说个不停，又来给我上人生哲学课。他说："大哥，欢迎你再到泸沽湖来洗肺啊，你的肺已经黑了，不信去医院照照。医生说我的肺也他妈的够呛……唉，人生嘛，就那么回事，也不要太在意……钱是个好东西，挣多挣少其实一样，也就那么回事，都是要死的啊。实实在在说，还是要对自己好一点嘛，可做人也不能太自私，也要多为别人想想……"

我的脑子被扎西毫无逻辑的言语搅得嗡嗡作响，后悔不该给他电话，只怪自己没忍住。我多次试图打断扎西的话，都没成功，他的话像牛皮糖一样越拉越长，断骨连筋。我看了一下手表，担心赶不上飞机，只好粗暴地挂上了电话。坐上出租车离开客栈不久，突然发现我的玛瑙手串落在了那家客栈。我让司机立刻返回去。司机说，一个玛瑙手串还要回去找？网上大把的啊。我说，不是一般的手串，必须回去找。等找到手串返回出租车的时候，司机说，你确定还要去机场吗？我觉得已经赶不上这趟飞机了。于是我只好改坐高铁到昆明。

飞机发出轰鸣声。加速。飞升。耳朵里嗡嗡作响，伴随着轻微的压迫和疼痛。我一直在数着手上的串珠，从第一数到十一，第十二就是那颗朱红色的大家伙。光滑圆润的玛瑙在我手心滑动，周而复始地轮回。这些天来，玛瑙串珠和我的手几乎是形影不离，如胶似漆，像比目连枝的情侣。我想起了李商隐的诗句，“沧海月明珠有泪，蓝田日暖玉生烟”，内心略略有些惊奇，千年前的诗句竟突然穿越时空戳中我心。

我沉浸在遐想之中，右手数串珠的速度愈加迅速。我注意到邻座一位正在读书的年轻女子，只见她猛地合上书页，揉揉眼睛，接着瞟了一眼我的手和串珠，露出不屑的表情。我有些尴尬。其实我并不喜欢玩手串，也不会将小拇指的指甲蓄得很长，不迷恋唐装，更没有用玻璃瓶泡枸杞水喝的嗜好。我觉得一个人干净利索、赤条条来去最好，无须更多累赘。但是，我无法拒绝这串从我梦中走来的玛瑙手串。为了不影响邻座女子的心情，我转过身背对着她，继续不断地抚摸着我的玛瑙串珠，一颗颗地数着。光滑圆润的玛瑙串珠，与其说来自格姆女神山下，与其说来自泸沽湖中央的里务比寺，不如说来自我的梦境……

二

入住的是一家民宿客栈，叫“筑梦居”，紧挨着泸沽湖水滨。我躺在客栈的大床上，身体沉陷在松软的席梦思中，散发着阳光腥味儿的洁白床单抚摸着我疲惫的身躯。湖水轻拍堤岸，发出哗啦哗啦的声响。偶尔听到空中传来湖鸥咿呀的鸣叫，像恋人絮语。高原的夜晚氧气有些稀薄，蒙眬的睡意很快就爬上了我眼睑，但我的眼前依然清晰地感觉到在西天边半空中照耀着的白光。

耳边突然传来熟悉的声音：“你怎么来的？”竟然是我父亲的声音！没错，真的是父亲的声音。我没有看到父亲的脸。但我分明清楚地听到了他的声音，尽管有些含混不清，却能感觉到他语气中的惊讶和喜悦。我想转过脸去看他一眼，但脖子像上了锁一样，怎么都转不动。我觉得父亲问的问题很可笑：“你怎么来的？”先坐飞机后坐汽车来嘛，北京到这里两三千公里，难道还能步行来不成？

有一次，父亲让我回老家村里去看奶奶。他命令我必须步行，不许搭乘班车。他说：“不吃点苦头，人就会变修的。”从父亲工作的乡镇医院到奶奶家，必须横穿整个县。我要从南走到北，还要从白走到黑。天下着雨，我步行了四五十公里。见到奶奶后，我摸着起了水泡的脚大哭起来。奶奶一边帮我洗脚一边安慰我说：“儿啊，你莫哭，你不会变成‘修得’，‘修得’是麻脸呢。”奶奶把“会变修的”，听成了“会变成修得”。“修得”是我们家的邻居，比我大几岁，满脸的麻子坑儿，那是他小时候得天花留下的后遗症。想象中的天花，就像夜空中的星星，在脸部的天空闪烁不定，泛着密如繁星的暗红色光斑。

夜晚的湖面泛着微弱的光亮。我极力要睁开眼睛，但眼皮很重。我心里疑惑，父亲怎么会出现在这里呢？他是不是来监视我的呢？我大声对他说：“我怎么来关你什么事啊？”但我的声音在喉咙深处滚动，怎么也出不来。我在半梦半醒中挣扎，想伸出无力的双手，去帮助我的喉咙。但我四肢发软，不能动弹，越挣扎越无力。

我不确定喉咙里的声音是否从嗓子眼里传了出来。估计我父亲也没有听见。父亲继续追问：“你来这里干什么？”声音浑浊含糊。不知道是他口齿不清，还是我的耳朵出了问题。我不敢相信这是口齿利索的父亲在说话。我试图转动头部，以免耳朵被枕头堵塞，但僵硬的脖子还是转不动。父亲对我到这里来干什么特别感兴趣。我怎么回答他？我想，说出来他也不懂：我是到泸沽湖来“洗肺”的！

我从丽江出发，搭乘开往宁蒗彝族自治县的旅游中巴，在崎岖陡峭的盘山公路上跑了四五个小时。开车的是一位四十多岁的彝族汉子。他一直在吓唬我们，说昨天刚下过大雨，山上的泥石都松了，随时都可能滚落下来。我一路上都在提心吊胆，害怕会被悬崖峭壁上滚下来的石头砸中。

年轻的导游是位摩梭小伙子，皮肤黝黑带茶色，半长的头发从中间分开，两颗门牙露出一点，让我想起了小松鼠的样子。他拿起话筒靠近嘴巴吹了几下，话筒发出刺耳的噪音：“你们听我说啊，今天我们两个为你们服务。开车的师傅叫拉黑路内，你们叫他拉黑就行，我早就把他拉黑了，你们不要拉黑他啊。哈哈哈哈。”拉黑转过脸来朝我们微笑了一下，算是打招呼。摩梭导游接着说：“我叫阿罕·扎西，就叫我扎西吧。我说话你们都要听仔细点啊，我好话不说两遍啊。我们摩梭人信藏传佛教，都是很严肃的人，实实在在说。你们肯定听说过走婚吧，那我要告诉你们，这也是很严肃的事情啊，你们不要想歪了啊，出了事自己负责啊。其实也就那么回事，实实在在说。旅游景点可以购物啊，但可买可不买啊，贪便宜吃了亏我不负责啊。舍不得花钱就玩不好啊，挣那么多钱不花干什么呢？其实就那么回事，实实在在说。听见没有？……给点掌声嘛！”

我很吃惊，没想到他这样贫嘴。有些人已经不耐烦了，把头扭向窗外，以示抗议。扎西也开始较劲儿，大声说：“不想听是不是？吃亏的是你们自己，我们说话实实在在。旅游越来越难做，这也不行那也不行，拉你们一趟也挣不了什么钱，还担心被投诉。”扎西突然指着我说：“大哥，你说是不是？”我笑着说：“是的是的。”因为我没有拒绝他，而是一边听他说话，一边直勾勾地看着他的嘴和脸。扎西以为自己嘴巴子很利索，以为我很喜欢听他说话，以为我很佩服他。其实我在把他当人类学研究对象。

开车的拉黑路内在剧烈地咳嗽，接着推开车窗玻璃，使劲儿地朝外吐了一口痰，看样子要开腔了。他大概觉得话都被阿罕·扎西说了，有些不服气似的，也开始耍嘴皮子。他问我们，你们知不知道去泸沽湖的山路有几道弯。我们不想说不知道，赶紧拿起手机来搜，然后说丽江与泸沽湖之间，隔着两座大山和两个山道十八弯。拉黑回过头来看了我们一眼，露出烟屎牙，咧嘴一笑说："哈哈哈哈，错了！只有两道弯，左转弯，右转弯。"说完又哈哈大笑起来。我们觉得一点也不好笑。

黄昏时分，火红的太阳悬在西山巅。中巴开进了一个紧挨着泸沽湖边的村寨。阿罕·扎西直接领着一车人去看火把舞表演。表演实在是乏善可陈，跟路边自由市场上卖的那种旅游纪念品一样单调乏味。好不容易挨到火把舞仪式结束，就入住了这家叫作"筑梦居"的滨湖客栈。

客栈房间里的陈设简洁素净，松木地板散发出浓烈的香味儿，原木搭建的阳台伸向湖边，巨大的落地玻璃窗正对着宽阔的湖面，躺在床上也能看到湖水在粼粼发光，还有鸟岛和蛇岛两座湖心岛的倒影。我头朝东仰面躺下，美景扑面而来，眼前是泸沽湖水与天际线之间的格姆女神山。神女朝西横卧在湖对岸，整个身躯倒映在湖水中，景色十分壮观。我有一种置身于梦境的感觉。当我半梦半醒地睡着的时候，我依然能感觉到湖面的光亮，仿佛依然醒着。

三

在泸沽湖边的梦境里，我与父亲不期而遇。父子俩的对话时断时续，好像难以为继。面对父亲的提问，如果我说我是来这里"洗肺"的，他会有什么反应呢？如果他听到这个古怪的说法，会大发雷霆吗？在梦里，我清晰地知道，父亲几十年前就去世了。那时候我还是一个少年。临终前，父亲躺在病床上，双眼直勾勾地看着我，大概想给我留下一个温柔的表情，但他怎么也做不出来，表情显得做作僵硬。他问我是不是恨他。我不知道怎么回答。

我那位在她哥哥面前总想表现得很能干的三姑姑，连忙走过来，拥着我走近我父亲。她拉着我的手，在我父亲的手上触摸了一下。这似乎是我唯一的一次触摸到我父亲的手，软绵绵的，还有温热。惮于父亲的威严，我吓得直往后退。自作主张的三姑姑，主动替我出面回答父亲的问题。她说："不啊，他不恨你啊，你打他也是为他好啊。"三姑姑之所以这样说，与其说是为了安慰弥留之际的人，不如说是为了讨好父亲。姊妹中最小的三姑姑跟父亲年龄接近，却是父亲的出气筒，从小屈从于父亲的暴力淫威，长大之后在父亲面前还是奴颜婢膝。

如果死亡就是生命的终结，那么我久病在床的亲生父亲，生命就终结在他人生的盛年。那时候，父亲跟我现在的年龄相仿。那么，我们俩不就像兄弟一样吗？我甚至比他还要年长几岁呢。作为"兄长"的我，为什么要怕他这个"弟弟"呢？他大发雷霆又能怎么样？难道我就不会大发雷霆吗？我完全可以对他放大声啊。

于是，我在梦中大声对我父亲说："你想知道我来这里干什么吗？告诉你吧，我来这里洗肺的，来这里玩儿的，来这里花钱的，来这里邂逅的，来这里鬼混的。"我接二连三地说了一大串事情，都是父亲不喜欢的。我试图用这些话来气他、刺激他，让他发作，然后我也可以对他发作。在梦中，我好像把这些话都说给父亲听了，心里感到前所未有的爽快。其实我已经感觉到了，这些声音依然没有发出来，依然在我的喉咙深处转悠，憋得我喘不过气来。我使出浑身力气，想伸出无力的双手，去帮助我被压抑住的喉咙，但我的双手却好像被沉重的铁链锁住，一点也动弹不了。

在梦中千言万语，我似乎说了很多，其实我父亲可能一句也没听见。在睡眼蒙眬之中，我突然看见了父亲的额头、双眼，还有挺直的鼻梁。在格姆女神山后面的光亮映照之下，父亲的半张脸出现在我眼睛的上方。他的眼神依然严厉，但皮肤红润有光泽，肤色甚至比我的还要好。看来他过得不错，我感到一丝欣慰。

距离上一次梦见父亲，已经十几年过去了。那时候我还在南方工作。在梦里，单位保安打电话到我办公室，说有人找。我乘坐电梯下楼来，只见父亲站在传达室的门前，有些落魄似的，表情颓唐，旧衣服皱巴巴的，关键是款式很土。父亲独自一人，来到这座巨大无比的迷宫一样的城市，竟然还能找到我工作的单位！阴阳两隔的父子在梦里相见，也没说什么，好像刚刚分手又遇见的熟人似的。我双脚跟着父亲移动，走出了单位大门。他转身向右拐去，在路边的半截砖墙上坐下来。看他熟门熟路的样子，好像事先已经勘察过地形。

我站在父亲旁边，跟他保持一定的距离。父亲从上衣口袋里摸出一包“飞马”牌的香烟，抽出一根，用火柴点燃，缓缓地吸了一口说：“新家刚刚安顿好，就要到北京去？我看还是不要去为好。”父亲不辞辛劳赶到南方来，难道就是想阻止我去北京吗？我有些恼火，停顿了一下，突然对他大声喊叫起来：“你懂个屁啊！”吓得他往后一仰，掉到半截墙下面的沟里消失不见了。为了发出这一声大叫，我花费了半辈子时间积蓄能量，终于把父亲的气势压下去了！

自那以后的十几年，我一直没有梦见过父亲。我跟父亲的关系很紧张，正如我母亲所说，我们不像父子像冤家，以至于在梦里都在较劲儿。其实我挺想念他的。有一阵，我因长时间不能梦见父亲而愧疚，希望他能再一次来到我的梦里。我心想，再见到他，我一定不凶他。但他一直没有出现过。日子过得平静如水、波澜不惊，我暗自庆幸，觉得是父亲保佑的结果。这一次，我们俩竟然在格姆女神山下的泸沽湖边，相遇在梦里，这真让我始料不及，就像我也让他感到意外和惊喜一样。

在梦中，父亲半张脸还在我眼前晃悠。我试图把枕上的头往后仰一仰，以便能够看清父亲的全貌。我用尽全身力气往后仰，可是，父亲的脸也跟着往后缩。我又把头放平回来，父亲的半张脸也跟着往前移了回来，一直保持着鼻梁以上的半张脸出现在我的眼前。我继续努力想要看到父亲的整张脸，但我觉得自己的颈项越发僵硬，动弹起来十分吃力，何况父亲还在故意地躲闪。我突然觉得，父亲好像是在捉弄我，怒从中来，便大叫一声：“放开我！”

就在我大声喊叫的同时，我也听到了父亲的喊叫声：“放开我！”

四个黑衣汉子出现在我的房间里。他们的长相都酷似我的导游阿罕·扎西。他们半长的头发从中间分开，但好像很久没有洗过，油光发亮，皮肤都是黝黑且带茶色，两颗稍长的门牙露出来一截，结满了褐色烟屎。四个黑衣汉子，面无表情，像机器人，两个人分别抓住我父亲左右手，另两个人分抓住我父亲的左右脚，抬着往门口移动。房门边上预备着一个长方形的黑色木匣。

父亲好像是为让四个黑衣人抬他的方便，将自己的身子紧绷着，绷得像一根僵硬且笔直的木棍。我这才看见完整的父亲，他穿着干净整洁的灰色中山装，脚上的黑色皮鞋锃亮。父亲的整张脸也露出来了，我发现他的牙齿掉得一颗都没有了，因喊叫而张开的嘴巴，像个大黑洞，显得老态龙钟的样子。怪不得他一直躲着我，不露出下面半张脸。我挣扎着，试图扑过去救他，却动弹不得，也发不出声音来。我心悲伤，噙着眼泪。父亲用眼睛盯着我看，接着又用他自己的目光引导着我的目光，移向他的右手。我看到了父亲的右手戴着一个彩色玛瑙手串。

转眼间，四个长得像阿罕·扎西的黑衣人，把僵硬的父亲放进了门口一个长方形的木匣，接着便要合上盖子。我大声喊着："父亲！父亲！"从梦中惊醒。

四

第二天一大早，阿罕·扎西就到"筑梦居"门前喊我，要带我去乘坐游览泸沽湖的"猪槽船"。他站在中巴门前，摸出一包软中华，递给我一支说："大哥，抽支烟再走吧……你是好人，实实在在说。昨天是不是有些冒犯？他妈的有人投诉我，说我专门拉客人去购物。自己贪便宜上了当，怎么能怪我呢？做人嘛，开开心心就好，是不是？"说着，扎西取下手腕上的彩色玛瑙手串说："你看，这个手串值多少钱？你喜欢它，花一万也值，开开心心，是吧？你不喜欢它，花了一百也心疼，是不是啊？实实在在说，大哥。"我觉得扎西的语言策略就是强词夺理狡辩。但我被彩色玛瑙手串吸引了，跟我在梦中见到父亲手腕上的手串，几乎一模一样。我死死地盯着扎西的手串看。扎西好像怕我要图他的手串似的，赶紧将手串戴回自己的手腕上。

我回过神来，对扎西说：“手串很漂亮。一万元有点夸张，一百元又不止。”

扎西又把手串摘下来，在我面前晃了一下说：“那你认为值多少？”

我说：“我不懂，只是觉得它好看，很喜欢。”

“嗯，跟我好几年了，开过光的。喜欢的话就出个价呗。”

“不不不，我不能夺人所爱。”

“大哥，咱们一家人不说两家话，一口价，一千拿走。”

一千元？对我这个工薪族来说有些奢侈。我催促扎西赶紧出发。

扎西开着面包车，沿着泸沽湖岸朝西跑了一阵，在一个叫思娜雅的摩梭村寨停了下来。我们沿着小路朝湖边走去，远远见到一些小木船停在湖边，一群年轻的摩梭男女船主，站在湖滩上聊天、吸烟、候客。扎西把我带到一只小船边，用摩梭话跟女船主说了一阵，就招呼我准备上船。

扎西指着女船主对我说：“你跟着她走，她叫阿珠，看什么、玩什么、走什么线路，一切都听她安排，价格是统一的，跟我结算。你听我的没错，实实在在说，也没有什么可看的，就到此一游吧。不要乱来啊，掉到湖里没人救啊。”

阿珠就是扎西的姐姐，帮阿珠摇橹的另两个小伙子，是阿珠和扎西的弟弟，一个像扎西一样蓄着中分长发，另一个留着短发。阿珠和两个弟弟都穿着色彩斑斓的摩梭服装，比扎西皱巴巴的西装好看多了。阿珠的服装尤其抢眼：饰有大朵红花刺绣的对襟褂，彩色盘头上挂满了珠子，防晒的橘黄色丝巾遮住她的脸颊，露出明亮的双眼，发辫中编织着各色银线，像仙女一样。阿珠朝我点头，保持着礼貌的微笑。

扎西转身朝自己的中巴边上走去。一位穿牛仔裤和黑色V领T恤的女子，站在湖滩上抽烟。女子丰乳肥臀，魔鬼身材，但妆化得有点重，嘴唇涂得猩红，假睫毛往上翘起，但睫毛膏涂得过多，假睫毛好像快要掉下来似的。扎西一看就傻眼了，停住脚步，接着就凑过去搭讪。扎西问女游客怎么是一个人，没有回答。扎西问她住在什么客栈，也没有回答。扎西接着问她今天晚上有没有约会，嘴唇猩红的女子盯着扎西看了几眼，依然不接话。扎西呼吸急促，不知所措，双手像苍蝇一样胡乱搓着。猩红嘴唇猛吸一口烟，缓缓地吐出来，飘散的烟雾把扎西的脸罩住了。猩红嘴唇突然猛地把烟头扔在湖滩的卵石上，用脚搓灭，接着仰天大笑起来，转身朝自己租的小船走去，一步三摇，如风摆杨柳。

扎西被红唇女子逗得浑身哆嗦，但他搞不懂女子笑什么，凭着一股子山野劲儿试图继续穷追猛打。这边阿珠姐姐突然收起了笑容，用摩梭话朝扎西喊了几句，听口气像是在批评弟弟。扎西只好停了下来，没有再去纠缠红唇女子，站在岸边发愣，张开的嘴巴半天都没有合上。扎西目送着红唇女子的小船渐渐离开岸边，这才慢慢转身朝自己的车子走去。

姐姐阿珠掌舵，长发和短发弟弟手持两边的木桨使劲儿地划着。阿珠像指挥官，端坐在船尾，安详而笃定，很漂亮。阿珠是一家之主，管着三个弟弟的劳动和生活。阿珠年纪不大，已经生育了二男一女。阿珠和三个弟弟的劳动所得，供养着这个家庭和阿珠的三个孩子。而阿珠自己的男人，则在他那边姐姐家里生活和劳动，养育着他姐姐的孩子。两个摇橹的弟弟年纪好像还小，嘴唇上毛茸茸的。扎西是大弟弟，已经有自己的女人，但扎西说，他已经很久没去女人家了。我问为什么，他说不为什么，只是按照自己的心愿行事，想去就去，不想去就不用去。

船桨用粗大的麻绳挂在船舷的短木柱上，摇桨的时候发出吱嘎吱嘎的声音。太阳穿过薄雾照在湖面上，水蒸气渐渐消散。湖水清澈见底，水草在水底招摇，游弋的小鱼儿特机灵，一晃就不见了。阿珠说，泸沽湖是泉水湖，水源来自湖底的涌泉，所以四季常温，从来都不结冰。阿珠把"猪槽船"停在湖心某处，说到了泸沽湖的泉眼所在，让我喝一些地心涌出来的水，是幸运水。我俯身掬水，捧着水往脸上浇，湖水清凉冰冷，有淡淡的水草腥味儿。

阿珠姐弟继续摇船前行。他们把船停靠在湖心里务比岛的台阶边，让我上岛去看一看。阿珠特别提醒我，要去喇嘛寺叩头，还要去许愿台许愿求平安，说很灵验。里务比寺是一座始建于明末的藏传佛教喇嘛寺，老旧的青砖建筑藏在树林深处。

走近寺门，见到一位年长的和尚，端坐在台阶边的小木椅上，灰色上衣、灰色绑腿、灰色布鞋，心灰意冷的样子，微闭双眼，睫毛在颤动，嘴巴里念念有词。小木椅边摆着一张四方小桌，桌上有各种首饰：项链、串珠、挂饰。我一眼就看到一串眼熟的彩色玛瑙手串。跟我在梦中见过的、戴在父亲手腕上的那串一模一样，跟扎西手腕上的那串也一样。我想问价钱，半眯着眼睛的灰衣长者睁开眼，朝桌子那边看了一下。我见到很小的价格标签，玛瑙手串标价二百八十元，门柱上有付款二维码。我买了一个色彩斑斓的玛瑙手串，接着又到许愿亭去许愿。我买了三四个许愿牌，为家人和自己许愿。其中一个许愿牌是为我父亲写的。四个黑衣人，为什么要抓捕父亲，是父亲犯了罪，还是有人在迫害他？我无法弄清楚这些。我写好许愿牌："愿父亲平安康乐！！！"后面加了三个粗大的感叹号。我把许愿牌挂在许愿亭的梁柱上。许愿牌上悬挂的铜铃，在风中叮当叮当地想起来，清脆而悠远。

五

离开里务比岛回到岸上，我把那个彩色玛瑙手串藏在裤兜里。我不想让扎西见到我买的手串，免得他知道价格后感到尴尬。没想到扎西还惦记着手串的事情，问我为什么没有买纪念品。我说没有看到中意的。

扎西说："实实在在说，世上的好东西很多，但遇到自己中意的却很难。我就中意那个嘴巴涂得通红的长睫毛女人，唉，可是人家不中意我啊，实实在在说，这也没有办法啊。"扎西又褪下手腕上的彩色玛瑙手串说："遇到中意的不容易。你既然中意这个手串，那也算是缘分，我五折给你，怎么样？"

如果扎西一开始就出价五百元，也许我就买了。现在我只能说："不不不，这是你中意的东西，你自己留着吧。”

扎西说：“大哥啊，我觉得你做事有些不痛快呢，是不是缺钱啊？”

我不知道怎么回答他。我说：“是啊是啊，谁敢说自己不缺钱呢？”

扎西说：“实实在在说，谁都缺钱。不过，见到自己中意的东西，想要又不能得手，那就有点憋屈，那就很难受。这样吧，大哥，这个手串送给你。”

我一只手在裤兜里捏着自己买的彩色玛瑙手串，对扎西说：“不不不，我不能夺人所爱，你自己留着吧。”

扎西突然生气了，他把自己的玛瑙手串往我手上一塞说：“大哥，你瞧不起我是不是？认识一场也是缘分，你就不能收下我这个小礼物吗？”

面对扎西的诚意，我只好收下他的礼物。于是，我就有了两个样子差不多的彩色玛瑙手串，一个戴在手腕上，一个藏在裤兜里。

接下来的几天，扎西陪我绕着泸沽湖游逛，烧香拜佛，吃肉饮酒。扎西还不时地提醒我，说手串需要放在手心里盘，盘出包浆才好。

离开泸沽湖的头天晚上，扎西请我去他家吃饭。饭桌安在厅堂正中的火塘上，冬天的灰烬已经清空，能看到火塘底部的青砖。这时阿珠坐在火塘边张罗饭菜，跟她坐在小船后面把舵一样，从容笃定，很漂亮。那是种在大都市里很少见到的美。我差一点被她迷住了。

两个弟弟早早地吃饱了回自己房间去了，厅堂里只剩扎西、阿珠和我三个人。姐弟俩陪我喝自酿的谷酒。我抵御不了热情和酒香，喝得有点过量。扎西很放松，几乎是开怀畅饮，话也很多，几乎在包场，说着说着，就靠在椅背上开始打呼噜。阿珠控制得很好，脸上刚开始泛红就打住不喝。我把扎西送给我的玛瑙手串转送给阿珠。我对阿珠说，谢谢她做的美味饭菜。我说在里务比寺门前买了好几个玛瑙手串，希望她能收下一个。阿珠说手串很漂亮，但她几乎每天都去里务比岛，想要的话很方便。我执意要她收下，说不只是手串，也是我的一点心意。阿珠收下手串，随手放进了自己的口袋。我从裤兜里取出我自己买来的玛瑙手串，戴在手腕上。

第二天一早，我搭乘扎西的中巴回到丽江。我们加上了微信，约定保持联系。阿罕·扎西让我明年夏天再到泸沽湖来度假。

回到北京的当晚，我坐在出租车上给阿罕·扎西发微信报平安。我说我返回客栈找落下的玛瑙手串，耽搁了飞机，改走昆明，直到现在才到北京。

阿罕·扎西回短信说："大哥真是有福的人，玛瑙手串也在给你赐福。我的另一位客人，在早晨那趟飞北京的航班上，飞机临时降落在中途的一个机场，不知什么时候才能到北京呢。"

主持人：古耜

古耜，文学批评家、散文家。

散文

南岳一声雷

——王夫之与船山精神

李舫

一

衡阳县金兰乡高节里，距离湘西草堂四公里，有一座孤独了千万年的山——大罗山。此山荒凉凋敝，良禽过而不栖，山头巨石阴沉黄褐，其状如船，当地人叫它“石船山”。虎形山梁上，与孤山做伴的，还有一座孤独的坟茔。坟茔两边的石柱上刻着两副对联，其中一副写道：“世臣乔木千年屋，南国儒林第一人。”

这便是一代大儒王夫之的墓庐。

王夫之，字而农，小字三三，号姜斋，亦号南岳卖姜翁，1619 年生于衡州府衡阳县，1692 年逝于衡州府衡阳县。

1690 年的一天，斜阳如血，清癯的王夫之伫立在湘西草堂前，面对着石船山，久久地与之对视。四野里，衰草连天，乱石穿空，荆棘丛生。冷冷的秋风掠过他寒瘦的面颊，将他的长衫吹得啪啪作响。

“秋水蜻蜓无着处，全现败叶衰柳。”这是王夫之写于暮年的一句词。而这，何尝不是他生命的写照？

他缓缓地转过身，走进湘西草堂，挥毫写下“船山者即吾山”，光影淋漓，墨汁淋漓，心迹淋漓。王夫之自忖去日无多，早已为自己作下墓志铭。这篇短文通篇只有一百四十四个字，序和铭都极其简短，但真情澎湃、真气四溢，船山风格如在眼前，船山风骨跃然纸上。

有明遗臣行人王夫之，字而农，葬于此。其左则其继配襄阳郑氏之所祔也。自为铭曰：

> 抱刘越石之孤愤而命无从致，希张横渠之正学而力不能企。幸全归于兹丘，固衔恤以永世。
>
> 墓石可不作，徇汝兄弟为之，止此不可增损一字，行状原为请志铭而作，既有铭不可赘。若汝兄弟能老而好学，可不以誉我者毁我，数十年后，略记以示后人可耳，毋庸问世也。背此者自昧其心。

王夫之将他的一腔热血倾洒在这篇墓志铭里。两年后的2月18日，王夫之走完了最后的人生路。

正如王夫之在他自撰的墓志铭中所写，抱刘越石之孤愤而命无从致，希张横渠之正学而力不能企。生逢天崩地裂的明清之际，他面临着前所未有的大变局，也做出了前所未有的大抉择。他历尽忧患，孤心独抱，担当大义，舍身赴难。如果要用一句话概说他的人生，那就是一生寻梦，卓绝奋斗。

谁也不曾料想，就是这个孤独、落寞、凄凉的老者，在两个多世纪后，却在中国闹出了天大的动静，他遗留下的“船山思想”，仿佛一桶滚热的油，在华夏大地上，燃起此起彼伏的革命烈火，那个他一生不肯承认且最终落后挨打的清王朝，终于在这滚滚洪流里灭亡。以至于，诸多那个年代的风云人物，异口同声地说道：这个在湘西草堂守望中原、瞭望未来的船山先生，就是二百年后选择用思想作武器去战斗的我们、你们、他们。

晚清思想家郭嵩焘对王夫之给予了极高的赞誉：

训诂笺注，六经周易犹专，探羲文周孔之精，汉宋诸儒齐退听；

节义文章，终身以道为准，继濂洛关闽而起，元明两代一先生。

王夫之，中华民族历史伟大的民族英雄，中国思想史上重量级的巨匠。

二

1644年，是一个闰年，也是一个猴年。

这一年正值大明、大清、大顺、大西四个政权交替，年号有点复杂：明思宗崇祯十七年、清世祖顺治元年、大顺朝永昌元年、大西朝大顺元年，算上黄帝纪年，或许还可以加上皇历四三四二年。

这一年，王夫之不满二十五岁。

在这之前的王夫之，生活是简单的、纯净的、快乐的、充实的。他的父亲王朝聘毕业于明朝最高学府国子监。王夫之之所以聪颖过人，与父亲的遗传不无关系。三岁起，他就和长兄王介之一起学习十三经，历时三年。父亲南归时，他才九岁，便随父学习经义。四年之后，王夫之应科举，高中秀才。随后，又两次与其兄一道应考，虽未得中，但却饱读诗书。1637年，十七岁的王夫之与十六岁的陶氏成婚。次年，离开家乡，负笈长沙，求学于岳麓书院，师从山长吴道行，与同窗好友邝鹏升结“行社”。

今天的岳麓书院，依然绿荫蔽日，书声琅琅，我们不难想象四百多年前“会讲”的盛景——惟楚有材，于斯为盛。其时，张南轩得五峰先生之真传，让思想与学问冲决了科场应试的形格势禁，开创出“传道济民”的雄健气象。远在福建的朱熹从武夷山起程，来到岳麓山下、湘水之滨。“朱张”曾就《中庸》展开会讲，历时两个多月，思想的余音，绕梁不绝。

四方士子莫不喜出望外，奔走相告：为天地立心，为生民立命，为往圣继绝学，为万世开太平！

十八岁的王夫之沐浴着这些圣贤的光辉，如切如磋，如琢如磨。在这里，他读周易老庄、孔孟程朱，读《春秋》经史，思想贯穿于秦汉与唐宋，精神悠游于儒、道、释之间。他以经史为食粮，却又从不止于经史的疏笺。他喜欢与古人神交，与历史对谈。从那时起，湖湘学派所特有的原道精神和济世品格，恰如一枚饱满的精神种子，洒在王夫之朝气蓬勃的岁月里。

岳麓书院如同王夫之的一个生命驿站。他从这里出发，同当时的年轻学子一样，试图奔向科举考试之途，却奔向了中国文化的巅峰。

1639 年，其兄中副榜。是年，他与郭凤跹、管嗣裘，文之勇发起组织“匡社”。四年之后，湖广提学岁试衡州，王夫之被列为一等。那年，他二十三岁。此后，他又以《春秋》第一的成绩，中了湖广乡试第五名。而在这次科考中，长兄王介之也高中第四十名，好友夏汝弼、郭凤跹、管嗣裘、李国相、包世美亦都榜上有名。

1641 年，王夫之与两位兄长同赴武昌乡试，王夫之以《春秋》第一，中湖广乡试第五名。

1642 年，王夫之的长兄王介之也中举第四十名，好友夏汝弼、郭凤跹、管嗣裘、李国相、包世美皆中举。秋，王夫之与王源曾等百余人在黄鹤楼结盟，称为“须盟大集”。

那是一段多么美好的读书时光啊！王夫之常常回忆自己这段倥偬而逝的青春岁月，明如山间新月，静如涧外幽兰。令天下士子欣然向往的古老书院，悄然绽放着这些年轻的读书人的灿烂青春。

然而，厄运开始了。1643 年，王夫之与王介之自崇祯十五年十一月北上参加会试，因李自成军克承天，张献忠军攻陷蕲水，道路被阻，王夫之兄弟自南昌而返。

王夫之的父亲王朝聘，原本一介书生，此时却成为张献忠手里的人质。命入虎口，生死一线，王夫之与长兄心急如焚。情急之下，他自己刺伤面孔，敷以毒药，乔装为伤员，命人抬入敌阵。凭着智慧，王夫之终于救出父亲，趁着月黑风高，父子逃至南岳莲花峰下，藏匿在黑沙潭畔。

天下已然大乱，被切断的不仅仅是北上的交通，还有平静的生活、浪漫的梦想。

王夫之用饱蘸血泪的笔墨写道：

斜月横，疏星炯。不道秋宵真永。
声缓缓，滴泠泠。双眸未易扃。
霜叶坠，幽虫絮，薄酒何曾得醉。
天下事，少年心。分明点点深。

三

国忧今未释，何用慰平生?

王夫之是多么想要倾诉，想要表达，可环顾周遭，何人可诉衷肠?日日陪伴他的，只有老庄、孔孟、程朱，只有《尚书》《春秋》与《周易》，只有文明与历史的千百年演绎。1651 年，三十三岁的王夫之回到家乡，辗转流徙，四处隐藏，最后定居于衡阳金兰乡高节里，他先住茱萸塘败叶庐，继筑观生居，又于湘水西岸建草堂。1656 年，三十七岁的王夫之于耒阳乡下的兴宁寺里找到一张安静的书桌，潜心研索《老子》，日后结集为《老子衍》。五年之后，他重回曲兰乡，筑败叶庐，以读书隐居。在这里，他以为可以找到余生的安宁，哪知道，造化还在弄人。次年，妻子郑氏溘然病逝，经历了太多的死别生离，他悲泪纵横，默默地承受了这一切。

继《老子衍》之后，王夫之手不释卷，笔耕不辍。哪怕饥寒交迫，哪怕生死当前，都不曾有一日改变。他相信历史终将回望，也相信那千年回望里定能看见这未绝的薪火。深沉的忧伤让刚过不惑之年的王夫之早早地出现了白发，呜呼！青山秋缓缓，白发鬓匆匆。

过了知天命之年，王夫之遇到了更大的苦难和动荡。

公元1673年，降清的吴三桂又开始反正，杀死云南巡抚，攻打湖南。旋占衡阳，妄图称帝。吴三桂派人四处搜捕王夫之，以便其用。这对一直心怀天命与大道的王夫之来说，无异于奇耻大辱。他宁愿受死，藏身于麋鹿山洞，日日与麋鹿为伍，亦决不屈从。

公元1674年，王夫之再建三间茅草屋，且耕且读。

其时，明清政权交接已历三十年。还有谁知道，在这偏僻的石船山下，一间遮不住瑟瑟寒风的贫寒草屋？还有谁记得，在这青灯黄卷之侧，一个掩卷深思抚案长叹的瘦弱而又坚定的身影？还有谁明白，王夫之字里行间、孜孜矻矻寻找的，是国家兴盛的亘古真理？

日夜不息的湘江，从草屋之西流过，王夫之将草屋命名为“湘西草堂”。

很多年以后，东西方学者不约而同地称王夫之为十七八世纪与黑格尔齐名的伟大思想家。王夫之逝世一百年后，黑格尔用鹅毛笔饱蘸墨水，写下了一句至今令我们深思的话：“一个民族有一群仰望星空的人，他们才有希望。”

在这间寒陋的草屋，王夫之足不出户，却是思想的行者；他蹇蹇匪躬，却是未来的信使；尽管站在黑夜之中，他却用另一种方式，为中华民族仰望星空。

1678年，吴三桂在衡州称帝，其党强命王夫之写《劝进表》，遭到愤然拒绝。他对吴三桂派来的幕僚说：“我安能作此天不盖、地不载语耶！”事后，逃入深山，仿屈原《九歌》，作《祓禊赋》，抒发自己的感想：“思芳春兮迢遥，谁与娱兮今朝，意不属兮情不生，予踌躇兮倚空山而萧清。阒山中兮吾人，蹇谁将兮望春？”对吴三桂极尽蔑视。1689年，衡州知府崔鸣鷟受湖南巡抚郑端之嘱，携米来拜访这位大学者，想赠送些吃穿用品，请其“渔艇野服”与郑“相晤于岳麓”，并图索其著作刊行。此时的王夫之年事已高，身患重病，饥寒交迫，但仍不欲违素心，他写了一封信，婉拒米币，以明心迹，自署南岳遗民。

六经责我开生面，七尺从天乞活埋——王夫之曾投奔南明王朝，协助永历皇帝抗清，很多南明王朝的历史真相，都在他的书中有完整的记录。那虽然悲情失败，却始终不屈不挠抵抗的南明历史，因为他，才不曾被清朝御用文人们抹黑。早在康熙元年，当永历皇帝殉国的消息传来时，深感希望破灭的王夫之悲愤难忍，留下了诸多诗篇。

咏史已惊开竹素，挑灯无事话沧桑。他开始隐居在湘西草堂，埋头于经济学问之中，这位科举的多年失败者，矢志不移的抗清志士，终于找到了走向未来的最佳路向。他用了数十年的时间，重新反思了明朝灭亡的教训，正因他身世坎坷，扎根地层，所以他看到了时间之外的历史真相，那蛰伏于平静的水面下的湍急细流，那隐藏在繁华背后的人性的丑恶、制度的弊端，他比好些人都看得深刻，看得明白。

可是，他真的老了，饥寒交迫，贫病交加，白发稀疏，瘦骨嶙峋，连他的儿子都说他“迄予暮年，体羸多病，腕不胜砚，指不胜笔”。他一边咳喘，一边叹息：“吾老矣，惟此心在天壤间，谁为授此者？”这年五月，他仿照杜甫的《八哀诗》写下《广哀诗》十九首，以悼念他的十九个故去的朋友：有他一直追随的前辈瞿式耜，有青年时代的好朋友管嗣裘，有他衷心敬佩的学者方以智……他们都有一个共同的特点，为追求理想，不惜牺牲生命。

谁信碧云深处，夕阳仍在天涯？

病中的王夫之从未放下手中的笔。王夫之后半生四十余年中，著述百余种，内容涉及哲学、政治、法律、军事、历史、文学、教育、伦理、文字、天文、历算及至佛道等，尤以哲学研究成就卓著。其主要著作有《周易外传》《张子正蒙》《尚书引义》《读四书大全说》《老子衍》《庄子通》《思问录》《读通鉴论》《宋论》《黄书》《噩梦》《楚辞通释》《诗广传》等。清末汇刊成《船山遗书》，凡七十种，三百二十四卷。每一本，都是一声追问，一道印痕，一段坚忍卓绝的生命。

1689 年，王夫之已是古稀之年，他听力渐渐丧失，甚至连草堂外面的杜鹃啼鸣也听不到了。然而，他存心如昔，依然劳其筋骨，苦其心志，笔耕不辍。1691 年四月，王夫之咳喘中完成生命最后的思想典籍：《读通鉴论》三十卷，《宋论》十五卷。

从三十七岁回乡七十三岁辞世，近四十年时光，王夫之由青年而壮岁而老年，人生由清晨到正午到黄昏，他的生活，变得简单、干净、从容，不再有享乐、欢娱、交游、饮酒、酬唱，他余生的全部岁月，只有一件事，只做一件事：著书。生活中的王夫之是寂寞的，文字里的王夫之却未曾寂寞。他在历史中溯游的时候，也在与未来对望。这些数百万字的巨著，凝集着王夫之一生的思考和心血，他一直写到生命最后时刻，终于在临终前完成定稿。这些著作坐集千古之智，博大精深，吞吐古今，包括了中国历史的教训和反思，更包含着对中国政治文明未来走向的预言。

翻开这厚重的书卷，我们不难发现，其中有一句石破天惊的呐喊，在王夫之辞世的二百五十年后，震惊了在外忧内患、丧权辱国中苦苦思考的中国人：平天下者，均天下而已。

四

王夫之的心中，生长着两个“中国”。一个中国是王朝中国，一个中国是文化中国。王夫之认为，王朝中国是一姓之私，代兴代废。唯有文化中国，从炎黄至今，贯穿中国历史始终，只要守住中国文化，捍卫中国文化价值，中国就永远不会败亡。

王夫之的文化中国，有着丰富的含义：追溯中国文化的本真本源，寻找中国文化的基本价值，梳理中国文化的历史脉络，并最终以中国文化推动国家强盛、民族复兴，这才是真正的文化中国。国家强盛、民族复兴是贯穿中国历史一个宏大的主题。中国士大夫从来都有着家国情怀，家亦是国，国亦是家，难得的是，王夫之从理论高度定义了国家立场，总结和开掘了传统爱国主义，让这种情感具有了现代精神。

1656年冬，三十八岁的王夫之从常宁返回衡阳，这一年，他创作了对后世影响至深的《黄书》。

所谓《黄书》，顾名思义，是关于黄帝文明的书。王夫之忠君爱国，泣血扶倾，坎坷从政失败后，在流亡湘南期间，开始从理论上思考明亡的原因，探求中国的兴盛之道。他在《黄书》中写道：“中国财足自亿也，兵足自强也，智足自名也。不以一人疑天下，不以天下私一人。休养励精，士佻粟积，取威万方，濯秦愚，刷宋耻，足以固其族而无忧矣。”这是何等的文化自信和民族自豪！王夫子倡言从经济上、军事上和文化上去强盛中国，华夏民族便可以永固于天下。王夫之这种强烈的民族复兴和中国自强思想贯穿于一生的追求。他断言：“公其心，去其危。尽中区之智力，治轩辕之天下。”

看透了明、清两朝的积弊，在主权危机、民族灾难、国家危亡、人民流离的背景下，王夫之向往一个政治清明、社会进步、经济腾飞、文化繁荣的世界。“新故相推，日生不滞。”他在《尚书引义》中写道。新旧事物变相更替，事物每天都在新生变化之中，这是事物的发展规律，也是世界的发展规律。他描绘了一个崭新的国家，这个国家在政治思想方面“以天下论者，必循天下之公”“不以一人疑天下，不以天下私一人”；在选贤用人方面，“以天下之禄位，公天下之贤者”；在文化建设上，“天下唯器”“理不先而气不后”，躬行实践，知行统一。王夫之是中国历史上难得的大百科书式的思想家、哲学家，不论是面对战争还是灾难，不论是遭遇绝望还是悲伤，不论在怎样艰难的环境中，他都怀着无限的憧憬，怀抱无限的生机。他以前无古人的卓识和担当，以“埋心不死留春色”的奋斗、“残灯绝笔尚峥嵘”的理想、“六经责我开生面”的气概、“留千古半分忠义”的精神，坚守着中国文化的精神家园，捍卫了文化救国的历史使命，为中华民族埋下了伟大复兴的燎原火种，这正是他超越以往思想家、哲学家的地方。

中华自强，民族复兴——这是王夫之的政治宣言书，何尝不是现代中国的政治启蒙书？

王夫之故去两个世纪后，晚清政治家、思想家、革命家谭嗣同将他对王夫之的敬佩写进一首诗里：“万物昭苏天地曙，要凭南岳一声雷。”

这位戊戌变法的斗士，是在王夫之思想的直接影响下走向革命之路的。他服膺并信仰王夫之，坦言：“为天地立心，为生民立命，以续衡阳王子之绪脉。”他怀抱船山精神，大义凛然地走向断头台，以死唤醒中国，成为民族复兴的英烈之士。

王夫之在《黄书》所宣示的中华民族复兴和中国自强思想，直接成为辛亥革命的先声。走在时代前列的知识分子以王夫之名义迅速掀起了一场波澜壮阔的尊黄大潮。推动社会进步、书写中国近现代史的一代大儒王夫之，由此而被人们称为“近现代精神领袖”。

1911 年，孙中山主持制定《中国同盟会本部宣言》。宣言宣示，以史可法、黄道周、倪元璐、顾炎武、黄宗羲、王夫之等志士仁人作为民族复兴的精神领袖。“当今之世，卓然而能兴起顽懦，以成光复之绩者，独赖而农一人而已。”章太炎分析辛亥革命成功思想源头时说：“船山学术，为汉族光复之原。近代倡议诸公，皆闻风而起者，水源木本，端在于斯。”

不愿成佛，愿见船山——这是人们对王夫之的最高评价。

毛泽东的恩师杨昌济一生景仰王夫之。杨昌济对王船山的认识深深影响到以毛泽东、蔡和森为代表的一大批五四时期的进步青年。1921 年，中国共产党创立伊始，毛泽东便利用船山学社的经费和社址创办湖南自修大学，为新民主主义革命培养了一批又一批栋梁之材。这些进步的种子，如星火燎原般，从这里走向全国、走向世界。

门外黄鹂啼碧草，他生杜宇唤春归。王夫之一生贫困潦倒，甚至书籍纸笔多用故旧门生的旧账簿之类，然而，他死后，却留下了无尽的精神财富。今天，王夫之的学术资源已经成为人类共同的思想财富。不仅在中国，在日本、新加坡、韩国都成立专门机构聘请专家学者研究王夫之思想，在美国、俄罗斯和欧洲各国都有王夫之论著、诗文译本。美国学者布莱克说：“对于那些寻找哲学根源和现代观点、现代思想来源的人来说，王夫之可以说是空前未有地受到注意。”

1985 年，美国哲学社会科学界评出古今八大哲学家，其中有四位是唯物主义哲学家。他们依次是：德谟克利特、王夫之、费尔巴哈、马克思。

2019 年冬日的一天，太阳在天边喷薄欲出，晨露澄澈，朝霞璀璨。

衡阳县金兰乡高节里，距离湘西草堂四公里，清癯的王夫之石像伫立在湘西草堂前，无所凭依却浩然正气，瘦骨嶙峋却坚韧真挚。清冷的寒风掠过他寒瘦的面颊，将他的长衫高高扬起。这个四百岁的老人面对着石船山，久久地、久久地与之凝视。

新的一天开始了。

重返雪峰山

韩少功

三十多年前，我在怀化地区林业局挂职锻炼。这个局管辖全省约三分之一的山林，差不多是个山大王，不过也是个穷大王，我这个副局长下林区也得蹭货车，搭乘那种拉木头的解放牌或黄河牌，叮咚咣当响一路，尘土飞扬半遮天。

我因此认识了潘司机。

老潘胖，怕热，常冒油汗，入夏后多是光膀子上路，有时还把车门打开，找根木棍代替右脚顶住油门，半个身子探出车外兜一把风，呵嗬一声做鬼叫——那时的驾驶室里没空调，烤得人肉都有几分熟。

即便山道上人少车也少，这种野蛮操作还是吓我个半死。

好像吓得我还不够，他回到座位，抹了一把脸：“不好意思，一热就特别困，贼养的，刚才都睡着了。”

我差点跳起来：“你不能停下车睡吗？你好歹快五十了，算是活够了，活腻了，莫拉上我呵。”

“没事，没事。”他笑了笑，“就是个打屁觉，不耽误开车。”

“你不会是……还在梦游吧？”

“怎么会？”他抽了自己响亮一耳光，然后手板伸给我，好像那就是有力证据。

我还是贪生怕死，不敢往下细想，强迫他停车在路边，抽支烟，洗个冷水脸，嚼两块路边摊上的酸姜，休息片刻后再走。他嘟嘟囔囔，责怪我这纯粹是浪费时间，还满嘴歪理邪说，说午饭时要不是我夺了他的酒杯，他眼下精神头肯定更好，抡盘子肯定更加灵敏和来劲儿，也不会睡打屁觉。酒呵酒，酒就是他潘师傅最好的清醒剂知道不？

我得承认，他喝酒并不误事，二十多年来居然没出过事故，对雪峰山里的每条路都呼呼呼跑得顺溜。不论在哪里遇到路面塌方，走不成了，他也能在附近找到熟悉人家，高声大气，呼朋唤友，有吃有喝。大概是他来得多，帮山民们捎带过私客私货，他也从不把自己当外人，有时一进门就检查这个娃娃写字，指导那个木匠打墨线，还要吃点菜，一口一声自称“野老倌”，同主妇们开点不正经的玩笑，然后让我一同享受她们餐桌上的腌蚯蚓（看上去像酸豆角）或油炸蜻蜓（美其名曰金秧子）——昏黄油灯下我看不清楚，吃下去才知是大补，差点要喷呕出来。

照他说，眼下有公路了，有汽车了，一天可以跑上几百里，已经是神行太保，是孙猴子一个筋斗腾云驾雾。要放在以前，雪峰山的几根木头要运出去，难呵，只能钻山缝，走水路，让人们先扎成小排，用的是藤条篾缆，不可用铁丝钢钩，以便整个排筏柔软一些，缓冲一路上可能发生的挤压或碰撞，防止排散人亡。驾着这种小排，由溪涧进入江河，进入资水或沅水那里的宽阔江面，才能把小排积攒成大排，上下叠加，前后左右串联，大若一座座浮游的人工岛，是可搭窝棚、架炉灶的那种，可捎带山货和散客的那种，以实现规模化经营。一声长啸报客往，他们迎山送岭，拨嶂推峰，顺流而下，一直漂到洞庭或长江那些大码头，把“人工岛”交付客商，既是卖货也是卖货船，这才算一次日落星沉的远行结束。

那些职业放排的“排拐子”，相当于那年头的物流捷运公司，把这些行当做得多了，对沿途的地名都如数家珍，对各地的水情已了如指掌。同样是一片平静碧波，他们只要瞟一眼，就知道哪里水急，哪里水缓，哪里水深，哪里水浅，哪里还有暗涌或暗礁。同样是水边石岸，他们甚至不用看，只是靠肌肉的记忆，就知道哪里藏有最佳落篙点，不会滑，不会塌，一戳一个准。这时候他们戳早了不行，撑晚了也不行，一定要稳稳地借助水势，等到木排眼看就要轰然撞翻的那一瞬，恰如其分地用长篙一点，或长短有致、刚柔相济地左一撑右一拨，才能降服排天巨浪，轻巧地避开鬼门关，跃入豁然开朗的下一程。三十六道湾、七十二个滩……这些在他们心中都已再熟悉不过，不过是儿时听惯了的一曲歌谣，哪里有半音，哪里有滑音，哪里该换气，哪里变假声，都已被耳膜无数次铭刻，永远也不会错的。

但他们从不吹嘘自己的本领。相反，每一次放排前他们都会小心翼翼地敬天祭神，祈盼自己一路平安。他们的禁忌也特别多，比如从不说“散”“塌”“沉”“翻”这些字，各人自带筷子，到时候不得在桌上分筷子，不得在桶里搓洗筷子，更不能用筷子盖碗、用筷子插饭……诸如此类，似乎小筷子就是大木排，就是大木排的魂，受不得惊扰和胡闹。沿途的伙铺、客栈、货商、某某的老相好之类也都懂规矩，从不乱动他们的筷子。

作为雪峰山放出去的主要耳目，那年头日本军队何时撤了，汽车长成什么模样，城里女子会不会勾魂……这些新鲜的重磅消息也总是由“排拐子”们带回山里，使一个个山寨不至于悠悠坠入历史之外的深远寂静。

阿哥放排三月三，
阿姐河边洗衣衫。
桃花落水雾不散，
棒槌打手泪不干。
……

潘师傅酒后就唱过这首情歌。

我眼下已听不到他的歌声，连往日林区的简易公路也几乎看不到了。这次入山的邀访者是陈，自称以前见过我，网上自我命名“哈协主席”——“哈（卵）”就是湘语中傻的意思，二的意思。

在不少人看来，他确实有点傻和二——都什么年代了，不知打了什么鸡血，他从上市公司老总一路打拼成家乡的农民头，从繁华都市一鼓作气高歌猛进到穷山寨，所有的身家血本砸下去，居然在雪峰山多点开局，建起了五大景区，一心用沥青公路和过山缆车接通城乡，让山里的夕照、富氧、幽泉、古树、刺绣、柴门、篝火、美食、歌舞、梯田、先人传说、冬日的雪以及夏日的凉等，统统变成游客的幸福和山民的财富，而且果真打造了一个企业扶贫的省部级知名样板。这个“老土”，走村串户，大概想象大家都是同他一样喜欢大碗喝酒和大块吃肉，同他一样喜欢石头，喜欢木头、喜欢泥土和山脊线、喜欢开门见山和天高地阔，为此多年来不厌其烦地说服地方官员和合作伙伴——这也就算了，有意思的是，这个黑大汉有时忙得一身臭汗两脚泥，据他同事说，还总是激情和精力过剩，随便逮住路上一位陌生阿婆，也能巧舌如簧滔滔不绝，详细解说他手上一块石头的地质特征和美学价值，阐述他穷乡僻壤遍地宝的变金术。

一直说到老阿婆迷迷瞪瞪，对他的深刻理论胡乱点头。

难怪一些同事也笑：还真是个大哈呵。

这一次，我也想去听听他如何解说石头。时值深秋，雁阵南飞，高铁“复兴号”不知何时已从省城滑出，一路上静静地暗中加速，很快就有了时速近三百公里的飞翔感。眼一眨过桥，眼一眨钻洞，眨一眼又是桥……整个行程几乎就是桥洞相连，上天入地反复切换，闹着玩儿似的，对沿途的山山水水压根儿就是粗枝大叶视若无物没心没肺，已把旅行简化成一条唰唰唰任性的直线，一种舒适和洁净的服务平均值，一种旅客们恍恍惚惚的科幻遭遇。我完全找不到感觉了。这还是雪峰山吗？喂，喂，这还是雪、峰、山吗？睁大眼睛朝窗外寻找，一匹匹翠绿翻阅过去，当年的“排拐子”们在哪里？当年潘师傅的简易公路和叮咚咣当尘土飞扬在哪里？当年那油灯下客人们吃过恶心腌蚯蚓的一座吊脚楼，是否就在山那边？而当时围着黄河牌大卡摸来摸去的一群娃娃中，一个挂着鼻涕的光屁股男孩，被汽车喇叭声吓一大跳的，莫非就是多年后的陈大哈？……

我突然有一点心酸，至少是心慌。

飞翔吧。飞翔。现代科技正在大大缩短空间距离，却也一再刷新世界图景，一步步放大了时间距离，如同电影在播放时突然提速，让往日的人和事速来速去，很快就变得模糊不清，了无踪影，遥不可及，更遥不可追。昨天已是久远。前天已是史前。我只能面对身后一片模糊，凭吊自己三十多年前的记忆残片——那是我青春的一部分。

也许，雪峰山，雪峰山，我这次完全算不上重返了，不过是奔赴一个重名的陌生之地，一片让人无措的茫然异乡，只能像一个两鬓斑白的婴儿，被山里的阳光刺得睁不开双眼，在那里经历新的一轮再生，一切都重新开始。

你飞翔吧——

我真不希望这样，但也希望就是这样。

鸟命

龚曙光

一

我迷上养鸽，是因同座八个瘤。老家人把生疮长疱留下的疤痕，叫瘤子。八个瘤父母在澧河上行船跑码头，一年四季水上漂，将八个瘤扔给一个又聋又驼的老奶奶。奶奶三寸金莲，走路一步三晃，哪里管得住飞天蜈蚣似的孙子，天天由了八个瘤在码头上泅水打架摸王八。暑期太阳毒辣，八个瘤坐在泊在河心的木排上钓鱼，将赤裸裸的上身晒得乌漆墨黑。天长日久，太阳的热毒积在体内，一个接一个长出桃红李紫疮疱来。八个瘤霸得蛮，疮疱熟一个，他便对着河水挤一个，每一次都挤出一大包脓血来，然后掬一捧河水洗洗了事。等到生肌结痂，便留下一个个铜钱大小的疤子。河边一起玩耍的伙伴数数，不多不少，正好八个，于是落下了“八个瘤”的小名。八个瘤在镇上出名，倒不是因为他头上脸上疤子多。他在学校名声大，一是因为他养了几十只鸽子，上学下学，总有一群鸽子绕着他的头顶飞来飞去，弄得同学很眼馋；二是因为书只读到四年级，已经留了三次级。校长每年都警告：不准再留级！但每逢开学，还是将他带到了新升上来的班级。四年级开学那天，校长将八个瘤带到我的邻座，说这是一块酱萝卜，你要好好帮助他。八个瘤倒也不在意校长的话，大大咧咧一屁股坐在我旁边，从书包里掏出一把煮熟的鸽子蛋，放在我面前的课桌上，说是递个见面礼。小镇码头对岸，有一道高高的大堤，沿堤是一排吊脚楼的木房子。八个瘤的家，就在吊脚楼里。涔河边靠船吃船的人家，大都住在那里。惯常回家过节，或是顺道路过，便把木船泊在自家的吊脚楼下，上船下船，装货卸货都就便。吊脚楼的门前，是一片无边无际的桑园，春夏季节，郁郁苍苍的桑树铺到天边，如同一派绿漾漾的波浪。八个瘤那天邀我去他家看鸽子，登上堤岸，便看见一群白的、灰的鸽子贴着桑树翩飞，那景致，辽阔得像一群海鸥翱翔在大海上。

二

沿着摇摇晃晃的楼梯，登上吊脚楼的阁楼。一对对栖在笼子里的鸽子，呼地一下飞出去，惊恐地在窗外盘旋，好一会儿才陆陆续续还巢。八个瘤说家里的鸽子由我挑，看上哪一对都可以带走。看着蹲在木笼里孵蛋的鸽子，灰的白的芦花的，每只都觉得可爱。犹豫不决中，我看到窗棂上栖着的一只鸽子，白羽凤头，芦花脖颈，半敛半翕的翅膀，浅灰里盈满银色的斑纹。一双眼睛血红，晶亮地透着深紫的光芒。小腿劲健，爪子虬结，看上去如同两枝刚刚出海的大红珊瑚。几乎是在一瞬间，我完全被它迷住了，不假思索地告诉八个瘤：就这只！八个瘤摇摇头，说就这只不行！因为迷子是一只拐鸽。家里的大部分鸽子，都是迷子从外面拐回来的。所谓拐鸽，就是那种飞到别人的鸽群里，能把鸽子带回自家笼子的鸽王。这种鸽子万里挑一。当初，这只鸽子是八个瘤从桑林里捡回来的。暮春初夏，小镇人会在桑林里布下一张张丝网，捕捉啄食桑葚的鸟儿。那日八个瘤钻进林子采桑葚，发现了缠在丝网上的迷子。因为挣扎，丝网已把迷子缠成结结实实的一团。八个瘤细心地将丝网一根一根扯断，最后把迷子捧回了家。又喂水，又喂食，还弄了一个温馨的窝，置放在阁楼里。迷子就此留在了八个瘤家，再也没有飞回原来的鸽群。几天后，迷子从外面带回了四只鸽子，再后来带回了更多，不到一年，阁楼里已挂满了鸽笼。望着那一群被拐回来的鸽子，八个瘤给这只神奇的拐鸽取了一个美丽的名字——迷子。我理解八个瘤和迷子的特殊感情，不再强人所难。八个瘤见我对其他鸽子没了兴趣，便说迷子生了两只蛋，正在孵崽，等到雏鸽孵出来，一定送给我。一个多月后，八个瘤搬了一只木制的鸽笼到我家，里面是两只漂亮的雏鸽，精灵鬼怪的，一副万人迷的样子。八个瘤说，这只公的长大了，可能也是一只拐鸽。

三

我捧着鸽子向弟弟炫耀，以为他会垂涎三尺，没想到他连接过去摸摸的兴趣都没有，瞟了一眼不咸不淡地说：没有八哥可爱！弟弟迷上八哥，是因为码头边修锁的刘瞎子。刘瞎子原本是码头上给人算命的，改行修锁和磨刀。刘瞎子并不真瞎，只是视力弱，看什么东西，都得瞪着眼睛送到鼻尖上。因为眼神差，加上手脚慢，修锁磨刀便只是打一个幌子，实际上，还得靠算八字摸骨相糊口。弟弟那帮镇上的孩子之所以围着刘瞎子转，是因为他养了一只会说话的八哥。刘瞎子把那只八哥叫儿子，上街摆摊总带在身边。儿子全身漆黑，一根杂色的毛羽也没有。红宝石般的眼睛，橙黄的嘴喙和脚爪，漂亮中透着几分灵异。但凡有人走到刘瞎子摊子边，儿子便开口说话：瞎子，算命！或者，瞎子，修锁！奇怪的是，大体能说准。待到瞎子算完命或修好锁，儿子又开口报价：算命三毛！或者，修锁二毛！瞎子将八哥还真是当了儿子养，每天为八哥喂小米、绿豆，十天半月，还要用修锁的锥子把舌头扎个洞，流出一汤匙鲜血，喂给八哥喝。小镇有一种说法，八哥能不能开口说话，是否口齿伶俐，主要看喝没喝过人的舌血。弟弟一放学，撒腿便去了码头上，从书包里掏出早就备好的小米和绿豆，撒进儿子的笼子里。刘瞎子不喜欢别人叫八哥儿子，总说老子的儿子你叫什么？刘瞎子也不喜欢别人喂他的八哥，总怕人家的粮食不干净，又怕儿子吃多了胀坏肚子。弟弟便只好等着瞎子给儿子喂舌血的时候，抢过锥子在自己舌头上扎一下，献出自己殷红的舌血。时间一久，刘瞎子担心哪天弟弟扎出事来，便建议弟弟去哪里捉只八哥来，他来帮着训练。弟弟如同得了圣旨，一天到晚找八哥窝，想抓只八哥的幼雏交给刘瞎子。有一天，我在学校教室的外墙上，看到一对八哥进进出出，找到了一个墙缝里的八哥窝。弟弟每天守在墙根下，生怕有谁发现了捷足先登。约莫守了个把月，墙缝里开始有探头探脑的小鸟伸出头来，等待鸟爸鸟妈回来喂食。夜里，弟弟便搬了一架长长的梯子，撬开墙缝把窝里的三只小八哥捉了。

四

弟弟把八哥送到刘瞎子那里，刘瞎子拿出一把锈迹斑斑的剪刀，将八哥的嘴掰开，把红嫩嫩的舌尖剪了。刘瞎子说，鸟儿之所以不能说话，是因为人是圆舌，所以八哥要说话，必须把尖尖的舌头剪圆。弟弟一面帮刘瞎子掰鸟嘴，一面心疼八哥，眼里噙满了汪汪的泪水。弟弟跑到镇上的篾匠铺，织了一个大大的鸟笼，把三只八哥装进去，小米绿豆细心喂养。每晚睡到半夜，还要挑灯看看八哥，往笼子里添食添水。一天清晨起来，弟弟看见三只雏鸟死了两只，硬邦邦地躺在笼子里。弟弟将死鸟掏出来，拿锄头埋在了菜地里。弟弟养的大花猫一直跟在身后，喵呀喵呀地希望弟弟把死鸟赏给它，结果被弟弟哄开了。剩下的那只倒是长得壮硕，每天在笼子里欢悦地叫唤，只是发出的依旧是嘎嘎的鸟语。弟弟把鸟提到刘瞎子的摊子上，拿起尖锥在舌头上扎进去，汩汩地流了小半碗血，按着八哥的脑袋让它喝。差不多每个礼拜都来这么一次。过了大半年，八哥还是发不出一个字音。刘瞎子把鸟捧在手上看了又看，又一字一句地教八哥说话，八哥发出的依旧是鸟语。刘瞎子想了好几天，突然问弟弟：八哥是在墙洞里捉的，还是在树窝里捉的？弟弟说在墙洞里。刘瞎子似乎恍然大悟：洞八哥怎么养都不会说话！

五

我将鸽笼钉在高高的墙壁上，又在笼子上挂了一些晒干的狗骨刺，让弟弟的大花猫无法靠近。起初好些天，花猫望着鸽笼转，一天到晚打两只鸽子的主意。我抡起一根竹棍狠狠打了一棍，大花猫一连瘸了十多天。花猫是弟弟的宝贝，每天晚上都会抱在被子里睡觉。见我下手打瘸了花猫，跑到父亲面前告了我一状。父亲狠狠白了我一眼说：大没大相，小没小相，两个玩物丧志的家伙！我给两只鸽子分别取了名字，公的叫王子，母的叫公主。八个瘤常来家里看鸽子，总说王子能长成一只拐鸽。后来有一段时间，八个瘤没来看鸽子，也没见他上学校，我便跑去吊脚楼，才知道八个瘤的父母都在河里淹死了。那季节正好涔河发大水，惯常是没人会行船的。货主性急，加钱也要把一船百货运往下游。八个瘤的父母熬不过，硬着头皮发了船。结果船至险急处，一个浪头将船打翻了。八个瘤的父母还想抢救货物，便一起被卷进了漩涡里。八个瘤成了家里的顶梁柱，每天得想办法养活又聋又驼的奶奶。等到家中可以换钱的东西都没了，八个瘤只能盯着那群鸽子打主意。吊脚楼东头有家卤菜铺，老板早就叫八个瘤卖些鸽子给他做卤鸽，八个瘤一直没理睬。现在家里没钱了，八个瘤只好硬着心肠捉了鸽子送过去，老板每只鸽子给二毛五分钱。八个瘤隔三岔五捉几只鸽子送到卤菜铺，祖孙俩的日子靠着卖鸽子打发。八个瘤每回去送鸽子，迷子都跟着飞过去。八个瘤返回了，迷子还孤零零地在铺子前盘旋。有一天，八个瘤又上阁楼捉鸽子，鸽笼里竟空空的，一只鸽子也没有。八个瘤以为迷子把鸽群带出去觅食了，晚上便会归巢。一连等了几天，鸽子到底也没回来。八个瘤明白：是迷子将鸽群带走了。作为一大群鸽子的首领，迷子不能忍受群里的鸽子被贩卖和宰杀。

六

弟弟将不会说话的八哥放回了田野，目送它振翅飞向远处的树林。然后弯腰抱起跟在脚边的大花猫。花猫似乎意识到自己失而复得的宠爱，格外温顺和乖巧。弟弟仍旧时常跑去码头上，望着刘瞎子的八哥发呆。刘瞎子破例地打开鸟笼，让弟弟捧着八哥抚摸了好一阵。端午那天，刘瞎子递给来看八哥的弟弟一个鸟笼，里面有一只毛色油亮的雏八哥。刘瞎子说这是一只树八哥，舌头已经剪过了，你拿去好好养吧。弟弟依旧每周给八哥喂一次舌血，早晨晚上对着笼子教八哥说话。慢慢地，八哥竟能发出单音，然后是“你好”“吃饭”一类的语词，再后来能叫出家里每个人的名字。父母见着八哥伶俐可爱，也时常问起是否八哥该喂水喂食了。花猫的餐食，却每每被一家人忘得一干二净。

七

八个瘤的日子更加艰难，他已经完全辍学在家，每天去河边上捡浪渣，去桑林里挖猪草，卖到镇上换钱度日。次年早春，他在桑林里挖猪草，一抬头，竟看见了迷子。迷子栖在一棵高大的桑树上，定定地望着八个瘤。八个瘤欣喜地叫着迷子迷子，迷子咕咕地应答着，似乎倾诉着无尽的离愁别绪。过了许久，迷子才带着鸽群飞走。八个瘤卖完猪草回家，在窗棂上看到了迷子。爬上阁楼，竟有一大群鸽子蹲在鸽笼里。八个瘤依旧捡浪渣，挖猪草，不再动卖鸽子的念头。卤货铺的老板找上门来，被八个瘤连推带骂赶了出去。不久，奶奶病了，躺在床上呼天抢地喊痛。码头上过往的熟人听到，跑过来对八个瘤说，你奶奶的病还得看，难道你就让她疼死？八个瘤爬上阁楼，抱着迷子轻轻抚摸了大半天。最后，又从鸽笼里捉走了十只鸽子。奶奶的病虽不见好，吃了药却能止痛。八个瘤每回去给奶奶抓药，都得从阁楼上捉走鸽子。但隔不多久，迷子又会从外面带回一群来。八个瘤觉得迷子的眼神不再晶亮清朗，看他时，总有一种淡淡的哀怨。那是一个黄昏，桑林上空晚霞满天。八个瘤站在大堤上，望见迷子从桑园尽头飞回来。和往日成群结队凯旋式的归巢不同，迷子孤单单的，忽而上，忽而下，努力不让自己坠落下去。迷子径直朝着八个瘤飞过来，一直飞到八个瘤伸出的手掌上。八个瘤看见迷子的羽毛沾满鲜血，胸脯上结了一块厚厚的血痂。就在八个瘤接着迷子的那一瞬，迷子眼一闭，头一歪，倒在了八个瘤伸出的手掌里。迷子的身上有三处枪眼，都是被气枪打的。八个瘤心里明白：别的养鸽的人家，忌恨迷子拐走了自己的鸽子，一狠心动了杀机，下了毒手。

八

刘瞎子挂羊头卖狗肉的秘密，到底被县里知悉了。十五六个腰扎皮带的年轻人，雄赳赳冲到刘瞎子的摊子前。甩手掀翻了刘瞎子修锁的柜子，翻出一本麻衣相法之类的书。以此作为罪证，拿出一根绳索便要捆绑刘瞎子。笼里的八哥见了，扯着喉咙叫喊：畜生！畜生！被其中的一个年轻人连笼带鸟摔在青石板上，一脚踩在了八哥身上。刘瞎子发疯一般冲过去，撞翻踩死八哥的年轻人，捧起地上的八哥，真像死了儿子一样哀号。失宠的花猫已不再回家。偶然在院子里碰见，原来柔顺光滑的皮毛已纷乱纠结，温顺的眼睛里露着凶光。见着弟弟，也喵喵地叫上几声，似乎是一种挑衅。有一天，全家等到傍晚回家，弟弟的鸟笼已被扯破弄开，笼里的八哥，变成了一堆血糊糊的羽毛。弟弟操起我的那根竹棍，屋前屋后寻找，一连好几天，怎么也找不到那只他曾经宠爱的大花猫。

九

我养的王子已长得英俊健壮，比当年见过的迷子，更多一股飘逸之气。王子开始从外面带回鸽群，只是我既不收留这些外来的鸽子，也不将它们拿去换钱。得知迷子被杀的消息，我决定把王子和公主还给八个瘤。取下当初那个木制的鸽笼，把王子和公主装着送去了吊脚楼。八个瘤穿一身白色的孝服，刚刚把过世的奶奶埋葬在桑林里。看见笼子里的王子和公主，八个瘤呆滞的双眼一亮，两行泪水一直流到嘴边。八个瘤打开鸽笼，捧着王子和公主，走上大堤，一扬手，将两只鸽子抛上天空，看着它们远远地飞向桑林，飞向涔水蜿蜒的上游。八个瘤告诉我，他已卖掉吊脚楼，买了一艘旧的乌篷木船，准备像父母一样，在涔水上下跑码头。或许因为接连失去亲人，或许因为意外失去迷子，八个瘤仿佛一夜之间长成了大人，说话的神情，看上去甚至已有几分沧桑：自己都随波漂流了，还在哪里安顿鸽子啊？人各有命，鸟各有命，还是各随其命吧！我目送八个瘤走下大堤，登上泊在吊脚楼下的旧木船，操起船尾的双桨，吱呀吱呀地划向下游。慢慢地，他的那一身白色孝服，变成了天水间一个若有若无的白点。那年，八个瘤十三岁。

落地生根

习习

一

他们是我的学生，多数人年岁比我大。

早课铃响了许久，很多男生迟迟不进教室，我拿起笤帚，跑到男生宿舍门口，破门而入。用笤帚疙瘩一张张床挨个儿打过去，他们“哎哟哟”地笑。罚他们跑步，哪里跑？他们说，公园。公园就在学校后身，责罚成了欢快的溜达，我甚至混同于他们，大声说笑，直到学校门口，调整好表情。

我第一次喝白酒是他们教的。那年新年前一晚，教室里挂满五颜六色的彩带，录音机响着流行歌曲，作为班主任，我拒绝了男生的一一敬酒，答应和他们共同干一杯。这些男生，业余的一大嗜好就是喝酒，用石子儿一样硬的炒蚕豆下酒，他们咂巴着白酒，嘴里嚼得嘎嘣嘎嘣响。女生不喝酒，只吃蚕豆。男生兴致勃勃地在我周围围成一圈，耐心教我喝白酒的方法，不怕不怕，药你总喝过吧？一仰脖子，哐就下去了。哐，我咽下去了，教室里掌声雷动。

想起这些，心里就漾起些温暖。那时我刚工作，面对的就是这样一群进修学生。当时，农村师资紧缺，一些农村毕业的初中生、高中生被招为当地小学的民办教师。我和他们相识时，他们有的工作快十年了，有人已经成婚，还有人在班上恋爱，进修给了他们相识的机会。

一年四季，教室里弥漫一股炕烟味儿，是西北农村家里特有的气味，即便他们交来的一小片答题纸，上面也有那味道。当然，教室里还有女生的雪花膏、洗发膏和头油的味道。女生爱美的天性在学校得以发挥，每个人额前的刘海都被发钳烫得卷卷的。

这些学生水平不一，有的连拼音都不会读，严重的方言增加了矫正的难度，有时为矫正某个字母的读音，课堂上会哄笑成一团。而我，当然不能时时成为他们的同伙，有时会非常恼怒地狠狠把课本砸到讲桌上，课堂上立刻鸦雀无声。

彼时，我对自己的职业没有清醒的认识，只是凭着一腔热情，想在课堂上尽力把自己体会到的传达给他们。我教“阅读与写作”课，有一次讲艾青的《大堰河——我的保姆》，讲到“大堰河，今天，你的乳儿是在狱里，写着一首呈给你的赞美诗，呈给你黄土下紫色的灵魂，呈给你拥抱过我的直伸着的手……”我让他们做“直伸着手”的姿势，让他们体会这个姿势里的情感，几个学生流泪了。

二

我们学校是区属教师进修学校，起初在市里的八里河区。安卧于黄河谷地的狭长城市，北部靠近黄河，南面则枕着绵延的大山。八里河区也是这样，北部的城区紧邻黄河，而南面，大山如屏风般矗立。大山夹着几条深沟，山沟山腰山顶，适时的位置，分布着二十几所小学。我们的进修生就来自这些小学，他们在我们学校一般经过两个学期的进修。

大致在我工作的第五年，全区民办教师几乎轮训完了。之后，我们有了新任务：送教下乡。

湖滩乡，在高高的南山山顶，翻过去就是马家窑文化的发祥地、古称狄道的临洮县。在我们干涸的家乡，有很多浪漫的地名，比如马滩，其实从没有过马匹，比如青草峪，荒芜到寸草不生，还有靠天吃饭的湖滩，根本没有半点儿湖的影子。

六座客货车是学校唯一的交通工具，下乡时，司机师傅往往载着三个老师：我们的教导主任、文科培训教师、理科培训教师。湖滩乡是典型的西北二阴地区，农作物生长缓慢且产量低。那是个冬天，车在狭窄的盘山土路上攀爬，徒自拖着一个空落落哐里哐当的车兜子。前方忽然漫起雾来，车子进退两难，只能顶雾前行。师傅的头几乎要抵上风挡玻璃了，我们彻底被包裹在软腾腾的浓雾里，我觉得很新奇，雾遮挡了险峻，没了高山和深壑，我们犹如进了仙界。直到车子破雾而出，停在一块接近山顶的平地上，师傅跳下驾驶室，煞白的脸上虚脱一样淌满汗水，我们方知刚才有多危险。这时，深不见底的浓雾在脚下蠕动，仿佛什么东西落下去都能被它软软地接住，哪怕一个大山。而我们已在天上，湖滩就是这么高啊，湖滩的阳光异常明亮，望过去，山畔上的院落被晒得金灿灿暖烘烘的。

若干年后，我在一篇文学作品里，对印象中亦真亦幻的湖滩进行了虚构：山顶有一面大湖，湖边有一棵几百年的枣树，湖水里游弋着一种鲜嫩的冷水鱼，乡里的孩子们像枣儿一样挂满大枣树的树杈，有一天，突然漫起了白雾……

那些我的成人学生，几年前，还有着学生的模样，尽管在课间抽旱烟喝罐罐茶纳鞋底织毛衣，但在送教下乡时，我看到了他们的另一面。

我曾经的男学生，穿着皂色棉袄，腰里扎着绑带，俨然和当地农民没有分别。事实上，很多民办教师，都是一边干农活儿一边教书，农忙时，甚至顾不得上课。他们用浓重的方言和学生们对话，那些同坐在一个教室里胆小羞怯的乡下孩子们，很可能是堂兄弟或表姐妹。而我曾经的学生很可能被孩子们称为阿舅、姨父、姑爹，或者娘娘、舅母。这种部族式的村落在偏远的乡里很显见，比如王家庄、李家沟、赵家洼，有时同一个班有近一半同姓的同学。

我曾经的学生们，工资单薄（一些民办教师被辞退了，个别的转正为公办，还有一些正面临严格的转正考试），几十年坚持下来，主要原因是能挣一份家用。高寒地区对人的面容风化得厉害，几年过去，他们苍老得很快。

几乎每次送教下乡，当我站在讲台上时，情绪都很难调整。一边是我满怀理想主义的备课，期望尽可能多地给他们传达一些国内发达城市优秀的教学经验，一边却是这样的情景：上课铃已然拉响，老师们手里倒换着炉子里刚刚烤熟的焦黑的洋芋蛋，三三两两慢腾腾地踱进培训教室。

那些进教室讲课的老师也如此，教室里的学生真的就像他们自家的孩子，他们可能正闻着烤洋芋的香气听讲，也可能正啃着洋芋蛋子做作业。有的班是复式班，邻近年级的孩子同坐一个教室，两部分人背对背，老师给他们穿插上课。家长对孩子没有过高要求，特别在农忙季节，学校让他们安心，忙得顾不上做饭时，他们知道老师会给他们的娃先垫上两口洋芋或馍馍。

面对几年不见的我——他们曾经的班主任，他们多半显出窘迫来，我的到来打破了他们的日常，他们还窘迫于我或许会到和学校一墙之隔的他们家里去转转，一不小心碰上他们的婆娘或者男人。

那时，我依旧不懂很多事情，不能设身处地为他们着想。他们会宰杀一只刚才还在院里散步的公鸡，表达对我这个客人的热情。那种共同干杯的单纯的欢乐已经远去。

但无论怎样，我一直由衷敬佩着乡村教师，包括我的很多学生。在绵延的大山深处，每次下乡，只要远远看见红旗，就知道学校到了。这是个给人慰藉的所在，乡村教师们像清贫的布道者，启蒙乡民，保护那些懵懂的孩子，他们用自己的想法和视野，让囿于一隅的人们眺望到远方。比如在大山之巅的湖滩乡，人们过着几乎封闭的日子，但学生的辍学率一直是零。有一对父母出外打工，孩子被迫放弃学业要照看患病的老人。

班主任二话不说，把老人接到自己家里。这位班主任就是我曾经的学生，先前的她静默寡言，但若有好笑的事情，她笑的时间总是最长。我的似乎已经混同于农民的学生们，他们其实个个都有深沉远大的理想：让乡里的孩子尽可能地多读些书，以后能下山进城，走进大学。

若干年后，在市区的妇产科医院，我和一个即将生产的过去的女学生相聚在同一个病房。我很惊喜，她身上的炕烟味儿让我感到亲切，妊娠斑盖满了她的脸，但我还记得她是个面容姣好的女子，性格文静，作文写得很好。但是，她在尽力回避我，我的嘘寒问暖搅扰到了她。傍晚，他男人带着大包小包进了病房，他竟然也是我曾经的学生。他认出了我，礼貌地和我打过招呼后，坐在他爱人的病床边一言不发。我们在一个房子里，但相距遥远。我和我的女学生，偶尔会挺着大肚子在楼道相遇，她会远远地给我避让，那几天，我觉得师道尊严是个多么叫人别扭的东西。

三

当老师的第十一个年头，我准备调离岗位了，像鸟笼里关久了的鸟儿，我渴望飞向别处。对从事了十年有余的教育工作我有了一些看法。无益于教学的条条框框、繁文缛节的各种检查，看似不见硝烟的不间歇的评比和竞赛，这些，我厌倦了。披星戴月，早出晚归，工作密不透风，但整个学校，从上到下，唯独忽视了人、忽视了学生和老师作为人的存在。那时，我时常被同一个梦境梦魇，独自一人在荒野里，倦怠到迈不开半步。

我改行了，对过去的这段教学生涯，我只在几年后的一篇散文《受伤的锁具》和再若干年后的一篇散文《梨花堆雪》里提及。《受伤的锁具》源于一件极难忘的事情，老师们终于盼到发工资的那天，但天刚亮，值班老师发现财务室的门和柜子被撬，所有教职员工的工资不翼而飞了。这是一件惊心动魄的事，那时候我们每到月底都青黄不接。财会人员失声痛哭，那天前夜的一场大雪掩盖了窃贼的作案痕迹，警方办案无果。但积雪渐渐消融，在学校后身冬果园的一片残雪里，有人发现一个被砸烂的锁子，正是财会室的门锁。我们的会计自那之后精神大变，经常一整天默默无言，望着那个烂锁子发呆。那时，迫于商品经济的发展，我们的教师进修学校已退居到了靠近乡村的公路边的一个院落里，“品”字形的小教学楼围着一个很小的操场，但校园后面是一片巨大的冬果园。春天，教室窗外梨花堆雪，而今想来还有着魔幻般的浪漫和诗意。我在《梨花堆雪》里写到，我常常站在楼道，长久地眺望，一条通向远方的公路把我的目光带到很远，夏天，瞩望那条公路，地面上被太阳蒸腾起的热气，使那条公路在视线里歪歪扭扭，显出一种莫名的虚幻。

我告别了教学生涯，但我时常感到，过去的十年像一块沉沉的黄土疙瘩。为什么？大约和我的农村学生有关，和我后来跑遍的农村学校有关。

有一年，我接到一个人电话，说他是我多年前的学生，喝多酒了，突然想起了我，很想大哭一场。我放下电话，眼睛也湿了，那个男生，他曾经的样子历历在目。

其实，我从没有忘记过那段岁月，那块黄土疙瘩养育了我，我是在那里落地生根的。

四

我后来计划写一本书，写一些最基层的女性。

在一个偏远的村子，我和一位女乡长待了一个多星期。寒冬腊月，我们挤在一个被筒里，深夜，能听见铁炉里的火苗呼呼扑蹿的声音，但房子还是冷到不敢伸头。硕大的星斗真的会眨眼呀，那是乡野里才有的星星。我跟着女乡长走乡串户，以一个最基层的乡村干部的眼光打量农民和农村。那些质朴简单的人、善良温情的人、有时又叫你无奈愤懑懊恼不堪的人，现在想来，一个个依旧活灵活现。记得在一次计生检查中，女乡长置身于一群剑拔弩张的村民中，她先是冲出来，让我做好安全防范，然后义无反顾地返回人群，我亲眼看着她如何苦口婆心春风化雨地解开一个又一个疙瘩。这让我又想到我先前跑过的农村，我曾经的在乡下执教的学生们，他们后来的境况如何呢？农民秀珍，一边放羊，一边趴在山坡上写诗，写完了念给她的羊听，她是个多么可爱有趣的农村小媳妇儿，她粗朴的方言俚语，常常惹得我大笑不止，夜晚，在她家热炕上熟睡，常会被她夜半归来挤上热炕的猫吵醒。我采访过一个从事特殊教育的老师，她的学生都是聋哑残障，但她的课堂生机勃勃。采访完她的那个傍晚，在回家的公交车上，我悄悄温习着哑语的几个手势——下雨：手五指分开微曲，指尖向下，上下轻轻动几下，象征小雨点落下。车窗外正飘着小雨呢。双手掌心向上，在胸前上下扇动，脸露笑容，这一手势表示高兴。我反复做着这个手势，因为我心里真的高兴。腾格里沙漠和巴丹吉林沙漠边缘的民勤县，在一个干净的黄土小院，一位七十一岁的治沙老人给我讲述了她长长的重重的历史。黄昏时，我端着大碗，坐在门槛上和她家人一起吃汤面，飞蛾噌噌撞着屋檐下的灯泡，那一天心里多么踏实安静。

我一共写了十四个女性，集结成了《讲述：她们》一书。这本书因为她们而沉甸甸的，它有着黄土疙瘩的质地。

十年的教学生涯，我边讲课边学习，我认识人，靠近一个个灵魂。十年之后，我还是在讲，用文字讲，讲我领悟到的、感动到的、理解到的。虽然历程不同，但共有一个背景，那就是我内心所能张望到的和我内心所能触探到的大地及大地上的人和事。

五

出乎意料的是，因为扶贫驻村，我又得以回到学校。

驻村的日子，我挨家挨户，走了每个自然村。一天傍晚，爬上村里有信号塔的最高的山头，我坐在那里鸟瞰村子。辨别进过的每户人家，辨认正在羊肠路上行走的农人，猜测他会去谁家串门。山下，最显眼的就是飘着红旗的学校，在一块平坦的山坎儿上，学校方方正正，三排教室整齐排列。

驻村宿舍就在学校，虽然是夏天，夜半，屋子还是很冷，好在炉子里还留着做过饭的余温。深夜，窗外的红旗如果被风刮得扑啦啦响，我就知道要阴天了，家远的孩子一早可能会挂上一脚泥巴。

记得到扶贫村第一天，我找到了藏在学校门前山坡下那个长长的土厕，三条被踩踏得不长草的细白土路通向三个低矮的厕所门。正是上课时间，我随便进了一个门，这时，我听到几个小脚步急惶惶地跟过来了，我知道是坐在校门口小板凳上晒太阳的几个幼儿园同学，他们排着小队进到厕所，一个小男孩严厉地说，这是男娃娃的茅厕！我说我错了，马上按他们伸出的小指头的方向进到了正确的地方，我心里盛满笑意。

在这个小学校，我依旧会想起我曾经的学生们，多少年过去了，他们的农村小学肯定也和以往大有不同。随着城镇化建设，现在，城区学校的班额越来越大，而农村学校的孩子数量越来越少，就我住的这个小学，包括幼儿园孩子在内，总共也才三十多个学生。尽管学生少，但学校一定是家家村民牵挂的地方。

一天，我找到校长，请他给我两节课，说我想给孩子们讲讲写作。校长很高兴，作为答谢，说晚自习后煮洋芋给我和住校老师吃。煮食洋芋，在西北农村太过普通，但那次我见识了最庄严的一次。厚厚的木头锅盖上压着一块砖头，校长和老师们不时站起，贴着耳朵听锅里的声音，他们一会儿从烤箱侧口添进几块炭，长长的火舌舔着锅底，已经闻到了一股焦香，校长依然不慌不忙，他一动不动侧耳辨听着锅里的声音，说，正在收水，不慌，不慌。终于，锅盖揭开了，轰！一大铁锅笑开花的雪白的洋芋热气腾腾地盛开在我面前。

有什么能比这更打动人心？这是发生在大地上的事情，生动，意味丰富。我的写作，正是受着这样活生生的人和事物的滋养，才得以成长。生命是一条源远流长的河，若要追溯，必要回到那些落地生根的往事上。

上课那天，全校学生都来了，教室里高高矮矮，目光深深浅浅。我与孩子们讨论什么是作文，为什么有些作文会让我们喜欢；我和他们讨论写作会给一个人带来什么，我讲到了快乐、爱、幸福，这都是一些深邃的词语，但我相信他们对这些词语会有最清澈的理解。我说，如果你爱上了写作，你的一辈子会有着和别人不一样的幸福，特别是当你们成了妈妈爸爸、爷爷奶奶……

孩子们都在笑，笑得那么认真。

明天是新的一天

——武汉“围城日记”

叶倾城

2020年1月21日

电话响，是在医院工作的二姐，说：“我在楼下。”

我说：“我们都在家，你上来呀。”

她说：“我昨天接诊的一个病人，今天确定是肺炎了。我两个同事，已经倒下了。我不回来吃年饭了。”

信息量太大，我一时反应不过来，只一径说：“你就算感染了也不要紧呀，你回自己家，我们不隔离你。”

她像没听见：“我把一箱橙子、一盒樱桃放在电梯上，我按了楼层，它上去后你接一下东西。还有蛋糕券。最近，我就不回来了。”

电话断了。我看着电梯一格格上来，简直像心提在嗓子眼一格格上来。

门开了，电梯间地板上，果然有水果和蛋糕券。我拿起来，上款是我二姐的名字，下款是医院工会祝她生日快乐——半个月前，是她的五十岁生日。

很久之前就有关于肺炎的传言，最开始，是在我女儿小年学校的家长群里，瞬间刷屏，人心惶惶，都说华南海鲜市场出传染病了——惭愧，在武汉这么多年，我都没听说过这个海鲜市场的存在。

最开始，大部分人都不信——这么大的事儿，怎么可能以小道消息的方式呈现？不如问问在媒体工作的？再一想，现在本地都市报苟延残喘，晨报早已停刊，日报晚报也早不是记者满街跑新闻的时代……

是渐渐的，消息越传越烈，街上戴口罩的人也多了起来。我在日本的朋友问过我，我乐观地说："没事的，快过年了。"

直到此刻，真相以第一手的身份击中了我。

我很惊慌，说来惭愧，我只担心我的姐姐，我只想问她：你在医院，你危险吗？

2020年1月22日

这几年的习惯，我们都不备太多菜过年。反正过年也休不了几天市，何必囤一堆！

大清早晨去了菜场，一如既往地脏乱。心里有好多声音在呐喊："都有传染病了，你们还这样？""应该是没事儿吧，不然他们为什么这样？"

一恍惚，卖牛羊肉的给了我一整根羊腿、五斤牛肉。我犹豫一下："我要一半吧。"他说："明天三十了，未必还买？"我还是全拿了。

等着人家给我剖鱼，旁边一个婆婆站着打电话："我现在全身都没劲儿，咳嗽……不去不去，医院里人那么多，没得病也传上病了。"说着说着，她真的咳嗽了两声。她为什么不戴口罩呀？

我自己也没戴。

像有一种力量在强迫我，让我马不停蹄又掉头去买一只鸡。卖鸡鸭的两口子倒都戴了口罩，一次性的那种。从他们身边钻出一个小朋友来招呼我："阿姨，你要好一点的鸡还是普通一点儿的？"

个子小小的，看上去跟小年差不多大，我边买边问："上几年级？哪个学校？"

他爸边拔鸭毛边答我："六年级，不是在这里上。放假了过来玩。"

我忍不住笑起来："今年有肺炎呀，哪里都封了，哪里都玩不了。"

他爸抬头看我一眼："过一阵就好了吧，反正寒假也蛮长的。"

最近买了三四十斤鸡鸭鱼肉，我觉得像有了底气。到后来，我会知道，这是我最英明的决定之一。

2020年1月23日

我是被一连串电话惊起的，不断有人跟我说："武汉，封城了。"

什么叫封城？封城是什么意思？当我弄清楚之后，最开始涌上的是愤怒：我们被隔离在世界之外了吗？

刹那间，我想起《讲故事的人》，里面的犹太少女，当她和她的家人被圈进隔离区前后的故事。具体文字有些记不清了。我想，不如去图书馆借来看看。

是我妈妈提醒了我：看看图书馆还开放吗？

不开放，至少会闭馆到正月十五。

我第一个庆幸是：幸亏我昨天去买了菜。第二个念头就是那个卖鸡给我的小孩他怎么办呢？他和父母一道被困在这个城市。会困多久？生活怎么办？上学怎么办？

上学，对我来说，还是很重要的事儿。小年在年前还有最后一次羽毛球课呢。上还是不上？

不用上了，教练在群里发了通知。

业主群里一片混乱，有人赶在最后时分去抢了两袋米、几箱水果。我检点过家里的存货，少许安心。

最严峻的时候，必须要想的是：食粮可充足？水电是否无虞？老小区要人工买电，菜场几时能恢复？此时此刻，居然感激平时的自己，是个爱吃零食、囤了一屋子零碎的人。

断舍离是用在太平盛世的。

但太平，像奶茶上的一层奶盖，一戳就会破。

2020 年 1 月 24 日

有很长一段时间，我都觉得这是一个科幻电影。我被困在一部电影里，进退茫然。我当然不是主角，只是一个龙套。但观众在哪里？

这部大戏，鸦雀无声。

我在微博上，看到二姐所在的医院在向社会呼吁捐赠，我心慌慌地问她："你有防护服吗？"

到了晚上，她才答我，其实是答非所问："我们医院被征用发热医院了，改造后使用。看现在的形势，不知道封城会持续多久。你们干粮储备要丰富，别浪费。"

那句"别浪费"让我全身一紧。

我问她："你会一直在一线吗？"

她答："应该。"

我说："那至少，你每天和我们说一句话，让我们知道你的平安。"

她说："没事儿的。"

我很想说："但你是心内科的呀……"

我什么也没说。

我知道这是灾难，也是职责。她只是在做她该做的事。而我该做的，也无非就是照顾好家人。

我没怎么和我妈讲这件事，我不想她太紧张——我也不想她太不紧张，她快八十了，这个年纪是最危险的。

我妈知道二姐不回来过年后，说："那我给她送去。我们给她送点儿吃的。”

我只能说：“妈，公交车都停了。”

封城的意思就是：武汉与外界的交通被阻断，武汉自己与自己间的交通也阻断。如果这个时间有风吹草动，必须去医院或者别的地方呢？

我想：既然政府决定了封城，他们肯定有相关准备。

还是惯例守到了转钟，听见了《难忘今宵》——但这个大年三十，四野无声。

刚刚经历了除夕，而今天是大年初一？我要开窗四望，才看见对面的一楼还有灯。

连听见电梯上下的声音都像一种安慰：这不是一座废城，还有人与我共同生活于此。

我不由自主地感谢宽带供应商、有线供应商、电力公司、自来水公司、天然气公司……是他们在支撑小民们的生存。

2020年1月25日

睁眼就看微博，确诊人数、死亡人数都在上升。

也看到各地对武汉人的堵截，看得我心惊肉跳。

朋友向我抱怨家里的老人不懂事，这个时候还张罗要亲戚聚会。

当此时，我居然还要庆幸：我妈是上过学的，所以，她有了一些老同学老朋友，仍然能偶尔聊几句，打个电话来，互相安慰。

封城之后，颇有一些她的老同学发来微信打来电话问长问短。只不过她也知道得极有限。

年轻人不太能理解老年人对亲戚的痴念，因为他们没有参与过老一代的成长：小小的、封闭的世界里，堂表兄弟姐妹是闺蜜，是哥们儿、是初萌的爱意。有些人，后来有机会走出小世界，在大世界里拥有更广泛的人际关系，但相当多人没有这样的机会。

与亲戚、和他们同龄的亲戚在一起的时候，能兴致勃勃说说年少时的事，多好。他们也年轻过。

能讲讲亲友间的八卦，多好，他们是和世界有所联系的。

能吐槽一些晚辈，太重要了。就像晚辈们看他们不顺眼一样，他们的不顺眼也需要一个途径表达。

当此非常时刻，儿女们简直恨他们想走亲访友、想被亲友走访的需求。平时能够母慈子孝，到现在必须“我们”“你们”“他们”，总有些需求是没有来得及点燃的火，在阴雨里烟雾腾腾地熄灭了……

有读者，微博留言：已经在武汉打工两年，没回过家。已经四年没有见过妈妈了，因为妈妈在另一个城市打工。终于今年可以见面了——回家后被家人嫌弃得不得了。

她说：早知道我就不回去了，就留在武汉。

我能说的只是：都会过去的。

我上网查了2003年北京非典期间的中小学放假事宜，对小年说：“可能一时半会儿开不了学……”

我正准备给她进行身心各方面的安慰，但见她抬起头来，满眼发光，兴致勃勃：“太好了。”

我最后恶狠狠地说：“寒假延长，就意味着暑假缩短。搞不好，没有暑假。你将顶着八月骄阳上学。”

她才垂头丧气了一秒钟，又高兴起来：“没区别，本来暑假也要上培训班的，本来也不会真的放暑假。”

这是小年第一次身历大事，我与她，在共同参与历史。

后来下起了雨夹雪，落在身上就是大粒的雨。

我和我妈一道去附近她开垦的菜地，心中没底，多少收点儿菜回来吃。

慌慌张张，遇到一对邻居的老爷爷老奶奶，看到我妈一把抓住，当她是救星：“胡老师，卖一棵大白菜给我们。”

原来，他们是拖着购物车坐公交车去买菜的。封城之后，女儿就开车给他们送菜。明天起，机动车被禁了，女儿过不来，他们出不去，怎么办，他们在走投无路之下，想起了我妈与我妈的菜地。

卖是不可能的，我妈立刻蹲身下去，砍一棵大白菜。外面还是绿森森的，里面的嫩心烂了不少。我妈想削净了再给他们，他们忙不迭地接过去，千恩万谢。

他们抱着大白菜的样子，像抱了个婴儿。

幸好后来又说：原定的机动车禁行调整了，改为“收到短信通知的机动车禁行，未收到通知的机动车可以照常上路”。

我迟钝，在北京的朋友比我敏锐，不由分说，在京东上给我买了一大堆牛奶、排骨。

我说：“东西进不了武汉吧？”

朋友说：“人家能卖，就能进。”

长期宅居，未免太不健康。看看周围邻居的朋友圈，还有人天天在操场上跑步打卡。我决定带小年去汉街走走。

我从来没见过空无一人的汉街，有些店霓虹还在闪，有些店还写着“过年不打烊”的大幅彩招——小年说：“他们说话不算数，打烊了。”

竟然见到了人，是清洁工。她看到我们，也是一脸惊疑。

这都是我们很久以来，第一次见到家人以外的人吧？

我想起犹太人的风俗，他们过年的时候所有人都锁闭在家，埃特加·凯雷特说过，他在元旦带着孩子走在耶路撒冷街头。一年之中，只有这么一次，最繁华的街道会空无一人，只属于他们父子。

我反复问二姐：“你怎么样？”

也是隔了很久，她才答我：“别担心，现在武汉大多数医生都在看发热病人，全国各地的医生都在往武汉来支援。正应了那句话，你不是一个人在战斗，没问题的。你安心待着。”

我问她：“医生被感染的情况怎么样？”

她说：“没看到数据。”

我说：“那你的同事们呢？”

她说：“所有发病的都恢复了。别担心。”

我才松了一口气，又在想：万一，她没有对我说真话呢？

2020年1月27日

家门口不远处的地铁工地，已经停工若干天，今天忽然有响动，我看到有民工出入。

后来，有民工过来，跟我妈买大白菜。今天，在市场，大白菜十块钱一斤。

我妈当然还是不会收他们钱，给了一棵，与他们聊了几句——都戴着口罩，也不可能深聊。

他们是在封城之前就回家了的，然后不知道在哪一关被挡住了，于是又返回武汉。至少在这里，他们还有一个集装箱房子可以睡觉。那个集装箱房子，小年一直很好奇，我也觉得在夏天，像个烂漫的露营地。但现在是冬天。

他们本来就是开一天工算一天钱的，现在无工可开，但吃饭还要钱。

集装箱房子里有电吗？有水吗？保暖如何？我从来没想过这一些问题，想也无用，这不是我能解决的。

原来我见过他们在路边开饭，一般就是一个馒头，一个搪瓷碗里有萝卜白菜。现在只会更差。

我妈说："这么往来折腾，没病也要病了……"

2020年1月28日

小年对我说："我要找小薛、小黄玩儿。"

我说："封城了。"

小年说："她们都在武汉呀。"

我将如何告诉她正在发生的事？最后我说："如果她们上我家来，我肯定不介意，你也不介意，甚至她们的爸爸妈妈也不介意，但他们会介意我们担心，我也会担心他们担心。”

我说得这么绕，但她好像明白了。

也许，多有兄弟姐妹还是好的，至少在被困于一地的时候，有人稳定地牵挂。

我惦记我的二姐，但她说：“病房里不能用电话，不要打。我出来会和你们联系的。”

我说：“你出来了是不是就可以休息了？”

她说：“出来了还要进去的。不要紧，就是感染了还有十天左右的潜伏期，现在担心得太早了。”

三班倒，她倒觉得这样更好，熟悉得快。

2020年1月29日

小年的同学们在家里待腻了，开始在QQ群里模拟上学的时间表。

中午11点42分，他们互相提醒：“还有28分钟要奔饭了。”——奔向食堂，不是真饿，是坐了一上午，享受飞奔的过程。

冷不丁，他们会有人煞有介事地说：“某某文章如何赏析？”

又过一会儿，有人说：“谁有大培优的答案给我对一下。”

今天是周二，是“独立作业”的日子——其实就是周考。看他们那么认真地假装。这是多日来，我第一次能笑出来。

2020年1月30日

微博上有陌生读者，每天问我是否安好？

答一句“安好”是很容易的。但是，我就是想一低头，假装没有看见。

阳光好得很尖锐，像春天已经来了，布谷鸟在窗外叫得那么猛烈，当人类销声匿迹，世界属于动植物。

各个武汉朋友的群里都在警告：不要出门晒太阳，会功亏一篑。

我多事，问："你们真的，一直没出过门吗？"

他们纷纷答："是的，除了倒垃圾。"

有一个朋友说："几天没遛狗，狗在家里快焦虑症了。"

另一个朋友说："我都已经得焦虑症了。"

还有一个朋友说："为了节约食物，她一天只吃一餐饭。"

我忍不住忧虑起来："现在市面上供应这么紧张？"两条大鱼已经吃完了，鸡也快到底，就剩羊腿还完好无缺。吃素是更不可取的，因为青菜的储备才是最有限也最难补齐的。

她说："不知道。是我自己不敢去市场。"

我真的很担心二姐。

当医院成为战场，她很自然地，像她所有的同仁一样，成为第一线的战士。

我知道，她像新闻里一样，每天穿着防护服上班。

我唯一能说的就是：你每天至少要和我们说一句话，让我们知道你的安好。

肯定是很忙，她也没做到，往往是两天只发一个表情包——也让我们的心安定下来。

封城无事看闲书写闲文——我都觉得自己是可耻的，像传说中火宅里绣花的人。但是，疫情总归要过去，日子必须继续向前。生活不会因为短暂的非常时刻而停摆。

我记得那经过抗战的人说：大难来临时，觉得读书无用，有些人毅然放弃学业，有些人扔掉了毕业证。但再长的仗也要打完，这世界还按原有的模式运行。

微博上说各医院防护措施都短缺告尽，我大惊地问她，她答两个字：还好。

——这是真的吗？

易地而处，我的答案应该也是如此。

问长问短有何用处，人微力薄的升斗小民，无权判断哪种答案是对是错，也无权做出下一步的决策。

强敌入侵，我们只能以各种的方式在厮杀、在搏斗。

今天天才蒙蒙亮，我就被响动弄醒。

妈妈带着忧愁说："天然气没了。"

她快半夜被冻醒，一摸暖气是冷的。她冷得头疼起来，她原来得过腔梗（脑梗的一种），不敢掉以轻心，赶紧把电热毯开到最大一档，又拿了两床小被子盖住脚。天一亮就叫醒我了。

我一直担心这件事，事先就打听好了，在支付宝上可以买气，但要到物业圈存一下。

我现在的忧虑是：物业还在正常上班吗？

我的感谢对象又多了一个：物业。他们上班。

下楼的时候，发现电梯坏了——我们社会上的所有设施，背后都是多少人的付出？《我是传奇》里，大城荒废三年，就有群鹿在街头奔跑。

我到了物业，人家还没开门。我站在玻璃门外，眼前就像一个舞台。突然听见里面有座机响，一个姑娘从后面出来接电话："17幢有确诊？什么情况？家里有医护人员？……"

戴着口罩的保安靠近门边，我直接把煤气卡从门缝里塞过去，他接过去，在门的那边扬声问我名字与楼号。插好后，从门缝里还给了我。

2020年1月31日

早起，先去看天然气表。

和我预计的差不多，一昼夜七个字。也就是说，二百个字，能用三十天。

三十九天后，怎么也该结束了吧？

有在美国的同学忽然问我："你认不认识，需要帮助的医护人员？"

隔着屏幕，我知道他看不到我的苦笑："我认识的每一位医护人员都需要帮助。”

我已经许久没见过我二姐了。

他说他想捐两箱口罩，问了几家公司，都说不能寄到武汉。他说协和医院可以定点捐，他又觉得大医院资源丰富。

我有私心，立刻问他：“可以捐给我姐姐在的医院吗？可以吗？”

我又有不安——其他的医院可能也很需要物资呀。

是我另一个医生朋友对我说：“捐哪一家都是捐，武汉每所医院都有我的同学。”

小年念念不忘的小黄，她妈突然问我：“你知道附近哪一家超市可以送菜吗？”

她住得离我不远，我说：“你到我家来，我妈妈有菜地，拿一棵大白菜一棵萝卜，也能坚持一周。”

她和我客气了一会儿，就说定了，我把菜放在楼梯口，她自己拿。两造面都不用碰。这是为了大家好，完全没有感染的风险。

她事后在微信上问我：“是买的？”

我知道她看到了保鲜袋上的标签，我说：“我妈节约，重复使用保鲜袋……”

她衷心地说：“真是羡慕你有个妈妈呀。”

我也这么想。

今天是一月的最后一天，可以把不愉快的事都放在今天结束吗？

《飘》是这样结束所有的爱恨与挣扎的：明天是新的一天。

在蓬莱，想一想神仙

王开岭

一

知晓蓬莱，缘于儿时痴迷的电视剧《八仙过海》。待身临其境，已人至中年，早丢了腾云驾雾的念想。

日前，友人电话，蓬莱有笔会，可否成行？

去，一定要去的。

蓬莱是什么？神仙的故居啊，海市蜃楼之乡啊，云蒸霞蔚、亦真亦幻的乌托邦啊。

> 忽闻海上有仙山，山在虚无缥缈间。（白居易）
>
> 东方云海空复空，群仙出没空明中。（苏轼）

中国的地名，若论气质和姿色，“蓬莱”居首。这俩字，一经嘴里吐出，即像一朵荡漾的烟圈，飘飘袅袅，如堕雾中。同样美貌的，还有“香格里拉”，藏语“心中的日月”，虽栖居大西南，却是借了欧洲人的小说才兴起的（詹姆斯·希尔顿《消失的地平线》），论及对中国人的影响，晚了两千年。如果说，后者乃神秘的浪漫主义，前者即浪漫的神秘主义。

后者年轻、时尚，像一支巴黎唇膏或香水，以芳泽诱人。尽管美，但属于“看山是山，看水是水”，美在肌肤和姿容。而蓬莱，似酒，其魅惑在于“看山不是山，看水不是水”，让你恍惚之间，两腋起风，人影幢幢，有虚幻玄迷之感。

蓬莱最适于一类人前来，即灵魂有酒意者、精神有浮想者，诸如“竹林七贤”、李白、杜牧、苏轼……无论如何，他们都会满载而归。

果然，一到蓬莱，即闻东坡居士在此任职五日。没错，是五日。前后调令相隔俩月，而他在前来的路上，就走了快俩月。

来去匆匆，仙踪也。

二

沈括在《梦溪笔谈》中道：“登州海中，时有云气，如宫室、台观、城堞、人物、车马、冠盖，历历可见……”

蓬莱的缥缈，蓬莱的仙气，蓬莱的传奇，全由这种叫“海市蜃楼”的幻景携来。

蜃，大蛤也。之所以称“蜃楼”，是因为古人认为这种海上的楼市，是大蛤吐气所致。《史记·天官书》里说：“海旁蜄气象楼台；广野气成宫阙然。”

晚餐吃海贝时，我有一丝敬畏，直觉那闪闪发光的扇门，似要吐出云雾来。

想想吧，蓬莱、方丈、瀛洲……那是古代人的“诗和远方”啊。

“自威、宣、燕昭使人入海求蓬莱、方丈、瀛洲。此三神山者，其傅在勃海中，去人不远……盖尝有至者，诸仙人及不死之药皆在焉。其物禽兽尽白，而黄金银为宫阙。”（《史记·封禅书》）

想必每个抵达蓬莱的人，皆会共用一个动作：伸长了脖子，极目远眺。

这也是折磨徐福、累坏了秦皇汉武的那个动作。

今人和先人的区别在于，咱们是观望，是憧憬，人家却是寻觅，是动了真格和真情的。

今人更聪明，乃成年人的聪明、理性者的聪明，头脑严肃，不做傻事，但有遗憾。这遗憾就仿佛是一个滴酒不沾的人，或一辈子没遇见酒的人。

古希腊和华夏先秦，何以同为神话繁茂、人神共舞的时代？

我想，大概和人的精神体质有关。那是人类的童年期，正值大脑最空缺、心性最清澈的时候，也是灵魂最缥缈、想象力最发达的时候。对于儿童，“想入非非”是本能，“异想天开”是禀赋，童年的幸福和乐趣也在这儿。打个比方吧，若你去通知一个孩子，这世上压根儿没有外星人，什么后果呢？孩子会悲痛大哭。此举既无趣，又残忍。

记得儿子上幼儿园时，我问，恐龙和奥特曼有什么区别？答：一个是动物，一个是人。我不甘心，还有呢？再答：一个是生活在亿万年前，一个是生活在现在。我忍不住了，赶紧说：一个存在过，一个不存在。儿子反问：你见过它“不存在”吗？我哑然。儿童的脑海是绚丽的，是彩色的、美术的，而成人的脑海是黑白的、物理的。神仙之于先民，仿佛这“外星人”或“奥特曼”。

“神仙”，是飞掠古代天空的一道彩虹，给苍生带来的是惊艳，是爱抚，是莫大的鼓舞。

一个没有超人的童年是不及格的，一间没有神仙的尘世是不堪忍受的。

从《山海经》《九歌》到《述异记》，从异兽鬼巫到神灵仙说，中国人的精神浪漫和迷离，是从对“超人”的瑰丽想象开始的。这不仅是迷信，更是生活美学和生存哲学，以之对抗生命的悲苦，对抗世界的沉闷和枯瘦。

尼采在考察了古希腊之后说，真理不是最高的价值标准。希腊人的快乐，与日神和酒神有关。

人类太孤独，人生太短限，人世太潦草，所以神仙来襄助。

神仙，既是超人，又是邻居。它是人类童年的发小。

三

忽闻海滩上导游喊：请大家注意啊，这“八仙”不是神，是仙。

她没再往下说，似乎只是捍卫称谓的尊严，就像强调教授和博士不一样。

这无意之语却提醒了我，是啊，虽同为超人，神与仙还真是不同。

神来自封授，是先天的、命定的，也是冷漠的，让人望尘莫及，有隔绝感。仙与人的关系则亲密多了，他始于俗身，有着人间的位置和体温，是靠了修为，靠了世事参悟或苦难锤炼，由凡体羽化而来。也就是说，仙是一种更高级别的人，是超越性的人，较之神，他更朴实和生动，更具人气和接地气，更能满足世人对自身的想象与虚构热情，从而更令人鼓舞。总之，神凭的是出身，是血统和基因，有不劳而获之嫌；仙靠的是密码，是修炼，是后天的努力和人生积分。

蓬莱的盛大，是因为它的客厅，是因为某年某月某日来了一群客人，一群组团来的客人。如果说，“竹林七贤”是中国俗世最精致、最高贵的一个“朋友圈”，那“八仙过海”，则堪称中国仙界最豪迈、最江湖的一个“朋友圈”了。他们不仅来自五湖四海，还来自历朝历代；他们不仅是时间的代表，还是社会各阶层的代表。若来一次现场直播的话，主持人恐怕要如此介绍了，“现在入场的是：铁拐李，春秋人氏，药剂师；汉钟离，东汉人氏，现役军官；吕洞宾，唐朝，资深高考落榜生；何仙姑，唐朝，农家寒门之女；张果老，唐朝，宗教界人士；蓝采和，唐朝，江湖音乐人；韩湘子，唐朝，青年学生；曹国舅，北宋，皇室成员……”

“八仙”的性情气质和生涯故事，虽形色各异，但有一点略同，那就是：代表弱势对强势说不！代表理想向浊世说不！崇尚人身和精神的高度自由，不向权力和体制低头，不向习俗和规则让步。“成仙”的潜台词就是：鄙视你们，不和你们玩了。这性子，这活法，颇似魏晋风度的转世。

“八仙”为何风靡民间？除了个性魅力，除了社会关怀和匡扶正义，根本原因尚在于：它空前地照顾到了“集体”，照顾到了“所有人”，其成员组合覆盖了中国社会的阶级构成，无论贫富贵贱、男女老幼，每个人都从中找到了自己的代言人，找到了自己的命运替身，这个人人平等的局面太温暖人心了。作为人间的潜伏者，“仙”可以是你身边的任何一个人。

由社会各界共同组建一个乌托邦，这是何等大胆、何等肆意、何等欢乐的想象力啊。

这想象力不仅归功于艺人，更来自世世代代的中国百姓。与其说是才华，不如说是社会夙愿，是共同体理想，是一场关于人类大解放的自由梦、翻身梦。

此乃“八仙过海”的最大精神价值，它太亲民了，它提升了百姓的自信心，它激励着民间集体的进取欲望，超越自我、解放命运的欲望。

当然，这欲望是成仙，而非成神。

四

一般来说，西方文化倾向于尊神，东方文化倾向于崇仙；权力者更拥戴神，老百姓更爱慕仙。因为前者崇拜基因，后者仰仗后天。

华夏之初，往往“鬼神”领衔，但渐渐地在民间叙事中，“仙”的出场次数越来越多。

某种意义上，“仙”表达着人的自信，显示了民间叙事能力的增强。一方面，人找到了通往仙阶的晋升之路，界面被突破；另一方面，人仙之间渐趋平等，比如“牛郎织女”“白蛇传”，彼此保持了情感的互敬和精神的对等。而“聊斋”故事，则把这种自信夸张到极致，女仙们争先恐后爱上了俗人，且爱得备受折磨、死去活来。

进入唐宋强世以后，随着人力、人欲的涨升，世俗与“神”即愈发疏远了，因为“神”不具操作性，没有参与感。而成于元明的“八仙过海”，更表达着人的集体自信，三教九流、贩夫走卒，皆有望晋阶仙班。

那么，何谓“仙”呢？“仙”的气质是什么？

我觉得，是自由，是逍遥和任性，是灵魂中的酒意，是精神飘逸感，是快乐能力，是乘风踏歌的欢愉，是扔掉行李后的生命轻盈。

“仙”，是慢慢活出来的，是从“人”蛹里升起来的另一个人，像蝶，像云，像花，像月光……

这得力于天赋和秉性，更取决于苏醒和选择。

“八仙”故事中，他们都要在某个人生关口，做出重大选择。

仙与人的区别在于选择，人与人的区别也在于选择。

“眼前沧海难为水，身到蓬莱即是仙。”

这是句安慰话。对焦虑的现代人来说，仙的启示不在于道术和修炼，而在于对“活法”的选择，对“自由”的领悟，对“灵魂”的照料。

五

蓬莱的碑刻辞章繁多，入我心者却寥寥。

登上蓬莱阁，注视云天苍茫时，脑海里驶来一行诗：

“小舟从此逝，江海寄余生。”

不知苏东坡立于此崖时，是否也想起了自己的这句。

蓬莱的波涛，让人有一去不复返的冲动。

六

到蓬莱，看什么呢？

看云，看空，看无，看沧水，看浩渺，看隐约……

告别蓬莱，飞机腾空而起的时候，耳畔突然响起了那首《斯卡布罗集市》。

我慢慢回忆它的歌词——

您要去斯卡布罗集市吗？
欧芹，鼠尾草，迷迭香和百里香，
代我向那里的一位姑娘问好，
她曾经是我的爱人……

唱这首歌，灵魂上须有些酒意才好，唱出它的忧伤和辽远，像海市蜃楼……

海市蜃楼里，定有爱情居住。

否则不值得看，更不值得往。

主持人：李少君

李少君，诗人、文学批评家，《诗刊》主编。

诗歌

死神与我们的速度谁更快

——献给抗击 2020 新型冠状病毒的所有人

吉狄马加

死神的速度比我们更快，
因为它出其不意，
它在枪响之前已经跑在了前面。
死神！这一次似乎更快，
它莫非是造物主
又一次最新的创造？
还是人类在今天
必须勇敢面对的更严峻的考验？
死神并非都戴着明显的面具，
这一次它同样隐没于空气。
死神的速度比我们更快，
在统计的数字出来之前
它罪恶的手仍然在使用
那该被一千次诅咒的加法！
因为死亡的数字还在增加，
而此刻，我们渴望的只是减法！
死神已经到过许多地方，

杀死了老人、青年，还伤害了我们柔弱的孩子，
肆虐我们的城市、街道以及花园，
它所到之处，敲击着黑色的铁。

死神的速度比我们更快，
因为它出其不意
它在枪响之前已经跑在了前面。
然而，这一次！就像有过的上一次！
我们与死神的比赛，无疑
已经进入了你死我活的阶段，
谁是最后的强者还在等待答案。
让我们把全部的爱编织成风，
送到每一个角落，以人类的名义。
让我们用成千上万个人的意志，
凝聚成一个强大的生命，在穹顶
散发出比古老的太阳更年轻的光。
让我们打开所有的窗户，将梦剪裁成星星
再一次升起在蓝色幕布一般的天空。

你说死神的速度比我们更快，不！
我不相信！因为我看见这场
与死亡的赛跑正在缩短着距离。
请相信我们将会创造一个新的纪录，
全世界都瞪大着眼睛，在看着我们！
我们的速度正在分秒之间被创造，
这是领袖的速度，就在第一时间，
那坚定、自信、有力的声音传遍了
祖国的大地、森林、天空和海洋，

创造这一速度的领跑者永远站在最前列。
这是人民的速度，无论是城市还是乡村，
每一个公民都投入了没有硝烟的战斗，
任何一个岗位都有临危不惧的人坚守。
这是体制的速度，一声声驰援的号令
让无数支英雄儿女的队伍集结在武汉。
这是集体的速度，个人主义的狭隘和自私
在这里没有生存的空间，因为严峻的现实
告诉我们，任何生命都需要相互依存。
这是奉献的速度，这种奉献绝不是一句豪言，
亲人们时刻都在焦急地等待着他们平安归来，
而每一天他们与死神的搏斗更是异常激烈，
当面部的颧骨呻吟无声，生与死比纸要薄，
那是阵地的抢夺战，每一次冲锋都不能后退，
他们与死神抢夺的是一个个鲜活的生命。
我不相信上帝的存在，但相信天使就在我们中间，
她昨天哭了，当她又拯救了一个生命，
虽然她穿着密不透风的防护服，我还是能看见
一双大大眼睛里滚下的感动的泪水。
是的，在电视机前，我们曾在防护罩前看见过
无数双这样的眼睛，虽然不知道他们的真实姓名
但可以肯定，我们一定会从这一双双眼睛里
看到一个民族所拥有的无限希望和未来。
这是生命的速度，从共和国的病毒专家
到一个普通的护士，从城市的管理者到黎明时
还在为每一座城市刷新面容的环卫工人，
他们对生命的尊重，都体现在每一个岗位上，
由于他们的付出，我们才有了足够的冷静和从容。

这是国家的速度，或者说这就是中国的速度，
火神山医院和雷神山医院的建设，
当然不是火神和雷神的恩赐，它的建设速度
毫无疑问也创造了一个令人为之动容的奇迹。
那些塔吊或许就不是钢铁的面具，而是人的脊柱
它将渴望的钉子牢牢地置入铅色的虚空。
这不是幻想，这是不容置疑的现实，
要知道它的施工，同样是在死亡的刀尖上舞蹈，
从电视上看见一双现场工人的手，虽然转瞬即逝
但对我而言却刻骨铭心，这双手似乎正在变大，
在天空和大地相连的榫头发出胫骨低沉的吹奏，
因此我断言，有了一双双这样勇敢勤劳的手，
我们的幸福、命运、安宁就不会握在别人的手上。
因为那双手，不是造物主的，更不是所谓诸神的，
他是一位中国劳动者粗糙、黝黑但充满了自信的手。

死神正在与我们进行殊死的赛跑，
它是病毒的另一个可怖的代名词。
让我们在未知的空间以勇气杀死它，
不是用鲁莽，而是用超过常规的理性和科学，
让我们隔离对流的空气、看不见的水雾，
但不影响我们心灵之间的温暖和慰藉。
与死神赛跑有前方，可后方有时也是前方，
与死神赛跑，没有观众，我们都是选手。
这不是孩子手中的魔方，在今天的中国
每一条街道都是战壕，每一个家庭都是堡垒。
哦！变异的病毒，看不见的死神！
你是人类的邻居，影子的影子，与生命相随

谁也无法告诉我们你已经存活了多少年。
当你从睡眠中复活，灾难的红矛就会刺向肋骨，
你以无形的匕首偷袭人类最虚弱的地带。
哦！没有面具的死神，这一次你又以隐形的方式
进入了我们没有设防的自由的家园，
我们的战争已经开始，我知道这是一场攻防战，
在实验室我们的精锐部队正在直抵你的心脏，
总有一刻会找到能够杀死你的那件武器。
对于大众，我们打响的防卫战的红色信号弹
也已经无数次照亮过中国的城市、乡镇和学校。
哦！这是阻击战，也是一场将被这个世纪
记载的十四亿人口参加的人民战争。
我们必须坚持，因为死神也开始筋疲力尽，
只有忍耐！只有挺住！我们才能耗死进攻的敌人！

世界的部分中国，中国的中心世界，
当你的呼吸急速，地球的另一半
也会面部通红。有一种战争，与古老的
宗教无关，与国家冲突无关，与政治无关，
哦！世界！今天的中国正在全面打响的
是一场捍卫人类的战争，旋转的地球
就是一个家庭，当灾难来临，没有旁观者，
所有的理解、帮助、哪怕道义上的支持
都会给处于困境中的人们巨大的力量。
哦！世界！中国从来就是你的一部分，
她分担你的忧患，从未推卸过自己的责任，
这个东方古老民族以其坚韧、朴实和善良
始终在给人类的文明奉献出智慧和创造。

哦！中国！从不把责任和担当作为标签，
为了维护世界和平，你牺牲的维和战士
蓝色头盔上生长着永远不会消失的鸽子。
当埃博拉病毒的恐惧笼罩着非洲，乌木的
神像传递着比羚羊更快的死亡的消息，
在几内亚、利比里亚、塞拉利昂的国土上
就有过数百名中国医疗队战斗的身影，
是他们与当地的人民一起阻止了疫情的蔓延。
无论多么遥远，只要非洲鼓的声音在召唤
中国！就会向非洲兄弟伸出黄色皮肤的援手，
相信吧，在最危难的时刻，我们都会不离不弃。
这就是我们的国际主义，这就是我们的人道主义，
它没有颜色，如果有它就是阳光的颜色，就是
天空的颜色，就是大地的颜色，就是海洋的颜色，
就是血液的颜色，就是眼泪的颜色，就是灵魂的颜色。
哦！世界！请加入今天中国这场
抗击病毒的战役中来吧，中国的战役就是世界的战役！

数字还在增加，这不是冰冷的数据，
在每一个数字的背后都是一个生命。
也许恐慌的情绪还会在我们中间蔓延，
也许你还会在短暂的无奈中惊慌失措，
哦！朋友们，同志们，要相信整体的力量
但是我们任何时候都不能忘了个体的责任。
哦！死神！它爬上了飞机，它爬上了高铁，
它爬上了不同的交通工具，但是朋友们
你们发现没有啊！死神就常常跟随着我们。
哦！不能给死神可乘之机，戴好一次口罩

其实就是一次单兵出击，一个人的阻击战，
只有当千百万人都成为士兵，这才是
我们最终战胜死神的关键的法宝。
阻击它！给它最猛烈的击打！不能让它喘息
不给它反击我们的颅骨和臂部的机会。
死神在寻找着我们，它知道我们看不见它，
它在寻找万分之一防守者可能失控的地方，
哦！朋友们，同志们，假如有一次失控，
我们的损失和代价就真的难以估量，
就会有更多的生命徘徊在死亡的边缘，
还有的亲人也将会永远地离开我们。
直到今天死神的幽灵还在大地上游荡，
它用看不见的头撞击我们的每一扇门窗，
嘴里发出另一个世界才能听见的声音。
它绑架空气、胁迫物质、混迹于人群之中
在任何一个我们可能接触的部位，隐匿着
一把又一把地狱的钥匙，它是不折不扣的
来自冥界的邮递员，毁灭生命的寄生虫。
死亡其实伴随人类的历史已经千百万年，
这本身是自然的法则，不可改变的逻辑。
但是，死神！这一次你对人类的侵袭充满了
从未有过的疯狂，你让冒汗的碎片中断了生命
让家庭不再完整，爱情缺失了恋人，本该回家的人
再不能回到家。哦！死神！无论今天你在哪里，
我们都要集合起千千万万的生命向你发起反击。

死神与我们的速度谁更快？
虽然它在枪响前已经跑在了前面，

但你看见了吗？我已经清楚地看见
当自由的风吹动着勇士三色的披肩，当太阳的
箭矢穿过黑色的岩石，当光明的液体反射向宇宙
逃离了地球的引力，当人类的子宫再次孕育地球
植物的语言变成比三倍还要多的萤火
当所有动物的眼睛，都能结构多维度的哲学
在每一个人的胸腔中只生长出救赎的苦荞。
当自己成为大家，当众人关注最弱小的生命，
一个人的声音的背后是一个民族的声音，而从一个人
声音的内部却又能听见无数人的不同的声音。
是的，我已经真切地看见了，我们与死神的赛跑
已经到了最后的冲刺，相差的距离越来越近，
这是最艰难的时候，唯有坚持才能成为最后的英雄。
相信吧！我们会胜利！中国会胜利！人类会胜利！
因为这场生与死的竞赛相差的距离已经越来越近！

风中消瘦

李少君

关于风中消瘦，你会有怎样的想象？

风中消瘦，人在风中
会变得轻飘，感觉自己消瘦了一些
你看那些风中行走的女子
飘飘欲仙，谁都会觉得她们体态轻盈
自我感觉也苗条纤细，身轻如燕

风中消瘦，风本身会使人消瘦
古典的书生总是一身寒瘦
长袖飘逸，长发飘扬，仿佛风中的男主角
而在现代，一位中年男站在风中呼号：
秋风啊！吹掉我这一身肥腻的中产阶级的肉吧

风中消瘦，还有自虐的快感
少年总是倾向于自我谴责
内心的阴森，莫名的邪恶冲动
让他恨不得在风中彻底消灭殆尽
修长的形象，是每一个好幻想的少年的理想

风，你还是留给少女们一点空想吧
让她们觉得自己可以永远那么美，那么青春
那么不切实际地以为自己是世界的中心
一切会围绕她们旋转，被春风包围着拥戴着

今夜的武汉是安静的

剑男

今夜的武汉是安静的
东湖的水和长江的水是安静的
黄鹤楼和琴台是安静的
街道、树木和灯光也是安静的
就像一个人经历某事后
反剪着双手在静静地反思自己
我站在细雨蒙蒙的楼顶
目光缓慢地从街道口望向江边
就像我曾经缓慢地爱上
它的喧闹。它遭遇过无数洪水
战争，包括瘟疫，显然
它从来不是完美的，就像此刻
天使在忙碌，一些人的
心却结上了冰，像另一种病毒
这安静的代价令人伤悲
但如果我一直追问，是谁导致
病毒的蔓延，会不会有
一只又一只的蝙蝠迅速从黑暗
角落俯冲下来，并数落

我们的罪恶。——所有的救治
正在无声地进行，在这
空旷的安静中，我似乎听见了
这座大城市怦然的心跳
在大汉口也在老武昌，在蔡甸
也在阳逻港，像无数的
心脏跳动在一起，默然而有力

入藏记

陈先发

初冬，种子贮藏了植物神经
的战栗后又被踩入泥土
鼠尾草分泌的微毒气息引人入胜
山中贼和心中贼，交替涌伏

我有人间晚霞似火
能否佐你一杯老酒
山路发白，仿佛已被烧成灰烬
皴裂树干在充分裸露中欲迎初雪
枯枝像一只手在斜坡耗尽了力气
保持着脚印在种子内部不被吹散
哦，时光，羞愧……绳索越拧越紧
脱掉铠甲的矢车菊眼神愈发清凉

珍藏

刘笑伟

我准备把一点一滴的阳光
捧在手心里，都珍藏起来
我准备把山林间最清新的空气
一点点收集，放在一个密闭的罐中
我准备把吃到的美食
做一个备份，留住它们的芳香
我准备珍藏一张洁白温暖的
手帕，宛若春日蓝天上行走的云

他们日夜奋战在医院的房间里
我要把阳光留给这些人
他们带着厚厚的面罩，穿着密不透风的
防护服，我要把甘甜的空气
送到他们的唇边，迎接这些人凯旋
用美食代替盒饭，用白云擦去他们脸上
层层叠叠的汗滴和印痕

从今天起，我坐在春日的繁花中
每天凝望着他们：火神山里没有神
只有天使，用翅膀为我们挡住人间的风雨

长乐街抬阁会

潘 维

一

没有一碗米酒可以保持平静，
当长乐街随锣鼓声游动，
踩着高跷，身着奇装异服的队伍，
抬着故事里的人物，
从大红的热烈中蹿出来的时候，
一位打着黑纱罩伞，以仙女的形象
立于台阁上的少女，她北方的圆脸，
足以升华文化遗产的古老；
她扮演了湘夫人还是莲花公主，
或者，她仅仅做了忠孝礼义的宣传品，
这些，并不重要。
但她的兴奋从容，让我找到了屈原早年的玩伴，
那么新鲜，保存着荔枝的天赋：蜜汁
直接从俗世穿越到艾草的清香里。
她的灵魂——最天然的婴儿肥，
似乎突然感染了半座汨罗城：
天空像一块汗津津的脂肪。

二

从牌坊进入郑家大院，那幽暗的
潮气，让我联想到梅菜扣肉，
妻妾和餐饮比革命和生意更引人入胜。
很容易想象主人和长工对话时的场景，
像皮影戏，一位气定神闲，另一位胆怯顺从。
在交通工具崎岖的年月，
人际关系几乎没有变数，只有通过联姻，
把死水激活；只有通过反复串门，
把琐事变成必需品。
而群山依旧把时光包裹在锈里。
当辣椒晾晒的味道铺展着晴天午后，
鸡鸭在随地施肥，铁匠铺捶打的热气
涌向窄窄的街道，石子慢慢吸收着熟悉的灰尘，
这时，我会认为，那些充满抱怨的人才热爱生活。
而那个文化馆职员，服从上级指令，
把散漫的群众组织成丰富的喜悦：
舞动，沸腾的火龙。

汨罗江边的屈原

李元胜

乌云密布，一个读懂了万千雷霆的人
还能有什么别的命运

楚国已到尽头，雷鸣声中
十万伏电流正经过他

也许不止从天而降的不测
还有十万山鬼，十万少司命

借过，借过，十万横世之水
曾经的日月星辰，也要经过他重回九天

汨罗江就是在那一刻变轻的
它跃起，扑向他，成为他的一条支流

疏勒河

古 马

昨夜有一颗小星
雪的孪生姊妹
陪伴他翻山越岭

她都说了些什么话呀
动荡的波涛折射出点点银花
醉梦一般
在野兽号叫的旷野
或是被一棵怪松的枝柯挂住
或是真累了
在哪一块老鹰蹲过的岩石上歇脚打盹
雄性的疏勒河
何时把那一颗映照他心房的小星走丢了呢

穿过黑夜的针眼
急促的河水
变得开阔

空荡荡
了无牵挂

旭日站在河岸上
笑盈盈地说：瞧，他比我圆通
释然，自在，比我还要前途远大

让他们安静地睡一会儿

赵晓梦

凳子上蜷缩着一个人，椅子上
躺着一个人，桌子上趴着一个人
地上并排睡着一群人……凌晨两点
当忙碌一天的医院安静下来
他们也安静下来，合上疲惫的眼睛
进不了食物，甚至来不及脱下
口罩和防护服，就那么睡着了
睡得那么不讲究，仿佛
给个支点就能当床用
睡得那么酣畅淋漓，仿佛
这辈子从来没睡得这么舒服

这是一天中难得的中场休息
与病毒厮杀，耗尽了他们的体能
时间再伟大，有时候也不作为
既然死亡动了恻隐之心，悄悄
按下了暂停键，就让他们安静地
睡一会儿吧。尽管睡姿狼狈
却足以刺痛任何一双眼睛
即使作为对手的病毒，此时都不

忍心打扰他们

只有睡着了，他们的眼神才不会
拐弯。这些疫情中的最美逆行者
他们在岗位上的凌乱睡姿，纠正着
我们眼泪的偏差，也纠正着我们
对生命的认知。骤然收缩的心房
不只是疼，还有某种卑微
与温暖

守夜

龙巧玲

每次夜班都遇见宾馆值夜的大哥
窝在大厅沙发，缩成一只茧
几次想问，我和他到底谁的岁数大
真是的！现在了还问啥?
病毒已疯了，不管是谁都侵蚀

他手机反复播唱韩红的《天路》
一定是想让武汉
和西藏一样是一片净土
每次叫起他锁门，他总是道歉：
武汉对不起你们！连累了你们！
武汉大哥
迫在眉睫的不是计较对错
捆在一起，我们吃一锅饭
呼吸同样的空气，面临一样的生死

天气预报说，武汉要降温了
雷电，大风，冰雹，暴雪
你在军大衣里缩紧身体
缩进内心的风暴，假装

听不见这个坏消息

半夜，我送去了一点食物
沙发里的身体发出鼾声
让我久久止步。是的
不要惊动一个人睡觉
让他回到中年人的日常
让他在梦里享受子孙满堂

立冬的瓦片

陈 勇

北方的清晨是被一阵冷风掰开的
瓦片上的蒿草，顶不住这凛冽的蓝天
就像没来得及收割的胡须
在一面镜子里，变成了时间的卧底

这时序的闹钟不早不晚
我是独守在你屋檐上的那只留鸟
那些不愿凋零的秋风
可以在我的羽翅里打开归宿

或者，找一块长草的屋瓦
逗留并喂养那些难以寄寓的乡愁
但我的乡愁又过于沉重
像树梢上的积雪，像你眸中的月光

清冷的月光，还在继续加深孤独的颜色
我在冷风中叼啄自己的羽毛
我还以为那里能随时翻出你的印记
好比冬天来了，瓦片上仍不肯撤离的蒿草

湖边

李瑾

夜深人静，万物借助黑暗收回了自己
蝈蝈和青蛙的叫声提醒我，一切消失
不见的只是隐匿
而非遁去。现在，我走在湖边，鱼儿
不能够挽留微波，就释放出满天星星
夜色无法挽留我
就留出一条曲折的石板路，石板将我
和行人送往远处，然后迎来无数晨曦

一声惊雷又如何，一旦响起就会空手
而归，就会撞碎空手而归的另外一个

雨 水

火 棠

像一阵风般，用寂静按住胸口的狂烈，借口是春天
想你，盘旋于一棵枯萎的梨树间。旧日，我用谷粒召集而来的麻雀
围绕着你的衣衫，为你，在枝头啄出碎雪新芽。
几朵梨花——几个日子洁白的魂魄，开放于阴沉的别时
掉落在我的脖颈里，你轻声吐露的言语
呼出的热气，那些吻，是一滴雨水，屋檐下，没有根的雨水
从我的身体里，洞穿而过。

远方一种

王小海

姑娘的清愁拴在菜缸的一角
正是天光云影的日子
细细的冰碴儿纹上菜梗
她火车上的哥哥数着枕木
一根一根
灰扑扑的枕木，没什么年轮

锅底烧热，一轮鸭子才捧出
炊烟滞在烟囱里
像徘徊的一口叹气
姑娘的发夹绿了

早春的土地还硬，翻动不易
老牛的蹄子跟着不声不响
像听不见火车小范围的窸窣声
种子还在路上，总要由苞米改高粱
在锅里的，昏黄如两瓣月亮

姑娘的饭张罗好了
是倚着门框吸青梅的时候

没什么残雪的大地上

远远飘来了冒烟的火车头

主持人：付秀莹

付秀莹，小说家，《长篇小说选刊》主编。

长篇

2020 年 1 季度优秀长篇小说选目			
作者	作品名称	首发刊物	内容简介
王松	烟火	《人民文学》2020 年第 1 期	《烟火》的时间跨度达 100 余年，从晚清末年至新世纪，涉及的历史事件有同治九年的天津教案、义和团运动、辛亥天津起义、“壬子兵变”、老西开教堂事件、一二·九运动、抗日战争、解放战争等。这些历史事件，在小说里并不是正面表现，而是作为背景，重点揭示这些事件给天津平民百姓生活带来的影响。小说人物众多，单是有名有姓的就有 100 余位，绝大多数都是平民百姓，作家着力表现的是侯家后一带的一群手艺人的悲欢离合。
向本贵	两河口	《民族文学》（汉文版）2020 年第 1 期	小说大致上分两部分内容。前面的篇幅主要讲述的是给两河口村民们进行理赔的工作。后面的篇幅主要讲述的是两河口村民在迁移之后如何寻找新的生活方式。
贾平凹	暂坐	作家出版社 2020 年 3 月	作品以西安为背景，讲述了现代生活的快节奏下，一群单身女性在生活中互相帮助、在心灵上互相依偎的故事，展示了当下独立女性的风采。
荆歌	他们的塔	《南方文学》2020 年第 1 期	作品以少年视角切入，倾诉生命成长的隐秘心事，勾画藏匿在时光深处的缥缈梦境，是追忆和寻找，亦是铭刻与纪念。

（续表）

作者	作品名称	首发刊物	内容简介
陈仓	止痛药	《中国作家》2020年第1期	作品主要讲述农村青年陈元来上海打工，与上海女孩凤姐相识，两人之间产生感情，却因城乡差异引起的身份差别而遭到阻挠。作品以两人的情感纠葛为线索，揭示了城市化进程中城乡的差异与矛盾，书写了一段曲折而动人的爱情故事。
徐贵祥	伏击	《当代》2020年第1期	徐贵祥是战争文学的高手，战场中的角逐、智斗和灵光乍现都是主人公的独门利器。《伏击》中，两个战神的身份实现了合理互换，都出现在对方的阵营中。一个敌营间谍的成长、潜伏后的倒戈，完美地溶在了战争年代的硝烟和日常之中，灵魂深处的真实逆转凸显了战争文学中人物创作的新高度。
李宏伟	灰衣简史	《花城》2020年第1期	影子，是人的延伸，人的暗面，通常被视为无用的附属之物，可以任意割舍。然而，灰衣人出现，提出用权力和金钱与人类交换影子，交易之后，本尊将心想事成，获得财富与成功。可是，被割弃的，真的只是影子么？ 这是浮士德式的灵魂契约，这是彼得·史勒密尔出卖影子的故事，这是每一个人面对“欲望”而拿到的一份欲望说明书，以及选择使用后，必将面对的各种“副作用”。小说采用倒叙的手法，书写人世的欲望与迷失，哲问世界的本原。

（续表）

作者	作品名称	首发刊物	内容简介
王哲珠	我的月亮	安徽文艺出版社 2020 年 2 月	作者以文学的方式探讨了生死与爱、人性深处的精神追寻，通过青年女歌手高灵音的命运跌宕，以及她的面对与抉择，表达出人性之美。高灵音最后在山里利用自己的专业教孩子们唱歌，将这个籍籍无名的山村小学办成了“歌唱特色学校”，自己也获得一种心灵与精神的圆满。小说深情而细腻，充满感人的正能量。
吴文莉	西安城	《中国作家》2020 年第 2 期	作品以既具有悠久历史积淀又充满现代文明气息的城市西安为背景，描写了一群来这里谋生的外乡人融入这座城市的过程，用大量翔实的细节展示了他们生存、奋斗和发展的故事。
毛建军	美顺与长生	人民文学出版社 2020 年 1 月	《美顺与长生》是一部典型的以小人物反映大时代的作品。小说从 90 年代末开始写起，以嫁到北京的农村姑娘美顺为核心，通过小家庭三代人物以及周边亲朋的故事，讲述北京工厂大院里一群普通市民百姓的日常生活、人情世故、冷暖人生。